中國古典文學基本叢書

白居易詩集校注

第二册

〔唐〕白居易 著

謝思煒 校注

中華書局

白居易詩集校注卷第五

閑適一 古調詩 凡五十三首

常樂里閑居偶題十六韻兼寄劉十五公輿王十一起吕二炅吕四潁崔十八玄亮元九稹劉三十二敦質張十五仲方時爲校書郎①

帝都名利場，雞鳴無安居。獨有懶慢者，日高頭未梳。工拙性不同，進退迹遂殊。幸逢太平代，天子好文儒。小才難大用，典校在秘書。三旬兩入省，因得養頑疏。茅屋四五間，一馬二僕夫。俸錢萬六千，月給亦有餘。既無衣食牽，亦少人事拘。遂使少年心，日日常晏如②。勿言無己知③，躁靜各有徒。蘭臺七八人，出處與之俱。旬時阻談笑，旦夕望軒車。誰能讎校閒，解帶卧吾廬。窗前有竹玩，門外有酒沽。何以待君子，數竿對一壺。（0173）

【校】

①〔題〕「呂四潁」紹興本、《唐音統籤》、汪本作「呂四頲」，據那波本改。「崔十八玄亮」紹興本、那波本作「崔玄亮十八」，據馬本、《唐音統籤》乙轉。「仲方」諸本作「仲元」，據顧校、朱《箋》改。

②〔常晏如〕《唐音統籤》作「長晏如」。

③〔己知〕馬本、《唐音統籤》作「知己」。

【注】

汪《譜》、朱《箋》：作於貞元十九年（八〇三），長安。

〔閑適〕白居易《與元九書》（《白氏文集》卷四五）：「又或退公獨處，或移病閑居，知足保和，吟玩情性者一百首，謂之閑適詩。……謂之閑適詩，獨善之義也。」

〔常樂里〕白居易《養竹記》（《白氏文集》卷四三）：「貞元十九年春，居易以拔萃選及第，授校書郎，始於長安求假居處，得常樂里故關相國私第之東亭而處之。」《唐兩京城坊考》卷三：「朱雀門街東第五街……次南常樂坊，……刑部尚書白居易宅。……按樂天始至長安，與周諒等同居永崇里之華陽觀。至選授校書郎，乃居常樂里。蓋此爲卜宅之始也。」朱《箋》：「白氏永貞元年作《春中與盧四周諒華陽觀同居》詩……則居華陽觀在常樂里後，徐氏失考。」

〔劉十五公輿〕朱《箋》：「《新唐書·宰相世系表》尉氏劉氏：京兆少尹昂孫、子之子公輿，祠部員外郎。又見《郎官考》卷二二。」

〔王十一起〕王起，字舉之，王播弟，貞元十四年進士。新舊《唐書》有傳。朱《箋》：「據居易元和二年所作之《惜玉蕊花有懷集賢王校書起》（本書卷十三 0646）詩，知是年起仍爲集賢校理。」

〔呂二炅〕朱《箋》：「呂四潁之兄。父名牧。白氏有《和元九與呂二同宿話舊感贈》詩（本書卷十四 0768）……。元稹《呂三校書》（朱按：呂三爲呂二之訛）詩注云：『與呂校書同年科第後，爲別七年，元和己酉歲八月偶於陶化坊會宿。』呂炅係元稹、白居易貞元十九年科第同年。見《登科記考》卷十五及岑仲勉《唐人行第録》。」

〔呂四潁〕朱《箋》：「呂炅之弟。與元稹、白居易俱係貞元十九年科第同年。呂潁，《登科記考》卷十五據《元氏長慶集》作『呂頻』，謂《文苑英華》誤作『呂潁』。岑仲勉《登科記考訂補》云：『《元和姓纂》及《白氏長慶集》五均作「潁」，余以爲此《元集》之訛耳。』……當以岑氏之説爲正。」

〔崔十八玄亮〕字晦叔。貞元十一年進士。新舊《唐書》有傳。白居易有《唐故虢州刺史贈禮部尚書崔公墓誌銘》（《白氏文集》卷七十）。朱《箋》：「玄亮與白居易、元稹亦貞元十九年科第同年，見《元集》卷十六《酬哥舒大少府寄同年科第》詩自注。」

〔劉三十二敦質〕見卷一《哭劉敦質》（0016）注。

〔張十五仲方〕字靖之。貞元中與李程司榜進士。新舊《唐書》有傳。朱《箋》：「『仲方』原作『仲元』，蓋『方』字草書近『元』，『仲元』乃『仲方』之訛。」顧校：「據本集《贈皇甫六張十五李二十三賓客》詩及《范陽張公墓誌銘》，知張十五爲張仲方。」

〔帝都名利場，雞鳴無安居〕阮籍《詠懷》：「繫累名利場，駑駿同一輈。」《孟子·盡心上》：「孟子曰：『雞鳴而起，孳孳爲善者，舜之徒也；雞鳴而起，孳孳爲利者，蹠之徒也。』」鮑照《放歌行》：「雞鳴洛城裏，禁門平旦開。冠蓋縱横至，車騎四方來。」

〔獨有懶慢者，日高頭未梳〕嵇康《與山巨源絶交書》：「簡與禮相悖，懶與慢相成。」

〔工拙性不同，進退迹遂殊〕《呂氏春秋·審分覽》：「夫能齊萬不同，愚智工拙皆盡力竭能，如出乎一穴者，其唯聖人矣乎。」謝靈運《從遊京口北固應詔》：「工拙各所宜，終以反林巢。」《易·乾·文言》：「知進退存亡而不失其正者，其唯聖人乎。」

〔幸逢太平代，天子好文儒〕《論衡·效力》：「使儒生博觀覽，則爲文儒。」又《書解》：「著作者爲文儒，説經者爲世儒。」《晉書·儒林傳》：「逮於孝武，崇尚文儒。」《舊唐書·儒學傳上》：「（太宗）及即位，又於正殿之左，置弘文學館，精選天下文儒之士虞世南、褚亮、姚思廉等。」

〔小才難大用，典校在秘書〕《魏書·彭城王勰傳》：「臣小才，豈足大用？」《漢書·叙傳上》：「（班彪）永平中爲郎，典校秘書。」《舊唐書·職官志二》秘書省：「校書郎八人，正九品上。」居易時任校書郎。

〔三旬兩入省，因得養頑疏〕省謂秘書省。嵇康《幽憤詩》：「咨予不淑，嬰累多虞。匪降自天，寔由頑疏。」

〔茅屋四五間，一馬二僕夫〕《新唐書·食貨志五》：「職事官又有防閤、庶僕：……六品庶僕十五人，七品四人，八品三人，九品二人。」

〔俸錢萬六千，月給亦有餘〕《新唐書·食貨志五》：「（開元）二十四年，令百官防閤、庶僕、俸食、雜用，以月給之，總稱月俸」；「唐氏百官俸錢，會昌後不復增減，今著其數：……四門助教，十六衛佐，秘書省、崇文、弘文館校書郎，正字，太常寺奉禮郎、太祝，郊社、太樂、鼓吹署令，四門助教，京都宮苑總監副監，九成宮總監監、主事，十六衛、六軍衛佐，尚書省都事，萬六千。」洪邁《容齋五筆》卷八：「白樂天仕宦，從壯至老，凡俸祿多寡之數，悉載於詩。……因讀其集，輒叙而列之。」按，白詩所記，與史籍所載合。

〔遂使少年心，日日常晏如〕《漢書·揚雄傳》：「家産不過十金，乏無儋石之儲，晏如也。」

〔勿言無己知，躁靜各有徒〕《論語·學而》：「子曰：不患人之不己知，患不知人也。」劉禹錫《罷郡歸洛陽寄友人》：「濩落唯心在，平生有己知。」《老子》二十六章：「重爲輕根，靜爲躁君。」潘岳《秋興賦》：「苟趣捨之殊途兮，庸詎識其躁靜。」

〔蘭臺七八人，出處與之俱〕《舊唐書·職官志二》秘書省：「龍朔改爲蘭臺，光宅改爲麟臺，神龍復爲秘書省。」

〔誰能讎校閒，解帶卧吾廬〕劉向《别録》：「讎校，一人讀書，校其上下，得繆誤爲校。一人持本，一人讀書，若怨家相對，故曰讎也。」陶淵明《讀山海經》：「衆鳥欣有託，吾亦愛吾廬。」

答元八宗簡同遊曲江後明日見贈

長安千萬人，出門各有營。唯我與夫子，信馬悠悠行。行到曲江頭，反照草樹明。南山好顏色，病客有心情。水禽翻白羽，風荷嫋翠莖。何必滄浪去，即此可濯纓。時景不重來，賞心難再并。坐愁紅塵裏，夕鼓鼕鼕聲。歸來經一宿，世慮稍復生。賴聞瑶華唱，再得塵襟清。（0174）

【注】

朱《箋》：約作於貞元十九年（八〇三）至永貞元年（八〇五），長安。

〔元八宗簡〕元宗簡，字居敬。白居易《故京兆少尹文集序》（《白氏文集》卷六八）：「居敬姓元，名宗簡，河南人。自舉進士歷御史府、尚書郎訖京兆亞尹，凡二十年。」朱《箋》：「（白居易）諸詩中之『元八侍御』、『元八郎中』、

『元少尹』、『元八』均指宗簡。」

〔曲江〕見卷一《春雪》（0029）注。

〔水禽翻白羽，風荷嫋翠莖〕元稹《上陽白髮人》：「月夜閑聞洛水聲，秋池暗度風荷氣。」

〔何必滄浪去，即此可濯纓〕《孟子·離婁上》：「有孺子歌曰：滄浪之水清兮，可以濯我纓；滄浪之水濁兮，可以濯我足。」

〔時景不重來，賞心難再并〕李白《古風》：「容顔若飛電，時景如飄風。」謝靈運《擬魏太子鄴中集詩序》：「天下良辰美景、賞心樂事，四者難並。」

〔坐愁紅塵裏，夕鼓鼕鼕聲〕紅塵，見卷一《京兆府新栽蓮》（0012）注。劉禹錫《同白二十二贈王山人》：「笑聽鼕鼕朝暮鼓，只能催得市朝人。」張籍《洛陽行》：「六街朝暮鼓冬冬，禁兵持戟守空宮。」參見卷二《和大觜烏》（0103）注。

〔歸來經一宿，世慮稍復生〕世慮，俗念。王維《送韋大夫東京留守》：「人外遺世慮，空端結遐心。」

〔賴聞瑶華唱，再得塵襟清〕瑶華唱，喻美好之祝願。謝朓《郡内高齋閑坐答呂法曹》：「惠而能好我，問以瑶華音。」《文選》李善注：「《楚辭》曰：折疏麻兮瑶華，將以遺兮離居。」按，見《楚辭·九歌·大司命》。塵襟，塵念、塵懷。湛方生《秋夜》：「拂塵襟于玄風，散近滯于老莊。」

感時

朝見日上天，暮見日入地。不覺明鏡中，忽年三十四。勿言身未老，冉冉行將至。白髮雖未生，朱顏已先悴。人生詎幾何，在世猶如寄。雖有七十期，十人無一二。今我猶未悟，往往不適意。胡爲方寸間，不貯浩然氣？貧賤非不惡，道在何足避。富貴非不愛，時來當自致。所以達人心，外物不能累。唯當飲美酒，終日陶陶醉。斯言勝金玉，佩服無失墜。（0175）

【注】

陳《譜》、汪《譜》、朱《箋》：作於永貞元年（八〇五），長安。

〔勿言身未老，冉冉行將至〕《楚辭·離騷》：「老冉冉其將至兮，恐修名之不立。」

〔白髮雖未生，朱顏已先悴〕曹丕《短歌行》：「嗟我白髮，生一何早。」謝靈運《彭城宮中直感歲暮詩》：「修帶緩舊裳，素鬢改朱顏。」阮籍《詠懷》：「繁華有憔悴，堂上生荆杞。」《文選》李善注：「《文子》曰：有榮華者必有愁悴。」

〔人生詎幾何，在世猶如寄〕曹操《短歌行》：「對酒當歌，人生幾何。」曹丕《善哉行》：「人生如寄，多憂何爲。」《文選》李善注：「《尸子》曰：老萊子曰：人生天地之間，寄也。」

〔雖有七十期，十人無一二〕《淮南子·原道訓》：「凡人中壽七十歲，然而趨捨指湊，日以月悔也，以至於死。」杜甫《曲江二首》：「酒債尋常行處有，人生七十古來稀。」《王梵志詩校注》〇一三首：「百歲乃有一，人得七十稀。」又〇一九首：「人人百歲乃有一，縱令長命七十稀。」

〔胡爲方寸間，不貯浩然氣〕方寸，見卷一《贈元稹》（0015）注。《孟子·公孫丑上》：「我知言，我善養吾浩然之氣。」

〔所以達人心，外物不能累〕《淮南子・俶真訓》：「達人之學也，欲以通性於遼廓，而覺于寂漠也。」《慎子》：「夫德，精微而不見，聰明而不發，是故外物不累其內。」

〔唯當飲美酒，終日陶陶醉〕劉伶《酒德頌》：「無思無慮，其樂陶陶。兀然而醉，豁爾而醒。」

〔斯言勝金玉，佩服無失墜〕《詩・大雅・棫樸》：「追琢其章，金玉其相。」《左傳》文公十八年：「行父奉以周旋，弗敢失隊。」

首夏同諸校正遊開元觀因宿玩月

我與二三子，策名在京師。官小無職事，閑於爲客時。沉沉道觀中，心賞期在兹。到門車馬迴，入院巾杖隨。清和四月初，樹木正華滋。風清新葉影①，鳥思殘花枝②。向夕天又晴，東南餘霞披。置酒西廊下，待月杯行遲。須臾金魄生，若與吾徒期。光華一照耀，樓殿相參差③。終夜清景前，笑歌不知疲。長安名利地，此興幾人知？（0176）

【校】

①〔新葉〕馬本、《唐音統籤》作「寒葉」。

②〔鳥思〕馬本、《唐音統籤》作「鳥戀」。

③〔樓殿〕馬本、《唐音統籤》、汪本作「殿角」。

【注】

汪《譜》、朱《箋》： 作於永貞元年（八〇五），長安。

〔開元觀〕《唐兩京城坊考》卷四朱雀門街西第一街道德坊：「開元觀，本隋秦王浩宅。武后朝，置永昌縣。神龍元年，縣廢，遂爲長寧公主宅。景雲元年，置道士觀。開元五年，金仙公主居之，改爲女冠觀。十年，改爲開元觀。」

〔校正〕《舊唐書·職官志二》秘書省：「校書郎八人，正字四人。」

〔沉沉道觀中，心賞期在茲〕謝靈運《石室山詩》：「靈域久韜隱，如與心賞交。」

〔清和四月初，樹木正華滋〕謝靈運《遊赤石進帆海》：「首夏猶清和，芳草亦未歇。」《文選》李善注：「（張衡）《歸田賦》： 仲春令月，時和氣清。」《古詩十九首》：「庭中有奇樹，綠葉發華滋。」

〔向夕天又晴，東南餘霞披〕謝朓《晚登三山還望京邑》：「餘霞散成綺，澄江靜如練。」

〔置酒西廊下，待月杯行遲〕宋之問《遊雲門寺》：「搖搖不安寐，待月詠巖扃。」杜審言《和韋承慶過義陽公主山池五首》：「卷簾唯待月，應在醉中歸。」

〔須臾金魄生，若與吾徒期〕金魄，月。沈佺期《和元舍人萬頃臨池玩月戲爲新體》：「玉流含吹動，金魄渡雲來。」李白《古風》：「蟾蜍薄太清，蝕此瑶臺月。圓光虧中天，金魄遂淪没。」

〔長安名利地，此興幾人知〕名利地，猶言名利場。參見本卷《常樂里閑居偶題十六韻》（0173）。

永崇里觀居

季夏中氣候，煩暑自此收。蕭颯風雨天，蟬聲暮啾啾。永崇里巷靜，華陽觀院幽。軒車不到處，滿地槐花秋。年光忽冉冉，世事本悠悠。何必待衰老，然後悟浮休？真隱豈長遠，至道在冥搜。身雖世界住，心與虛無遊。朝飢有蔬食，夜寒有布裘。幸免凍與餒①，此外復何求？寡欲雖少病，樂天心不憂。何以明吾志，周易在床頭。（0177）

【校】

①〔餒〕馬本、《唐音統籤》作「餧」，字同。

【注】

汪《譜》、朱《箋》：作於永貞元年（八〇五），長安。

〔永崇里觀〕即宗道觀，又名華陽觀，在永崇坊。《唐兩京城坊考》卷三朱雀門街東第三街永崇坊：「宗道觀，本興信公主宅，賣與劍南節度使郭英乂。其後入官。大曆十二年爲華陽公主追福，立爲觀。按觀爲華陽公主立，故亦曰華陽觀。」白居易《策林序》（《白氏文集》卷六二）：「元和初，予罷校書郎，與元微之將應制舉，退居於上都華陽觀。」

〔季夏中氣候，煩暑自此收〕季夏爲一年之中，於方位爲中央。《淮南子·時則訓》：「季夏之月，招搖指未，昏心中，日奎中，其位中央。」蕭繹《又與武陵王紀書》：「季月煩暑，流金礫石。」
〔蕭颯風雨天，蟬聲暮啾啾〕班固《竹扇賦》：「杳筱叢生於水澤，疾風時紛紛蕭颯。」《楚辭·招隱士》：「歲暮不自聊，蟪蛄鳴兮啾啾。」
〔年光忽冉冉，世事本悠悠〕冉冉，見本卷《感時》(0175)注。悠悠，長久，又周流貌。王粲《贈蔡子篤》：「悠悠世路，亂離多阻。」干寶《晉紀總論》：「悠悠風塵，皆奔競之士。」《文選》李善注：「孔安國《論語》注曰：悠悠，周流之貌。」
〔何必待衰老，然後悟浮休〕《莊子·刻意》：「其生若浮，其死若休。」唐張鷟號「浮休子」，見所著《朝野僉載》。
〔真隱豈長遠，至道在冥搜〕《宋書·隱逸傳》：「陳郡袁淑集古來無名高士，以爲《真隱傳》。」《莊子·在宥》：「至道之精，窈窈冥冥；至道之極，昏昏默默。」孫綽《遊天台山賦》：「非夫遠寄冥搜，篤信深通者，何肯遥想而存之。」

〔身雖世界住，心與虚無遊〕世界，梵語loka－dhātu，《楞嚴經》卷四：「何名爲衆生世界？世爲遷流，界爲方位。汝今當知，東、西、南、北、東南、西南、東北、西北、上、下，爲界；過去、未來、現在，爲世。」亦與世間同義。《翻譯名義集》卷三：「間之與界，名異義同。間是隔别間差，界是界畔分齊。」《淮南子·精神訓》：「虚無者，道之所居也。是故或求之於外者，失之於内；有守之於内者，失之於外。」
〔朝飢有蔬食，夜寒有布裘〕蔬食，見卷一《贈内》(0032)注。
〔寡欲雖少病，樂天心不憂〕《老子》十九章：「見素抱朴，少私寡欲。」《孟子·盡心下》：「孟子曰：養心莫善於寡欲。」《易·繫辭上》：「旁行而不流，樂天知命，故不憂。」

早送舉人入試

夙駕送舉人，東方猶未明。自謂出太早，已有車馬行。騎火高低影，街鼓參差聲。可憐早朝者，相看意氣生。日出塵埃飛，羣動互營營。營營各何求，無非利與名。而我常晏起，虛住長安城。春深官又滿，日有歸山情。（0178）

【注】

朱《箋》：作於永貞元年（八〇五），長安。

〔夙駕送舉人，東方猶未明〕《詩·鄘風·定之方中》：「星言夙駕，説于桑田。」鄭箋：「夙，早也。」《詩·齊風·東方未明》：「東方未明，顛倒衣裳。」

〔騎火高低影，街鼓參差聲〕竇牟《早入朝書事》：「列星沈騎火，殘月暗車塵。」司空曙《和耿拾遺元日觀早朝》：「路塵和薄霧，騎火接低星。」《新唐書·百官志四》左右街使：「五更二點，鼓自内發，諸街鼓承振，坊市門皆啓，鼓三千撾，辨色而止。」韓愈《奉使常山早次太原呈副使吴郎中》：「朗朗聞街鼓，晨起似朝時。」

〔可憐早朝者，相看意氣生〕意氣，見卷一《大水》（0064）注。

〔日出塵埃飛，羣動互營營〕陶淵明《雜詩》：「日入群動息，歸鳥趨林鳴。」

〔營營各何求，無非利與名〕《淮南子·天瑞》：「吾又安知營營而求生非惑乎？」陶淵明《形影神詩序》：「貴賤賢愚，莫不營營以惜生。」鮑照《行藥至城東橋》：「擾擾遊宦子，營營市井人。」

〔而我常晏起，虛住長安城〕《禮記·內則》：「孺子蚤寢晏起，唯所欲，食無時。」

〔春深官又滿，日有歸山情〕官滿，官職任滿。白居易《江樓早秋》（本書卷十六0941）：「匡廬一步地，官滿更何之。」賈島《送鄒明府遊靈武》：「債多平劍與，官滿載書歸。」歸山，歸田、歸隱。謝靈運《詣闕自理表》：「臣自抱疾歸山，於今三載。」王儉《春日家園詩》：「撫躬謝先哲，解紱歸山丘。」

招王質夫

自此後詩，爲盩厔尉時作。

濯足雲水客，折腰簪笏身。諠閑迹相背，十里別經旬。忽因乘逸興，莫惜訪囂塵。窗前故栽竹，與君爲主人。（0179）

【注】

汪《譜》、朱《箋》：作於元和元年（八〇六），盩厔。

〔王質夫〕朱《箋》：「山東琅邪人，隱居於盩厔城南仙遊寺薔薇澗。」引陳鴻《長恨歌傳》：「元和元年冬十二月，太原白樂天自校書郎尉於盩厔，鴻與琅邪王質夫家于是邑。」周紹良《唐傳奇箋證·長恨歌傳箋證》：「質夫當是其字。」王質夫行十八，見本書卷十三《酬王十八李大見招遊山》（0635）。元稹有《二月十九日酬王十八全素》，岑仲勉《唐人行第錄》謂即居易詩中之王質夫，「全素」爲其本名。王之生平考證多據白居易與之往來詩，如本書卷十一《哭王質夫》（0544），朱《箋》：「此詩白氏元和十五年作於忠州，則知王質夫卒於元和十五年之前。」

〔濯足雲水客，折腰簪笏身〕雲水客，指閑居之人。錢起《送虞説擢第南歸覲省》：「歸客楚山遠，孤舟雲水閑。」張籍《春堤曲》：「狂客誰家愛雲水，日日獨來城下遊。」蕭統《陶淵明傳》：「淵明歎曰：『我豈能爲五斗米折腰，向鄉里小兒。』」杜甫《與李十二白同尋范十隱居》：「不願論簪笏，悠悠滄海情。」仇注引邵注：「冠簪手笏，貴者之服。」

〔諠閑迹相背，十里別經旬〕諠閑，喧鬧與悠閑。李商隱《題鄭大有隱居》：「結構何峰是，喧閑此地分。」

〔忽因乘逸興，莫惜訪囂塵〕《世説新語·任誕》：「王子猷居山陰，夜大雪，眠覺，開室命酌酒，四望皎然，因起彷徨，詠左思《招隱詩》，忽憶戴安道。時戴在剡，即便夜乘小船就之。經宿方至，造門不前而返。人問其故，王曰：『吾本乘興而行，興盡而返，何必見戴。』」囂塵，見卷一《月燈閣避暑》(0013)注。

〔窗前故栽竹，與君爲主人〕《世説新語·簡傲》：「王子猷嘗行過吳中，見一士大夫家極有好竹，主已知子猷當往，乃灑掃施設，在聽事坐相待。王肩輿徑造竹下，諷嘯良久，主已失望，猶冀還當通。遂直欲出門。主人大不堪，便令左右閉門，不聽出。王更以此賞主人，乃留坐，盡歡而去。」

祗役駱口因與王質夫同遊秋山偶題三韻

石擁百泉合，雲破千峰開。平生烟霞侶，此地重徘徊。今日勤王意，一半爲山來。

(0180)

【注】

汪《譜》、朱《箋》：作於元和二年（八〇七）。

〔祇役〕任職。陸雲《歲暮賦》：「余祇役京邑，載離永久。」謝靈運《鄰里相送方山詩》：「祇役出皇邑，相期憩甌越。」《文選》李善注：「役，所涖之職也。」

〔駱口〕駱谷關口。《元和郡縣志》卷二五山南道洋州：「駱谷路在今洋州西北二十里。州至谷四百二十里。晉司馬勲出駱谷，破趙戍壁于懸鉤。去長安二百里。按駱谷在長安西南，南口曰儻谷，北口曰駱谷。谷中多反鼻蛇、青攢蛇，一名燋尾蛇，常登竹木上，能十數步殰人。人中此蛇者，即須斷肥去毒，不然立死。」《長安志》卷十八盩厔縣：「駱谷關在縣西南一百二十里，唐武德七年開駱谷道，以通梁州，在今關北九里，貞觀四年徙於此。……東北自鄠縣界，西南經縣，又西南入駱谷，出駱谷入洋州興勢縣界。」

〔平生烟霞侶，此地重徘徊〕煙霞侶，指隱居之侶。陳政《贈竇蔡二記室入蜀》：「迴首望煙霞，誰知慕儔侶。」何尚之《列叙元嘉贊揚佛教事》：「郭文、謝敷、戴逵等，皆置心天人之際，抗身煙霞之間。」

〔今日勤王意，一半爲山來〕《書·武成》：「置於大王肇基王迹，王季其勤王家。」《左傳》僖公二十五年：「狐偃言於晉侯曰：『求諸侯，莫如勤王。』」

見蕭侍御憶舊山草堂詩因以繼和①

琢玉以爲架，綴珠以爲籠。玉架絆野鶴，珠籠鎖冥鴻。鴻思雲外天，鶴憶松上風。珠玉信爲美，鳥不戀其中。臺中蕭侍御，心與鴻鶴同。晚起慵冠豸，閑行厭避驄。昨見憶山詩，詩思浩無窮。歸夢杳何處，舊居茫水東②。秋閑杉桂林，春老芝朮叢。自云別山後，離抱常忡忡。衣繡非不榮，持憲非不雄。所樂不在此，悵望草堂空。（0181）

【校】

①〔題〕「因以繼和」馬本、《唐音統籤》作「因和以寄」。

②〔茫水〕那波本作「洛水」。

【注】

〔蕭侍御〕朱《箋》：「名未詳。與卷九《祗役駱口驛喜蕭侍御書至兼覩新詩吟諷通宵因寄八韻》（0432）、卷十三《和王十八薔薇花時有懷蕭侍御兼見贈》（0641）詩中之蕭侍御，當爲一人。」

〔琢玉以爲架，綴珠以爲籠〕《爾雅·釋器》：「玉謂之琢，石謂之磨。」

〔玉架絆野鶴，珠籠鎖冥鴻〕劉長卿《送方外上人》：「孤雲將野鶴，豈向人間住。」韋應物《贈丘員外二首》：「迹與孤雲遠，心將野鶴俱。」揚雄《法言·問明》：「鴻飛冥冥，弋人何篡焉。」李白《流夜郎半道承恩放還》：「弋者何所慕，高飛仰冥鴻。」

〔晚起慵冠豸，閑行厭避驄〕《後漢書·輿服志下》：「法冠，一曰柱後。高五寸，以纚爲展筩，鐵柱卷，執法者服之，侍御史、廷尉正監平也。或謂之獬豸冠。獬豸，神羊，能別曲直。」《後漢書·桓典傳》：「辟司徒袁隗府，舉高第，拜侍御史。是時宦官秉權，典執政無所回避，常乘驄馬，京師畏憚，爲之語曰：行行且止，避驄馬御史。」

〔歸夢杳何處，舊居茫水東〕茫水，或當從那波本作「洛水」。《舊唐書·地理志四》劍南道陵州：「井研，漢武陽縣地。……武德四年，自擁思茫（各本原作『范』，校點本據《太平寰宇記》卷八五改）水移至今所也。」然此「擁思茫」者，或不可簡稱爲「茫」。

〔秋閑杉桂林，春老芝朮叢〕劉言史《瀟湘遊》：「青煙冥冥覆杉桂，崖壁凌天風雨細。」《抱朴子内篇·仙藥》：「仙藥之上者丹砂，次則黄金，次則白銀，次則諸芝……」；「朮餌令人肥健，可以負重涉險，但不及黄精甘美易食，凶年可以與老小休糧，人不能别之，謂爲米脯也。」謝靈運《曇隆法師誄》：「茹芝朮而共餌，披法言而同卷。」

〔自云别山後，離抱常忡忡〕《詩·召南·草蟲》：「未見君子，憂心忡忡。」韋應物《寄中書劉舍人》：「晨露方愴愴，離抱更忡忡。」

〔衣繡非不榮，持憲非不雄〕《漢書·百官公卿表上》：「侍御史有繡衣直指，出討姦猾，治大獄，武帝所制，不常置。」持憲，見卷二《和思歸樂》（0100）注。

病假中南亭閑望

欹枕不視事，兩日閑掩關①。始知吏役身，不病不得閑。閑意不在遠，小亭方丈間。西簷竹梢上，坐見太白山。遥愧峰上雲②，對此塵中顔。（0182）

【校】

①〔閑掩關〕紹興本等原作「門掩關」，據文集抄本改。

②〔峰上雲〕文集抄本作「峰上雪」。

【注】

汪《譜》、朱《箋》：作於元和二年（八〇七），盩厔。

〔欹枕不視事，兩日閑掩關〕李端《贈薛戴》：「欹枕鴻雁高，閉關花藥盛。」元稹《晚秋》：「誰憐獨欹枕，斜月透窗明。」吳少微《怨歌行》：「長信宮門晝掩關，清房晚帳幽且閑。」錢起《歲初歸舊山》：「求仲應難見，殘陽且掩關。」按，「關」即門，作「門掩關」者詞復，誤。

〔西簷竹梢上，坐見太白山〕《長安志》卷十五武功縣：「《三秦記》曰：太白山在縣南，去長安二百里，不知高幾許。俗云：武功、太白，去天三百。」

仙遊寺獨宿

沙鶴上階立，潭月當户開。此中留我宿，兩夜不能迴。幸與靜境遇，喜無歸侣催。從今獨遊後，不擬共人來。（0183）

【注】

汪《譜》、朱《箋》：作於元和二年（八〇七），盩厔。

〔仙遊寺〕《長安志》卷十八盩厔縣：「仙遊寺在縣東三十五里，唐咸通七年置。」按，白詩屢屢言及仙遊寺，其置在咸通前。

〔沙鶴上階立，潭月當户開〕劉長卿《泛曲阿後湖簡同遊諸公》：「水雲去仍濕，沙鶴鳴相留。」潭，當指仙遊潭。參見卷四《黑潭龍》（0168）注。

〔幸與靜境遇，喜無歸侶催〕孟郊《桐廬山中贈李明府》：「靜境無濁氛，清雨零碧雲。」

前庭凉夜

露簟色似玉，風幌影如波。坐愁樹葉落，中庭明月多。（0184）

【注】

朱《箋》：作於元和二年（八〇七），盩厔。

〔露簟色似玉，風幌影如波〕露簟，謂簟着露水。元稹《解秋十首》：「露簟有微潤，清香時暗焚。」風幌，風幔。李益《宿馮翊夜雨贈主人》：「凉軒辭夏扇，風幌攬輕裯。」王建《酬張十八病中寄詩》：「風幌夜不掩，秋燈照雨明。」

官舍小亭閑望

風竹散清韻，烟槐凝緑姿。日高人吏去，閑坐在茅茨。葛衣禦時暑，蔬飯療朝飢。持此聊自足，心力少營爲。亭上獨吟罷，眼前無事時。數峰太白雪，一卷陶潛詩。人心各自是，我是良在茲。迴謝爭名客，甘從君所嗤。（0185）

【注】

朱《箋》：作於元和二年（八〇七），盩厔。

〔日高人吏去，閑坐在茅茨〕《墨子·三辯》：「昔者堯舜有茅茨者，且以爲禮，且以爲樂。」

〔葛衣禦時暑，蔬飯療朝飢〕韓翃《贈別王侍御赴上都》：「幸有心期當小暑，葛衣紗帽望回車。」蔬飯，同蔬食。李洞《過野叟居》：「留客羞蔬飯，灑泉開草堂。」

〔持此聊自足，心力少營爲〕僧璨《信心銘》：「虛明自照，不勞心力。」白居易《白雲期》（本書卷七0302）：「年長識命分，心慵少營爲。」

〔人心各自是，我是良在茲〕《淮南子·齊俗訓》：「天下是非無所定，世各是其所是，而非其所非。所謂是與非各異，皆自是而非人。」

早秋獨夜

井桐涼葉動①，隣杵秋聲發。獨向簷下眠，覺來半床月。（0186）

【校】

①〔井桐〕馬本、《唐音統籤》、汪本作「井梧」。

【注】

朱《箋》：作於元和二年（八〇七），盩厔。

〔井桐涼葉動，隣杵秋聲發〕庾肩吾《賦得有所思》：「井桐生未合，宫槐卷復稀。」井桐，一本作「井梧」。孟浩然《秋宵月下有懷》：「庭槐寒影疏，鄰杵夜聲急。」

聽彈古淥水 琴曲名。

聞君古淥水，使我心和平。欲識慢流意，爲聽疏汎聲。西窗竹陰下，竟日有餘清。

（0187）

【注】

汪《譜》、朱《箋》：作於元和二年（八〇七），盩厔。

〔淥水〕《樂府詩集》卷六十琴曲歌辭《蔡氏五弄》：「《琴集》曰：五弄：《遊春》、《淥水》、《幽居》、《坐愁》、《秋思》，並宫調，蔡邕所作也。」李白《白紵辭》：「且聽白紵停淥水，長袖拂面爲君起。」李頎《琴歌》：「銅爐花燭燭增輝，初彈淥水後楚妃。」

松齋自題　時爲翰林學士。

非老亦非少，年過三紀餘。非賤亦非貴，朝登一命初。才小分易足，心寬體長舒。充腸皆美食，容膝即安居。况此松齋下，一琴數帙書。書不求甚解，琴聊以自娱。夜直入君門，晚歸卧吾廬。形骸委順動，方寸付空虚。持此將過日，自然多晏如。昏昏復默默，非智亦非愚。（0188）

【注】

汪《譜》、朱《箋》：作於元和三年（八〇八），長安。

〔非賤亦非貴，朝登一命初〕一命，指最低一級官階。《禮記·王制》：「制：三公一命卷，若有加則賜也，不過九命。……小國之卿與下大夫一命。」

〔才小分易足，心寬體長舒〕嵇康《六言詩》：「形陋體逸心寬，得志一世無患。」

〔充腸皆美食，容膝即安居〕《淮南子·泰族訓》：「肥肌膚，充腸腹，供嗜欲，養生之末也。」《韓詩外傳》卷九：「楚莊王使使賫金百斤，聘北郭先生。先生曰：『臣有箕帚之使，願入計之。』即謂婦人曰：『楚欲以我爲相，今日相，即結駟連騎，食方丈於前，如何？』婦人曰：『夫子以織屨爲食，食粥毚履，無怵惕之憂云何？與物無治也。今如結駟列騎，所安不過容膝；食方丈於前，所甘不過一肉。以容膝之安，一肉之味，而殉楚國之憂，其可乎？』於是遂不應聘，與婦去之。」陶淵明《歸去來兮辭》：「倚南窗以寄傲，審容膝之易安。」

〔書不求甚解，琴聊以自娱〕陶淵明《五柳先生傳》：「好讀書，不求甚解。每有會意，便欣然忘食。」蕭統《陶淵明傳》：「淵明不解音律，而蓄無絃琴一張，每酒適，輒撫弄以寄其意。」

〔形骸委順動，方寸付空虚〕《莊子·德充符》：「吾與夫子遊十九年矣，而未嘗知吾兀者也。今子與我遊於形骸之内，而子索我於形骸之外，不亦過乎。」《知北遊》：「性命非汝有，是天地之委順也。」方寸，見卷一《贈元稹》(0015)注。空虚，即空、空寂。《經律異相》卷一：「天地更始，盪盪空虚。了無所有，亦無日月。」方寸付空虚，即以心爲空寂無相。《仁王般若波羅蜜經》卷上：「空慧寂然無緣觀，還觀心空無量報。」

〔持此將過日，自然多晏如〕晏如，見本卷《常樂里閑居偶題十六韻》(0173)注。

〔昏昏復默默，非智亦非愚〕《莊子·在宥》：「至道之精，窈窈冥冥；至道之極，昏昏默默。無視無聽，抱神以静，形將自正。必静必清，無勞汝形，無揺汝精，乃可以長生。目無所見，耳無所聞，心無所知，汝神將守形，形乃長生。」

冬夜與錢員外同直禁中

夜深草詔罷，霜月淒凛凛。欲卧煖殘杯，燈前相對飲。連鋪青縑被，對置通中枕。髣髴百餘宵，與君同此寢。(0189)

【注】

朱《箋》：作於元和三年(八〇八)，長安。

〔錢員外〕錢徽。見卷一《白牡丹》(0031)注。丁居晦《重修承旨學士壁記》：「錢徽，元和三年八月二十六日，自祠部員外郎充。」朱《箋》：「居易元和二年十一月六日入院，故此時二人同在翰林，此詩當作於元和三年十月以後。」

〔夜深草詔罷，霜月淒凜凜〕潘岳《寡婦賦》：「夜漫漫以悠悠兮，寒淒淒而凜凜。」

〔連鋪青縑被，對置通中枕〕《漢官儀》：「尚書郎，給青縑白綾被，以錦被、帷帳、氈褥、通中枕。」李肇《翰林志》：「內庫給青綺錦被、青綺方褡、青綾單帕、漆通中枕……。」蓋唐代猶有此稱，居易所記亦爲唐制。

和錢員外禁中夙興見示

窗白星漢曙，窗暖燈火餘。坐卷朱裏幕，看封紫泥書。窅窅鐘漏盡，曈曈霞景初。樓臺紅照曜，松竹青扶疏。君愛此時好，迴頭時謂余①。不知上清界，曉景復何如？（0190）

【校】

①〔時謂〕《唐音統籤》作「特謂」。

【注】

〔夙興〕《詩·衛風·氓》：「夙興夜寐，靡有朝矣。」

〔坐卷朱裏幕，看封紫泥書〕朱裏幕，禁中服御帳幕多爲朱裏。白居易《禁中秋宿》（本書卷九0402）：「風翻朱裏幕，雨冷通中枕。」《史記·高祖本紀》正義：「天子有六璽……皆以武都紫泥封，青囊白素裏，兩端無縫。《三秦記》云：紫泥水在今成州。《輿地志》云：漢封詔璽用紫泥。則此水之泥也。」

〔窅窅鐘漏盡，曈曈霞景初〕窅窅，遠貌。鮑照《擬行路難》：「故鄉窅窅日夜隔，音塵斷絶阻山河。」曈曈，見卷二《續古詩十首》之十（0074）注。

〔樓臺紅照曜，松竹青扶疏〕扶疏，見卷一《紫藤》（0038）注。

〔不知上清界，曉景復何如〕上清，見卷一《夢仙》（0005）注。

夏日獨直寄蕭侍御

憲臺文法地，翰林清切司。鷹猜課野鶴，驥德責山麋。課責雖不同，同歸非所宜。是以方寸内，忽忽暗相思。夏日獨上直，日長何所爲？澹然無他念，虚静是吾師。形委有事牽，心與無事期。中臆一以曠，外累都若遺①。地貴身不覺，意閑境來隨。但對松與竹，如在山中時。情性聊自適，吟詠偶成詩。此意非夫子，餘人多不知。（0191）

【校】

①〔都若遺〕《唐音統籤》作「多若遺」。

【注】

朱《箋》：作於元和三年（八〇八），長安。

〔蕭侍御〕見本卷《見蕭侍御舊山草堂詩因以繼和》(0181)注。

〔鷹猜課野鶴，驥德責山麋〕魏澹《鷹賦》：「遇犬則驚猜，得人則馴擾。」劉孝威《烏生八九子》：「虞機衡網不得施，猜鷹鷙隼無由逐。」傅玄《馳射馬賦》：「豈驥德之足慕，睎萬里之清塵。」此二句以野鶴喻彼，以山麋喻己，謂二人不堪搏擊、負重之任。

〔是以方寸內，忽忽暗相思〕忽忽，失意貌。司馬遷《報任安書》：「居則忽忽若有所亡，出則不知其所往。」《宋書・王微傳》：「忽忽不樂，自知壽不得長。」

〔澹然無他念，虛靜是吾師〕澹然，恬淡無慮。《淮南子・原道訓》：「是故大丈夫恬然無思，澹然無慮。」蔡邕《陳太丘碑文》：「樂天知命，澹然自逸。」《莊子・天道》：「夫虛靜恬淡寂漠無爲者，天地之本，而道德之至，故帝王聖人休焉。」

〔形委有事牽，心與無事期〕形委，即委形。《莊子・知北遊》：「舜曰：『吾身非吾有也，孰有之哉？』曰：『是天地之委形也。……』」《老子》五十七章：「我無事，而人自富。」《祖堂集》卷三懶瓚和尚《樂道歌》：「兀然無事無改換，無事何須論一段。真心無散亂，他事不須斷。過去已過去，未來更莫算。兀然無事坐，何曾有人喚。向外覓功夫，總是痴頑漢。」

〔中臆一以曠，外累都若遺〕中臆，猶言胸臆。陸機《演連珠》：「撫臆論心，有時而謬。」嵇康《與阮德如詩》：「榮名穢人身，高位多災患。未若捐外累，肆志養浩然。」

〔情性聊自適，吟詠偶成詩〕《莊子・駢拇》：「夫不自見而見彼，不自得而得彼者，是得人之得而不自得其得者也，適人之適而不自適其適者也。」

松聲　修行里張家宅南亭作。

月好好獨坐，雙松在前軒。西南微風來，潛入枝葉間。蕭寥發爲聲，半夜明月前。寒山颯颯雨，秋琴泠泠絃。一聞滌炎暑，再聽破昏煩。竟夕遂不寐，心體俱翛然。南陌車馬動，西隣歌吹繁。誰知茲簷下，滿耳不爲喧。（0192）

【注】

〔修行里〕在長安朱雀門街東第四街，見《唐兩京城坊考》卷三。

〔蕭寥發爲聲，半夜明月前〕石崇《思婦歎》：「閣館蕭寥兮蔭叢柳，吹長笛兮彈五絃。」顧况《大茅嶺東新居憶亡子從真》：「泉源登方諸，上有空青林。仿佛通寤寐，蕭寥邈爲音。」

〔寒山颯颯雨，秋琴泠泠絃〕《楚辭·九歌·山鬼》：「風颯颯兮木蕭蕭，思公子兮徒離憂。」陸機《日出東南隅行》：「馥馥芳袖揮，泠泠纖指彈。」

〔竟夕遂不寐，心體俱翛然〕《莊子·大宗師》：「翛然而往，翛然而來而已矣。」成玄英疏：「無繫貌。」王徽之《蘭亭詩》：「散懷山水，翛然忘羈。」

〔南陌車馬動，西隣歌吹繁〕王褒《古曲》：「馳輪洛城巷，鬥雞南陌頭。」徐陵《洛陽道》：「東門向金馬，南陌接銅駝。」丘長源《聽鄰妓詩》：「蓬門長自寂，虛席視生埃。貴里臨倡館，東鄰歌吹臺。」

禁中

門嚴九重靜，窗幽一室閑。好是修心處，何必在深山。（0193）

【注】

〔好是修心處，何必在深山〕修心，佛教禪定修行。《楞嚴經》卷九：「世間一切所修心人，不假禪那，無有智慧。」《三教指歸》卷一：「修心靜慮曰禪師。」

贈吴丹

巧者力苦勞①，智者心苦憂②。愛君無巧智，終歲閑悠悠。嘗登御史府，亦佐東諸侯。手操糺謬簡，心運決勝籌。宦途似風水，君心如虚舟。汎然而不有，進退得自由。今來脱豸冠，時往侍龍樓。官曹稱心靜，居處隨迹幽。冬負南榮日③，支體甚温柔。夏卧北窗風，枕席如凉秋。南山入舍下，酒甕在床頭。人間有閑地，何必隱林丘。顧我愚且昧，勞生殊未休。一入金門直④，星霜三四周。主恩信難報，近地徒久留。終當乞閑官，退與夫子遊。（0194）

【校】

①〔苦勞〕《文苑英華》作「若勞」。

②〔苦憂〕《文苑英華》作「若愁」。

③〔南榮〕馬本、《唐音統籤》、汪本作「南簷」。

④〔金門〕《文苑英華》作「君門」。

【注】

〔吳丹〕白居易《故饒州刺史吳府君神道碑銘》(《白氏文集》卷六九)：「君諱丹，字真存。……以進士第入官，官歷正字，協律郎，大理評事，監察殿中侍御史，太子舍人，水部庫部員外郎，都官駕部郎中，諫議大夫，大理少卿，饒州刺史。……寶曆元年六月某日，薨于饒州官次。……履仕途二十七年，享壽命八十二歲。」並見《登科記考》卷十四。

〔巧者力苦勞，智者心苦憂〕《莊子·列禦寇》：「巧者勞而知者憂，無能者無所求，飽食而敖遊，汎若不繫之舟，虛而敖遊者也。」

〔手操糺謬簡，心運決勝籌〕《書·冏命》：「惟予一人無良，實賴左右前後有位之士，繩愆糾繆，格其非心。」《史記·高祖本紀》：「夫運籌策帷帳之中，決勝於千里之外，吾不如子房。」

〔宦途似風水，君心如虛舟〕《莊子·山木》：「方舟而濟於河，有虛船來觸舟，雖有惼心之人不怒。」《淮南子·詮言訓》作「虛舟」。李諧《述身賦》：「獨浩然而任己，同虛舟之不繫。」

〔汎然而不有，進退得自由〕《老子》二章：「萬物作而不辭，生而不有，爲而不恃，成功不居。」

〔今來脱豸冠，時往侍龍樓〕豸冠，見本卷《見蕭侍御憶舊山草堂詩因以繼和》（0181）注。龍樓，太子之宮。《漢書・成帝紀》：「上嘗急召，太子出龍樓門，不敢絶馳道。」杜甫《洗兵馬》：「鶴駕通宵鳳輦備，雞鳴問寢龍樓曉。」按，吳丹以殿中侍御史轉太子舍人，詩言此。

〔冬負南榮日，支體甚温柔〕司馬相如《上林賦》：「靈圄燕於閑館，偓佺之倫暴於南榮。」《文選》李善注：「榮，屋南簷也。」

〔夏卧北窗風，枕席如涼秋〕陶淵明《與子儼等書》：「常言五六月中，北窗下卧，遇涼風暫至，自謂是羲皇上人。」

〔顧我愚且昧，勞生殊未休〕《莊子・大宗師》：「夫大塊載我以形，勞我以生，佚我以老，息我以死。」

〔一入金門直，星霜三四周〕金門，即金馬門。揚雄《解嘲》：「與群賢同行，歷金門，上玉堂，有日矣。」星霜，猶言歲月。張九齡《與弟遊家園》：「星霜屢爾別，蘭麝爲誰幽。」杜甫《秋日荆南述懷三十韻》：「星霜玄鳥變，身世白駒催。」

〔主恩信難報，近地徒久留〕吳質《思慕詩》：「念蒙聖主恩，榮爵與衆殊。」近地，親近之地。白居易《郡中春宴因贈諸客》（本書卷十一0549）：「塵忝親近地，孤負聖明恩。」

初除户曹喜而言志

詔授户曹掾，捧認感君恩①。感恩非爲己，禄養及吾親。弟兄俱簪笏，新婦儼衣巾。羅列高堂下，拜慶正紛紛。俸錢四五萬，月可奉晨昏。廩禄二百石，歲可盈倉囷。喧喧車馬來，賀客滿我門。不以我爲貪，知我家内貧。置酒延賀客，客容亦歡欣。笑云今日後，不復憂空罇。答云如君言，願君少逡巡。我有平生志，醉後爲君陳。人生百歲期，七十有幾人？浮榮及虚位，皆是身之賓。唯有衣與食，此事粗關身。苟免飢寒外，餘物盡浮雲。（0195）

【校】

①〔捧認〕馬本、《唐音統籤》、汪本作「捧詔」。

【注】

汪《譜》、朱《箋》：作於元和五年（八一〇），長安。居易是年五月五日自左拾遺除京兆户曹參軍。

〔詔授户曹掾，捧認感君恩〕《舊唐書·職官志三》：「京兆、河南、太原等府……功、倉、户、兵、法、士等六曹參軍事各二人，正七品下。」白居易《奏陳情狀》（《白氏文集》卷五九）：「臣母多病，臣家素貧，甘旨或虧，無以爲養；藥餌或闕，空致其憂。情迫於中，言形於口。伏以自拾遺受京兆府判司，往年院中會有此例。資序相類，俸祿稍多。儻授此官，臣實幸甚。則及親之祿，稍得優豐；荷恩之心，不勝感激。」又同卷《謝官狀》：「昨蒙聖念，雖許陳情，敢望天恩，遽從所欲。況前件官位望雖小，俸料稍優，臣今得之，勝登貴位。此皆皇明俯察，玄造曲成。」

〔感恩非爲己，祿養及吾親〕袁宏《後漢紀》卷十一明德馬后：「且人所以欲封侯者，欲以祿養親，奉祭祀，身温飽也。」

〔弟兄俱簪笏，新婦儼衣巾〕弟兄，指居易與其弟行簡。行簡元和二年登進士第，元和四年授秘書省校書郎。見《登科記考》卷十七。新婦，媳婦。《古詩爲焦仲卿妻作》：「舉言謂新婦，哽咽不能語。」《後漢書·何進傳》：「(張)讓向子婦叩頭曰：『老臣得罪，當與新婦俱歸私門。……』」白居易《蜀路石婦》(本書卷一0024)：「儼然整衣巾，若立在閨庭。」

〔羅列高堂下，拜慶正紛紛〕拜慶，又稱拜家慶，謂歸家省親。張九齡《夏日奉使南海在道中作》：「肅事誠在公，拜慶遂及私。」皇甫冉《送李萬州赴饒州觀省》：「前程觀拜慶，舊館惜招攜。」柳宗元《送班孝廉擢第歸東川觀省序》：「屬者舉鄉里，登春官，獲其甲焉。……今將拜慶寧覲，光耀族屬。」宋葛立方《韻語陽秋》卷十：「唐人與親別而復歸，謂之拜家慶。盧象詩云：『上堂家慶畢，願與親恩邇。』孟浩然詩云：『明朝拜家慶，須著老萊衣。』」

〔俸錢四五萬，月可奉晨昏〕《新唐書·食貨志五》：「唐世百官俸錢，會昌後不復增減，……諸府、大都督司錄參軍事，鷂赤縣令，四萬五千。」岑仲勉《翰林學士壁記注補》：「錢氏《考異》六〇云：唐時翰林學士無品秩，但爲差遣，故常帶它官，支其俸給。公輔本以左拾遺入翰林，歲滿改官，乃兼京兆户曹參軍。元和初，白居易亦以左拾遺爲翰林學士，及當改官，引公輔例除京兆户曹參軍。蓋拾遺雖爲兩省供奉官，秩止從八品，京府參軍秩正七品，俸給較厚，故恬退者喜居之。居易爲左拾遺賦詩云……，此實錄也。余按秩滿升遷，俸給自必較厚，此無待言，錢氏所論，猶未得竅。蓋拾遺秩滿，常轉補闕(如韋弘景、李紳)，秩從七品上。其優超者可得員外(如趙宗儒)，秩從六品上。既不優超，則循例升轉，不過補闕等類，亦是冷官。且唐人輕外重内，外補秩可稍高，外官禄亦較厚，此急於濟貧者所以求外不求内也。」《禮記·曲禮上》：「凡爲人子之禮，冬温而夏凊，昏定而晨省，在醜夷不爭。」

〔廩禄二百石，歲可盈倉囷〕廩禄，官禄。《三國志·吴書·吴主傳》裴注引《吴書》：「敕子弟廢田業，絶治産，仰官廩祿，不與百姓爭利。」儲光羲《貽崔太祝》：「惟賢尚廩祿，弟去兄來居。」《新唐書·食貨志五》：「武德元年，文武官給祿，頗減隋制，……五品二百石，從五品百六十石，六品百石，從六品九十石，七品八十石……，皆以歲給之。外官則否。」元和時期給祿數當有變化，故此詩云「二百石」。《淮南子·修務訓》：「是故田者不强，困倉不盈。」

〔人生百歲期，七十有幾人〕見本卷《感時》（0175）注。

〔浮榮及虚位，皆是身之賓〕《莊子·逍遥遊》：「名者，實之賓也，吾將爲賓乎？」

〔苟免飢寒外，餘物盡浮雲〕《論語·述而》：「不義而富且貴，于我如浮雲。」

秋居書懷

門前少賓客，階下多松竹。秋景下西牆，涼風入東屋。有琴慵不弄，有書閑不讀。盡日方寸中，澹然無所欲。何須廣居處，不用多積蓄①。丈室可容身②，斗儲可充腹。況無治道術③，坐受官家祿。不種一株桑，不鋤一壟穀。終朝飽飯飡④，卒歲豐衣服。持此知愧心，自然易爲足。（0196）

【校】

①〔多積蓄〕《唐音統籤》作「遺積蓄」。

②〔容身〕那波本作「寄身」。

③〔治道〕文集抄本作「理道」。

④〔飽飯飡〕馬本、文集抄本、管見抄本作「飽飯食」。

【注】

朱《箋》：作於元和五年（八一〇），長安。

〔秋景下西牆，涼風入東屋〕秋景，秋日。陳後主《五言同管記陸瑜九日觀馬射詩》：「晴朝麗早霜，秋景照堂皇。」

〔盡日方寸中，澹然無所欲〕澹然，見本卷《夏日獨直寄蕭侍御》（0191）注。

〔丈室可容身，斗儲可充腹〕丈室，形容居室狹小，以指僧人或居士所居。《維摩經·文殊師利問疾品》：「爾時，長者維摩詰心念：今文殊師利與大衆俱來，即以神力空其室內，除去所有及諸侍者，唯置一牀，以疾而臥。」《五燈會元》卷十一葉縣歸省禪師：「維摩丈室不以日月爲明，和尚丈室以何爲明？」《相和歌辭·東門行》：「盎中無斗米儲，還視架上無懸衣。」

禁中曉臥因懷王起居

遲遲禁漏盡，悄悄暝鴉喧。夜雨槐花落，微涼臥北軒。曙燈殘未滅，風簾閑自翻。每一得靜境①，思與故人言。（0197）

【校】

①〔一得〕馬本、《唐音統籤》、汪本作「得一」。

【注】

朱《箋》：作於元和五年（八一〇），長安。

〔王起居〕朱《箋》：「王起。起元和初官起居郎，在爲殿中侍御史之後。」參見本卷《常樂里閑居偶題十六韻》（0173）。

〔遲遲禁漏盡，悄悄暝鵶喧〕遲遲，遲緩貌。白居易《長恨歌》（本書卷十二0593）：「遲遲鐘鼓初長夜，耿耿星河欲曙天。」

養拙

鐵柔不爲劍，木曲不爲轅。今我亦如此，愚蒙不及門。甘心謝名利，滅迹歸丘園。坐卧茅茨中，但對琴與罇。身去韁鎖累，耳辭朝市諠。逍遥無所爲①，時窺五千言。無憂樂性場，寡欲清心源。始知不才者，可以探道根。（0198）

【校】

①〔逍遥〕紹興本、那波本作「迢遥」，據馬本、《唐音統籤》、汪本改。

【注】

〔鐵柔不爲劍，木曲不爲轅〕劉琨《重贈盧諶》：「何意百煉剛，化爲繞指柔。」《莊子·逍遥遊》：「吾有大樹，人謂之樗。其大本擁腫而不中繩墨，其小枝卷曲而不中規矩，立之塗，匠者不顧。」

〔今我亦如此，愚蒙不及門〕《論語·先進》：「子曰：『從我於陳蔡者，皆不及門也。』」《後漢書·黄憲傳》論：「若及門於孔氏，其殆庶乎。」

〔甘心謝名利，滅迹歸丘園〕《淮南子·詮言訓》：「唯滅迹於無爲，而隨天地自然者，唯能勝理，而爲受名。」曹植《潛志賦》：「退隱身以滅迹，進出世而取容。」《易·賁·卦》：「賁于丘園，束帛戔戔。」張衡《東京賦》：「聘丘園之耿絜，旅束帛之戔戔。」《文選》薛綜注：「言丘園中有隱士，貞絜清白之人，聘而用之。」

〔坐卧茅茨中，但對琴與罇〕茅茨，見本卷《官舍小亭閑望》(0185)注。

〔身去韁鎖累，耳辭朝市諠〕班嗣《報桓譚》：「今吾子已貫仁誼之羈絆，繫名聲之韁鎖。」《史記·張儀列傳》：「臣聞爭名者於朝，爭利者於市。今三川、周室，天下之朝市也。」沈約《登北固樓》：「繁華今寂寞，朝市昔喧闐。」

〔逍遥無所爲，時窺五千言〕五千言，指《老子》一書。

〔無憂樂性場，寡欲清心源〕《老子》二十章：「絶學無憂。」《莊子·大宗師》：「古之真人，其寢不夢，其覺無憂。」《老子》十九章：「見素抱朴，少私寡欲。」《大乘起信論》：「又以覺心源故，名究竟覺。」

〔始知不才者，可以探道根〕不才，通不材。《莊子·山木》：「弟子問於莊子曰：『昨日山中之木，以不材得終其天年；今主人之雁，以不材死；先生將何處？』莊子笑曰：『周將處乎材與不材之間。』」嵇叔良《魏散騎常侍步兵校尉東平相阮嗣宗碑》：「觀屈谷鳴雁，是以處才不才之間。」張衡《靈憲》：「太素之前，幽清玄靜。寂寞冥默，不可爲象。厥中爲虚，厥外爲無。如是者永久焉，斯謂溟涬。蓋乃道之根也。道根既建，自無生有。」

寄李十一 建。

外事牽我形，外物誘我情。李君别來久，褊吝從中生。憶昨訪君時，立馬扣柴荆。有時君未起，稚子喜先迎。連步笑出門，衣翻冠或傾。掃階苔文緑①，拂榻藤陰清。家醖及春熟，園葵乘露烹。看山東亭坐，待月南原行。門靜唯鳥語，坊遠少鼓聲。相對盡日言，不及利與名。分手來幾時，明月三四盈。别時殘花落，及此新蟬鳴。芳歲忽已晚，離抱悵未平。豈不思命駕，吏職坐相縈。前時君有期，訪我來山城。心賞久云阻，言約無自輕。相去幸非遠，走馬一日程。（0199）

【校】

①〔苔文〕馬本、《唐音統籤》、汪本作「苔紋」。

【注】

朱《箋》：約作於元和元年（八〇六）至元和二年（八〇七），盩厔。

〔李十一〕李建，字杓直。新舊《唐書》有傳。白居易有《有唐善人墓碑》（《白氏文集》卷四一），元稹有《唐故中大夫尚書刑部侍郎上柱國隴西縣開國男贈工部尚書李公墓誌銘》。舉進士，授秘書省校書郎。德宗聞其名，擢爲左拾遺、翰林學士。朱《箋》：「《墓碑》及《墓誌銘》均作長慶元年二月二十三日卒。《舊書》本傳作『長慶二年二月卒』，誤。」

〔外事牽我形，外物誘我情〕《韓非子・解老》：「得於好惡，怵於淫物，而後變亂。所以然者，引於外物，亂於玩好也。」嵇康《養生論》：「外物以累心不存，神氣以醇白獨著。」

〔李君別來久，褊吝從中生〕《新書・道術》：「包衆容易謂之裕，反裕爲褊。」

〔連步笑出門，衣翻冠或傾〕蕭衍《贈逸民詩》：「乘興攜手，連步同遊。」

〔家醖及春熟，園葵乘露烹〕孟浩然《裴司士員司户見尋》：「府僚能枉駕，家醖復新開。」陶淵明《止酒》：「好味止園葵，大歡止稚子。」

〔看山東亭坐，待月南原行〕朱《箋》：「白氏《題李十一東亭》詩（本書卷十三0700）：『惆悵東亭風日好，主人今夜在鄜州。』據此東亭當在長安李建宅中。」

〔芳歲忽已晚，離抱悵未平〕鮑照《詠雙燕詩二首》：「沉吟芳歲晚，徘徊韶景移。」韋應物《答端》：「物色坐如見，離抱悵多盈。」

〔豈不思命駕，吏職坐相縈〕《左傳》哀公十一年：「（仲尼）退，命駕而行。」《孔叢子・記問》載陬操：「巾車命駕，將適唐都。」蕭統《陶淵明傳》：「親老家貧，起爲州祭酒，不堪吏職，少日，自解歸。」

〔心賞久云阻，言約無自輕〕謝朓《京路夜發》：「文奏方盈前，懷人去心賞。」

旅次華州贈袁右丞

渭水綠溶溶，華山青崇崇。山水一何麗，君子在其中。才與世會合，物隨誠感通。德星降人福，時雨助歲功。化行人無訟，囹圄千日空。政順氣亦和，黍稷三年豐。客自帝城來，驅馬出關東。愛此一郡人，如見太古風。方今天子心，憂人正忡忡。安得天下守，盡得如袁公？（0200）

【注】

朱《箋》：約作於貞元十七年（八〇一）至貞元十九年（八〇三），華州。

〔華州〕《舊唐書·地理志一》關内道：「華州，上輔。隋京兆郡之鄭縣。義寧元年，割京兆之鄭縣、華陰二縣置華山郡，因後魏郡名。武德元年，改爲華州，割雍州之渭南來屬。」

〔袁右丞〕袁滋。新舊《唐書》有傳。岑仲勉《貞石證史》據《金石萃編》卷一〇四袁滋書《軒轅鑄鼎原銘》、篆額《追樹十八代祖晉司空河東太守猗氏侯太原王公神道碑》，建於貞元十七年滋爲華州刺史時，證《舊唐書》本傳載其貞元二十年使南詔後出爲華州刺史爲誤，當以《舊唐書·德宗紀》所記貞元十六年爲是。朱《箋》：「白氏此詩云：『……黍稷三年豐。』可知必作於袁滋刺華州已滿三年之時。花房英樹繫此詩於永貞元年，非是。」

〔渭水綠溶溶，華山青崇崇〕華山，太華山。《史記·夏本紀》正義：「《括地志》云：華山在華州華陰縣南八里。」

《太平寰宇記》卷二九華州：「太華山在（華陰）縣南八里。」

〔才與世會合，物隨誠感通〕《淮南子·泰族訓》：「精誠感於内，形氣動於天。」《論衡·感虚》：「精誠所加，金石爲虧。」《三國志·魏書·陳思王植傳》：「何言精誠不足以感通哉。」

〔德星降人福，時雨助歲功〕《史記·天官書》：「天精而見景星，景星者，德星也。其狀無常，常出於有道之國。」《孝武本紀》：「陛下建漢家封禪，天其報德星云。」索隱：「德星，歲星也。歲星所在有福，故曰德星也。」《禮記·孔子閒居》：「天降時雨，山川出雲。」《漢書·董仲舒傳》載對策：「天使陽出布施於上而主歲功，使陰入伏於下而時出佐陽。陽不得陰之助，亦不能獨成歲功。」

〔化行人無訟，囹圄千日空〕《漢書·刑法志》：「化行天下，告訐之俗易。」《論語·顔淵》：「子曰：『聽訟，吾猶人也。必也使無訟乎？』」《漢書·董仲舒傳》：「成康不式，四十餘年天下不犯，囹圄空虚。」

〔政順氣亦和，黍稷三年豐〕《春秋繁露·王道》：「王正，則元氣和順，風雨時，景星見，黄龍下。」

〔方今天子心，憂人正忡忡〕憂人，猶言憂民。見卷二《重賦》（0076）注。

酬楊九弘貞長安病中見寄

伏枕君寂寂，折腰我營營。所嗟經時别，相去一宿程。攜手昨何時，昆明春水平。離郡來幾日，太白夏雲生。之子未得意，貧病客帝城。貧堅志士節，病長高人情。隱机自恬淡①，閉門無送迎。龍卧心有待，鶴瘦貌彌清。清機發爲文，投我如振瓊。何以慰飢渴，捧之吟一聲。（0201）

【校】

①〔隱机〕馬本、《唐音統籤》、汪本作「隱几」，字通。

【注】

朱《箋》：作於元和元年（八〇六），盩厔。

〔楊弘貞〕朱《箋》：「生平未詳。」引白居易《見楊弘貞詩賦因題絶句以自諭》（本書卷十五0824）詩，謂：「知其早逝，約卒於元和初。」

〔伏枕君寂寂，折腰我營營〕左思《詠史》：「寂寂揚子宅，門無卿相輿。」折腰，見本卷《招王質夫》（0179）注。營營，見本卷《早送舉人入試》（0178）注。

〔攜手昨何時，昆明春水平〕昆明，昆明池。見卷三《昆明春水滿》（0135）注。

〔離郡來幾日，太白夏雲生〕太白，太白山。見本卷《病假中南亭閑望》（0182）注。

〔貧堅志士節，病長高人情〕《孟子・滕文公下》：「志士不忘在溝壑，勇士不忘喪其元。」《史記・商君列傳》：「且夫有高人之行者，故見非於世。」

〔隱机自恬淡，閉門無送迎〕《莊子・徐无鬼》：「南伯子綦隱几而坐，仰天而噓。」又《天道》：「夫虛靜恬淡寂漠無爲者，天地之平而道德之至，故帝王聖人休焉。」《漢書・張良傳》：「良從入關。性多疾，即道引不食穀，閉門不出歲餘。」范雲《建除詩》：「閉門謝世人，何欲復何求。」

〔龍卧心有待，鶴瘦貌彌清〕《三國志・蜀書・諸葛亮傳》：「徐庶見先主，先主器之，謂先主曰：『諸葛孔明者，卧龍也。……』」

〔清機發爲文，投我如振瓊〕曹攄《思友人詩》：「精義測神奥，清機發妙理。」《詩·衛風·木瓜》：「投我以木瓜，報之以瓊琚。」《吴聲歌曲·子夜四十歌·冬歌十七首》：「連山結玉巖，修庭振瓊柯。」

〔何以慰飢渴，捧之吟一聲〕潘尼《贈陸機出爲吴王郎中令》：「醪澄莫饗，孰慰飢渴。」

禁中寓直夢遊仙遊寺①

西軒草詔暇，松竹深寂寂。月出清風來，忽似山中夕②。因成西南夢，夢作遊仙客。覺聞宫漏聲，猶謂山泉滴。（0202）

【校】

①〔題〕「寓直」馬本、《唐音統籤》作「偶直」。

②〔忽似〕《唐音統籤》作「忽是」。

【注】

〔仙遊寺〕見本卷《仙遊寺獨宿》（0183）注。

贈王山人

聞君減寢食，日聽神仙説。暗待非常人，潛求長生訣。言長本對短，未離生死轍。假使得長生，才能勝夭折。松樹千年朽，槿花一日歇。畢竟共虚空，何須誇歲月。彭殤徒自異①，生死終無別。不如學無生，無生即無滅。（0203）

【校】

①〔彭殤〕紹興本等作「彭生」，據《文苑英華》、《唐音統籤》、汪本改。

【注】

〔王山人〕朱《箋》：「王質夫。」參見本卷《招王質夫》（0179）。

〔言長本對短，未離生死轍〕敦煌本《壇經》：「舉三科法門，動用三十六對，出没即離兩邊，……語言法相對有十二對：……長與短對，高與下對。」生死轍，猶言生死輪。佛教言人之生死輪轉，不脱三界六道，有如車輪。《大智度論》卷五：「生死輪載人，諸煩惱結使。大力自在轉，無人能禁止。」

〔松樹千年朽，槿花一日歇〕《説文》：「木槿，朝花暮落也。」阮籍《詠懷》：「墓前熒熒者，木槿耀朱華。榮好未終朝，連飈損其葩。」

〔彭殤徒自異，生死終無別〕《莊子·齊物論》：「天下莫大於秋豪之末，而大山爲小；莫壽於殤子，而彭祖爲夭。」

〔不如學無生，無生即無滅〕《圓覺經》：「一切衆生，於無生中，妄見生滅，是故説名輪轉生死。」智顗《摩訶止觀》卷五下：「因果不生，亦復不滅。不生不滅，名無生忍。是爲無生門，通於止觀。」

秋山

久病曠心賞，今朝一登山。山秋雲物冷，稱我清羸顏。白石卧可枕，青蘿行可攀。意中如有得①，盡日不欲還。人生無幾何，如寄天地間。心有千載憂，身無一日閑。何時解塵網，此地來掩關？（0204）

【校】

①〔如有得〕文集抄本作「若有得」。

【注】

〔久病曠心賞，今朝一登山〕心賞，見本卷《首夏同諸校正遊開元觀因宿玩月》（0176）注。

〔山秋雲物冷，稱我清羸顏〕《左傳》僖公五年：「凡分、至、啓、閉，必書雲物，爲備故也。」杜預注：「雲物，氣色災變也。」鮑照《在江陵歎年傷老詩》：「開簾窺景夕，備屬雲物好。」杜甫《秋日夔府詠懷一百韻》：「勇猛爲心極，清羸任體孱。」

〔白石卧可枕，青蘿行可攀〕《三國志・蜀書・彭羕傳》：「枕石漱流，吟詠緼袍。」鮑照《秋夜詩二首》：「迴景思華幕，攀蘿席中軒。」

〔人生無幾何，如寄天地間〕見本卷《感時》（0175）注。

〔心有千載憂，身無一日閑〕陶淵明《遊斜川詩》：「中觴縱遥情，忘彼千載憂。」韓愈《遊城南·把酒》：「擾擾馳名者，誰能一日閑。」

〔何時解塵網，此地來掩關〕陶淵明《歸園田居五首》：「少無適俗韻，性本愛丘山。誤落塵網中，一去三十年。」掩關，見本卷《病假中南亭閑望》(0182)注。

贈能七倫。

澗松高百尋，四時寒森森。臨風有清韻，向日無曲陰。如何時俗人，但賞桃李林？豈不知堅貞，芳馨誘其心。能生學爲文，氣高功亦深。手中一百篇，句句披沙金。苦節二十年，無人振陸沉。今我尚貧賤，徒爲爾知音。(0205)

【注】

〔能七倫〕未詳。

〔臨風有清韻，向日無曲陰〕柳宗元《酬賈鵬山人郡内新栽松寓興見贈二首》：「清韻動竽瑟，諧此風中聲。」

〔如何時俗人，但賞桃李林〕何遜《暮秋答朱記室詩》：「桃李爾繁華，松柏余本性。」

〔手中一百篇，句句披沙金〕鍾嶸《詩品》引謝混云：「陸(機)文如披沙簡金，往往見寶。」

〔苦節二十年，無人振陸沉〕《莊子·則陽》：「方且與世違，而心不屑與之俱，是陸沈者也。」郭象注：「人中隱者，譬無水而沈也。」《史記・滑稽列傳》：「陸沉於俗，避世金馬門。」

題楊穎士西亭①

靜得亭上境，遠諧塵外蹤。憑軒東望好②，鳥滅山重重。竹露冷煩襟，杉風清病容。曠然宜真趣，道與心相逢。即此可遺世，何必蓬壺峰？（0206）

【校】

①〔題〕「穎士」馬本、《唐音統籤》作「隱士」，誤。

②〔東望好〕馬本、《唐音統籤》、汪本作「東南望」。

【注】

〔楊穎士〕朱《箋》：「汝士、虞卿之從兄弟。」《舊唐書・白居易傳》：「楊穎士、楊虞卿與宗閔善，居易妻，穎士從父妹也。」岑仲勉《唐史餘瀋》卷三：「居易之妻，於穎士、虞卿均爲從父妹，依《新書》七一下《宰相表》推之，則穎士、居易妻與虞卿一支，同爲燕客之孫而各不同出者，但《表》於燕客祗列子審、寧兩人，穎士是否審子，亦未之知。……但汝士之弟，尚有漢公、殷士（後改魯士），其群從汝、虞、漢、殷、魯均以地爲名，則穎士之『穎』，似當從水。」

〔靜得亭上境，遠諧塵外蹤〕《莊子・齊物論》：「聖人不從事於務，不就利，不違害，不喜求，不緣道，無謂有謂，有謂無謂，而遊於塵垢之外。」張衡《思玄賦》：「遊塵外而瞥天兮，據冥翳而哀鳴。」

〔憑軒東望好，鳥滅山重重〕謝朓《高齋視事詩》：「披衣就清盥，憑軒方秉筆。」孟浩然《秋登蘭山寄張五》：「相望試登高，心飛逐鳥滅。」

〔竹露冷煩襟，杉風清病容〕沈約《爲齊竟陵王解講疏》：「滌盥煩襟，棲情正業。」王勃《遊梵宇三覺寺》：「遽忻陪妙躅，延賞滌煩襟。」常建《閑齋卧病行藥至山館稍次湖亭二首》：「齋沐清病容，心魂畏虚室。」

〔曠然宜真趣，道與心相逢〕江淹《雜體詩三十首·殷東陽仲文興矚》：「晨遊任所萃，悠悠蘊真趣。」

〔即此可遺世，何必蓬壺峰〕蓬壺，即海上三仙山之蓬萊。《拾遺記》：「三壺，則海中三山也。一曰方壺，則方丈也；二曰蓬壺，則蓬萊也；三曰瀛壺，則瀛洲也。」

題贈鄭秘書徵君石溝溪隱居

鄭生嘗隱天台，徵起而仕。今復謝病，隱於此溪中。

鄭君得自然，虚白生心胸。吸彼沆瀣精，凝爲冰雪容。大君貞元初，求賢致時雍①。蒲輪入翠微，迎下天台峰。赤城别松喬，黄閣交夔龍。俛仰受三命，從容辭九重。出籠鶴翩翩，歸林鳳喁喁。在火辨良玉，經霜識貞松。新居寄楚山，山碧溪溶溶。丹竈燒烟熅，黄精花豐茸。蕙帳夜瑟淡，桂樽春酒濃。時人不到處，苔石無塵蹤。我今何爲者，趨世

身龍鍾。不向林壑訪，無由朝市逢。終當解纓綱②，卜築來相從。（0207）

【校】

①〔時雍〕那波本作「時邕」，字通。

②〔纓綱〕馬本、《唐音統籤》、汪本作「塵纓」。

【注】

〔鄭秘書徵君〕名不詳。

〔鄭君得自然，虛白生心胸〕《老子》二十五章：「人法地，地法天，天法道，道法自然。」《莊子·人間世》：「虛室生白，吉祥止止。」司馬彪注：「室比喻心，心能空虛，則純白獨生也。」謝朓《思歸賦》：「養以虛白之氣，悟以無生之篇。」

〔吸彼沆瀣精，凝爲冰雪容〕沆瀣精，見卷一《夢仙》（0005）注。《莊子·逍遥遊》：「藐姑射之山，有神人居焉，肌膚若冰雪，綽約如處子。」

〔大君貞元初，求賢致時雍〕大君，君主。《左傳》襄公二十一年：「大君若不棄書之力，亡臣猶有所逃。」杜預注：「大君，謂天王。」《書·堯典》：「百姓昭明，協和萬邦，黎民於變時雍。」傳：「雍，和也。」

〔蒲輪入翠微，迎下天台峰〕《史記·平津侯主父列傳》：「上方欲用文武，求之如弗及，始以蒲輪迎枚生。」索隱：「謂以蒲裹車輪，恐傷草木也。且蒲是草之美者，故禮有蒲璧，蓋畫蒲於輪以爲榮飾也。」左思《蜀都賦》：「鬱氛氳以翠微，崛巍巍以嶊嶊。」《文選》李善注：「翠微，山之輕縹也。」《天台山志》：「天台山在縣北三里，自神迹石起。按舊圖經載陶隱居《真誥》云：高一萬八千丈，週迴八百里，山有八重，四面如一，當斗牛之分，上應台宿，故曰天台。……今言天台者，蓋山之都號。如桐柏、赤城、瀑布、佛壠、香爐、華頂、東蒼，皆山之别名。大概以赤城爲南門，石城爲西門。」

〔赤城别松喬，黄閣交夔龍〕松喬，赤松子與王子喬。揚雄《太玄賦》：「納僞祿於江淮兮，揖松喬於華嶽。」《列仙傳》卷上：「王子喬者，周靈王太子晉也。好吹笙作鳳凰鳴，遊伊洛之間，道人浮丘公接以上嵩山。」又：「赤松子者，神農時雨師也。服水玉以教神農，能入火自燒。往往至崑崙山上，常止西王母石室中，隨風雨上下。炎帝少女追之，亦得仙俱去。」《漢舊儀》卷上：「丞相……聽事閣曰黄閣。」《南史・王瑩傳》：「既爲公，須開黄閣。宅前促，欲買南鄰朱侃半宅。」《書・舜典》：「伯拜稽首，讓于夔龍。」傳：「夔、龍，二臣名。」

〔俛仰受三命，從容辭九重〕俛仰，同俯仰。班固《西都賦》：「方舟並騖，俯仰極樂。」《文選》李善注：「《莊子》曰：俛仰之間。杜預《左氏傳注》曰：俛，俯也，音免。」《禮記・王制》：「大國之卿，不過三命。」參見本卷《松齋自題》（0188）「一命」注。九重，見卷二《答桐花》（0102）「九重城」注。

〔出籠鶴翩翩，歸林鳳嗈嗈〕潘岳《秋興賦序》：「譬猶池魚籠鳥，有江湖山藪之思。」嵇康《幽憤詩》：「嗈嗈鳴雁，奮翼北遊。」

〔在火辨良玉，經霜識貞松〕在火辨玉，見卷一《答友問》（0017）注。經霜識松，見卷二《和思歸樂》（0100）注。

〔丹竈燒烟熅，黄精花豐茸〕丹竈，煉丹竈。江淹《别賦》：「守丹竈而不顧，煉金鼎而方堅。」《文選》李善注：「《南越志》曰：長沙郡瀏陽縣東有王喬山，山有合丹竈。」烟熅，同絪緼。此指陰陽之氣。《易・繫辭下》：「天地絪緼，萬物化醇。」張衡《思玄賦》：「天地烟熅，百卉含花。」嵇康《與山巨源絶交書》：「又聞道士遺言，餌朮、黄精，令人久壽，意甚信之。」《抱朴子内篇・仙藥》：「黄精一名兔竹，一名救窮，一名垂珠。服其花勝其實，服其實勝其根，但花難多得。」《文選・長門賦》：「羅豐茸之遊樹兮，離樓梧而相撐。」

〔蕙帳夜瑟淡，桂樽春酒濃〕孔稚珪《北山移文》：「蕙帳空兮夜鵠怨，山人去兮曉猿驚。」陽慎《從駕祀麓山廟》：「菲菲蘭俎馥，淡淡桂樽清。」

〔我今何爲者，趨世身龍鍾〕龍鍾，潦倒貌。沈佺期《答魑魅代書寄家人》：「龍鍾辭北闕，蹭蹬守南荒。」元載《別妻王韞秀》：「年來誰不厭龍鍾，雖在侯門似不容。」《太平廣記》卷一三八《裴度》（出《劇談錄》）：「有僕者攜書囊後行，相去稍遠，聞老人云：『適憂蔡州未平，須待此人爲將。』既歸，僕者具述其事。度曰：『見我龍鍾相戲耳。』」

〔不向林壑訪，無由朝市逢〕孫盛《老聃非大賢論》：「故有棲峙林壑，若巢許之倫者。」朝市，見本卷《養拙》（0198）注。

〔終當解纓網，卜築來相從〕孫綽《遊天台山賦》：「方解纓絡，永託兹嶺。」《文選》李善注：「纓絡以喻世網也。」朱异《還東田宅贈朋離詩》：「曰余今卜築，兼以隔囂紛。」孟浩然《冬至後過吳張二子檀溪別業》：「卜築固自然，檀溪不更穿。」明陸容《菽園雜記》卷一：「《孟子》云：『傅說舉於板築之間。』屈原云：『說操築於傅巖兮，武丁用而不疑。』二書『築』字，猶《周詩》『築室百堵』之『築』。蔡氏注『說築傅巖之野』云：『築，居也。』今言所居猶謂之卜築。」

及第後歸覲留別諸同年

十年常苦學，一上謬成名。擢第未爲貴，賀親方始榮。時輩六七人，送我出帝城。軒車

動行色，絲管舉離聲。得意減別恨，半酣輕遠程。翩翩馬蹄疾，春日歸鄉情。（0208）

【注】

陳《譜》、汪《譜》、朱《箋》：作於貞元十六年（八〇〇），長安。是年二月十四日，中書舍人高郢下第四人及第。

〔擢第未爲貴，賀親方始榮〕曹植《求自試表》：「事父尚於榮親，事君貴於興國。」岑參《送嚴説擢第歸蜀》：「工文能似舅，擢第去榮親。」

〔軒車動行色，絲管舉離聲〕杜甫《客堂》：「形骸今若是，進退委行色。」韋應物《賦得浮雲起離色送鄭述誠》：「偏能見行色，自是獨傷離。」

清夜琴興①

月出鳥栖盡②，寂然坐空林。是時心境閑③，可以彈素琴。清泠由木性，恬淡隨人心。心積和平氣，木應正始音。響餘羣動息，曲罷秋夜深。正聲感元化，天地清沉沉。（0209）

【校】

①〔題〕《文苑英華》作「聽琴」。

②〔鳥栖〕《文苑英華》作「烏栖」。

③〔心境〕《文苑英華》作「心景」。

【注】

〔是時心境閑，可以彈素琴〕心境，心與境。《楞伽經》卷二：「自心現境界。」《圓覺經》：「慧日肅清，照耀心境。」張説《清遠江峽山寺》：「靜默將何貴，惟應心境同。」

〔清泠由木性，恬淡隨人心〕宋玉《風賦》：「清清泠泠，愈病析酲。」《文選》李善注：「清清泠泠，清凉之貌也。」王褒《洞簫賦》：「朝露清泠而隕其側兮，玉液浸潤而承其根。」

〔心積和平氣，木應正始音〕《荀子·樂論》：「故樂行而志清，禮修而行成，耳目聰明，血氣和平。」正始音，見卷三《五絃彈》(0139)注。

〔響餘羣動息，曲罷秋夜深〕陶淵明《雜詩》：「日入群動息，歸鳥趨林鳴。」

〔正聲感元化，天地清沉沉〕揚雄《劇秦美新》：「鏡純粹之至精，聆清和之正聲。」元化，見卷一《孔戡》(0003)注。

效陶潛體詩十六首 并序

余退居渭上，杜門不出，時屬多雨，無以自娱。會家醖新熟，雨中獨飲，往往酣醉，終日不醒。懶放之心，彌覺自得，故得於此而有以忘於彼者。因詠陶淵明詩，適與意會。遂傚其體，成十六篇。醉中狂言，醒輒自哂。然知我者，亦無隱焉。

不動者厚地，不息者高天。無窮者日月，長在者山川。松栢與龜鶴，其壽皆千年。嗟嗟羣物中，而人獨不然。早出向朝市①，暮已歸下泉。形質及壽命，危脆若浮烟。堯舜與周孔，古來稱聖賢。借問今何在，一去亦不還。我無不死藥，兀兀隨化遷②。所未定知者，修短遲速間。幸及身健日，當歌一罇前。何必待人勸，念此自爲歡③。（0210）

【校】

①〔早出向朝市〕文集抄本、要文抄本作「朝見在朝市」。

②〔兀兀〕紹興本等作「万万」，馬本、《唐音統籤》作「萬萬」。顧校：「兀兀，原本誤作「万万」，形近而誤，今改正。」從之。

③〔念此〕《唐音統籤》作「持此」。

【注】

汪《譜》、朱《箋》：作於元和八年（八一三），下邽。

〔渭上〕朱《箋》：「白居易之故鄉下邽金氏村，在渭水之旁。」渭水沿岸皆可稱渭上。《周書·文帝紀下》：「既入關，屯渭上。」

〔不動者厚地，不息者高天〕《禮記·樂記》：「著不息者天也，著不動者地也。」

〔無窮者日月，長在者山川〕《禮記·中庸》：「今夫天，斯昭昭之多，及其無窮也，日月星辰繫焉，萬物覆焉。」

〔早出向朝市，暮已歸下泉〕下泉，猶言黄泉之下。繆襲《挽歌詩》：「生時遊國都，死没棄中野。朝發高堂上，暮宿黄泉下。」

〔形質及壽命，危脆若浮烟〕形質，形體。《列子·天瑞》：「太始者，形之始也；太素者，質之始也。氣形質具而未相離，故曰渾淪。」《南齊書·周顒傳》：「衆生之稟此形質，以畜肌跂。」蕭綱《唱導文》：「危脆之質，有險蜉蝣。」陶淵明《怨詩楚調示龐主簿》：「吁嗟身後名，於我若浮煙。」

〔借問今何在，一去亦不還〕《相和歌辭·薤露》：「露晞明朝更復落，人死一去何時歸。」《魏書·中山王熙傳》：「昔李斯憶上蔡黄犬，陸機想華亭鶴唳，豈不以怳惚無際，一去不還者乎？」

〔我無不死藥，兀兀隨化遷〕《太平經》卷四七：「天上積仙不死之藥多少，比若太倉之積粟也。」兀兀，昏昧貌。杜甫《自京赴奉先縣詠懷五百字》：「兀兀遂至今，忍爲塵埃没。」《寒山詩注》二三五首：「兀兀過朝夕，都不别賢良。」王羲之《蘭亭詩序》：「況修短隨化，終期於盡。」

〔所未定知者，修短遲速間〕《論衡·命義》：「壽命修短，皆稟於天。」《列子·楊朱》：「但伏羲以來三十餘萬歲，賢愚好醜成敗是非，無不消滅，但遲速之間耳。」

翳翳踰月陰，沉沉連日雨。開簾望天色，黄雲暗如土。行潦毁我墉，疾風壞我宇。蓬莠生庭院，泥塗失場圃。村深絶賓客，窗晦無儔侶。盡日不下床，跳蛙時入户。出門無所往，入室還獨處。不以酒自娱，塊然與誰語？（0211）

【注】

〔翳翳踰月陰，沉沉連日雨〕張協《雜詩十首》：「翳翳結繁雲，森森散雨足。」《文選》李善注：「《毛詩》曰：曀曀其陰。毛萇曰：如常陰曀然。翳與曀古字通。《論衡》曰：初出爲雲，繁雲爲翳。」

〔行潦毀我墉，疾風壞我宇〕《詩·召南·采蘋》：「于以采藻，于彼行潦。」毛傳：「行潦，流潦也。」《召南·行露》：「誰謂鼠無牙，何以穿我墉。」毛傳：「墉，牆也。」

〔蓬莠生庭院，泥塗失場圃〕蓬莠，猶言蓬蒿。陶淵明《詠貧士詩七首》：「仲蔚愛窮居，繞宅生蒿蓬。」

〔不以酒自娱，塊然與誰語〕陶淵明《飲酒二十首序》：「既醉之後，輒題數句自娱。」《莊子·應帝王》：「雕琢復朴，塊然獨以其形立。」

朝飲一杯酒，冥心合元化。兀然無所思，日高尚閑卧。暮讀一卷書，會意如嘉話。欣然有所遇，夜深猶獨坐。又得琴上趣，安絃有餘暇①。復多詩中狂，下筆不能罷。唯茲三四事，持用度晝夜②。所以陰雨中，經旬不出舍。始悟獨往人③，心安時亦過。（0212）

【校】

①〔安絃〕那波本作「按絃」。

②〔持用〕馬本、《唐音統籤》作「特用」。

③〔獨往〕馬本、《唐音統籤》、汪本作「獨住」。

【注】

〔朝飲一杯酒，冥心合元化〕冥心，心意專注。辛謐《遺冉閔書》：「是故不纓於禍難者，非爲避之，但冥心至趣而與吉會耳。」支遁《座右銘》：「茫茫三界，眇眇長羈。煩勞外湊，冥心內馳。」元化，見卷一《孔戡》（0003）注。

〔兀然無所思，日高尚閑卧〕劉伶《酒德頌》：「無思無慮，其樂陶陶。兀然而醉，豁爾而醒。」

〔暮讀一卷書〕六句　見本卷《松齋自題》（0188）「書不求甚解，琴聊以自娱」注。張協《七命》：「雖在不敏，敬聽嘉話。」

〔始悟獨往人，心安時亦過〕《莊子·在宥》：「出入六合，遊乎九州，獨往獨來，是謂獨有。獨有之人，是謂至貴。」阮籍《大人先生傳》：「必超世而絶群，遺俗而獨往。」

東家采桑婦，雨來苦愁悲。蔟蠶北堂前，雨冷不成絲。西家荷鋤叟，雨來亦怨咨。種豆南山下，雨多落爲萁。而我獨何幸，醞酒本無期。及此多雨日，正遇新熟時。開瓶瀉鐏中，玉液黄金脂①。持玩已可悦，歡嘗有餘滋。一酌發好容，再酌開愁眉。連延四五酌②，酣暢入四肢。忽然遺我物③，誰復分是非？是時連夕雨，酩酊無所知。人心苦顛倒，反爲憂者嗤。（0213）

【校】

①〔黄金脂〕那波本作「黄金巵」。

②〔連延〕馬本、《唐音統籤》作「速進」。

③〔我物〕那波本作「物我」。

【注】

〔蔟蠶北堂前，雨冷不成絲〕《齊民要術·養蠶法》：「蠶見明則食，食多則生長。老時值雨者，則壞繭，宜於屋裏簇之」；「設令無雨，蓬蒿簇亦良。其在外簇者，脱遇天寒，則全不作繭。」

〔種豆南山下，雨多落爲萁〕陶淵明《歸園田居》：「種豆南山下，草盛豆苗稀。」楊惲《報孫會宗書》：「種一頃豆，落而爲萁。」

〔一酌發好容〕四句　陳後主《獨酌謡》：「一酌豈陶暑，二酌斷風飈。三酌意不暢，四酌情無聊。五酌盂易覆，六酌歡欲調。七酌累心去，八酌高志超。九酌忘物我，十酌忽凌霄。」

〔忽然遺我物，誰復分是非〕我物，同物我。《莊子·齊物論》：「今者吾喪我」；「是亦彼也，彼亦是也。彼亦一是非，此亦一是非。果且有彼是乎哉？果且无彼是乎哉？」郭璞《客傲》：「不物物我我，不是是非非。」僧肇《涅槃無名論》：「于外無數，于内無心，此彼寂滅，物我冥一。泊爾無朕，乃曰涅槃。」陶淵明《飲酒》：「不覺知有我，安知物爲貴。」

朝亦獨醉歌，暮亦獨醉睡。未盡一壺酒，已成三獨醉。勿嫌飲太少①，且喜歡易致。一杯復兩杯，多不過三四。便得心中適，盡忘身外事。更復强一杯，陶然遺萬累。一飲一石者，徒以多爲貴。及其酩酊時，與我亦無異。笑謝多飲者，酒錢徒自費。（0214）

【校】

①〔勿嫌〕馬本、《唐音統籤》作「勿言」。

【注】

〔更復强一杯，陶然遺萬累〕薛道衡《秋日遊昆明池詩》：「羈心與秋興，陶然寄一杯。」僧肇《涅槃無名論》：「五陰永滅，則萬累都捐。萬累多捐，故與道通。」

〔一飲一石者，徒以多爲貴〕《世説新語·任誕》：「伶跪而祝曰：『天生劉伶，以酒爲名。一飲一斛，五斗解酲。婦人之言，慎不可聽。』」按，一斛即一石。

天秋無片雲，地靜無纖塵。團團新晴月，林外生白輪①。憶昨陰霖天，連連三四旬。賴逢家醞熟，不覺過朝昏。私言雨霽後，可以罷餘罇。及對新月色，不醉亦愁人。床頭殘酒榼，欲盡味彌淳。攜置南簷下，舉酌自殷勤。清光入杯杓，白露生衣巾。乃知陰與晴，安可無此君？我有樂府詩，成來人未聞。今宵醉有興，狂詠驚四隣。獨賞猶復爾，何況有交親。（0215）

【校】

①〔林外〕馬本、《唐音統籤》作「林下」。

【注】

〔天秋無片雲，地靜無纖塵〕吳均《戰城南》：「天山已半出，龍城無片雲。」劉瑾《甘樹賦》：「結密葉以舒蔭兮，滌纖塵以開素。」張若虚《春江花月夜》：「江天一色無纖塵，皎皎空中孤月輪。」

〔團團新晴月，林外生白輪〕班婕妤《怨歌行》：「裁爲合歡扇，團團似明月。」江淹《效阮公詩十五首》：「戾戾曙風急，團團明月陰。」

〔床頭殘酒榼，欲盡味彌淳〕劉伶《酒德頌》：「止則操巵執觚，動則挈榼提壺。」《文選》李善注：「《説文》曰：榼，酒器也。」

〔乃知陰與晴，安可無此君〕《世説新語·任誕》：「王子猷嘗暫寄人空宅住，便令種竹。或問：『暫住何煩爾？』王嘯詠良久，直指竹曰：『何可一日無此君。』」此移以指酒。

〔獨賞猶復爾，何况有交親〕交親，親交，密友。《舊唐書·竇申傳》：「若聽流議，皆謂黨私，自非甚與交親，安可悉從貶累。」陳子昂《送東萊王學士無競》：「懷君萬里別，持贈結交親。」

中秋三五夜，明月在前軒。臨觴忽不飲，憶我平生歡。我有同心人，邈邈崔與錢。我有忘形友，迢迢李與元。或飛青雲上，或落江湖間。與我不相見，于今四五年①。我無縮地術，君非馭風仙。安得明月下，四人來晤言？良夜信難得，佳期杳無緣。明月又不

駐，漸下西南天。豈無他時會，惜此清景前。（0216）

【校】

①〔四五年〕馬本、《唐音統籤》、汪本作「三四年」。朱《箋》：「居易退居渭村在元和六年，至元和八年適爲三年，則以作『三四』爲是。」

【注】

〔中秋三五夜，明月在前軒〕《禮記・禮運》：「地秉陰，竅於山川，播五行於四時，和而後月生也。是以三五而盈，三五而闕。」《古詩十九首》：「三五明月滿，四五詹兔缺。」

〔臨觴忽不飲，憶我平生歡〕陸機《贈弟士龍》：「指途悲有餘，臨觴歡不足。」《文選》蘇武詩：「願子留斟酌，慰此平生親。」

〔我有同心人，邈邈崔與錢〕崔與錢，朱《箋》：「崔羣及錢徽。」見白居易《渭村退居寄禮部崔侍郎翰林錢舍人詩一百韻》（本書卷十五0803）詩等。

〔我有忘形友，迢迢李與元〕李與元，朱《箋》：「李紳及元稹。時李紳爲國子助教在長安，元稹遠貶江陵士曹參軍。」杜甫《醉時歌》：「忘形到爾汝，痛飲真吾師。」

〔或飛青雲上，或落江湖間〕東方朔《答客難》：「抗之則在青雲之上，抑之則在深淵之下。」《史記・貨殖列傳》：「（范蠡）乃乘扁舟，浮於江湖。」

〔我無縮地術，君非馭風仙〕《神仙傳》卷五：「（費長房）有神術，能縮地脈，千里存在，目前宛然，放之復舒如舊也。」李瀚《蒙求》：「女媧補天，長房縮地。」《列子・黄帝》：「（列子學乘風）竟不知風乘我邪，我乘風乎。」慧淨《英才言聚賦得昇天行詩》：「馭風過閬苑，控鶴下瀛洲。」

家醞飲已盡，村中無酒貰①。坐愁今夜醒，其奈秋懷何？有客忽叩門，言語一何佳。云是南村叟，挈榼來相過。且喜罇不燥，安問少與多。重陽雖已過，籬菊有殘花。歡來苦晝短，不覺夕陽斜。老人勿遽起，且待新月華。客去有餘趣，竟夕獨酣歌。（0217）

【校】

①〔無酒貰〕那波本作「無酒賒」，馬本、《唐音統籤》作「無酒沽」。盧校：「按『貰』或可與『賒』通。」

【注】

〔歡來苦晝短，不覺夕陽斜〕《古詩十九首》：「晝短苦夜長，何不秉燭遊。」

原生衣百結，顔子食一簞。歡然樂其志，有以忘飢寒①。今我何人哉，德不及先賢②。衣食幸相屬，胡爲不自安？况兹清渭曲，居處安且閑。榆柳百餘樹，茅茨十數間③。寒負簷下日，熱濯澗底泉。日出猶未起，日入已復眠。西風滿村巷，清涼八月天。但有雞犬聲，不聞車馬喧。時傾一罇酒，坐望東南山。稚侄初學步，牽衣戲我前。即此自可樂，庶

幾顏與原。(0218)

【校】

①〔有以〕《唐音統籤》作「有意」。

②〔不及〕馬本、《唐音統籤》作「不比」。

③〔十數間〕馬本、《唐音統籤》作「數十間」。

【注】

〔原生衣百結，顏子食一簞〕原生，參見卷四《澗底松》(0149)「原憲貧」注。顏子，參見卷一《諭友》(0052)「陋巷有顏回」注。

〔榆柳百餘樹，茅茨十數間〕陶淵明《歸園田居》：「草屋八九間，榆柳蔭後簷。」

〔但有雞犬聲，不聞車馬喧〕陶淵明《桃花源記》：「阡陌交通，雞犬相聞。」《飲酒》：「結廬在人境，而無車馬喧。」

湛湛罇中酒，有功不自伐。不伐人不知，我今代其說。良將臨大敵，前驅千萬卒。一簞投河飲，赴死心如一。壯士磨匕首，勇憤氣咆勃。一酣忘報讎，四體如無骨。東海殺孝婦，天旱踰年月。一酌酹其魂①，通宵雨不歇。咸陽秦獄氣，冤痛結爲物。千歲不肯散，

一沃亦銷失。況茲兒女恨，及彼幽憂疾。快飲無不消，如霜得春日②。方知麴蘗靈，萬物無與疋。（0219）

【校】

①〔酹其魂〕那波本作「酬其魂」。

②〔春日〕那波本作「春力」。

【注】

〔湛湛罇中酒，有功不自伐〕陸機《大暮賦》：「殽饛饛其不毁，酒湛湛而每盈。」《易・繫辭上》：「子曰：『勞而不伐，有功而不德，厚之至也。』」

〔一簞投河飲，赴死心如一〕張協《七命》：「單醪投川，可使三軍告捷。」《文選》李善注：「《黄石公記》曰：昔良將之用兵也，人有饋一簞之醪，投河，令衆迎流而飲之。夫一簞之醪，不味一河，而三軍思爲致死者，以滋味及之也。」

〔壯士磨匕首，勇憤氣咆哮〕盧校：「案《宋書・柳元景傳》，薛安都『猛氣咆哮』，《南史》作『咆勃』。今字書遺『哮』字。」

〔一酣忘報讎，四體如無骨〕未詳。疑爲作者虚設。

〔東海殺孝婦〕四句　《漢書・于定國傳》：「東海有孝婦，少寡，亡子，養姑甚謹。姑欲嫁之，終不肯。姑謂鄰人曰：『孝婦事我勤苦，哀其亡子守寡。我老，久累丁壯，奈何？』其後姑自經死。姑女告吏：『婦殺我母。』吏捕孝婦。

孝婦辭不殺姑，吏驗治，孝婦自誣服。具獄上府，于公以爲此婦養姑十餘年，以孝聞，必不殺也。太守不聽，于公爭之，弗能得，乃抱其具獄，哭於府上，因辭疾去。太守竟論殺孝婦。郡中枯旱三年。後太守至，卜筮其故，于公曰：『孝婦不當死，前太守强斷之，咎儻在是乎？』於是太守殺牛自祭孝婦冢，因表其墓，天立大雨，歲孰。」

〔咸陽秦獄氣〕四句　《藝文類聚》卷七二引《東方朔别傳》：「武帝幸甘泉，長平坂道中有蟲，赤如肝，頭目口齒悉具。先驅馳還以報，上使視之，莫知也。時朔在屬車中，令往視焉。朔曰：『此謂怪氣，是必秦獄處也。』上使按地圖，果秦獄地。上問朔何以知之，朔曰：『夫積憂者，得酒而解。』乃取蟲置酒中，立消。」

〔況兹兒女恨，及彼幽憂疾〕鍾嶸《詩品》晉司空張華：「猶恨其兒女情多，風雲氣少。」嵇康《聖賢高士傳》：「堯舜各以天下讓支父，支父曰：『予適有幽憂之病，方且治之，未暇治天下。』」

〔快飲無不消，如霜得春日〕陶淵明《飲酒》：「若復不快飲，空負頭上巾。」

〔方知麴糵靈，萬物無與疋〕《書·説命下》：「若作酒醴，爾爲麴糵。」

烟雲隔玄圃①，風波限瀛洲。我豈不欲往，大海路阻修②。神仙但聞説，靈藥不可求。長生無得者，舉世如蜉蝣。逝者不重迴，存者難久留。踟躕未死間，何苦懷百憂？念此忽内熱③，坐看成白頭。舉杯還獨飲，顧影自獻酬。心與口相約，未醉勿言休。今朝不盡醉，知有明朝不？不見郭門外，纍纍墳與丘。月明愁殺人，黄蒿風颼颼。死者若有知，悔不秉燭遊。（0220）

【校】

①〔煙雲〕馬本、《唐音統籤》、汪本作「煙霞」。

②〔大海〕文集抄本、管見抄本作「天海」。

③〔念此〕《全唐詩》作「持此」。

【注】

〔烟雲隔玄圃，風波限瀛洲〕玄圃，又作懸圃。《淮南子·地形訓》：「昆侖之丘，或上倍之，是謂涼風之山，登之而不死。或上倍之，是謂懸圃。」瀛洲，即海上三神山之一。參見卷一《題海圖屏風》(0007)「首冠三神丘」注。

〔長生無得者，舉世如蜉蝣〕《淮南子·説林訓》：「蜉蝣朝生而暮死，而盡其樂。」郭璞《遊仙詩》：「借問蜉蝣輩，寧知龜鶴年。」

〔逝者不重迴，存者難久留〕潘岳《夏侯常侍誄》：「存亡永訣，逝者不追。」曹植《贈白馬王彪》：「存者忽復過，亡没身自衰。」

〔跼蹐天死間，何苦懷百憂〕曹植《贈王粲》：「誰令君多念，自使懷百憂。」

〔念此忽内熱，坐看成白頭〕《莊子·人間世》：「今吾朝受命而夕飲冰，我其内熱與？」《列子·黄帝》：「怛然内熱，惕然震悸矣。」

〔舉杯還獨飲，顧影自獻酬〕陸機《赴洛中道作二首》：「佇立望故鄉，顧影淒自憐。」《詩·小雅·楚茨》：「爲賓爲客，獻酬交錯。」

〔不見郭門外，纍纍墳與丘〕《古詩十九首》：「出郭門直視，但見丘與墳。古墓犁爲田，松柏摧爲薪。白楊多悲風，蕭蕭愁殺人。」

〔月明愁殺人，黄蒿風颼颼〕王昌齡《長歌行》：「曠野饒悲風，颼颼黄蒿草。」

吾聞潯陽郡，昔有陶徵君。愛酒不愛名，憂醒不憂貧。嘗爲彭澤令，在官纔八旬。愀然忽不樂，掛印著公門。口吟歸去來，頭戴漉酒巾。人吏留不得，直入故山雲。歸來五柳下，還以酒養真。人間榮與利，擺落如泥塵。先生去已久，紙墨有遺文。篇篇勸我飲，此外無所云。我從老大來，竊慕其爲人。其他不可及，且傚醉昏昏。（0221）

【注】

〔吾聞潯陽郡，昔有陶徵君〕陶徵君，即陶淵明。蕭統《陶淵明傳》：「陶淵明字元亮，或云潛字淵明，潯陽柴桑人也。……徵著作郎，不就。」

〔嘗爲彭澤令〕六句　蕭統《陶淵明傳》：「執事者聞之，以爲彭澤令。……公田悉令吏種秫，曰：『吾常得醉於酒，足矣。』妻子固請種秔，乃使二頃五十畝種秫，五十畝種粳。歲終，會郡遣督郵至縣，吏請曰：『應束帶見之。』淵明歎曰：『我豈能爲五斗米折腰向鄉里小兒！』即日解綬去職，賦《歸去來》。……郡將嘗候之，值其釀熟，取頭上葛巾漉酒，漉畢，還復著之。」陶淵明《歸去來兮辭序》：「仲秋至冬，在官八十餘日。」《莊子・讓王》：「孔子愀燃變容。」

〔歸來五柳下，還以酒養真〕蕭統《陶淵明傳》：「嘗著《五柳先生傳》以自況，曰：先生不知何許人也，亦不詳其姓氏。宅邊有五柳樹，因以爲號焉。」陶淵明《辛丑歲七月赴假還江陵夜行途中》：「養真衡茅下，庶以善自名。」

〔人間榮與利，擺落如泥塵〕陶淵明《飲酒》：「去去當奚道，世俗久相欺。擺落悠悠談，請從余所之。」

〔篇篇勸我飲，此外無所云〕蕭統《陶淵明集序》：「有疑陶淵明詩篇篇有酒，吾觀其意不在酒，亦寄酒爲迹者也。」

〔我從老大來，竊慕其爲人〕老大，長大，成人。《相和歌辭·長歌行》：「少壯不努力，老大徒傷悲。」

楚王疑忠臣，江南放屈平。晉朝輕高士，林下棄劉伶。一人常獨醉，一人常獨醒。醒者多苦志，醉者多歡情。歡情信獨善，苦志竟何成？兀傲甕間卧，憔悴澤畔行。彼憂而此樂，道理甚分明。願君且飲酒，勿思身後名。（0222）

【注】

〔楚王疑忠臣，江南放屈平〕《史記·屈原賈生列傳》：「屈原者，名平，楚之同姓也。……卒使上官大夫短屈原于頃襄王，頃襄王怒而遷之。屈原至於江濱，被髮行吟澤畔，顏色憔悴，形容枯槁。」

〔晉朝輕高士，林下棄劉伶〕《晉書·劉伶傳》：「劉伶字伯倫，沛國人也。身長六尺，容貌甚陋，放情肆志，常以細宇宙齊萬物爲心，澹默少言，不妄交遊，與阮籍、嵇康相遇，欣然神解，攜手入林。初不以家産有無介意。常乘鹿車，攜一壺酒，使人荷鍤而隨之，謂曰：『死便埋我。』」

〔一人常獨醉，一人常獨醒〕陶淵明《飲酒》：「有客常同止，趣舍邈異境。一士長獨醉，一夫終年醒。醒醉還相笑，發言各不領。規規一何愚，兀傲差若穎。」

〔願君且飲酒，勿思身後名〕《世説新語・任誕》：「張季鷹縱任不拘……曰：『使我有身後名，不如即時一杯酒。』」

有一燕趙士，言貌甚奇瓌。日日酒家去，脱衣典數杯。問君何落拓①，云僕生草萊。地寒命且薄，徒抱王佐才。豈無濟時策，君門乏良媒。三獻寢不報，遲遲空手迴。亦有同門生，先升青雲梯。貴賤交道絶，朱門叩不開。及歸種禾黍，三歲旱爲災。入山燒黄白，一旦化爲灰。蹉跎五十餘，生世苦不諧。處處去不得，却歸酒中來。（0223）

【校】

①〔落拓〕馬本、《唐音統籤》、汪本作「落魄」。

【注】

〔問君何落拓，云僕生草萊〕鮑照《放歌行》：「一言分珪爵，片善辭草萊。」

〔地寒命且薄，徒抱王佐才〕《晉書・楊方傳》：「自以地寒，不願久留京華，求補遠郡。」《魏書・張普惠傳》：「尚書諸郎以普惠地寒，不應便居管轄。」王佐才，見卷二《贈友五首》（0085）注。

〔三獻寢不報，遲遲空手迴〕《漢書・霍光傳》：「（茂陵徐生）乃上書言……書三上，輒報聞。」《後漢書・梁統傳》：「議上，遂寢不報。」王維《不遇詠》：「北闕獻書寢不報，南山種田時不登。」陶淵明《詠貧士》：「遲遲出林翮，未夕復來歸。」

〔亦有同門生，先升青雲梯〕青雲，見前「中秋三五夜」首（0216）注。謝靈運《登石門最高頂》：「惜無同懷客，共登青雲梯。」

〔貴賤交道絶，朱門叩不開〕《史記・汲鄭列傳》：「始翟公爲廷尉，賓客闐門；及廢，門外可設雀羅。翟公復爲廷尉，賓客欲往，翟公乃使人署其門曰：一死一生，乃知交情；一貧一富，乃知交態；一貴一賤，交情乃見。」索隱述贊：「交道勢利，翟公愴旃。」

〔入山燒黄白，一旦化爲灰〕《後漢書・桓譚傳》：「臣譚伏聞陛下窮折方士黄白之術，甚爲明矣。」《抱朴子内篇・黄白》：「抱朴子曰：《神仙經黄白之方》二十五卷，千有餘首。黄者，金也。白者，銀也。古人秘重其道，不欲指斥，故隱之云爾。」

〔蹉跎五十餘，生世苦不諧〕阮籍《詠懷》：「娱樂未終極，白日忽蹉跎。」《後漢書・儒林傳・孫堪》：「時人爲之語曰：生世不諧作太常妻，一歲三百六十日，三百五十九日齋。」

南巷有貴人，高蓋駟馬車。我問何所苦，四十垂白鬚？答云君不知，位重多憂虞。北里有寒士，甕牖繩爲樞。出扶桑藜杖，入卧蝸牛廬。散賤無憂患，心安體亦舒。東隣有富翁，藏貨徧五都。東京收粟帛，西市鬻金珠。朝營暮計算，晝夜不安居。西舍有貧者，疋婦配疋夫。布裙行賃舂，短褐坐傭書①。以此求口食，一飽欣有餘。貴賤與貧富，高下雖有殊。憂樂與利害，彼此不相踰。是以達人觀，萬化同一途。但未知生死，勝負兩何如？遲疑未知間，且以酒爲娱。（0224）

【校】

①〔短褐〕馬本作「裋褐」。

【注】

〔南巷有貴人，高蓋駟馬車〕《漢書·于定國傳》：「定國父于公，其閭門壞，父老方共治之，于公謂曰：『少高大閭門，令容駟馬高蓋車。我治獄多陰德，未嘗有所冤，子孫必有興者。』」

〔答云君不知，位重多憂虞〕《後漢書·皇后紀·明德馬皇后》：「常觀富貴之家，禄位重疊，猶再實之木，其根必傷。」《易·繫辭上》：「悔吝者，憂虞之象也。」

〔北里有寒士，甕牖繩爲樞〕《莊子·讓王》：「原憲居魯，環堵之室，茨以生草，蓬户不完，桑以爲樞而甕牖。」賈誼《過秦論上》：「陳涉甕牖繩樞之子，氓隸之人，而遷徙之徒也。」

〔出扶桑藜杖，入卧蝸牛廬〕《新序》卷七：「原憲冠桑葉冠，杖藜杖而應門。」《三國志·魏書·管寧傳》裴注：「臣松之案《魏略》云：焦先及楊沛，並作瓜牛廬，止其中。以爲瓜當作蝸。蝸牛，螺蟲之有角者也，俗或呼爲黄犢。先等作圜舍，形如蝸牛蔽，故謂之蝸牛廬。」

〔布裙行賃舂，短褐坐傭書〕《後漢書·逸民傳·梁鴻》：「同縣孟氏有女，狀肥醜而黑……鴻聞而聘之，女求作布衣、麻屨、織作筐緝績之具。及嫁，始以裝飾入門，七日而鴻不答，……乃更爲椎髻，著布衣，操作而前。……遂至吳，依大家臯伯通，居廡下，爲人賃舂。」《史記·秦始皇本紀》：「夫寒者利裋褐而飢者甘糟糠。」索隱：「裋，一音豎，謂褐布豎裁，爲勞役之衣，短而且狹，故謂之短褐，亦曰豎褐。」《後漢書·班超傳》：「家貧，常爲官傭書以供養。」《三國志·吳書·闞澤傳》：「居貧無資，常爲人傭書，以借紙筆，所寫既畢，誦讀亦遍。」

〔是以達人觀，萬化同一途〕賈誼《鵩鳥賦》：「達人大觀兮，物無不可。」廬山沙彌《觀化決疑詩》：「萬化同歸盡，離化化乃玄。」

濟水澄而潔，河水渾而黄。交流列四瀆，清濁不相傷。太公戰牧野，伯夷餓首陽。同時號賢聖，進退不相妨。謂天不愛民，胡爲生稻粱？謂天果愛民，胡爲生豺狼？謂神福善人，孔聖竟栖遑。謂神禍淫人，暴秦終霸王。顔回與黄憲①，何辜早夭亡？蝮蛇與鴆鳥，何得壽延長②？物理不可測，神道亦難量。舉頭仰問天，天色但蒼蒼。唯當多種黍，日醉手中觴。（0225）

【校】

①〔黄憲〕文集抄本、管見抄本作「原憲」。

②〔何得〕文集抄本、管見抄本作「何德」。

【注】

〔濟水澄而潔〕四句　謝朓《始出尚書省》：「紛虹亂朝日，濁河穢清濟。」《文選》李善注：「《戰國策》張儀説秦王曰：清濟濁河，足以爲阻。孔安國《尚書注》曰：濟水入河，並流十數里，清濁異色，混爲一流。」《爾雅・釋水》：「江、河、淮、濟爲四瀆。四瀆者，發源注海者也。」

〔太公戰牧野，伯夷餓首陽〕《書・牧誓》：「武王戎車三百兩，虎賁三百人，與受戰于牧野。」《論衡・恢國》：「傳書稱武王伐紂，太公陰謀。」《史記・伯夷列傳》：「武王已平殷亂，天下宗周，而伯夷、叔齊耻之，義不食周粟，隱於首陽山，采薇而食之。」

〔謂天不愛民〕四句　《墨子・天志中》：「若天不愛民之厚，夫胡説人殺不辜而天予之不祥哉？此吾所以知天之愛民之厚也。」《左傳》襄公十四年：「天之愛民甚矣。」

〔謂神福善人〕四句　《書・湯誥》：「天道福善禍淫，降災于夏。」班固《答賓戲》：「是以聖哲之治，棲棲遑遑。孔席不煖，墨突不黔。」《文選》李善注：「棲遑，不安居之意。」

〔顔回與黄憲，何辜早夭亡〕《論語・先進》：「季康子問：『弟子孰爲好學？』孔子對曰：『有顔回者好學，不幸短命死矣，今也則亡。』」黄憲，參見卷四《澗底松》(0149)注。《後漢書・黄憲傳》：「有人勸其仕，憲亦不拒之，暫到京師而還，竟無所就，年四十八終。」

〔物理不可測，神道亦難量〕《淮南子・覽冥訓》：「故耳目之察，不足以分物理；心意之論，不足以定是非。」《易・觀・彖》：「觀天之神道，而四時不忒。聖人以神道設教，而天下服矣。」

〔舉頭仰問天，天色但蒼蒼〕《莊子・逍遥遊》：「天之蒼蒼，其正色邪？其遠而無所至極邪？」

白居易詩集校注卷第六

閑適二　古調詩①　五言　自兩韻至一百三十韻　凡四十八首②

自題寫真　時爲翰林學士。

我貌不自識，李放寫我真。静觀神與骨，合是山中人。蒲柳質易朽，麋鹿心難馴③。何事赤墀上，五年爲侍臣？况多剛狷性，難與世同塵。不惟非貴相，但恐生禍因。宜當早罷去，收取雲泉身。（0226）

【校】

①〔閑適二　古調詩〕金澤本作「古調詩　閑適二」。

②〔凡四十八首〕金澤本無。

③〔難馴〕金澤本作「難訓」。

【注】

汪《譜》、朱《箋》：作於元和五年（八一〇），長安。

〔我貌不自識，李放寫我真〕白居易《香山居士寫真詩序》（本書卷三六2688）：「元和五年，予爲左拾遺、翰林學士，奉詔寫真於集賢殿御書院，時年三十七。」朱《箋》：「詩序云『三十七』，必係三十九之訛。白氏又有《題舊寫真圖》詩（本書卷七0322）云：『我昔三十六，寫貌在丹青。我今四十六，衰顇卧江城。』則係另一圖，爲元和二年三十六歲時所寫。……李放乃貞元、元和間寫真名手。朱景玄《唐朝名畫録》能品中二十八人云：『又李仲昌、李倣、孟仲暉皆以寫真最得其妙。』此作『倣』，與『李放』當係一人。」

〔靜觀神與骨，合是山中人〕合是，應是，應當是。陸贄《興元論解姜公輔狀》：「所造塔役功費用，亦甚微小，都不合是宰相所論之事。」《太平廣記》卷一九三《虬髯客》：「妾亦姓張，合是妹。」

〔蒲柳質易朽，麋鹿心難馴〕《世説新語·言語》：「顧悦與簡文同年，而髮蚤白。簡文曰：『卿何以先白？』對曰：『蒲柳之姿，望秋而落；松柏之質，經霜彌茂。』」劉峻《廣絶交論》：「獨立高山之頂，歡與麋鹿同群。」李白《山人勸酒》：「各守麋鹿志，耻隨龍虎爭。」權德輿《卧病喜惠上人李煉師茅處士見訪因以贈》：「各言麋鹿性，不與簪組群。」

〔何事赤墀上，五年爲侍臣〕《漢書·梅福傳》：「故願壹登文石之陛，涉赤墀之塗。」顔師古注：「應劭曰：以丹淹泥塗殿上也。」

〔况多剛狷性，難與世同塵〕《老子》四章：「和其光，同其塵。」

〔不惟非貴相，但恐生禍因〕蘇若蘭《璇璣圖詩》：「禍因所恃，滋極驕盈。」

〔宜當早罷去，收取雲泉身〕李白《贈盧徵君昆弟》：「名主訪賢逸，雲泉今已空。」錢起《新昌里言懷》：「花月霽來好，雲泉堪夢歸。」

遺懷

自此後詩在渭村作。

寓心身體中①，寓性方寸內。此身是外物，何足苦憂愛？況有假飾者，華簪及高蓋。此又疏於身，復在外物外。操之多惴慄，失之又悲悔。乃知名與器②，得喪俱爲害。頹然環堵客，蘿蕙爲巾帶。自得此道來，身窮心甚泰。（0227）

【校】

①〔身體〕金澤本作「身骸」。

②〔名與器〕金澤本作「器與名」，馬本、《唐音統籤》、汪本作「名與利」。

【注】

朱《箋》：約作於元和六年（八一一）至元和九年（八一四），下邽。

〔寓心身體中，寓性方寸內〕敦煌本《壇經》：「心即是地，性即是王，性在王在，性去王無，性在身心存，性去身心壞。」

〔況有假飾者，華簪及高蓋〕陶淵明《和郭主簿二首》：「此事真復樂，聊用忘華簪。」高蓋，見卷五《效陶潛體詩十六首》「南巷有貴人」（0224）注。

〔乃知名與器，得喪俱爲害〕《左傳》成公二年：「唯器與名，不可以假人，君之所司也。」《荀子·大略》：「故天子不言多少，諸侯不言利害，大夫不言得喪，士不通貨財。」

〔頽然環堵客，蘿蕙爲巾帶〕《禮記·儒行》：「儒有一畝之宮，環堵之室。」《楚辭·九歌·少司命》：「荷衣兮蕙帶，儵而來兮忽而逝。」《九歌·山鬼》：「若有人兮山之阿，被薜荔兮帶女蘿。」

渭上偶釣

渭水如鏡色，中有鯉與魴。偶持一竿竹①，懸釣至其傍②。微風吹釣絲，嫋嫋十尺長。誰知對魚坐③，心在無何鄉。昔有白頭人，亦釣此渭陽。釣人不釣魚，七十得文王。況我垂釣意，人魚又兼亡④。無機兩不得，但弄秋水光。興盡釣亦罷，歸來飲我觴。（0228）

【校】

①〔一竿竹〕金澤本、要文抄本、管見抄本作「一莖竹」。

②〔至其傍〕馬本、《唐音統籤》、汪本作「在其傍」。

③〔誰知〕馬本、《唐音統籤》、汪本作「身雖」。

④〔又兼亡〕馬本、《唐音統籤》作「亦兼忘」。

【注】

汪《譜》、朱《箋》：作於元和六年（八一一），下邽。

〔渭水如鏡色，中有鯉與魴〕束晳《補亡詩·南陔》：「凌波赴汩，噬魴捕鯉。」《文選》李善注：「《爾雅》曰：魴，魾也。郭璞曰：今呼魴魚爲鯿。」

〔誰知對魚坐，心在無何鄉〕《莊子·應帝王》：「予方將與造物者爲人，厭則又乘夫莽眇之鳥，以出六極之外，而遊無何有之鄉。」

〔昔有白頭人，亦釣此渭陽〕《史記·齊太公世家》：「吕尚蓋嘗窮困，年老矣，以魚釣奸周西伯。……於是周西伯獵，果遇太公於渭之陽。」

〔無機兩不得，但弄秋水光〕《莊子·天地》：「子貢南遊於楚，反於晉，見一丈人方將爲圃畦，鑿隧而入井，抱甕而出灌，滑滑然用力甚多而見功寡。子貢曰：『有械於此，一日浸百畦，用力甚寡而見功多，夫子不欲乎？』爲圃者仰而視之曰：『奈何？』曰：『鑿木爲機，後重前輕，挈水若抽，數如泆湯，其名爲槔。』爲圃者忿然作色而笑曰：『吾聞之吾師，有機械者必有機事，有機事者必有機心。機心存於胸中，則純白不備，純白不備，則神生不定，神生不定者，道之所不載也。吾非不知，羞而不爲也。』」庾信《奉和永豐殿下言志詩十首》：「無機抱甕汲，有道帶經鋤。」

隱几

身適忘四支，心適忘是非。既適又忘適，不知吾是誰①。百體如槁木②，兀然無所知。方

寸如死灰，寂然無所思。今日復明日③，身心忽兩遺。行年三十九，歲暮日斜時。四十心不動，吾今其庶幾。（0229）

【校】

①〔吾是誰〕《唐音統籤》作「我是誰」。

②〔百體〕金澤本、要文抄本、管見抄本作「百骸」。

③〔明日〕金澤本、要文抄本、管見抄本作「何日」。

【注】

陳《譜》、汪《譜》、朱《箋》：作於元和五年（八一〇），下邽。

〔隱几〕《莊子・齊物論》：「南郭子綦隱机而坐，仰天而噓，荅焉似喪其耦。顔成子游立侍乎前，曰：『何居乎？形固可使如槁木，而心固可使如死灰乎？今之隱机者，非昔之隱机者也。』子綦曰：『偃，不亦善乎，而問之也。今者吾喪我，汝知之乎？……』」

〔百體如槁木，兀然無所知〕《莊子・田子方》：「夫天下也者，萬物之所一也。得其所一而同焉，則四支百體將爲塵垢，而死生終始將爲晝夜，而莫之能滑，而況得喪禍福之所介乎。」

〔今日復明日，身心忽兩遺〕《圓覺經》：「普眼汝當知，一切諸衆生，身心皆如幻。身相屬四大，心性歸六塵。四大體各離，誰爲和合者。」

〔四十心不動，吾今其庶幾〕《孟子・公孫丑上》：「公孫丑問曰：『夫子加齊之卿相，得行道焉，雖由此霸王，不異矣。如此，則動心否乎？』」孟子曰：『否，我四十不動心。』」

春眠

新浴支體暢，獨寢神魄安。況因夜深坐，遂成日高眠。春被薄亦暖，朝窗深更閑。却忘人間事①，似得枕上仙。至適無夢想，大和難名言②。全勝彭澤醉，欲敵曹溪禪。何物呼我覺，伯勞聲鬩鬩。起來妻子笑，生計春落然③。（0230）

【校】

①〔却忘〕金澤本作「都忘」。

②〔大和〕金澤本作「太和」。

③〔落然〕紹興本等作「茫然」，據金澤本改。平岡校：「落然，白氏常語。」

【注】

朱《箋》：作於元和六年（八一一），下邽。

〔至適無夢想，大和難名言〕《易·乾·彖》：「保合大和，乃利貞。」嵇康《答向子期難養生論》：「以大和爲至樂，則榮華不足顧也；以恬澹爲至味，則酒色不足欽也。」

〔全勝彭澤醉，欲敵曹溪禪〕彭澤，指陶淵明。曹溪禪，指慧能南宗禪。《荷澤神會禪師語錄》：「第六代唐朝能禪師，承忍大師後，俗姓盧，先祖范陽人也。因父官嶺外，便居新州。年廿二，東山禮拜忍大師。……能禪師過嶺至韶州居曹溪，來住四十年，依《金剛經》，重開如來知見。四方道俗，雲奔雨至。」劉禹錫《大唐曹溪第六祖大鑒禪師第二碑》：「元和十一年某月日，詔書追褒曹溪第六祖能公，謚曰大鑒。」

〔何物呼我覺，伯勞聲關關〕《左傳》昭公十七年：「伯趙氏，司至者也。」杜預注：「伯趙，伯勞也。以夏至鳴，冬至止。」《詩·豳風·七月》：「七月鳴鵙，八月載績。」毛傳：「鵙，伯勞也。」鄭箋：「伯勞鳴，將寒之候也。五月則鳴，豳地晚寒，鳥物之候從其氣焉。」王逸《楚辭章句·離騷》：「鶗鴂，一名買鵤，常以春分鳴也。」《文選》張衡《思玄賦》李善注：「《臨海異物志》：鶗鴂，一名杜鵑。至三月鳴，晝夜不止。服虔曰：鶗鴂一名鵙，伯勞也。順陰陽氣而生，賊害之鳥也。王逸以爲春鳥，繆也。」方以智《通雅》：「《夏小正》作伯鷯。《詩疏》作博勞。郭璞注《爾雅》曰：鵙似鶷鶡而大。服虔云：鶷鶡音轄乾，白項鴉也。則誤矣。張華曰：伯勞形似鴝鵒，鴝鵒喙黃，伯勞喙黑。許慎曰：鸜鵒似鵙有幘。王充言博勞食蛇。曹植言血可昏金，其聲鵙鵙。《反騷》改《離騷》作鷤鴂，故顔子籀以鴂爲子規。王逸注《楚辭》，謂鴂爲巧婦。《方言》謂鵙爲鶡旦。陳正敏《遯齋閑覽》謂鵙爲梟。李肇謂鴂爲布穀。《丹鉛錄》謂鵙爲架梨、鵧鳩。張、許則似百舌，郭説則似苦鳥。鵙單栖，鳴則蛇結，而百舌不能制蛇。他説益遠，要當以郭説爲正，則今之苦吻子也。如鳩，黑色，以四月鳴，曰苦苦，又名姑惡，俗以婦被姑苦死而化。今東坡自注《姑惡詩》曰：水鳥也。亦誤矣。《古今諺》鄭志道《諭俗編》云：伯勞食母，代代相承。此則因《遯齋》謂鵙爲梟。伯勞冤哉。伯趙即伯勞之聲，古語相近而訛。」按，考之白詩，本書卷十四《曲江早春》(0714)：「曲江柳條漸無力，杏園伯勞初有聲。」又楊凌《即事寄人》：「相思寂寞青苔合，唯有春風啼伯勞。」元稹《古決絶辭》：「春風撩亂伯勞語，況是此時拋去時。」則爲春鳴之伯勞。皎然《顧渚行寄裴方舟》：「鶗鴂鳴時芳草死，山家漸欲收茶子。伯勞飛日芳草滋，山僧又是採茶時。」毛文錫《浣溪沙》：「七夕年年信不違，銀河清淺白雲微，蟾光鵲影伯勞飛。」則爲夏飛之伯勞。

〔起來妻子笑，生計春落然〕落然，空落、無着落之義。柳宗元《北還登漢陽北原題臨川驛》：「惆悵樵漁事，今還又落然。」白居易《自詠》（本書卷八0381）：「迴面顧妻子，生計方落然。」敦煌寫本《十二時・普勸四衆依教修行》：「一朝福盡死王來，生事落然難顧藉。」

閑居

空腹一盞粥①，飢食有餘味。南簷半牀日，暖卧因成睡。綿袍擁兩膝，竹几支雙臂。從旦直至昏，身心一無事。心足即爲富，身閑乃當貴②。富貴在此中，何必居高位？君看裴相國，金紫光照地。辛苦頭盡白，纔年四十四。乃知高蓋車，乘者多憂畏。（0231）

【校】

①〔一盞〕金澤本、要文抄本、管見抄本作「一杯」。

②〔乃當貴〕金澤本、要文抄本、管見抄本作「仍富貴」。

【注】

朱《箋》：作於元和六年（八一一），下邽。

〔君看裴相國，金紫光照地〕裴相國，朱《箋》：「裴垍。字弘中，河東聞喜人。貞元中，制舉賢良極諫，對策第一，授監察御史。元和三年冬，拜中書侍郎、同平章事。卒於元和六年。見《舊唐書》卷一四八本傳、《憲宗紀》、《新唐書・宰相世系表》。」金紫，金章紫綬。《晉書・職官志》：「文武官公，皆假金章紫綬，著五時服。」王楙《野客叢書》卷十一師古注青紫：「石林云：唐以金紫銀青光祿大夫爲階官，此沿漢制金印紫綬、銀印青綬之稱也。……魏晉以來，有左右光祿大夫，光祿三大夫皆銀章青綬，其重者詔加金章紫綬，則謂之金紫光祿大夫。……是則金紫、銀青光祿大夫之階，萌於漢武，成於晉，非始於唐也。」

〔乃知高蓋車，乘者多憂畏〕高蓋車，見卷五《效陶潛體詩十六首》「南巷有貴人」（0224）注。

夏日

東窗晚無熱①，北户凉有風。盡日坐復卧，不離一室中。中心本無繫，亦與出門同。

（0232）

【校】

①〔晚〕馬本、《唐音統籤》作「曉」。〔無熱〕金澤本作「無日」。

【注】

〔中心本無繫，亦與出門同〕《維摩經・弟子品》：「出淤泥，無繫著，無我所，無所受，無擾亂，内懷喜，護彼意，隨禪定，離衆過。若能如是，是真出家。」

適意二首

十年爲旅客，常有飢寒愁。三年作諫官，復多尸素羞①。有酒不暇飲，有山不得遊。豈無平生志，拘牽不自由②。一朝歸渭上，泛如不繫舟。置心世事外，無喜亦無憂③。終日一蔬食，終年一布裘。寒來彌懶放，數日一梳頭。朝睡足始起，夜酌醉即休。人心不過適，適外復何求？（0233）

【校】

①〔尸素〕那波本作「尺素」，誤。

②〔拘牽〕金澤本、管見抄本作「拘攣」。

③〔亦無憂〕管見抄本作「又無憂」。

【注】

朱《箋》：作於元和七年（八一二），下邽。

〔三年作諫官，復多尸素羞〕尸素，尸位素餐。鍾繇《上書自劾》：「尸素重禄，曠廢職任。」潘岳《關中詩》：「愧無獻納，尸素已甚。」

〔豈無平生志，拘牽不自由〕《漢書・元帝紀》初元三年詔：「煩擾乎苛吏，拘牽乎微文。」然作「拘攣」者更常見。

潘岳《西征賦》：「陋吾人之拘攣，飄萍浮而蓬轉。」敦煌本《壇經》：「於六塵中，不離不染，來去自由，即是般若三昧。」

〔一朝歸渭上，泛如不繫舟〕《莊子・列禦寇》：「巧者勞而知者憂，无能者无所求，飽食而敖遊，汎若不繫之舟，虛而敖遊者也。」

〔寒來彌懶放，數日一梳頭〕嵇康《與山巨源絶交書》：「性復疏懶，筋駑肉緩，頭面常一月十五日不洗，不大悶癢，不能沐也。」

早歲從旅遊，頗諳時俗意。中年忝班列，備見朝廷事。作客誠已難，爲臣尤不易。況予方且介①，舉動多忤累。直道速我尤，詭遇非吾志。胸中十年内，消盡浩然氣②。自從返田畝，頓覺無憂愧。蟠木用難施，浮雲心易遂。悠悠身與世，從此兩相棄。（0234）

【校】

①〔況予〕汪本作「況余」。

②〔消盡〕金澤本作「銷盡」。〔浩然〕金澤本作「顥然」。

【注】

〔直道速我尤，詭遇非吾志〕《論語・微子》：「柳下惠爲士師，三黜。人曰：『子未可以去乎？』曰：『直道而事人，焉往而不三黜？枉道而事人，何必去父母之邦？』」《孟子·滕文公下》：「昔者趙簡子使王良與嬖奚乘，終日而不獲一禽。嬖奚反命曰：『天下之賤工也。』或以告王良。良曰：『請復之。』强而後可，一朝而獲十禽。嬖奚反命曰：『天下之良工也。』簡子曰：『我使掌與女乘。』謂王良，良不可，曰：『吾爲之範我馳驅，終日不獲一；爲之詭遇，一朝而獲十。《詩》云：不失其馳，舍矢如破。我不貫與小人乘，請辭。』」

〔胸中十年内，消盡浩然氣〕浩然氣，見卷五《感時》(0175)注。

〔蟠木用難施，浮雲心易遂〕鄒陽《獄中上書自明》：「蟠木根柢，輪囷離奇，而爲萬乘器者，何則？以左右先爲之容也。」《論語·述而》：「不義而富且貴，於我如浮雲。」班固《答賓戲》：「是以仲尼抗浮雲之志，孟軻養浩然之氣。」潘岳《閑居賦》：「於是覽止足之分，庶浮雲之志。」

〔悠悠身與世，從此兩相棄〕鮑照《詠史》：「君平獨寂寞，身世兩相棄。」

首夏病間

我生來幾時，萬有四千日。自省於其間，非憂即有疾。老去慮漸息，年來病初愈。忽喜身與心，泰然兩無苦。况兹孟夏月，清和好時節。微風吹袷衣，不寒復不熱。移榻樹陰下，竟日何所爲？或飲一甌茗，或吟兩句詩。内無憂患迫①，外無職役羈。此日不自適，何時是適時？（0235）

【校】

①〔憂患〕要文抄本、金澤本所校本作「憂恙」。

【注】

汪《譜》、朱《箋》：作於元和六年（八一一），下邽。

〔況兹孟夏月，清和好時節〕謝靈運《遊赤石進帆海》：「首夏猶清和，芳草亦未歇。」江總《遊攝山棲霞寺》：「霢霂時雨霽，清和孟夏肇。」

晚春沽酒

百花落如雪，兩鬢垂作絲。春去有來日，我老無少時。人生待富貴，爲樂常苦遲。不如貧賤日，隨分開愁眉。賣我所乘馬，典我舊朝衣。盡將沽酒飲，酩酊步行歸。名姓日隱晦，形骸日變衰。醉卧黄公肆，人知我是誰？（0236）

【注】

朱《箋》：作於元和七年（八一二），下邽。

〔人生待富貴，爲樂常苦遲〕曹丕《大牆上蒿行》：「樂未央，爲樂常苦遲。」

〔不如貧賤日，隨分開愁眉〕隨分，見卷二《續古詩十首》之六（0071）注。

〔醉卧黄公肆，人知我是誰〕《世説新語·傷逝》：「王濬沖爲尚書令，著公服，乘軺車，經黄公酒壚下過。顧謂後車客：『吾昔與嵇叔夜、阮嗣宗共酣飲於此壚，竹林之遊，亦預其末。自嵇生夭、阮公亡以來，便爲時所羈紲。今日視此雖近，邈若山河。』」

蘭若寓居

名宦老慵求，退身安草野。家園病懶歸，寄居在蘭若。薜衣換簪組，藜杖代車馬。行止輒自由，甚覺身蕭灑①。晨遊南塢上，夜息東菴下。人間千萬事，無有關心者。（0237）

【校】

①〔蕭灑〕馬本、《唐音統籤》、汪本作「瀟灑」。

【注】

朱《箋》：作於元和七年（八一二），下邽。

〔蘭若〕即阿蘭若，佛教謂出家人修行之僻靜場所。慧琳《一切經音義》卷五：「阿練若，或云阿蘭若，或云阿蘭那，或但云蘭若，皆梵語訛轉耳。正梵語應云阿蘭。……此土意譯云寂靜處，或云無諍地，所居不一。」

〔薜衣換簪組，藜杖代車馬〕沈佺期《入少密溪》：「自言避喧非避秦，薜衣耕鑿帝堯人。」李白《贈清漳明府侄聿》：「絃歌詠唐堯，脱落隱簪組。」

麴生訪宿

西齋寂已暮，叩門聲樀樀。知是君宿來，自拂塵埃席。村家何所有，茶果迎來客①。貧静似僧居，竹林依四壁②。厨燈斜影出，簷雨餘聲滴。不是愛閑人，肯來同此夕？

（0238）

【校】

①〔迎來客〕金澤本作「遲來客」。

②〔竹林〕金澤本作「竹牀」。

【注】

朱《箋》：作於元和七年（八一二），下邽。

〔麴生〕名未詳。

〔西齋寂已暮，叩門聲樀樀〕《説文》：「樀，户樀也。《爾雅》曰：檐謂之樀。樀，朝門。讀與滴同。」此用爲象聲詞，象輕叩門聲，如以滴滴象滴水聲，以篤篤、絜絜象輕叩聲。

聞庾七左降因詠所懷

我病卧渭北①，君老謫巴東。相悲一長歎，薄命與君同。既歎還自哂②，哂歎兩未終。後心誚前意，所見何迷蒙。人生大塊間，如鴻毛在風。或飄青雲上，或落泥塗中。衮服相天下，儻來非我通。布衣委草莽，偶去非吾窮。外物不可必，中懷須自空。無令怏怏氣，留滯在心胸。（0239）

【校】

①〔卧渭北〕馬本、《唐音統籤》作「居渭北」。

②〔還自哂〕金澤本作「迴自哂」。

【注】

朱《箋》：作於元和七年（八一二），下邽。

〔庾七〕朱《箋》：「庾玄師。」白居易《代書詩一百韻寄微之》（本書卷十三0604）：「佛理尚玄師。」原注：「庾七玄師，談佛理有可賞者。」

〔後心誚前意，所見何迷蒙〕謝靈運《答驎維問》：「今欲以崇高之相，而令迷蒙所知，未之有也。」

〔人生大塊間，如鴻毛在風〕《莊子·齊物論》：「夫大塊噫氣，其名爲風。是唯無作，作則萬竅怒呺。」王褒《聖主得賢臣頌》：「翼乎如鴻毛過順風，沛乎如巨魚縱大壑。」

〔或飄青雲上，或落泥塗中〕參見卷五《效陶潛體詩十六首》「中秋三五夜」（0216）注。

〔衮服相天下，儻來非我通〕《禮記·禮器》：「天子龍衮，諸侯黼，大夫黻，士玄衣纁裳。」《晉書·職官志》：「其相國、丞相，皆衮冕，緑盭綬，所以殊於常公也。」陸機《答賈謐詩》：「魯公戾止，衮服委蛇。」《莊子·繕性》：

「軒冕在身，非性命也，物之儻來，寄者也。」

〔布衣委草莽，偶去非吾窮〕《後漢書·朱景王杜馬劉傅堅馬傳》論：「其懷道無聞，委身草莽者，亦何可勝言。」

〔外物不可必，中懷須自空〕《莊子·外物》：「外物不可必，故龍逢誅，比干戮，箕子狂，惡來死，桀紂亡。」《文選》蘇武詩：「幸有絃歌曲，可以喻中懷。」僧肇《宗本義》：「故知雖今現有有，而性常自空。性常自空，故謂之性空。」

〔無令怏怏氣，留滯在心胸〕《史記·白起王翦列傳》：「白起之遷，其意尚怏怏不服。」

答卜者

病眼昏似夜，衰鬢颯如秋。除却須衣食，平生百事休。知君善易者，問我決疑不。不卜非他故，人间無所求。（0240）

【注】

朱《箋》：作於元和七年（八一二），下邽。

〔病眼昏似夜，衰鬢颯如秋〕謝朓《落日同何儀曹煦詩》：「一賞桂尊前，寧傷蓬鬢颯。」

歸田三首

人生何所欲，所欲唯兩端。中人愛富貴，高士慕神仙。神仙須有籍，富貴亦在天。莫戀

長安道，莫尋方丈山。西京塵浩浩，東海浪漫漫。金門不可入，琪樹何由攀？不如歸山下，如法種春田。（0241）

【注】

汪《譜》、朱《箋》：作於元和七年（八一二），下邽。陳《譜》繫於元和五年（八一〇）。汪《譜》：「白公以元和五年庚寅除京兆户曹，六年辛卯丁母陳太君喪始歸渭村，時年四十，故《歸田》詩云『四十爲野夫』也。直齋乃以此詩繫之五年，且云移疾求退。然陳太君以六年卒於長安宣平里第，猶自京兆府申堂狀，安得先一年歸渭村？」

〔中人愛富貴，高士慕神仙〕《論語·雍也》：「子曰：『中人以上，可以語上也；中人以下，不可以語上也。』」

〔神仙須有籍，富貴亦在天〕《太平廣記》卷六三《驪山姥》（出《集仙傳》）：「受此符者，當須名列仙籍，骨相應仙，而後可以語至道之幽妙，啓玄關之鎖鑰耳。不然者，反受其咎也。」《論語·顔淵》：「死生有命，富貴在天。」

〔莫戀長安道，莫尋方丈山〕《樂府詩集·漢横吹曲》有《長安道》，錄梁簡文帝蕭綱等人之作，以叙寫長安繁華爲題旨。方丈，海上三神山之一。參見卷一《題海圖屏風》（0007）注。

〔金門不可入，琪樹何由攀〕金門，見卷五《贈吳丹》（0195）注。琪樹，見卷四《牡丹芳》（0150）注。

種田計已決①，決意復何如②？賣馬買犢使③，徒步歸田廬。迎春治耒耜，候雨闢菑畬。策杖田頭立，躬親課僕夫。吾聞老農言，爲稼慎在初。所施不鹵莽，其報必有餘④。上

求奉王稅⑤，下望備家儲。安得放慵墮⑥，拱手而曳裾？學農未爲鄙，親友勿笑余⑦。更待明年後，自擬執犁鋤。（0242）

【校】

①〔計已決〕馬本、《唐音統籤》、汪本作「意已決」。

②〔決意〕金澤本、宗尊本作「決竟」。

③〔犢使〕金澤本、宗尊本作「黄犢」。

④〔其報〕馬本、《唐音統籤》作「所報」。

⑤〔王稅〕馬本、《唐音統籤》作「皇稅」。

⑥〔慵墮〕馬本、《唐音統籤》、汪本作「慵惰」。

⑦〔笑余〕金澤本、宗尊本作「笑予」。

【注】

〔賣馬買犢使，徒步歸田廬〕《漢書・龔遂傳》：「民有帶持刀劍者，使賣劍買牛，賣刀買犢，曰：『何爲帶牛佩犢？』」

〔迎春治耒耜，候雨闢菑畬〕《禮記・月令》：「立春之日，天子親帥三公、九卿、諸侯、大夫，以迎春於東郊。……是月也，天子乃以元日祈穀于上帝，乃擇元辰，天子親載耒耜，措之于參保介之御間。」《爾雅・釋地》：「田一歲曰菑，二歲曰新田，三歲曰畬。」

〔所施不鹵莽，其報必有餘〕《莊子・則陽》：「長梧封人問子牢曰：『君爲政焉勿鹵莽，治民焉勿滅裂。昔予爲禾，耕而鹵莽之，則其實亦鹵莽而報予；耘而滅裂之，其實亦滅裂而報予。予來年變齊，深其耕而熟耰之，其禾蘩以滋，予終年厭飧。』」

〔上求奉王稅，下望備家儲〕陶淵明《桃花源詩》：「春蠶收長絲，秋熟無王稅。」

〔安得放慵墮，拱手而曳裾〕陶淵明《勸農》：「氣節易過，和澤難久。冀缺攜儷，沮溺結耦。相彼賢達，猶勤壟畝。矧伊衆庶，曳裾拱手。」

〔學農未爲鄙，親友勿笑余〕陶淵明《勸農》：「孔耽道德，樊須是鄙。董樂琴書，田園弗履。若能超然，投迹高軌。敢不斂衽，敬讚德美。」

三十爲近臣，腰間鳴珮玉。四十爲野夫，田中學鋤穀。何言十年内，變化如此速？此理固是常，窮通相倚伏。爲魚有深水，爲鳥有高木①。何必守一方，窘然自牽束？化吾足爲馬，吾因以行陸。化吾手爲彈，吾因以求肉。形骸爲異物，委順心猶足②。幸得且歸農，安知不爲福？况吾行欲老，瞥若風前燭③。孰能俄頃間，將心繫榮辱？（0243）

【校】

①〔高木〕金澤本作「喬木」。

②〔心猶足〕金澤本作「心獨足」。

③〔風前燭〕馬本、《唐音統籤》作「風中燭」。

【注】

〔三十爲近臣，腰間鳴珮玉〕《禮記・玉藻》：「古之君子必佩玉，右徵角，左宮月，趨以采齊，行以肆夏，周還中規，折還中矩，進則揖之，退則揚之，然後玉鏘鳴也。故君子在車則聞鸞和之聲，行則鳴佩玉。」珮、佩字通。

〔此理固是常，窮通相倚伏〕窮通，見卷一《諭友》(0052)注。《老子》五十八章：「禍兮福之所倚，福兮禍之所伏。」

〔化吾足爲馬〕四句　《莊子・大宗師》：「浸假而化予之左臂以爲雞，予因以求時夜；浸假而化予之右臂以爲彈，予因以求鴞炙；浸假而化予之尻以爲輪，以神爲馬，予因以乘之，豈更駕哉。」

〔形骸爲異物，委順心猶足〕見卷五《松齋自題》(0188)注。朱昭之《與顧歡書難夷夏論》：「達者尚復以形骸爲逆旅，衮冕豈足論哉。」

〔况吾行欲老，瞥若風前燭〕上官儀《高密長公主挽歌》：「霜處華芙蓉，風前銀燭侵。」劉希夷《故園置酒》：「風前燈易滅，川上月難留。」

秋遊原上

七月行已半，早涼天氣清。清晨起巾櫛①，徐步出柴荆。露杖筇竹冷，風襟越蕉輕。閑攜弟侄輩，同上秋原行。新棗未全赤，晚瓜有餘馨。依依田家叟，設此相逢迎。自我到此村，往來白髮生②。村中相識久，老幼皆有情。留連向暮歸，樹樹風蟬聲③。是時新雨足，禾黍夾道青。見此令人飽，何必待西成？（0244）

【校】

①〔巾櫛〕金澤本作「盥櫛」。

②〔往來〕紹興本等作「往來」，據金澤本改。汪本作「往往」。

③〔風蟬聲〕馬本、《唐音統籤》作「風蟬鳴」。

【注】

朱《箋》：作於元和七年（八一二），下邽。

〔清晨起巾櫛，徐步出柴荆〕《禮記·曲禮上》：「男女不雜坐，不同椸枷，不同巾櫛。」

〔露杖筇竹冷，風襟越蕉輕〕《史記·西南夷列傳》：「博望侯張騫使大夏來，言居大夏時見蜀布、邛竹杖。」集解：「韋昭曰：邛縣之竹，屬蜀。瓚曰：邛，山名。此竹節高實中，可作杖。」字又作「笻竹」。王維《謁璿上人》：「床下阮家屐，窗前笻竹杖。」杜甫《送梓州李使君之任》：「老思笻竹杖，冬要錦衾眠。」越蕉，細葛布。左思《吳都賦》：「蕉葛升越，弱於羅紈。」《文選》李善注：「蕉葛，葛之細者。升越，越之細者。」張銑注：「蕉葛升越，皆布類。弱於羅紈，言細薄。」《南方草木狀》卷上：「甘蕉……一種大如藕，子長六七寸，形正方，少甘，最下也。其莖解散如絲，以灰練之，可紡績爲絺綌。雖脆而好，黄白不如葛赤色也。交廣俱有之。」

〔自我到此村，往來白髮生〕來，語助詞。張籍《題僧院》：「聞師行講青龍疏，本寺住來多少年。」

〔見此令人飽，何必待西成〕《書・堯典》：「寅餞納日，平秩西成。」傳：「秋，西方，萬物成。平序其政，助成物。」

九日登西原宴望　同諸兄弟作。

病愛枕席涼，日高眠未輟。弟兄呼我起，今日重陽節。起登西原望，懷抱同一豁。移座就菊叢，餻酒前羅列①。雖無絲與管，歌笑隨情發。白日未及傾，顏酡耳已熱。酒酣四向望，六合何空闊。天地自久長，斯人幾時活？請看原下村，村人死不歇。一村四十家，哭葬無虚月。指此各相勉，良辰且歡悦。（0245）

【校】

①〔餻酒〕金澤本作「餅酒」。

【注】

朱《箋》：作於元和七年（八一二），下邽。

〔移座就菊叢，餻酒前羅列〕《太平御覽》卷三二引《四民月令》：「重陽之日，必以餻酒登高眺迴，爲時宴之遊賞，以暢秋志。」《隋書・五行志》引童謡：「七月刈禾太早，九月噉餻未好。」薛逢《九日雨中言懷》：「餻果盈前益自愁，那堪風雨滯刀州。」

〔白日未及傾，顏酡耳已熱〕《楚辭・招魂》：「美人既醉，朱顏酡些。」楊惲《報孫會宗書》：「酒後耳熱，仰天撫缶而呼嗚嗚。」

寄同病者

三十生二毛，早衰爲沉痾。四十官七品，拙宦非由他①。年顔日枯槁②，時命日蹉跎。豈獨我如此，聖賢無奈何。迴觀親舊中，舉目尤可嗟。或有終老者，沉賤如泥沙。或有始壯者，飄忽如風花。窮餓與夭促，不如我者多。以此反自慰，常得心平和。寄言同病者，迴歎且爲歌③。（0246）

【校】

①〔拙宦〕金澤本作「拙官」。

②〔年顔〕馬本、《唐音统籤》、汪本作「面顇」。平岡校：「年顔，白氏常語。」

③〔迴歎〕金澤本作「迴歡」，平岡校：「非是。」

【注】

朱《箋》：作於元和七年（八一二），下邽。

〔三十生二毛，早衰爲沉痾〕潘岳《秋興賦序》：「余春秋三十有二，始見二毛。」謝莊《山夜憂》：「沉痾白髮共急日，朝露過隙詎賒年。」

〔四十官七品，拙宦非由他〕潘岳《閑居賦序》：「岳嘗讀《汲黯傳》，至司馬安四至九卿，而良史書之，題以巧宦之目，未嘗不慨然廢書而嘆。曰：嗟乎！巧誠有之，拙亦宜然。」張九齡《南還湘水言懷》：「拙宦今何有，勞歌念不成。」

〔年顔日枯槁，時命日蹉跎〕年顔，年貌容顔。白居易《寄王質夫》（本書卷十一0529）：「年顔漸衰颯，生計仍蕭索。」《曲江感秋二首》（本書卷十一0570）：「時命始欲來，年顔已先去。」李商隱《戲題樞言草閣三十二韻》：「年顔各少壯，髮緑齒尚齊。」《莊子·繕性》：「古之所謂隱士者，非伏身而弗見也，非閉其言而不出也，非藏其知而不發也，時命大謬也。當時命而大行乎天下，則反一无迹；不當時命而大窮乎天下，則深根寧極而待，此存身之道也。」《荀子·宥坐》：「君子之學，非爲通也，爲窮而不困、憂而意不衰也，知禍福終始而心不惑也。夫賢不肖者，材也。爲不爲者，人也。遇不遇者，時也。死生者，命也。今有其人不遇其時，雖賢，其能行乎？」

〔或有終老者，沉賤如泥沙〕《論衡·定賢》：「賢者還在閭巷之間，貧賤終老，被無驗之謗。」

遊藍田山卜居

脱置腰下組，擺落心中塵。行歌望山去，意似歸鄉人。朝蹋玉峰下，暮尋藍水濱。擬求幽僻地，安置疏慵身。本性便山寺，應須旁悟真。（0247）

【注】

朱《箋》：作於元和七年（八一二），下邽。

〔藍田山〕《太平寰宇記》卷二六藍田縣：「藍田山，古華胥氏陵，在縣西三十里，一名玉山，一名覆車山。郭緣生《述征記》云：山形如覆車之像也。」

〔脱置腰下組，擺落心中塵〕擺落，見卷五《效陶潛體詩十六首》「吾聞潯陽郡」首（0221）注。蕭衍《淨業賦》：「外清眼境，内淨心塵。」《五燈會元》卷二牛頭山法融禪師：「心爲正受縛，爲之淨業障。心塵萬分一，不了説無明。」

〔行歌望山去，意似歸鄉人〕意似，形似，近似。《三國志·蜀書·譙周傳》：「是故智者不爲小利移目，不爲意似改步。」

〔朝蹋玉峰下，暮尋藍水濱〕玉峰，即藍田山。藍水，藍谷水。《長安志》卷十六藍田縣：「藍谷水南自秦嶺，西流經藍關、藍橋，過王順山下，水出藍谷，西流入霸水。」

〔擬求幽僻地，安置疏慵身〕孟郊《勸善吟》：「顧余昧時調，居止多疏慵。」

〔本性便山寺，應須旁悟真〕《長安志》卷十六藍田縣：「崇法寺即唐悟真寺也，在縣東南二十里王順山。」參見本卷《遊悟真寺詩一百三十韻》（0261）。

村雪夜坐

南窗背燈坐，風霰暗紛紛。寂寞深村夜，殘雁雪中聞。（0248）

【注】

朱《箋》：作於元和七年（八一二），下邽。

東園玩菊

少年昨已去，芳歲今又闌。如何寂寞意，復此荒凉園？園中獨立久，日淡風露寒①。秋蔬盡蕪没，好樹亦凋殘。唯有數叢菊，新開籬落間。攜觴聊就酌②，爲爾一留連。憶我少小日，易爲興所牽。見酒無時節，未飲已欣然③。近從年長來，漸覺取樂難。常恐更衰老，强飲亦無歡④。顧謂爾菊花，後時何獨鮮？誠知不爲我，借爾暫開顔。（0249）

【校】

①〔日淡〕金澤本作「月淡」。

②〔就酌〕《文苑英華》作「自酌」。

③〔已欣然〕馬本、《唐音統籤》作「心欣然」。

④〔强飲〕《文苑英華》、金澤本、宗尊本作「强醉」。

【注】

朱《箋》：作於元和八年（八一三），下邽。

〔近從年長來，漸覺取樂難〕張衡《西京賦》：「取樂今日，遑恤我後。」

觀稼

世役不我牽，身心常自若。晚出看田畝，閑行旁村落。纍纍繞場稼，嘖嘖羣飛雀。年豐豈獨人，禽鳥聲亦樂。田翁逢我喜，默起具樽杓①。斂手笑相延，社酒有殘酌。愧茲勤且敬，藜杖爲淹泊。言動任天真，未覺農人惡。停杯問生事，夫種妻兒穫。筋力苦疲勞，衣食長單薄②。自慚祿仕者，曾不營農作③。飽食無所勞，何殊衛人鶴？（0250）

【校】

①〔樽杓〕馬本、《唐音統籤》、汪本作「杯杓」。

②〔長單薄〕馬本、《唐音統籤》、汪本作「常單薄」。

③〔曾不〕馬本、《唐音統籤》作「不曾」。〔營農作〕金澤本作「勞農作」。

【注】

朱《箋》：作於元和七年（八一二），下邽。

〔纍纍繞場稼，嘖嘖羣飛雀〕嘖嘖，鳥雀鳴聲。《爾雅·釋鳥》：「宵鳸，嘖嘖。」郭璞注：「諸鳥皆因其毛色音聲以爲名。」儲光羲《野田黄雀行》：「嘖嘖野田雀，不知軀體微。」

〔愧茲勤且敬，藜杖爲淹泊〕張纘《懷音賦序》：「途經鄢郢，淹泊累旬。」

〔言動任天真，未覺農人惡〕王維《偶然作六首》：「陶潛任天真，其性頗耽酒。」

〔飽食無所勞，何殊衛人鶴〕《論語・陽貨》：「飽食終日，無所用心，難矣哉。」衛人鶴，見卷一《感鶴》（0028）注。

聞哭者

昨日南隣哭，哭聲一何苦！云是妻哭夫，夫年二十五。今朝北里哭，哭聲又何切！云是母哭兒，兒年十七八。四隣尚如此，天下多夭折。乃知浮世人，少得垂白髮。余今過四十，念彼聊自悦。從此明鏡中，不嫌頭似雪。（0251）

【注】

汪《譜》、朱《箋》：作於元和七年（八一二），下邽。

〔乃知浮世人，少得垂白髮〕浮世，猶言浮生，言生世空虛非實。《巨力長者所問大乘經》卷上：「浮世匪堅，如夢所見。」耿湋《春日遊慈恩寺寄暢當》：「浮世今何事，空門此諦真。」

新構亭臺示諸弟侄①

平臺高數尺，臺上結茅茨②。東西疏二牖，南北開兩扉。蘆簾前後卷，竹簟當中施。清冷白石枕，疏凉黄葛衣。開衿向風坐，夏日如秋時。嘯傲頗有趣，窺臨不知疲。東窗對華山，三峰碧參差。南簷當渭水，卧見雲帆飛。仰摘枝上果，俯折畦中葵。足以充飢渴，何必慕甘肥？況有好羣從，旦夕相追隨。（0252）

【校】

①〔題〕「亭臺」金澤本作「高亭」。

②〔結茅茨〕馬本、《唐音統籤》作「築茅茨」。

【注】

〔嘯傲頗有趣，窺臨不知疲〕郭璞《遊仙詩》：「嘯傲遺世羅，縱情任獨往。」陶淵明《飲酒》：「嘯傲東窗下，聊復得此生。」謝靈運《登池上樓》：「衾枕昧節候，褰開暫窺臨。」

〔足以充飢渴，何必慕甘肥〕陶淵明《有會而作》：「菽麥實所羨，孰敢慕甘肥。」

自吟拙什因有所懷

懶病每多暇，暇來何所爲？未能抛筆硯，時作一篇詩。詩成淡無味，多被衆人嗤。上怪落聲韻，下嫌拙言詞。時時自吟詠，吟罷有所思。蘇州及彭澤，與我不同時。此外復誰愛，唯有元微之。趁向江陵府①，三年作判司。相去二千里，詩成遠不知。（0253）

【校】

①〔趁向〕馬本、《唐音統籤》、汪本作「謫向」。

【注】

汪《譜》、朱《箋》：作於元和七年（八一二），下邽。

〔詩成淡無味，多被衆人嗤〕鍾嶸《詩品序》：「永嘉時，貴黄老，稍尚虚談，於時篇什，理過其辭，淡乎寡味。」

〔上怪落聲韻，下嫌拙言詞〕落聲韻，落韻，不合韻。《太平廣記》卷二六二《楊錚》（出《王氏見聞》）：「蜀秀才楊錚行惡思，或故作落韻，或醜穢語，取人笑玩，裝修卷軸，投謁王侯門。」陸機《文賦》：「或言拙而喻巧，或理樸而辭輕。」

〔蘇州及彭澤，與我不同時〕蘇州，指韋應物。白居易《吳郡詩石記》（《白氏文集》卷六八）：「貞元初，韋應物爲蘇州牧，房孺復爲杭州牧，皆豪人也。韋嗜詩，房嗜酒，每與賓友一醉一詠，其風流雅韻，多播於吳中，或目韋、房爲詩酒仙。時予年十四五，旅二郡，以幼賤不得與遊宴，尤覺其才調高而郡首尊。」彭澤，陶淵明。

〔趁向江陵府，三年作判司〕趁，驅趕。《寒山詩注》一四八首：「一人好頭肚，六藝盡皆通。南漸趨歸北，西逢趁向東。」二四四首：「昨被我捉得，惡罵恣情掣。趁向無人處，一一向伊説。」元稹被貶江陵士曹參軍，見卷一《登樂遊園望》（0026）注。

東陂秋意寄元八①

寥落野陂畔，獨行思有餘。秋荷病葉上，白露大如珠。忽憶同賞地，曲江東北隅②。秋池少遊客③，唯我與君俱。啼蛩隱紅蓼④，瘦馬蹋青蕪。當時與今日，俱是暮秋初。節物

苦相似，時景亦無殊⑤。唯有人分散，經年不得書。（0254）

【校】

①〔題〕「東陂」馬本、《唐音統籤》、汪本作「東坡」。

②〔東北〕馬本、《唐音統籤》作「南北」。

③〔秋池〕汪本作「秋步」。

④〔啼蛩〕金澤本、宗尊本作「啼螿」。

⑤〔無殊〕紹興本等作「無餘」，據金澤本改。

【注】

〔東陂〕即金氏陂。《太平寰宇紀》卷二九下邽縣：「唐武德二年引白渠入陂，復曰金氏陂。貞觀三年陂側置金監，十二年此監廢，其田賜王公。古云此陂水滿，即關内豐熟。西又有金氏陂，俗號曰東陂，南有月陂，形似月也，亦名金氏陂。」參見本卷《村中留李三顧言宿》（0259）注。

〔元八〕朱《箋》：「元宗簡。」參見卷五《答元八宗簡同遊曲江後明日見贈》（0174）。

〔啼蛩隱紅蓼，瘦馬蹋青蕪〕江洪《和新浦侯齋前竹》：「籜紫春鶯思，筠綠寒蛩啼。」元稹《和樂天秋題曲江》：「綿綿紅蓼水，颺颺白鷺鷀。」白居易《早秋曲江感懷》（本書卷九0403）：「青蕪與紅蓼，歲歲秋相似。」杜甫《徐步》：「整履步青蕪，荒庭日欲晡。」按，蛩即蟋蟀，螿爲蟬屬，紅蓼爲草本，作「啼螿」者誤。

〔節物苦相似，時景亦無殊〕陸機《擬明月何皎皎》：「踟躕感節物，我行永以久。」時景，見卷五《答元八宗簡同遊曲江後明日見贈》(0174)注。

閑居

深閉竹間扉，靜掃松下地。獨嘯晚風前，何人知此意？看山盡日坐，枕帙移時睡①。誰能從我遊，使君心無事②？（0255）

【校】

①〔枕帙〕金澤本、要文抄本作「枕秩」。

②〔使君〕金澤本作「遣君」，平岡校：「白詩句多言遣君。」

【注】

〔看山盡日坐，枕帙移時睡〕陶淵明《乙巳歲三月爲建威參軍使都經錢溪》：「晨夕看山川，事事悉如昔。」

詠拙①

所稟有巧拙，不可改者性。所賦有厚薄，不可移者命。我性拙且惷②，我命薄且屯。問我何以知，所知良有因。亦曾舉兩足，學人踏紅塵。從兹知性拙，不解轉如輪。亦曾奮六翮，高飛到青雲。從兹知命薄，摧落不逡巡。慕貴而厭賤，樂富而惡貧。同出天地間③，我豈異於人？

性命苟如此，反則成苦辛。以此自安分，雖窮每欣欣。葺茅爲我廬，編蓬爲我門。縫布作袍被，種穀充盤飧。靜讀古人書，閑釣清渭濱。優哉復游哉，聊以終吾身。（0256）

【校】

①〔題〕金澤本、宗尊本作「詠懷」。

②〔拙且惷〕《全唐詩》作「愚且惷」。

③〔同出〕馬本、《唐音統籤》、汪本作「同此」，金澤本作「同生」。

【注】

〔所稟有巧拙〕四句　《莊子·天運》：「性不可易，命不可變，時不可止，道不可壅。」《呂氏春秋·功名》：「賢不肖不可以不相分，若命之不可易，若美惡之不可移。」《論衡·初稟》：「命，謂初所稟得而生也。人生受性，則受命矣。性命俱稟，同時並得，非先稟性，後乃受命也。」又《幸偶》：「俱稟元氣，或獨爲人，或爲禽獸。並爲人，或貴或賤，或貧或富。富或累金，貧或乞食。貴至封侯，賤至奴僕。非天稟施有左右也，人物受性有厚薄也。」

〔我性拙且惷，我命薄且屯〕屯，難。《莊子·外物》：「心若懸於天地之間，慰暋沈屯。」司馬彪注：「屯，難也。」

〔亦曾舉兩足，學人踏紅塵〕紅塵，見卷一《京兆府新栽蓮》（0012）注。

〔亦曾奮六翮，高飛到青雲〕《古詩十九首》：「昔我同門友，高舉振六翮。」《文選》李善注：「《韓詩外傳》蓋桑曰：夫鴻鵠一舉千里，所恃者六翮耳。」

〔從茲知命薄，摧落不逡巡〕潘岳《射雉賦》：「毛體摧落，霍若碎錦。」不逡巡，見卷二《贈友五首》之四（0088）注。

〔同出天地間，我豈異於人〕《論衡·本性》：「夫人情性，同生於陰陽，其生於陰陽，有渥有泊。玉生於石，有純有駁。性情生於陰陽，安能純善。」

〔葺茅爲我廬，編蓬爲我門〕顔延之《和謝監靈運》：「采茨葺昔宇，翦棘開舊畦。」《文選》李善注：「葺，覆也。」東方朔《非有先生論》：「遂居深山之間，積土爲室，編蓬爲户。」

〔縫布作袍被，種穀充盤飧〕《左傳》僖公二十三年：「乃饋盤飧，寘璧焉。」

〔優哉復遊哉，聊以終吾身〕《左傳》襄公二十一年：「《詩》曰：優哉遊哉，聊以卒歲。」

詠慵

有官慵不選，有田慵不農。屋穿慵不葺，衣裂慵不縫。有酒慵不酌，無異樽長空。有琴慵不彈，亦與無絃同。家人告飯盡，欲炊慵不舂①。親朋寄書至，欲讀慵開封。常聞嵇叔夜，一生在慵中。彈琴復鍛鐵，比我未爲慵。（0257）

【校】

①〔不舂〕金澤本、管見抄本作「宿舂」。

【注】

汪《譜》、朱《箋》：作於元和九年（八一四），下邽。

〔常聞嵇叔夜〕四句　《世説新語·雅量》：「嵇中散臨刑東市，神氣不變，索琴彈之，奏《廣陵散》。曲終，曰：『袁孝尼嘗請學此散，吾靳固不與，《廣陵散》於今絶矣。』」又《簡傲》注引《文士傳》：「（嵇）康性絶巧，能鍛鐵。家有盛柳樹，乃激水以圜之，夏天甚清涼，恒居其下傲戲，乃身自鍛。」

冬夜

家貧親愛散，身病交遊罷。眼前無一人，獨掩村齋卧。冷落燈火暗，離披簾幕破。策策窗户前，又聞新雪下。長年漸省睡，夜半起端坐。不學坐忘心①，寂寞安可過②？兀然身寄世，浩然心委化。如此來四年，一千三百夜。（0258）

【校】

①〔坐忘〕金澤本作「坐亡」。

②〔寂寞〕管見抄本作「寂寥」。

【注】

朱《箋》：作於元和九年（八一四），下邽。「汪《譜》繫此詩於元和八年，詩云：『如此來四年』，據元和六年退居渭村推算，應繫於元和九年。」

〔家貧親愛散，身病交遊罷〕親愛，親屬。曹植《贈白馬王彪》：「鬱紆將難進，親愛在離居。」

〔冷落燈火暗，離披簾幕破〕離披，零落貌。《楚辭·九辯》：「白露既下百草兮，淹離披此梧楸。」

〔策策窗户前，又聞新雪下〕策策，葉落聲，又雪落聲。韓愈《秋懷詩十一首》：「秋風一拂披，策策鳴不已。」

〔不學坐忘心，寂寞安可過〕《莊子·大宗師》：「顏回曰：『回益矣。』仲尼曰：『何謂也？』曰：『回忘禮樂矣。』曰：『可矣，猶未也。』他日，復見，曰：『回益矣。』曰：『何謂也？』曰：『回忘仁義矣。』曰：『可矣，猶未也。』他日，復見，曰：『回益矣。』曰：『何謂也？』曰：『回坐忘矣。』仲尼蹴然曰：『何謂坐忘？』顏回曰：『墮肢體，黜聰明，離形去知，同於大通，此謂坐忘。』」按，此「坐忘心」實與北宗禪坐禪離念法門有關。敦煌本《大乘無生方便門》：「次各令結跏趺坐。……問：『佛子，心湛然不動，是沒？』言：『淨。』『諸佛如來有入道大方便，一念淨心，頓超佛地。』」

〔兀然身寄世，浩然心委化〕身寄世，參見卷五《感時》(0175)注。委化，委身大化。支遁《詠大德詩》：「寄旅海漚鄉，委化同天壤。」

村中留李三顧言宿①

平生早遊宦，不道無親故。如我與君心，相知應有數。春明門前別②，金氏陂中遇。村酒兩三杯，相留寒日暮。勿嫌村酒薄，聊酌論心素。請君少踟躕，繫馬門前樹。明年身若健，便擬江湖去。他日縱相思，知君無覓處。後會既茫茫，今宵君且住。(0259)

【校】

①〔題〕「顧言」馬本、《唐音統籤》、汪本作「固言」，紹興本題下小字「固言」，據金澤本改。

②〔春明門前〕金澤本作「春明門外」。

【注】

朱《箋》：作於元和九年（八一四），下邽。

〔李三顧言〕岑仲勉《讀全唐詩札記》：「七函二册白居易《村中留李三固言宿》，按《元氏集》七《遺病》『李三三十九』原注：『監察御史顧言。』前六函八册同。十二函八册亦云：『監察御史李顧言，元和元年及第。』此作『固』異。」朱《箋》：「李顧言，字仲遠，曾官監察御史。居常樂里，與元稹、白居易過從甚密。元和十年春卒。……此李顧言與《舊唐書》卷一七三所載曾相文宗之李固言，僅音聲偶同，顯係兩人。……花房英樹《白氏文集の批判的研究》謂金澤文庫本亦作『顧言』。當以『顧言』爲正。」

〔春明門前別，金氏陂中遇〕春明門，唐長安外郭東面三門之一。《唐兩京城坊考》卷一：「東面三門，北通化門，中春明門，南延興門。」張籍《贈別王侍御赴任陝州司馬》：「今日春明門外別，更無因得到街西。」金氏陂，朱《箋》：「即金氏村。俗名紫蘭村，在白氏故鄉下邽縣渭河北岸邊。」《太平寰宇紀》卷二九下邽縣：「金氏陂在縣東二十里。按《地輿志》云：漢昭帝時，車騎將軍金日磾有功，賜其地。虞摯《三輔決錄》云：金氏本下邽人也。今陂久廢，即渠西廢陂是也。唐武德二年引白渠入陂，復曰金氏陂。貞觀三年陂側置金監，十二年此監廢，其田賜王公。古云此陂水滿，即關内豐熟。西又有金氏陂，俗號曰東陂，南有月陂，形似月也，亦名金氏陂。」

友人夜訪

簷間清風簟，松下明月杯。幽意正如此，况乃故人來。（0260）

【注】

朱《箋》：作於元和九年（八一四），下邽。

遊悟真寺詩一百三十韻

元和九年秋，八月月上弦。我遊悟真寺，寺在王順山。去山四五里，先聞水潺湲。自兹捨車馬，始涉藍溪灣①。手拄青竹杖，足蹋白石灘。漸怪耳目曠，不聞人世諠。山下望山上，初疑不可攀。誰知中有路，盤折通巖巔。一息幡竿下，再休石龕邊。龕間長丈餘②，門户無扃關。俯窺不見人③，石髮垂若鬟。驚出白蝙蝠，雙飛如雪翻。迴首寺門望④，青崖夾朱軒。如擘山腹開⑤，置寺於其間。入門無平地，地窄虚空寬。房廊與臺殿，高下隨峰巒。巖崿無撮土，樹木多瘦堅。根株抱石長，屈曲蟲蛇蟠。松桂亂無行，四時鬱芊芊。枝梢嫋清吹⑥，韻若風中絃。日月光不透，緑陰相交延。幽鳥時一聲，聞之似寒蟬⑦。首憩賓位亭，就坐未及安。須臾開北户，萬里明豁然。拂簷虹霏微，遶棟雲迴旋。赤日間白雨，陰晴同一川。野緑蔟草樹⑧，眼界吞秦原。渭水細不見，漢陵小於拳。却顧來時路，縈紆映朱欄。歷歷上山人，一一遥可觀。前對多寶塔，風鐸鳴四端。欒櫨與户牖，袷恰金碧繁⑨。云昔迦葉佛，此地坐涅槃。至今鐵鉢在，當底手迹穿。西開玉像殿，百佛森比肩⑩。抖擻塵埃衣⑪，禮拜冰雪顔。疊霜爲袈裟，貫雹爲華鬘。逼觀疑鬼功。其迹非雕鐫。次登觀音堂，未到聞栴檀。上階脱雙履，斂足升淨筵⑫。六楹排玉鏡，四座敷金鈿。黑夜自光明⑬，不待燈燭燃。衆寶互低昂，碧珮珊瑚幡。風來似天樂，相觸聲珊珊。白珠垂露凝，赤珠滴血殷。點綴佛髻上，合爲七寶冠。雙瓶白琉璃，色若秋水寒。隔瓶見舍利，圓轉如金丹。玉笛何代物，天人施祇園。吹如秋鶴聲，可以降靈仙。是時秋方中，三五月正圓。寶堂豁三門，金魄當其前。月與寶相射，晶光爭鮮妍。照人心骨冷，竟夕不欲眠。曉尋南塔路，亂竹低嬋娟。林幽不逢人，寒蝶飛翾翾。山果不識名，離離夾道蕃。足以療飢乏⑭，摘嘗味甘酸。道南藍谷神，紫傘白紙錢。若歲有水旱，詔使羞蘋蘩⑮。以地清淨故，獻奠無葷羶。危石疊四五，嵬嵬欹且刓。造物者何意，堆在巖東偏。冷滑無人迹，苔點如花箋。我來登上頭，下臨不測淵。目眩手足掉，不敢低頭看。風從石下生，薄人而上摶。衣服似羽翮，開張欲飛騫。巉巉三面峰⑯，峰尖刀劍攢。往往白雲過⑰，決開露青天。西北日落時，夕暉紅團團。千里翠屏外⑱，走下丹砂丸。東南月上時，夜氣青漫漫。百丈碧潭底，寫出黃金盤。藍水色似藍⑲，日夜長潺潺。周迴繞山轉，下視如青環。或鋪爲慢流，或激爲奔湍。泓澄最深處，浮出蛟龍涎。側身入其中，懸磴尤險難⑳。捫蘿踏樛木，下逐飲澗猨。雪迸起白鷺，錦跳驚紅鱣。歇定方盥漱，濯去支體煩。淺深皆洞澈㉑，可照腦與肝。但愛清見底，欲尋不知源。東崖饒怪石，積甃蒼琅玕。温潤發於外，其間韞璵璠。卞和死已久，良玉多棄捐。或時洩光彩，夜與星月連。中頂最高峰，拄天青玉竿㉒。⿰鼠岡⿰鼠令上不得，豈我能攀援？上有白蓮池，素葩覆青瀾㉓。聞名不可到，處所非人寰。又有一片石，大如方尺甎㉔。插在半壁上，其下萬仞懸。云有過去師，坐得無生禪。號爲定心石，長老世相傳㉕。却上謁仙祠，蔓草生綿綿㉖。昔聞王氏子，羽化升上玄。其西曬藥臺，猶對芝朮田。時復明月夜㉗，上聞黃鶴言。迴尋畫龍堂，二叟鬢髮斑㉘。想見聽法時，歡喜禮印壇。復歸泉窟下，化作龍蜿蜒。階前石孔在，欲雨生白烟。往有寫經僧，身靜心精專㉙。感彼雲外鴿，羣飛下翩翩㉚。來添硯中水，去吸巖底泉㉛。一日三往復，時節長不愆。經成號聖僧㉜，弟子名楊難㉝。誦此蓮花偈，數滿百億千。身壞口不壞，舌根如紅蓮。顱骨今不見，石函尚存焉。粉壁有吴畫，筆彩依舊鮮。素屏有褚書，墨色如新乾。靈境與異迹㉞，周覽無不殫。

一遊五晝夜，欲返仍盤桓。我本山中人，誤爲時網牽。牽率使讀書，推挽令效官。既登文字科，又忝諫諍員。拙直不合時㉟，無益同素餐。以此自慚惕，戚戚常寡歡。無成心力盡，未老形骸殘。今來脱簪組，始覺離憂患。及爲山水遊，彌得縱疏頑。野麋斷羈絆，行走無拘攣。池魚放入海，一往何時還？身著居士衣，手把南華篇。終來此山住，永謝區中緣。我今四十餘，從此終身閑。若以七十期，猶得三十年。（0261）

【校】

①〔始涉〕馬本、《唐音統籤》作「始步」。

②〔長丈〕金澤本、管見抄本作「函丈」。

③〔俯窺〕馬本、《唐音統籤》作「仰窺」。

④〔寺門望〕金澤本、管見抄本作「見寺門」。

⑤〔山腹開〕金澤本、管見抄本作「山腹破」。

⑥〔清吹〕馬本、《唐音統籤》作「青翠」。

⑦〔聞之似寒蟬〕金澤本、管見抄本作「聞之以寒蟬」。

⑧〔野綠〕金澤本、管見抄本作「縮野」。平岡校：「縮野用費長房縮地之義而言，且縮、蔟義訓互補。」

⑨〔袷恰〕那波本、馬本、《唐音統籤》、汪本作「恰恰」。

⑩〔百佛〕紹興本等作「白佛」，據宗尊本、要文抄本、管見抄本改。平岡校：「森比肩謂衆貌，作百者是也。」
⑪〔抖擻〕金澤本作「斗藪」。〔塵埃衣〕金澤本、宗尊本、要文抄本、管見抄本作「塵垢衣」。
⑫〔淨筵〕馬本、《唐音統籤》、汪本作「瑶筵」。
⑬〔黑夜〕汪本作「黑白」。
⑭〔療飢乏〕金澤本、管見抄本作「療渴乏」。
⑮〔羞蘋蘩〕紹興本等作「修蘋蘩」，據金澤本、管見抄本改。
⑯〔嵺嵺〕紹興本、那波本作「嶫嶫」，據金澤本、馬本等改。
⑰〔往往〕馬本、《唐音統籤》作「悠悠」。
⑱〔千里〕金澤本、要文抄本、管見抄本作「千重」。
⑲〔色似藍〕金澤本作「色如藍」。
⑳〔險難〕《全唐詩》、管見抄本作「險艱」。平岡校：「下句云弟子名楊難，應無再用難字重韻。」
㉑〔淺深〕金澤本、管見抄本作「深淺」。〔洞澈〕馬本、《唐音統籤》、汪本作「洞徹」。
㉒〔拄天〕那波本作「柱天」。
㉓〔素葩〕馬本、《唐音統籤》作「紫葩」，汪本作「青葩」。
㉔〔方尺甎〕金澤本作「方丈甎」。
㉕〔相傳〕馬本、《唐音統籤》作「所傳」。
㉖〔生綿綿〕金澤本作「深綿綿」。
㉗〔明月夜〕金澤本、管見抄本作「月明夜」。

㉘〔鬢髮〕馬本、《唐音統籤》、汪本作「鬚髮」。

㉙〔身静〕金澤本、管見抄本作「身淨」。

㉚〔下翩翩〕紹興本等作「千翩翩」，據金澤本、管見抄本改。

㉛〔巖底泉〕馬本、《唐音統籤》、汪本作「巖下泉」。

㉜〔聖僧〕金澤本、管見抄本作「聖經」。

㉝〔楊難〕那波本、馬本、《唐音統籤》、汪本作「揚難」。

㉞〔靈境〕馬本、《唐音統籤》、汪本作「名境」。

㉟〔拙直〕馬本、《唐音統籤》作「倔直」。

【注】

陳《譜》、汪《譜》、朱《箋》： 作於元和九年（八一四），藍田。

〔悟真寺〕在藍田縣東南二十里王順山，見本卷《遊藍田山下卜居》（0247）注。參見下引《續高僧傳》及出《宣室志》之《悟真寺僧》。

〔自兹捨車馬，始涉藍溪灣〕藍溪，即藍谷水，見《遊藍田山下卜居》（0247）注。

〔一息幡竿下，再休石龕邊〕石龕，疑即《續高僧傳》卷二八《釋法誠傳》所言「青泥坊側古佛龕」，詳下注。

〔俯窺不見人，石髮垂若鬟〕《爾雅·釋草》： 「藫，石衣。」郭璞注： 「水苔也，一名石髮，江東食之。或曰藫葉似薤而大，生水底，亦可食。」《初學記》卷二七引《風土記》： 「石髮，水苔也。青綠色，皆生於石。」然此詩所寫，不類生水底者。《清異錄》卷上： 「石髮，吳越亦有之，然以新羅者爲上，彼國呼爲金毛菜。」或與此近同。

〔巖崿無撮土，樹木多瘦堅〕江淹《雜體詩三十首・謝臨川遊山》：「岊崿轉奇秀，岑崟還相蔽。」《文選》李善注：「《文字集略》曰：崿，崖也。」

〔松桂亂無行，四時鬱芊芊〕宋玉《高唐賦》：「仰視山巔，肅何芊芊。」

〔枝梢嫋清吹，韻若風中絃〕清吹，清音。陶淵明《諸人共遊周家墓柏下》：「今日天氣佳，清吹與鳴蟬。」鮑照《擬行路難》：「不見柏梁銅雀上，寧聞古時清吹音。」

〔首憩賓位亭，就坐未及安〕佛教僧院山寺通常以右爲主位，左爲賓位。若山寺向南，則東爲主位，西爲賓位。參見《禪苑清規》卷一。

〔拂簷虹霏微，遶棟雲迴旋〕沈約《庭雨應詔詩》：「霢霂裁欲垂，霏微不能注。」

〔前對多寶塔，風鐸鳴四端〕多寶塔，安奉多寶如來之塔。《法華經・見寶塔品》：「爾時，佛前有七寶塔高五百由旬，縱廣二百五十由旬，從地涌出，住在空中，……佛告大樂説菩薩，此寶塔中有如來全身，乃往過去東方無量千萬億阿僧祇世界國名寶淨，彼中有佛號曰多寶。」唐人崇信《法華經》，多依此建多寶塔。《冥報記》卷中：「國子祭酒蕭璟……生長貴聖，而家崇佛法。大業中，自以誦《法華經》，乃依經文作多寶塔，以檀香爲之。塔高三尺許，其上方厚等，爲木多寶像。」又岑勛有《唐西京千福寺多寶佛塔感應碑》，權德輿有《唐故寶應寺上座内道場臨壇大律師多寶塔銘》。

〔欒櫨與户牖，袷恰金碧繁〕左思《魏都賦》：「枌橑復結，欒櫨疊施。」《文選》李善注：「《廣雅》曰：曲枅謂之欒。《説文》曰：槫櫨，柱枅也。然欒、櫨一也，有曲直之殊耳。」袷恰，亦作恰恰、洽恰，多而密集貌。杜甫《江畔獨步尋花七絶句》：「留連戲蝶時時舞，自在嬌鶯恰恰啼。」《敦煌變文集・降魔變文》：「峻嶺高岑總安致，恰恰遍布不容針。」蔣禮鴻《敦煌變文字義通釋》：「『狎洽』、『壓恰』、『洽恰』有多而密的意思。」「袷恰」亦是同一詞的異寫。

〔云昔迦葉佛，此地坐涅槃〕迦葉，全名大迦葉、摩訶迦葉，佛陀十大弟子之一，被尊爲頭陀第一。傳説佛陀入滅後，迦葉承旨，主持正法，結集既已，至第二十年，乃往雞足山寂滅。見《佛本行集經》卷四五、《大唐西域記》卷九等。涅槃，梵語nirvāna，意譯寂滅、滅度。《魏書·釋老志》：「涅槃譯云滅度，或言常樂我淨，名無遷謝及諸苦累也。」北本《大般涅槃經》卷四：「滅諸煩惱，名爲涅槃」；「離諸有者，乃爲涅槃。」

〔至今鐵鉢在，當底手迹穿〕鉢爲僧人化緣所持。《四分律》卷九：「時阿難往至世尊所，頭面禮足在一面立，白佛言世尊：『世尊與比丘結戒，若比丘畜長鉢者，尼薩耆波逸提。我今得蘇摩國貴價鉢，意欲與大迦葉，然不在。不知云何？』佛問阿難：『大迦葉更幾日當還？』阿難白佛言：『却後十日當還。』時世尊以此因緣集比丘僧，隨順説法無數方便，讚嘆頭陀嚴整，少欲知足，樂出離者，告諸比丘：『自今已去聽諸比丘畜長鉢至十日，當如是説戒。若比丘畜長鉢不淨，施得齋十日，過者尼薩耆波逸提。』比丘義如上。鉢者有六種：鐵鉢、蘇摩國鉢、烏伽羅國鉢、憂伽賒國鉢、黑鉢、赤鉢。大要有二種：鐵鉢、泥鉢。」

〔西開玉像殿，百佛森比肩〕百佛，諸佛名號數千，見於多種《佛名經》，隋那連提耶舍所譯名《百佛名經》。又造佛供養，繪畫或雕刻同型之佛像，稱千尊佛。下引出《宣室志》之《悟真寺僧》稱寺有「千佛殿」，此稱「百佛」，所言一也。

〔抖擻塵埃衣，禮拜冰雪顔〕抖擻，亦作斗擻、斗藪，振舉之義，在佛語中爲頭陀之意譯。《法苑珠林》卷一百：「西云頭陀，此云抖擻。能行此法，即能抖擻煩惱，去離貪著，如衣抖擻能去塵垢，是故從譬爲名。」玄應《一切經音義》卷十八：「斗擻，又作藪。郭璞注《方言》曰：斗擻，舉之也。」孟郊《夏日謁智遠禪師》：「抖擻塵埃衣，謁師見真宗。」

〔疊霜爲袈裟，貫雹爲華鬘〕袈裟，僧衣。《四分律》卷一：「剃髮被袈裟以信堅固，出家學道，精勤不懈，得阿羅漢。」華鬘，以絲綴花，印度風俗以結於頸項，或裝飾身上，僧人以供養佛。玄應《一切經音義》卷一：「俱蘇磨，此譯云華；摩羅，此譯云鬘。案西國結鬘師多用蘇摩那華行列結之，以爲條貫，無問男女貴賤，皆此莊嚴，或首或身，以爲飾好。則諸經中有華鬘、寶鬘等，同其事也。」

〔次登觀音堂，未到聞栴檀〕觀音堂，即觀音殿，供奉觀音菩薩。栴檀，同旃檀，即旃檀樹，可制檀香。《楞嚴經》卷三：「阿難，汝又嗅此爐中旃檀，此香若復然於一銖，室羅筏城四十里內，同時聞氣。」

〔六楹排玉鏡，四座敷金鈿〕佛堂懸鏡爲莊嚴具，又取其象徵法性清淨之義。《楞嚴經》卷七：「又取八鏡，覆懸空中，與壇場中所安之鏡，方面相對，使其形影，重重相涉。」佛殿寶座飾以金鈿，如蕭綱《下僧正教》：「且廣厦雲垂，崇甍鳥跂，若施之玉座，飾以金鈿，必不塵靄日姿，虧點月面。」虞荔《梁同泰寺刹下銘》：「層臺復陸，廣殿穹崇。塗金鈿玉，映日疏風。」

〔風來似天樂，相觸聲珊珊〕宋玉《神女賦》：「動霧縠以徐步兮，拂墀聲之珊珊。」《文選》李善注：「珊珊，聲也。」綦毋潛《題鶴林寺》：「珊珊寶幡挂，焰焰明燈燒。」

〔點綴佛髻上，合爲七寶冠〕《大智度論》卷十等稱七寶爲：金、銀、瑠璃、頗梨、車渠、赤珠、瑪瑙。

〔隔瓶見舍利，圓轉如金丹〕舍利，亦名舍利子，佛或高僧的遺骨。《翻譯名義集》卷五：「所遺骨分，通名舍利。」《魏書·釋老志》：「香木焚屍，靈骨分碎，擊之不壞，焚亦不焦，或有光明神驗，胡言謂之舍利。」

〔玉笛何代物，天人施祇園〕天人，住於欲界六天及色界諸天之有情，亦指住於天界或人界之衆生。《法華經·如來壽量品》：「衆生見劫盡，大火所燒時，我此土安隱，天人常充滿。」祇園，即祇樹給孤獨園，舍衛城給孤獨長者買祇陀太子花園，欲獻佛陀爲精舍，太子要其以黄金鋪地，長者依言而辦，太子爲其誠心所感，亦將園中所有林木奉施佛陀。見《雜阿含經》卷二三、《大智度論》卷三、《大唐西域記》卷六等。後以代稱佛寺。

〔寶堂豁三門，金魄當其前〕三門，寺院之大門稱三門，亦作山門，含有智慧、慈悲、方便三解脱之義。《釋氏要覽》卷上：「凡寺院有開三門者，只有一門亦呼爲三門者何也？《佛地論》云：大宫殿三解脱門爲所入處。」然此句所指爲殿堂之門。金魄，月。參見卷五《首夏同諸校正遊開元觀因宿玩月》(0176)注。

〔曉尋南塔路，亂竹低嬋娟〕左思《吴都賦》：「檀欒嬋娟，玉潤碧鮮。」《文選》引劉逵注：「嬋娟，言竹妍雅也。」

〔林幽不逢人，寒蝶飛翾翾〕潘岳《笙賦》：「如鳥斯企，翾翾歧歧。」《文選》李善注：「《字林》：翾翾，初起也。」

〔若歲有水旱，詔使羞蘋蘩〕羞蘋蘩，見卷四《井底引銀瓶》(0162)注。羞，進薦。《周禮・天官・庖人》：「以共王之膳，與其薦羞之物。」鄭注：「備品物曰薦，致滋味乃爲羞。」

〔危石疊四五，㠑嵬欹且刓〕董仲舒《山川頌》：「山則巃嵸㠑崔，嶊嵬嶵巍。」左思《魏都賦》：「或㠑嵬而復陸。」

〔冷滑無人迹，苔點如花牋〕花牋，彩牋。任華《懷素上人草書歌》：「或逢花牋與絹素，凝神執筆守恒度。」王建《宫詞》：「内人對御疊花箋，繡坐移來玉案邊。」《太平廣記》卷四九一《非煙傳》：「乃取薛濤箋題絶句」，「乃復酬篇，寫於金鳳箋」，「因授象以連蟬錦香囊並碧苔箋」，均爲花箋之類。

〔我來登上頭，下臨不測淵〕《説苑・正諫》：「上懸無極之高，下垂不測之淵。」

〔目眩手足掉，不敢低頭看〕掉爲摇、晃之義，如掉臂、掉尾。《説文》：「掉，摇也。」

〔風從石下生，薄人而上摶〕薄人，逼人。江逌《述歸賦》：「微寒凄其薄人，凝霜粲其朝墜。」《莊子・逍遥遊》：「鵬之徙於南冥也，水擊三千里，摶扶摇而上者九萬里。」

〔⿰山雙⿰山雙三面峰，峰尖刀劍攢〕杜甫《封西岳賦》：「風馺然以嵸⿰山雙。」仇注：「《韻會》：嵸，或作⿰山雙。」《正字通》：

「音悚，山峰貌。」按，嵷嵕、嵕嵕，義同。

〔西北日落時，夕暉紅團團〕《清商曲辭・西曲歌・西烏夜飛》：「日從東方出，團團雞子黄。」

〔泓澄最深處，浮出蛟龍涎〕左思《吴都賦》：「泓澄奫潫，澒溶沆瀁。」《文選》李善注：「《説文》曰：泓，下深大也。澄，湛也。」

〔側身入其中，懸磴尤險難〕孫綽《遊天台山賦》：「跨穹隆之懸磴，臨萬丈之絶冥。」《文選》李善注：「懸磴，石橋也。」

〔捫蘿踏樛木，下逐飲澗猨〕孫綽《遊天台山賦》：「攬樛木之長蘿，援葛藟之飛莖。」《文選》李善注：「《毛詩》曰：南有樛木，葛藟纍之。毛萇曰：木下曲曰樛。」謝靈運《石門新營所住四面高山回溪石瀨修竹茂林詩》：「苔滑誰能步，葛弱豈可捫。」

〔雪迸起白鷺，錦跳驚紅鱣〕枚乘《七發》：「其始起也，洪淋淋焉，若白鷺之下翔。」吴均《答蕭新浦詩》：「觀濤看白鷺，望草見青袍。」《詩・衛風・碩人》：「施罛濊濊，鱣鮪發發。」毛傳：「鱣，鯉也。」陸雲《答車茂安書》：「鱣鮪赤尾，鋸齒比目。」

〔温潤發於外，其間韞璵璠〕《禮記・聘義》：「夫昔者君子比德於玉焉，温潤而澤，仁也。」《左傳》定公五年：「陽虎將以璵璠斂。」杜預注：「璵璠，美玉，君所佩。」曹植《贈徐幹》：「亮懷璵璠美，積久德逾宣。」

〔卞和死已久，良玉多棄捐〕《韓非子・和氏》：「楚人和氏得玉璞楚山中，奉而獻之厲王。厲王使玉人相之，玉人曰：『石也。』王以和爲誑而刖其左足。及厲王薨，武王即位，和又奉其璞而獻之武王，武王使玉人相之，又曰：『石也。』王又以和爲誑而刖其右足。武王薨，文王即位，和乃抱其璞而哭於楚山之下，三日三夜，泣盡而繼之以血。王聞之，使人問其故，曰：『天下之刖者多矣，子奚哭之悲也？』和曰：『吾非悲刖也，悲夫寶玉而題之以石，貞士而名之以誑，此吾所以悲也。』王乃使玉人理其璞而得寶焉，遂命曰和氏之璧。」

〔鼯鼪上不得，豈我能攀援〕《廣韻》：「鼯鼪，斑鼠。」

〔上有白蓮池，素葩覆青瀾〕白蓮，見卷一《東林寺白蓮》（0063）注。

〔云有過去師，坐得無生禪〕無生，見卷五《贈王山人》（0203）注。無生禪，即證得無生之禪法。疑指神秀一系北宗禪法，如敦煌本《大乘無生方便門》所傳。

〔昔聞王氏子，羽化升上玄〕王氏子，疑指王順。《長安志》卷十六藍田縣：「王順山，在縣東南二十里。舊《圖經》曰：昔道人王順隱此山得道。」揚雄《甘泉賦》：「惟漢十世，將郊上玄。」《文選》李善注：「上玄，天也。」

〔其西曬藥臺，猶對芝朮田〕芝朮，見卷五《見蕭侍御憶舊山草堂詩因以繼和》（0181）注。

〔想見聽法時，歡喜禮印壇〕印，契印、印相，佛、菩薩、天部諸尊所示之外相如各種手印及所執器物等。壇，音譯曼荼羅，供奉佛、菩薩像之所，或修行所用，有各種形制及安置法。廣義之曼荼羅亦包括諸尊所示之手印、器杖等，稱三昧耶曼荼羅。參見《陀羅尼集經》卷一、《略出念誦經》卷一等。龍王聽法故事，亦出佛經。《海龍王經》載海龍王詣靈鷲山，聞佛陀説法。《龍王兄弟經》：「有兩龍王，一名難頭，一名和難，大瞋恚言：『何等沙門，欲飛過摩我頭上？』龍身繞須彌山七匝，以頭覆其上，吐氣出霧故冥。目連白佛，欲往訶止之。佛言大善。……目連言：『我從佛聞知法，我有四神足，當信持行之。我能取是兩龍及須彌山置掌中，跳過他方天下，亦能取劑磨須彌山，令碎如塵。復能磨須彌山及下地，令萬民不覺之。』兩龍恐懼稽首，目連復沙門身，兩龍化作人，爲目連作禮悔過，目連將至佛所，兩龍言：『我迷狂惑，不知尊神，觸犯雷震，哀原其罪。』便受五戒而去。」又《獨異志》卷上：「唐天后朝，處士孫思邈居於嵩山修道。時大旱，有敕選洛陽德行僧徒數千百人於天宫寺講《仁王經》，以祈雨澤。有二老人在衆中，鬚眉皓白。講僧曇林遣人謂二老人曰：『罷後可一過院。』既至，問其所來，二老人曰：『某伊洛二水龍也。聞至言當得改化。』林曰：『講經祈雨，二聖知之乎？』答曰：『安得不知？然雨者須天符乃能致之，居常何敢自施也。』」蓋類似傳説頗多。白詩所叙畫龍堂壁畫，或爲王順山當地傳説。

〔往有寫經僧，身靜心精專〕道宣《續高僧傳》卷二八：「釋法誠，姓樊氏，雍州萬年人。童小出家。止藍田王效寺，事沙門僧和。和亦鄉族所推，奉之比聖。嘗有人欲害，夜往其房，見門内猛火騰焰昇帳，遂即退悔。性飲清泉，潔清故也。人或弄之，密以羊骨沉水。和素不知，飲便嘔吐。其冥感潛識，爲若此矣。誠奉佩訓勗，講《法華經》，以爲恒任。又謁禪林寺相禪師，詢于定行，而德茂時宗，學優衆仰。晚住雲花，綱理僧鎮，隋文欽德，請遵戒範。乃陳表固辭，薄言抗禮。遂負笈長驅，歷遊名岳，追蹤勝友，咸承志道。因見超公隱居淨靜，乃結心期，栖遲藍谷。處既局狹，纔止一床。旋經行，恐顛深壑，便剗迹開林，披雲附景。茅茨葺宇，甕牖疏簷。情事相依，欣然符合。今所謂悟真寺也。《法華》三昧，翹心奉行。澡沐中表，温恭朝夕。夢感普賢，勸書大教。誠曰：『大教，大乘也。諸佛智慧，所謂般若。』於即入淨行道。重惠匠人，書八部般若。香臺寶軸，莊嚴成就。又於寺南横嶺造華嚴堂，陻山闉谷，列棟開甍。前對重巒，右臨斜谷。吐納雲霧，下瞰雷霆。余曾遊焉，實奇觀也。又竭其精志，書寫受持。弘文學士張靜者，時號筆工，罕有加勝。乃請至山舍，令受齋戒，潔淨自修，口含香汁，身被新服。然靜長途寫經，不盈五十。誠料其見財，兩紙酬其五百。靜利其貨，竭力寫之。終部以來，誠恒每日燒香供養，在其案前。點畫之間，心緣目睹，略無遺漏。故其剋心鑽注，時感異鳥，形色希世，飛入堂中，徘徊鼓舞。下至經案，復上香爐。攝靜住觀，自然馴狎，久之翔逝。明年經了，將事興慶。鳥又飛來，如前馴擾，鳴唳哀亮。貞觀初年，造畫千佛，鳥又飛來，登上匠背。後營齋供，慶諸經像。日次中時，怪其不至。誠顧山岑曰：『鳥既不至，誠吾無感也。將不兼諸穢行，致有此徵。』言已欻然飛來，旋環鳴囀，入香水中，奮迅而浴，中後便逝。前如此者，非復可述。素善翰墨，鄉曲所推。山路巖崖，勸諸經偈，皆其筆也。手寫《法華》，正當露地。因事他行，未營收舉。

屬洪雨滂注，溝澗波飛。走往看之，而合案並乾，餘便流潦。嘗却偃横松，遂落懸溜。未至下澗，不覺已登高岸，無損一毛。又青泥坊側有古佛龕，周氏瘞藏，今猶未出。誠夜夢其處，大有尊形。既覺往開，恰獲古龕像。年月積久，並悉剝壞。就而修理，道俗稱善。斯並冥術之功，自誠開發。至貞觀十四年夏末日，忽感餘疾。自知即世，願生兜率。索水浴訖，又索終輿。旁自檢校，不許榮厚。恰至月末，明相將現，無故語曰：『欲來但入，未假絃歌。』顧侍人曰：『吾聞諸行無常，生滅不住。九品往生，此言驗矣。今有童子相迎，久在門外，吾今去世。爾等，佛有正戒，無得有虧，後致悔也。』言已口出光明，照于楹内，又聞異香苾芬而至。但見端坐儼思，不覺其神已逝。時年七十有八。然誠之誦習也，一夏《法華》料五百遍。餘日讀誦，兼而行之，猶獲兩遍。縱有人客，要須與語者，非經部度中，不他言。略計十年之勤，萬有餘遍。」《太平廣記》卷一一四《釋法誠》，注出《高僧傳》，即此文節要。

〔誦此蓮花偈，數滿百億千〕蓮花偈，即《妙法蓮華經》偈。《法華經》諸品結尾皆以偈重宣經義。

〔身壞口不壞，舌根如紅蓮〕《太平廣記》卷一百九《悟真寺僧》（出《宣室志》）：「唐貞觀中，有王順山悟真寺僧，夜如藍溪，忽聞有誦《法華經》者，其聲纖遠。時星月回臨，四望數十里，闃然無睹。其僧慘然有懼，及至寺，且白其事於群僧。明夕，俱於藍溪聽之，乃聞經聲自地中發，於是以標表其所。明日窮表下，得一顱骨，在積壤中。其骨槁然，獨唇吻與舌，鮮而且潤。遂持歸寺，乃以石函置於千佛殿西軒下。自是每夕，常有誦《法華經》聲在石函中。長安士女，觀者千數。後新羅僧客於寺，僅歲餘。一日，寺僧盡下山，獨新羅僧在，遂竊石函而去。寺僧迹其往，已歸海東矣。時開元末年也。」按，《高僧傳》卷四《鳩摩羅什傳》：「什未終日，少覺四大不愈，乃口出三番神呪，令外國弟子誦之以自救，未及致力，轉覺危殆。於是力疾與衆僧告別曰：『因法相遇，殊未盡伊心。……願凡所宣譯，傳流後世，咸共弘通。今於衆前發誠實誓：若所傳無謬者，當使焚身之後，舌不燋爛。』……即於逍遙園，依外國法，以火焚屍，薪滅形碎，唯舌不灰。」《法華經》爲鳩摩羅什所譯，故後世由此演繹出《法華》信仰之靈異事迹，類似記載頗多。《法苑珠林》卷八五：「又雍州有僧亦誦《法華》，隱于白鹿山，感一童子常供給。至終，置屍巖下，餘骸枯朽，唯舌多年不壞。又齊武成世，并州東看山側有人掘地，見一處土，其色黄白，與傍有異。尋見一物，狀人兩脣。其内有舌，鮮紅赤色。以事奏聞，問諸道人，無能知者。沙門大統法師上奏曰：『此持《法華》者，令六根不壞。毄誦千遍，定感此徵。』」同書尚有多例。《五燈會元》卷十報恩永安禪師：「闍維舌根不壞，柔軟如紅蓮華，藏於普賢道場。」又《續高僧傳》記法誠事與《宣室志》記悟真寺僧發現靈異事均在貞觀中，而白詩記舌根不壞者爲寫經僧之弟子，在時間上顯有不合，恐傳説有異。《俱舍論》卷一：「五根者，所謂眼耳鼻舌身根。」

〔粉壁有吴畫，筆彩依舊鮮〕吴畫，吴道子畫。《唐朝名畫錄》：「吴道玄，字道子，東京陽翟人也。……時明皇知其名，召入内供奉。……凡畫人物、佛像、神鬼、禽獸、山水、臺殿、草木，皆冠絶於世，國朝第一。張懷瓘嘗謂道子乃張僧繇後身，斯言當矣。又按《兩京耆舊傳》云：寺觀之中，圖畫牆壁，凡三百餘間，變相人物，奇蹤異狀，無有同者。其見在爲人所睹之妙者，上都興唐寺御注金剛經院，妙迹爲多，兼自題經文。慈恩寺前文殊、普賢，西面廡下降魔、盤龍等壁，又小殿前門菩薩，景公寺地獄壁，帝釋、梵王、龍神，永壽寺中三門兩神，及諸道觀寺院，不可勝紀，皆妙絶一時。」

〔素屏有褚書，墨色如新乾〕褚書，褚遂良書。《法書要錄》卷四：「太宗嘗謂侍中魏徵曰：『虞世南死後，無人可與論書。』徵曰：『褚遂良下筆遒勁，甚得王逸少之體。』太宗即日召令侍書。」《唐國史補》卷上：「後輩言筆札者，歐、虞、褚、薛，或有異論。」

〔牽率使讀書，推挽令效官〕牽率，爲人勉强。《後漢書·孔融傳》：「取媚奸臣，爲所牽率。」《三國志·蜀書·張翼傳》：「自翼建異論，（姜）維心與翼不善，然常牽率同行，翼亦不得已而往。」推挽，受人推舉助力。《太平廣記》卷一五六《張正矩》（出《續定命錄》）：「故吏部崔群與（劉）禹錫深於素分，見禹錫蹭蹬如此，尤欲推挽咸允。」《莊子·逍遥遊》：「故夫知效一官，行比一鄉，德合一君，而徵一國者，其自視也亦若此矣。」

〔野麋斷羈絆，行走無拘攣〕見本卷《自題寫真》（0226）注。

〔池魚放入海，一往何時還〕潘岳《秋興賦序》：「譬猶池魚籠鳥，有江湖山藪之思。」陶淵明《歸園田居》：「羈鳥戀舊林，池魚思故淵。」

〔身著居士衣，手把南華篇〕居士，佛教稱在家修行者。《法華玄贊》卷十：「守道自恬，寡欲蘊德，名爲居士。」《十誦律》卷六：「居士者，除王、王臣及婆羅門種，餘在家白衣，是名居士。」南華篇，《莊子》。《唐會要》卷五十雜記：「天寶元年二月二十二日敕文，追贈莊子南華真人，所著書爲《南華真經》。」

〔終來此山住，永謝區中緣〕《史記·孟子荀卿列傳》：「中國外如赤縣神州者九，乃所謂九州也，於是有裨海環之，人民禽獸莫能通者，如一區中，乃爲一州。」司馬相如《大人賦》：「迫區中之隘狹兮，舒節乎北垠。」謝靈運《登江中孤嶼》：「想像崑山姿，緬邈區中緣。」

趙翼《甌北詩話》卷四：「唐人五言古詩，大篇莫如少陵之《北征》、昌黎之《南山》。二詩優劣，黄山谷已嘗言之。然香山亦有《遊王順山悟真寺》一首，多至一千三百字，世顧未有言及者。今以其詩與《南山》相校，《南山》詩但儱侗摹寫山景，用數十『或』字，極力刻畫，而以之移寫他山，亦可通用。《悟真寺》詩則先寫入山，次寫入寺，先憩賓位，次至玉像殿，次觀音巖，點明是夕宿寺中，明日又由南塔路過藍谷，登其巔，又到藍水環流處，上中頂最高峰，尋謁一片石、仙人祠，尋迴畫龍堂，有吴道子畫、褚河南書。總結登歷，凡五日。層次既極清楚，且一處寫一處景物，不可移易他處，較《南山》詩但更過之。又《北征》、《南山》皆用仄韻，故氣力健舉。此但用平韻，而逐層鋪叙，沛然有餘，無一語冗弱，覺更難也。而詩人不知，則以香山有《長恨》、《琵琶》諸大篇膾炙人口，遂置此詩於不問耳。」

翁方綱《石洲詩話》卷一：「元相公作《杜公墓係》，有『鋪陳』、『排比』、『藩翰』、『堂奥』之説，蓋以『鋪陳終始，排比聲韻』之中，有『藩籬』焉，有『堂奥』焉，語本極明。至元遺山作《論詩絶句》，乃曰：『排比鋪張特一途，藩籬如此亦區區。少陵自有連城璧，爭奈微之識碔砆。』則以爲非特『堂奥』，即『藩翰』亦不止此。所謂『連城璧』者，蓋即《杜詩學》所謂參苓、桂朮、君臣、佐使之説，是固然矣。然而微之之論，有未可厚非者。詩家之難，轉不難於妙悟，而實難於『鋪陳終始，排比聲律』。此非有兼人之力，萬夫之勇者，弗能當也。但元、白以下，何嘗非鋪陳排比！而杜公所以爲高曾規矩者，又別有在耳。此仍是妙悟之説也。遺山之妙悟，不減杜、蘇，而所作或轉未能肩視元、白，則鋪陳排比之論，未易輕視矣。即如白之《和夢遊春》五言長篇以及《遊悟真寺》等作，皆尺土寸木，經營締構而爲之，初不學開寶諸公之妙悟也。看之似平易，而爲之實艱難。元、白之鋪陳排比尚不可躋攀若此，而况杜之鋪陳排比乎？微之之語，乃真閲歷之言也。自司空表聖造《二十四品》，抉盡秘妙，直以元、白爲屠沽之輩。漁洋先生趧之，每戒後賢勿輕看《長慶集》。蓋漁洋之教人，以妙悟爲主者，故其言如此。當時宣城施氏已有頓、漸二義之論。韓文公所謂『及之而後知，履之而後難』耳。」

酬張十八訪宿見贈

自此後詩爲贊善大夫時所作①。

昔我爲近臣，君常稀到門。今我官職冷，唯君來往頻。我受狷介性，立爲頑拙身。平生雖寡合，合即無緇磷。况君秉高義，富貴視如雲。五侯三相家，眼冷不見君。問其所與游②，獨言韓舍人。其次即及我，我愧非其倫。胡爲謬相愛，歲晚逾勤勤？落然頹簷下，一話夜達晨。牀單食味薄，亦不嫌我貧。日高上馬去，相顧猶逡巡。長安久無雨，日赤風昏昏。憐君將病眼，爲我犯埃塵。遠從延康里，來訪曲江濱。所重君子道，不獨愧相親。（0262）

【校】

①〔題〕題下注金澤本、汪本無「所」字。

②〔問其〕金澤本作「聞其」。

【注】

汪《譜》、朱《箋》：作於元和九年（八一四），長安。朱《箋》：「居易元和九年冬始自渭村入朝拜左贊善大夫，詩云：『胡爲謬相愛，歲晚逾勤勤。』詩中又稱韓愈爲舍人。考韓愈以考功郎中知制誥在元和九年十二月戊午（十五日），可知此詩必作於九年十二月十五日以後。」

〔張十八〕張籍，見卷一《讀張籍古樂府》（0002）、《蝦蟆》（0057）注。

〔今我官職冷，唯君來往頻〕元稹《酬友封話舊叙懷十二韻》：「人欺翻省事，官冷易藏威。」張籍《早春閑遊》：「年長身多病，獨宜作冷官。」劉禹錫《酬思黯代書見戲》：「官冷如漿病滿身，凌寒不易過天津。」

〔平生雖寡合，合即無緇磷〕《論語・陽貨》：「不曰堅乎，磨而不磷；不曰白乎，涅而不緇。」謝靈運《過始寧墅》：「緇磷謝清曠，疲薾慚貞堅。」

〔況君秉高義，富貴視如雲〕《論語・述而》：「不義而富且貴，於我如浮雲。」

〔五侯三相家，眼冷不見君〕《漢書・五行志上》：「成帝建始元年……是歲，帝元舅大司馬大將軍王鳳始用事，又封鳳母弟崇爲安成侯，食邑萬户；庶弟譚等五人賜爵關内侯，食邑三千户。復益封鳳五千户，悉封譚等爲列侯，是爲五侯。」《晉書・五行志》：「漢王氏五侯，兄弟迭任；今楊氏三公，並在大位。故天變屢見，竊爲陛下憂之。」此稱三相，變言之。

〔問其所與游，獨言韓舍人〕韓舍人，韓愈。洪興祖《韓子年譜》：「（元和九年）十二月戊午，以考功知制誥。……（十一年）正月丙戌，以考功郎中、知制誥遷中書舍人。」朱《箋》：「唐人知制誥亦得稱爲舍人。」清趙翼《甌北詩話》卷四：「香山與韓昌黎同時，年位亦相等，然《昌黎集》有《同張籍遊曲江寄白舍人》詩一首，《香山集》有《和韓侍郎苦雨》一詩，《同韓侍郎遊鄭家池小飲》一詩，《久不見韓侍郎》一詩，《和韓侍郎題楊舍人林亭》一詩，《和韓侍郎張博士遊曲江見寄》一詩。又《老戒》一首，内云：『我有白頭戒，聞於韓侍郎。』此外更無贈答之作，而與張籍往還最熟，贈籍詩云：『昔我爲近臣，君常稀到門。……』蓋白與韓本不相識，籍爲之作合也。《香山集》中與張籍詩最多，自其爲太祝，爲博士，爲水部員外，皆見集中，其交之久可知。」

〔落然頹簷下，一話夜達晨〕落然，見本卷《春眠》（0230）注。

〔遠從延康里，來訪曲江濱〕延康坊，在長安朱雀門街西第三街。《唐兩京城坊考》卷二：「張籍《移居靖安坊答元八郎中》詩云：『長安寺里多時住』，按籍先居延康里，見白居易詩。後寓居寺中，又移居靖安里。」夏承燾《據〈白氏長慶集〉考唐代長安曲江池》：「時樂天居住昭國坊……昭國坊在青龍、修政的西北，晉昌之北，樂天兩詩稱昭國坊爲『曲江濱』，自稱爲『曲江病客』，曲江雖不佔及昭國坊，然晉昌、青龍二坊當是曲江流域。」辛德勇《隋唐兩京叢考》十三《曲江池與昇道坊》：「當作昭國坊固有曲江爲是。」按，此曲江指曲江池下洩水道，參見卷一《春雪》(0029)注。

朝歸書事寄元八①

進入閣前拜，退就廊下餐。歸來昭國里，人卧馬歇鞍。却睡至日午，起坐心浩然②。况當好時節，雨後清和天。柿樹緑陰合③，王家庭院寬。瓶中鄠縣酒，牆上終南山。獨眠仍獨坐④，開衿當風前。禪僧與詩客，次第來相看。要語連夜語，須眠終日眠。除非奉朝謁，此外無别牽⑤。年長身且健，官貧心甚安。幸無急病痛，不至苦飢寒。以此聊自適⑥，外緣不能干。唯應静者信，難爲動者言。臺中元侍御，早晚作郎官。未作郎官際，無人相伴閑。（0263）

【校】

①〔題〕紹興本等無「事」字，據金澤本、管見抄本補。

②〔浩然〕金澤本、管見抄本作「恬然」。

③〔柿樹〕金澤本、管見抄本作「柳樹」。

④〔獨眠仍獨坐〕金澤本、管見抄本作「獨酌仍獨望」。

⑤〔別牽〕金澤本、管見抄本作「拘牽」。

⑥〔以此聊自適〕紹興本等作「自此聊以適」，據金澤本、管見抄本、汪本改。

【注】

朱《箋》：作於元和十年（八一五），長安。

〔元八〕元宗簡。見卷五《答元八宗簡同遊曲江後明日見贈》(0174)注。

〔進入閤前拜，退就廊下餐〕《唐會要》卷二四朔望朝參：「（天寶）六載九月二十一日敕，自今以後，每朔望朝時，於常儀一刻，進外辦，每座喚仗，令朝官從容至閤門，入至障外，不須趨走。百司無事，至午後放歸。」同卷廊下食：「貞觀四年十二月詔，所司於外廊置食一頓。」又卷六五光祿寺：「景雲二年正月敕，左右廂南衙廊中食，每日常參官職事五品以上及員外郎，供一百盤，羊三口。餘賜中書門下供奉官及監察御史、太常博士。」

〔歸來昭國里，人卧馬歇鞍〕昭國坊，在長安朱雀門街東第三街。《唐兩京城坊考》卷三：「《白氏長慶集》有《昭國坊閑居》詩，時爲左贊善大夫。居易《與楊虞卿書》：『僕左降詔下，明日而東，足下從城西來抵昭國坊，已不及矣。』按居易始居常樂，次居新昌，又次居宣平，又次居昭國，又次居新昌。」朱《箋》：「其居昭國始於元和九年冬。」

〔況當好時節，雨後清和天〕謝靈運《遊赤石進帆海》：「首夏猶清和，芳草亦未歇。」《文選》李善注：「（張衡）《歸田賦》：仲春令月，時和氣清。」

〔瓶中鄠縣酒〕朱《箋》：「疑爲楊虞卿自鄠縣所贈之酒。白氏《與楊虞卿書》（《白氏文集》卷四四）云：『自僕再來京師，足下守官鄠縣。』可知虞卿元和九、十年間官於鄠縣。」《舊唐書・地理志一》關内道京兆府：「鄠，隋縣。」

〔以此聊自適，外緣不能干〕江淹《雜體詩三十首・陶徵君潛田居》：「雖有荷鋤倦，濁酒聊自適。」外緣，與內因相對，佛教指外來助益事物生起變化之緣。《大乘起信論》：「用熏習者，即是衆生外緣之力。如是外緣有無量義，略說二種。云何爲二？一者差別緣，二者平等緣。」此指外在干擾。謝靈運《詣闕自理表》：「幽棲窮岩，外緣兩絶。」

酬吴七見寄

曲江有病客①，尋常多掩關。又從馬死來②，不出身更閑。聞有送書者，自起出門看。素緘署丹字，中有瓊瑶篇。口吟耳自聽，當暑忽翛然。似漱寒玉水③，如聞商風絃。首章歎時節，末句思笑言。懶慢不相訪，隔街如隔山。常聞陶潛語，心遠地自偏。君住安邑里，左右車徒喧。竹藥閉深院，琴罇開小軒。誰知市南地，轉作壺中天。君本上清人，名在石室間④。不知有何過，謫作人間仙。常恐歲月滿，飄然歸紫烟。莫忘蜉蝣内，進士有同年。（0264）

【校】

①〔病客〕馬本、《唐音統籤》作「病者」。

②〔又從〕紹興本等作「又聞」，據金澤本改。

③〔寒玉水〕馬本作「寒玉冰」。

④〔石室〕紹興本等作「石堂」，據金澤本改。

【注】

朱《箋》：作於元和十年（八一五），長安。

〔吴七〕朱《箋》：「吴丹。」見卷五《贈吴丹》（0194）注。

〔口吟耳自聽，當暑忽翛然〕翛然，見卷五《松聲》（0192）注。

〔似漱寒玉水，如聞商風絃〕商風，西風。《楚辭·七諫·沉江》：「商風肅而害生兮，百草育而不長。」王逸注：「商風，西風也。」此言商風絃，當指音樂之商聲。《魏書·樂志》：「其瑟調以宮爲主，清調以商爲主，平調以宮爲主，五調各以一聲爲主。」

〔常聞陶潛語，心遠地自偏〕陶淵明《飲酒》：「結廬在人境，而無車馬喧。問君何能爾，心遠地自偏。」

〔君住安邑里，左右車徒喧〕安邑坊，在長安朱雀門街東第四街。《唐兩京城坊考》卷三：「安邑坊正在東市之南，其時樂天住昭國里，故曰『隔街如隔山』。吴七即吴丹。」

〔誰知市南地，轉作壺中天〕《神仙傳》卷五壺公：「常懸一空壺於屋上，日入之後，公跳入壺中，人莫能見。……公語房曰：『見我跳入壺中時，卿便可效我跳，自當得入。』長房依言，果不覺已入。入後不復是壺，唯見仙宫世界，樓觀崇門閣道宫，左右侍者數十人。公語房曰：『我仙人也。昔處天曹，以公事不勤見責，因謫人間耳。』」李白《贈饒州張司户燧》：「蹉跎人間世，寥落壺中天。」

〔君本上清人，名在石室間〕上清，見卷一《夢仙》（0005）注。

〔莫忘蜉蝣内，進士有同年〕《淮南子・説林訓》：「蜉蝣朝生而暮死，而盡其樂。」郭璞《遊仙詩》：「借問蜉蝣輩，寧知龜鶴年。」

昭國閑居①

貧閑日高起，門巷晝寂寂。時暑放朝參，天陰少人客。槐花滿田地，僅絶人行迹。獨在一牀眠，清涼風雨夕。勿嫌坊曲遠，近即多牽役。勿嫌禄俸薄，厚即多憂責。平生尚恬曠，老大宜安適。何以養吾真，官閑居處僻。（0265）

【校】

①〔題〕金澤本作「昭國里閑居」。

【注】

朱《箋》：作於元和十年（八一五），長安。「汪《譜》繫此詩於元和九年，非是。蓋居易于元和九年冬始自渭村入朝拜左贊善大夫，詩云『槐花滿田地』，必爲元和十年初夏時。」

〔勿嫌坊曲遠，近即多牽役〕陸機《思歸賦序》：「余牽役京室，去家四載。」

〔勿嫌禄俸薄，厚即多憂責〕《説苑・談叢》：「官尊者憂深，禄厚者責重。」《抱朴子外篇・嘉遯》：「蓋禄厚者責重，爵尊者神勞。」

〔平生尚恬曠，老大宜安適〕張華《答何劭二首》：「恬曠苦不足，煩促每有餘。」嵇含《弔莊周圖文》：「户詠恬曠之辭，家畫老莊之象。」

喜陳兄至

黄鳥啼欲歇，青梅結半成。坐憐春物盡，起入東園行。攜觴懶獨酌，忽聞叩門聲。閑人猶喜至，何況是陳兄。從容盡日語，稠疊長年情。勿輕一盞酒①，可以話平生。（0266）

【校】

①〔一盞〕馬本、《唐音統籤》、汪本、要文抄本作「一杯」。

【注】

朱《箋》：作於元和十年（八一五），長安。

〔陳兄〕朱《箋》：「疑即陳鴻。」按，居易外祖爲陳潤，陳兄或其外家之兄？

〔從容盡日語，稠疊長年情〕稠疊，積聚重疊。謝靈運《過始寧墅》：「岩峭嶺稠疊，洲縈渚連綿。」僧祐《出三藏記集序》：「自晉氏中興，三藏彌廣，外域勝賓，稠疊以總至。」

贈杓直

世路重禄位，栖栖者孔宣①。人情愛年壽，夭死者顔淵。二人如何人②，不奈命與天。我今信多幸，撫己愧前賢。已年四十四，又爲五品官。况兹止足外③，别有所安焉。早年以身代④，直付逍遥篇⑤。近歲將心地，迴向南宗禪。外順世間法，内脱區中緣。進不厭朝市，退不戀人寰。自吾得此心⑥，投足無不安。體非道引適，意無江湖閑。有興或飲酒，無事多掩關。寂静夜深坐，安穩日高眠。秋不苦長夜，春不惜流年。委形老小外⑦，忘懷生死間。昨日共君語，與余心膂然⑧。此道不可道⑨，因君聊强言。（0267）

【校】

①〔栖栖〕馬本、《唐音統籤》、金澤本作「棲棲」，字通。

②〔如何〕金澤本、宗尊本、管見抄本作「何如」。

③〔止足〕紹興本等作「知足」，據金澤本改。

④〔身代〕金澤本、宗尊本、管見抄本作「身世」。

⑤〔直付〕紹興本等作「直赴」，據金澤本、宗尊本、管見抄本改。

⑥〔自吾得此心〕管見抄本作「吾得此心來」。

⑦〔老小〕金澤本、管見抄本作「老少」。

⑧〔與余〕金澤本、管見抄本作「與予」。〔心膂〕金澤本、管見抄本作「心膂」。

⑨〔此道〕金澤本、管見抄本作「此適」。

【注】

陳《譜》、汪《譜》、朱《箋》：作於元和十年（八一九），長安。

〔杓直〕朱《箋》：「李建。」見卷二《和答詩》（0100）序注。

〔世路重祿位，悽悽者孔宣〕《論語·憲問》：「微生畝謂孔子曰：『丘何爲是栖栖者與？無乃爲佞乎？』孔子曰：『非敢爲佞也，疾固也。』」

〔人情愛年壽，夭死者顔淵〕《論語·先進》：「顔淵死，子曰：『天喪予，天喪予！』」

〔況兹止足外，别有所安焉〕《老子》四十四章：「知足不辱，知止不殆。」桓範《世要論·臣不易》：「知虧盈之數，達止足之義。」潘岳《閑居賦》：「於是覽止足之分，庶浮雲之志。」

〔早年以身代，直付逍遥篇〕俞樾《九九消夏錄》：「白香山《長慶集》有《贈李杓直》詩云……六句詩只在一行之内，上云『身代』，即身世也，以避諱故不云『身世』，而云『身代』。乃下云『世間法』，又不避，何邪？可知唐人避諱，於私家撰述，亦不甚拘。此等處直是隨其筆之所便耳。」按，「世」字唐人本不盡諱。據金澤本等，此句「身世」亦不避。「世間法」出佛典，不可改爲「代間法」，此等處均非隨筆之所便。逍遥篇，《莊子·逍遥遊》篇。

〔近歲將心地，迴向南宗禪〕《大乘本生心地觀經》卷八：「三界之中，以心爲主。能觀心者，究竟解脱。不能觀者，究竟沈淪。衆生之心，猶如大地。五穀五果，從大地生。如是心法，生世出世，善惡五趣。有學無學，獨覺菩薩，及於如來。以是因緣，三界唯心，心名爲地。一切凡夫，親近善友，聞心地法。」敦煌本《壇經》：「自性心地，以智惠關照，内外明徹」；「心即是地，性即是王，性在王在，性去王無。」迴向，又作轉向、施向，以所修善根功德回轉衆生或追悼亡者。此即發願修行之義。《觀無量壽經》：「一者至誠心，二者深心，三者迴向發願心。」南宗禪，參見本卷《春眠》（0230）注。《白氏文集》卷四一《傳法堂碑》：「王城離域有佛寺，號興善。寺之次也，有僧舍名傳法堂。先是大徹禪師宴居于是寺，説法于是堂，因名焉。有問師之名迹，號惟寬，姓祝氏，衢州信安人。……忍傳大鑒能，是爲六祖。能傳南岳讓，讓傳洪州道一，一謚曰大寂，寂即師之師。貫而次之，其傳授可知矣。……然居易爲贊善大夫時，常四詣師，四問道。」惟寬爲馬祖道一弟子，元和中入京説法，居易從其問道。

〔外順世間法，内脱區中緣〕世間法，三界有情、非情等一切法。與出世間法對稱，世間指世俗，出世間指佛法。《楞嚴經》卷四：「一切世間出世間法，惟聖與凡，無不苞容。」區中，見本卷《遊悟真寺詩一百三十韻》（0261）注。

〔自吾得此心，投足無不安〕張華《鷦鷯賦》：「動翼而逸，投足而安。委命順理，與物無患。」道恒《釋駁論》：「研心唯理，屬己唯法，投足而安，蔬食而已。」

〔體非道引適，意無江湖閑〕道引，即導引。《史記·留侯世家》：「留侯性多病，即道引不食穀。」江湖，見卷五《效陶潛體詩十六首》「中秋三五夜」首（0216）注。

〔委形老小外，忘懷生死間〕《莊子·知北遊》：「舜曰：『吾身非吾有也，孰有之哉？』曰：『是天地之委形也。生非汝有，是天地之委和也。性命非汝有，是天地之委順也。子孫非汝有，是天地之委蜕也。……』」

〔昨日共君語，與余心膂然〕《書·君牙》：「今命爾予翼，作股肱心膂。」孔穎達疏：「膂，背也。」

寄張十八

飢止一簞食①，渴止一壺漿。出入止一馬，寢興止一牀。此外皆長物②，於我有若亡。胡然不知足，名利心遑遑？念兹彌懶放，積習遂爲常。經旬不出門，竟日不下堂。同病者張生，貧僻住延康。慵中每相憶，此意未能忘。迢迢青槐街，相去八九坊。秋來未相見，應有新詩章。早晚來同宿，天氣轉清涼③。（0268）

【校】

①〔簞食〕馬本、《唐音統籤》作「簞飯」。

②〔皆長物〕紹興本等作「無長物」，據金澤本、管見抄本改。「長」字下金澤本、管見抄本夾注：「去聲。」

③〔轉清涼〕金澤本、管見抄本作「漸清涼」。

【注】

朱《箋》：作於元和十年（八一五），長安。

〔張十八〕張籍。見本卷《酬張十八訪宿見贈》（0262）注。

〔飢止一簞食，渴止一壺漿〕《論語·雍也》：「子曰：『賢哉，回也。一簞食，一瓢飲，在陋巷，人不堪其憂，回也不改其樂。賢哉，回也。』」《孟子·梁惠王下》：「簞食壺漿，以迎王師。」

〔此外皆長物，於我有若亡〕《世説新語・德行》：「王恭從會稽還，王大看之。見其坐六尺簟，因語恭：『卿東來，故應有此物，可以一領及我。』恭無言。大去後，即舉所坐者送之。既無餘席，便坐薦上。後大聞之，甚驚，曰：『吾本謂卿多，故求耳。』對曰：『丈人不悉恭，恭作人無長物。』」陸機《文賦》：「雖區分之在兹，亦禁邪而制放；要辭達而理舉，故無取乎冗長。」「長」《文選》五臣注：「佇亮反。」讀去聲。本書卷二八《銷暑》（2029）：「眼前無長物，窗下有清風。」「長」注：「去（聲）。」

〔念兹彌懶放，積習遂爲常〕劉歆《遂初賦》：「悲積習之生常兮，故明智之所別。」左思《三都賦序》：「積習生常，有自來矣。」

〔同病者張生，貧僻住延康〕延康坊，見《酬張十八訪宿見贈》注。

〔迢迢青槐街，相去八九坊〕朱《箋》：「時居易居昭國坊，與延康坊相去五街，八九坊言其遠也。」

題玉泉寺

湛湛玉泉色，悠悠浮雲身。閑心對定水，清淨兩無塵。手把青筇杖，頭戴白綸巾。興盡下山去，知我是誰人①？（0269）

【校】

①〔誰人〕金澤本作「何人」。

【注】

朱《箋》：或作於元和十年（八一五），長安。按，此詩按編次必作於長安，詳下注。

〔玉泉寺〕朱《箋》：「《咸淳臨安志》卷三八玉泉載此詩，以白集編次先後考之，時間不合。長安之玉泉寺亦不詳，疑爲洛陽之玉泉寺。河南縣東南玉泉山有玉泉寺，見《太平寰宇記》。白氏又有《獨遊玉泉寺》（本書卷二八2026）、《玉泉寺南三里澗下多深紅躑躅繁艷殊常感惜題詩以示遊者》（本書卷三一2275）、《夜題玉泉》等詩中之玉泉寺均在洛陽。」按，以白詩編次考之，此詩與在洛陽作《獨遊玉泉寺》諸詩亦無關。儲光羲《蘇十三瞻登玉泉寺峰入寺中見贈作》：「朝沿霸水窮，暮矚藍田遍。百花照阡陌，萬木森鄉縣。澗淨綠蘿深，巖喧新鳥轉。依然造華薄，豁爾開靈院。」此玉泉寺在藍田，或即居易所遊。

〔湛湛玉泉色，悠悠浮雲身〕《維摩經·方便品》：「是身如浮雲，須臾變滅。」

〔閑心對定水，清淨兩無塵〕蔡邕《陳寔碑》：「懸車告老，四門備禮，閑心靜居。」《維摩經·佛道品》：「八解之浴池，定水湛然滿。布以七淨華，浴此無垢人。」

〔手把青筇杖，頭戴白綸巾〕筇杖，見本卷《秋遊原上》（0244）注。《世説新語·簡傲》：「謝中郎是王藍田女壻，嘗著白綸巾，肩輿徑至揚州聽事，見王，直言曰：『人言君侯痴，君侯信自痴。』」郎瑛《七修類稿》卷二十綸巾：「綸字世人皆知有兩音，一曰倫，一曰關，而不知其故。蓋綸、巾韻同而音近，詩法所忌也，故讀曰關。皮日休有『白綸巾下髮如絲』之句，有一本注作『關』，想始於此。《韻會》雖有兩收，皆引釋於倫字之下，而無一字及關字義，且關字仍注龍春切，則依舊當爲『倫』字矣。其所以二收，正因韻書起於沈約，若《説文》止於一收，爲可知矣。」

〔興盡下山去，知我是誰人〕按，本卷《隱几》(0229)：「既適又忘適，不知吾是誰」；《晚春沽酒》(0236)：「醉卧黄公肆，人知我是誰。」此意屢言，蓋據《莊子·知北遊》：「吾身非吾有也」，及《維摩經·方便品》：「是身無主，爲如地；是身無我，爲如火；是身無壽，爲如風；是身無人，爲如水。是身不實，四大爲家；是身爲空，離我我所」推衍而來，後遂成流行話頭。又宗寶本《壇經·行由品》：「不思善，不思惡，正與麽時，那個是明上座本來面目」，亦與此意有關。

朝迴遊城南

朝退馬未困，秋初日猶長。迴轡城南去，郊野正清涼。水竹夾小徑，縈迴繞川岡①。仰看晚山色，俯弄秋泉光。青松繫我馬，白石爲我牀。常時簪組累，此日和身忘②。旦隨鵷鷺末，暮遊鷗鶴傍。機心一以盡，兩處不亂行。誰辨心與迹，非行亦非藏。(0270)

【校】

①〔縈迴〕金澤本作「縈曲」。

②〔和身忘〕金澤本作「知身忘」。

【注】

朱《箋》：作於元和十年(八一五)，長安。

〔且隨鵷鷺末，暮遊鷗鶴傍〕鵷鷺，鵷鷺行，指朝班。《隋書・樂志》載北齊元會大饗歌《食舉樂》：「懷黄綰白，鵷鷺成行。」顔師古《奉和正日臨朝》：「肅肅皆鵷鷺，濟濟盛簪紳。」

〔機心一以盡，兩處不亂行〕機心，見本卷《渭上偶釣》(0228)「無機」注。

〔誰辨心與迹，非行亦非藏〕謝靈運《初去郡》：「顧己雖自許，心迹猶未並。」張九齡《巡屬縣道中作》：「迹與素心別，感從幽思盈。」行藏，見卷二《雜感》(0122)注。

舟行　江州路上作。

帆影日漸高，閑眠猶未起。起問鼓枻人，已行三十里。船頭有行竈，炊稻烹紅鯉。飽食起婆娑，盥漱秋江水。平生滄浪意①，一旦來遊此。何况不失家，舟中載妻子。(0271)

【校】

①〔滄浪〕金澤本作「滄州」，宗尊本、金澤本所校本作「滄洲」。

【注】

朱《箋》：作於元和十年(八一五)，自長安赴江州途中。

〔飽食起婆娑，盥漱秋江水〕《詩・陳風・東門之枌》：「東門之枌，宛丘之栩。子仲之子，婆娑其下。」毛傳：「婆娑，舞也。」此爲閑適、舒展之態。姚合《遊陽河岸》：「醉時眠石上，肢體自婆娑。」

〔平生滄浪意，一旦來遊此〕《楚辭・漁父》：「漁父莞爾而笑，鼓枻而去，乃歌曰：『滄浪之水清兮，可以濯吾纓；滄浪之水濁兮，可以濯吾足。』」

〔何況不失家，舟中載妻子〕白居易《鹽商婦》（本書卷四0160）：「南北東西不失家，風水爲鄉船作宅。」

湓浦早冬

潯陽孟冬月①，草木未全衰。祇抵長安陌②，涼風八月時。日西湓水曲，獨行吟舊詩。蓼花始零落，蒲葉稍離披。但作城中想，何異曲江池？（0272）

【校】

①〔潯陽〕金澤本作「尋陽」。

②〔祇抵〕金澤本作「只抵」。

【注】

朱《箋》：作於元和十年（八一五），江州。

〔湓浦〕見卷一《潯陽三題・廬山桂》（0061）注。

〔潯陽〕見卷一《潯陽三題・廬山桂》（0061）注。

〔蓼花始零落，蒲葉稍離披〕蓼花，參見本卷《東陂秋意寄元八》（0254）注。

江州雪

新雪滿前山，初晴好天氣。日西騎馬出，忽有京都意。城柳方綴花，簷冰才結穗①。須臾風日暖，處處皆飄墜。行吟賞未足，坐歎銷何易②。猶勝嶺南看③，雰雰不到地④。

（0273）

【校】

①〔才〕金澤本作「纔」。

②〔銷何易〕那波本作「消何易」。

③〔嶺南看〕金澤本作「嶺南雪」。

④〔雰雰〕馬本、《唐音統籤》作「紛紛」。

【注】

朱《箋》：作於元和十年（八一五）冬，江州。

〔猶勝嶺南看，雰雰不到地〕《詩·小雅·信南山》：「上天同雲，雨雪雰雰。」毛傳：「雰雰，雪貌。」

白居易詩集校注卷第七

閑適三　古調詩五言　五十八首

題潯陽樓　自此後詩江州司馬時作。

常愛陶彭澤，文思何高玄。又怪韋江州，詩情亦清閑。今朝登此樓，有以知其然。大江寒見底，匡山青倚天。深夜湓浦月，平旦爐峰烟。清輝與靈氣，日夕供文篇。我無二人才，孰爲來其間？因高偶成句，俯仰愧江山。（0274）

【注】

朱《箋》：約作於元和十年（八一五）至元和十一年（八一六），江州。

〔潯陽樓〕朱《箋》：「即南樓。」光緒《江西通志》卷二八《勝蹟略》：「《九江府志》古蹟無潯陽樓，審其詩意，仍是南樓。」

〔又怪韋江州，詩情亦清閑〕韋江州，韋應物。宋趙與時《賓退録》卷九引沈明遠《補韋應物傳》：「（建中）四年十月，德宗幸奉天，應物自郡遣使間道奔行在所。明年興元甲子，使還，詔嘉其忠。終更貧，不能歸，留居郡之南岳。俄擢江州刺史。」韋應物《登郡樓寄京師諸季淮南子弟》：「始罷永陽守，復卧潯陽樓。懸檻飄寒雨，危堞侵江流。迨兹聞雁夜，重憶别離秋。」

〔大江寒見底，匡山青倚天〕匡山，廬山。見卷一《潯陽三題·廬山桂》（0061）注。

〔深夜湓浦月，平旦爐峰烟〕湓浦，見卷一《潯陽三題·廬山桂》（0061）注。爐峰，廬山香爐峰。《太平寰宇記》卷一一一江州：「香爐峰在（廬）山西北，其峰尖圓，煙雲聚散如博山香爐之狀。」《廬山記》卷二：「次香爐峰。此峰山南山北皆有，真形圓聳，常出雲氣，故名以象形。李白詩云：『日照香爐生紫煙，遥看瀑布掛長川。』即謂在山南者也。孟浩然詩云：『掛席數千里，好山都未逢。艤舟尋陽郭，始見香爐峰。』即此峰也。東林寺正在其下。」朱《箋》：「白氏詩文中所云之香爐峰在山北。」白居易《草堂記》（《白氏文集》卷四三）：「匡廬奇秀甲天下山，山北峰曰香爐，峰北寺曰遺愛寺，介峰寺間，其境勝絶，又甲廬山。」

訪陶公舊宅　并序

予夙慕陶淵明爲人①，往歲渭川閑居②，嘗有《傚陶體詩》十六首。今遊廬山，經柴桑，過栗里，思其人，訪其宅，不能默默。又題此詩云。

垢塵不污玉，靈鳳不啄羶③。嗚呼陶靖節，生彼晉宋間。心實有所守，口終不能言。永惟孤竹子，拂衣首陽山④。夷齊各一身，窮餓未爲難⑤。先生有五男，與之同飢寒。腸中食不充，身上衣不完。連徵竟不起，斯可謂真賢。我生君之後，相去五百年。每讀五柳傳，目想心拳拳。昔常詠遺風，著爲十六篇。今來訪故宅，森若君在前⑥。不慕樽有酒，不慕琴無絃。慕君遺榮利⑦，老死此丘園⑧。柴桑古村落，栗里舊山川。不見籬下菊，但餘墟中烟。子孫雖無聞，族氏猶未遷。每逢姓陶人，使我心依然⑨。（0275）

【校】

①〔陶淵明〕《文苑英華》作「陶公淵明」。
②〔渭川〕《文苑英華》、汪本作「渭上」。
③〔靈鳳〕《文苑英華》作「靈龜」。
④〔拂衣〕《文苑英華》明刊本作「披衣」。
⑤〔未爲難〕《文苑英華》作「未能難」。
⑥〔森若〕《文苑英華》作「參若」。
⑦〔榮利〕《文苑英華》作「名利」。
⑧〔此丘園〕《文苑英華》、汪本作「在丘園」。
⑨〔依然〕《文苑英華》作「悽然」。

【注】

〔傚陶體詩十六首〕見卷五《效陶潛體詩十六首》(0210～0225)。

〔柴桑〕《宋書·陶潛傳》：「陶潛字淵明，或云淵明字元亮，尋陽柴桑人也。」《太平寰宇記》卷一一一江州：「陶公舊宅在州西南五十里柴桑山。《晉史》：陶潛家於柴桑。唐白居易有《訪陶公舊宅》詩。」《廬山志》卷十三：「晉柴桑縣即今德化縣楚城鄉，柴桑山即今面陽、馬首、桃花尖諸山是也。」

〔栗里〕《宋書·陶潛傳》：「潛嘗往廬山，弘令潛故人龐通之齎酒具於半道栗里要之。」《太平寰宇記》卷一一一江州：「栗里原在廬山南，當澗有陶公醉石。」《廬山記》卷三山南篇：「又三里過栗里源，有陶令醉石。……所居栗里，兩山間有大石，仰視懸瀑，平廣可坐十餘人，元亮自放以酒，故名醉石。」

〔垢塵不污玉，靈鳳不啄羶〕《春秋繁露·執贄》：「君子比之玉，玉潤而不污，是仁而至清潔也。」江淹《雜體詩三十首·嵇中散言志》：「靈鳳振羽儀，戢景西海濱。朝食琅玕實，夕飲玉池津。」

〔嗚呼陶靖節，生彼晉宋間〕顔延之《陶徵士誄》：「若其寬樂令終之美，好廉克己之操，有合謚典，無愆前志。故詢諸友好，宜謚曰靖節徵士。」蕭統《陶淵明傳》：「自以曾祖晉世宰輔，耻復屈身後代，自宋高祖王業漸隆，不復肯仕。元嘉四年，將復徵命，會卒，時年六十三。世號靖節先生。」

〔永惟孤竹子，拂衣首陽山〕《史記·伯夷列傳》：「伯夷、叔齊，孤竹君之二子也。……武王已平殷亂，天下宗周，而伯夷、叔齊耻之，義不食周粟，隱於首陽山。」

〔先生有五男，與之同飢寒〕陶淵明《責子》：「白髮被兩鬢，肌膚不復實。雖有五男兒，總不好紙筆。」

〔每讀五柳傳，目想心拳拳〕《宋書·陶潛傳》：「潛少有高志，常著《五柳先生傳》以自況。曰先生不知何許人也，亦不詳其姓氏。宅邊有五柳樹，因以爲號焉。」曹操《祭橋玄文》：「幽靈潛翳，心存目想。」

〔不慕樽有酒，不慕琴無絃〕《宋書·陶潛傳》：「潛不解音聲，而畜素琴一張，無絃，每有酒適，輒撫弄以寄其意。貴賤造之者，有酒輒設，潛若先醉，便語客：『我醉欲眠，卿可去。』」

〔不見籬下菊，但餘墟中烟〕陶淵明《飲酒》：「採菊東籬下，悠然見南山。」《歸園田居》：「曖曖遠人村，依依墟里煙。」

北亭

廬宮山下州，湓浦沙邊宅。宅北倚高崗，迢迢數千尺。上有青青竹，竹間多白石。茅亭居上頭，豁達門四闢。前楹卷簾箔，北牖施牀席。江風萬里來，吹我涼淅淅。日高公府歸，巾笏隨手擲。脱衣恣搔首，坐卧任所適。時傾一杯酒，曠望湖天夕。口詠獨酌謡，目送歸飛翮。慚無出塵操，未免折腰役。偶獲此閑居，謬似高人跡。（0276）

【注】

汪《譜》、朱《箋》：作於元和十一年（八一六），江州。

〔北亭〕光緒《江西通志》卷一一八署宅五：「北亭在城北隅，與匡廬相對。」

〔脱衣恣搔首，坐卧任所適〕陶淵明《停雲》：「良朋悠邈，搔首延佇。」

〔口詠獨酌謡，目送歸飛翮〕沈炯《獨酌謡》：「獨酌謡，獨酌獨長謡。智者不我顧，愚夫余未要。不愚復不智，誰當余見招。所以成獨酌，一酌傾一瓢。」嵇康《四言贈兄秀才入軍》：「目送歸鴻，手揮五絃。」

〔慚無出塵操，未免折腰役〕孔稚珪《北山移文》：「夫以耿介拔俗之標，蕭灑出塵之想。」折腰役，見卷五《招王質夫》(0179)注。

汎湓水①

四月未全熱，麥涼江氣秋②。湖山處處好，最愛湓水頭。湓水從東來，一派入江流。可憐似縈帶，中有隨風舟。命酒一臨汎，捨鞍揚棹謳。放迴岸傍馬，去逐波間鷗。烟浪始渺渺，風襟亦悠悠。初疑上河漢，中若尋瀛洲。汀樹綠拂地③，沙草芳未休。青蘿與紫葛，枝蔓垂相樛。繫纜步平岸，迴頭望江州。城雉映水見，隱隱如蜃樓。日入意未盡，將歸復少留。到官行半歲，今日方一遊。此地來何暮，可以寫吾憂。（0277）

【校】

①〔題〕馬本、《唐音統籤》作「遊湓水」。

②〔江氣〕馬本、《唐音統籤》作「江風」。

③〔拂地〕馬本、《唐音統籤》作「拂池」。

【注】

汪《譜》、朱《箋》：作於元和十一年（八一六），江州。

〔湓水〕見卷一《潯陽三題·廬山桂》（0061）「湓浦」注。

〔可憐似縈帶，中有隨風舟〕蕭衍《遊鍾山大愛敬寺》：「面勢周大地，縈帶極長川。」

〔命酒一臨汎，捨鞍揚棹謳〕劉孝綽《太子洑落日望水》：「臨泛自多美，況乃還故鄉。」鮑照《從臨海王上荆初發新渚》：「收纜辭帝郊，揚棹發皇京。」

〔烟浪始渺渺，風襟亦悠悠〕杜甫《月三首》：「爽合風襟靜，高當淚臉懸。」

〔初疑上河漢，中若尋瀛洲〕瀛洲，海上三神山之一，見卷一《題海圖屏風》（0007）注。

〔青蘿與紫葛，枝蔓垂相樛〕樛同摎，糾結。謝朓《遊敬亭山》：「交藤荒且蔓，樛枝聳復低。」杜甫《乾元中寓居同谷縣作歌》：「南有龍兮在山湫，古木巃嵸枝相樛。」

〔城雉映水見，隱隱如蜃樓〕劉孝威《小臨海》：「蜃氣遠生樓，鮫人進潛織。」

〔此地來何暮，可以寫吾憂〕王粲《雜詩》：「日暮遊西園，冀寫憂思情。」

答故人

故人對酒歎，歎我在天涯。見我昔榮遇，念我今蹉跎。問我爲司馬，官意復如何？答云且勿歎，聽我爲君歌。我本蓬蓽人，鄙賤劇泥沙。讀書未百卷，信口嘲風花。自從筮仕來，六命三登科。顧慚虛劣姿，所得亦已多。散員足庇身，薄俸可資家。省分輒自愧，豈

爲不遇耶？煩君對杯酒，爲我一咨嗟。（0278）

【注】

朱《箋》：作於元和十一年（八一六），江州。

〔我本蓬蓽人，鄙賤劇泥沙〕傅咸《贈何劭王濟》：「歸身蓬蓽廬，樂道以忘飢。」沈約《傷韋景猷》：「税驂止營校，淪迹委泥沙。」

〔讀書未百卷，信口嘲風花〕白居易《與元九書》（《白氏文集》卷四五）：「於時六義浸微矣，陵夷矣。至於梁陳間，率不過嘲風雪、弄花草而已。」

〔自從筮仕來，六命三登科〕《左傳》閔公元年：「畢萬筮仕于晉。」後以指出仕。宇文逌《庾信集序》：「自梁朝筮仕，周氏馳驅。」

〔顧慚虚劣姿，所得亦已多〕《後漢書·皇后紀·順烈皇后》載遺命詔：「思自忖度，日夜虚劣，不能復與群公卿士共相終竟。」

〔省分輒自愧，豈爲不遇耶〕白居易《序洛詩》（《白氏文集》卷七十）：「斯樂也，實本之於省分知足，濟之以家給身閑，文之以觴詠絃歌，飾之以山水風月。」

官舍内新鑿小池

簾下開小池，盈盈水方積。中底鋪白沙，四隅甃青石。勿言不深廣①，但取幽人適②。泛灩微雨朝，泓澄明月夕。豈無大江水③，波浪連天白？未如牀席前④，方丈深盈尺。清淺可狎弄，昏煩聊漱滌。最愛曉暝時，一片秋天碧⑤。（0279）

【校】

①〔深廣〕《唐音統籤》作「深曠」。

②〔但取〕馬本、《唐音統籤》、汪本作「但足」。

③〔大江水〕馬本、《唐音統籤》作「大江外」。

④〔牀席前〕馬本、《唐音統籤》、汪本作「牀席間」。

⑤〔秋天碧〕《唐音統籤》作「秋天白」。

【注】

朱《箋》：作於元和十一年（八一六），江州。

〔泛灩微雨朝，泓澄明月夕〕謝靈運《怨曉月賦》：「浮雲褰兮收泛灩，明舒照兮殊皎潔。」陳子昂《于長史山池三日曲水宴》：「泛灩清流滿，葳蕤白芷生。」泓澄，見卷六《遊悟真寺詩一百三十韻》（0261）注。

宿簡寂觀

巖白雲尚屯，林紅葉初隕。秋光引閑步，不知身遠近①。夕投靈洞宿，卧覺塵機泯。名

利心既忘，市朝夢亦盡。暫來尚如此，况乃終身隱。何以療夜飢，一匙雲母粉。（0280）

【校】

①〔身遠近〕《文苑英華》、汪本作「行遠近」。

【注】

朱《箋》：作於元和十一年（八一六），江州。

〔簡寂觀〕《廬山記》卷三山南篇：「由先天至太虚簡寂觀二里，宋陸先生之隱居也。先生名静修，吴興東遷人。……賜謚簡寂先生，始以故居爲簡寂觀。……觀在白雲峰之下，其間一峰獨出而秀卓者曰紫霄峰。故張祜詩曰：『紫霄峰下草堂仙，千載空遺石磬懸。』」

〔巖白雲尚屯，林紅葉初隕〕謝靈運《入彭蠡湖口》：「春晚緑野秀，巖高白雲屯。」

〔夕投靈洞宿，卧覺塵機泯〕孟浩然《臘月八日於剡縣石城寺禮拜》：「願承功德水，從此濯塵機。」韋應物《和吴舍人早春歸沐西亭言志》：「名雖列仙爵，心已遺塵機。」

〔名利心既忘，市朝夢亦盡〕《周禮·天官·内宰》：「凡建國，佐后立市。」鄭玄注：「市朝者，君所以建國也。建國者，必面朝後市。王立朝而后立市，陰陽相成之義。」陶淵明《感士不遇賦序》：「閭閻懈廉退之節，市朝驅易進之心。」

〔何以療夜飢，一匙雲母粉〕《抱朴子内篇·仙藥》：「仙藥之上者丹砂，次則黄金，次則白銀，次則諸芝，次則五玉，次則雲母……」；「又雲母有五種……五色並具而多黑者名雲母，宜以冬服之。……服五雲之法……或以秋露漬之百日，韋囊挺以爲粉。」

讀謝靈運詩

吾聞達士道，窮通順冥數。通乃朝廷來，窮即江湖去。謝公才廓落，與世不相遇。壯志鬱不用，須有所泄處。泄爲山水詩，逸韻諧奇趣。大必籠天海，細不遺草樹。豈唯玩景物，亦欲攄心素。往往即事中，未能忘興諭。因知康樂作，不獨在章句。（0281）

【注】

朱《箋》：作於元和十一年（八一六），江州。

〔吾聞達士道，窮通順冥數〕窮通，見卷一《諭友》（0052）注。顧願《定命論》：「天生蒸民，樹之物則，教義所稟，豈非冥數。」江淹《雜體詩三十首·劉太尉琨傷亂》：「時或苟有會，治亂惟冥數。」《文選》李善注：「冥，幽冥也；數，曆數也。」

〔謝公才廓落，與世不相遇〕《宋書·謝靈運傳》：「靈運少好學，博覽群書，文章之美，江左莫逮。從叔混特知愛之，襲封康樂公。……少帝即位，權在大臣。靈運構扇異同，非毀執政，司徒徐羨之等患之。出爲永嘉太守，郡有名山水，靈運素所愛好，出守既不得志，遂肆意遊遨。」

〔泄爲山水詩，逸韻諧奇趣〕《宋書·謝靈運傳論》：「爰逮宋世，顏謝騰聲。靈運之興會標舉，延年之體裁明密，並方軌前秀，垂範後昆。」《文心雕龍・明詩》：「宋初文詠，體有因革，莊老告退，而山水方滋。」庾亮《翟徵君贊》：「稟逸韻于天陶，含沖氣于特秀。」蕭綱《勸醫論》：「然後麗辭方吐，逸韻乃生。豈有秉筆不訊，而能善詩？」桓玄《南遊衡山詩序》：「窮日所經，莫非奇趣。」謝朓《敬亭山詩》：「要欲追奇趣，即此陵丹梯。」

〔往往即事中，未能忘興諭〕白居易《新樂府・采詩官》（卷四0172）：「若求興諭規刺言，萬句千章無一字。」參見該詩注。

北亭獨宿

悄悄壁下牀，紗籠耿殘燭。夜半獨眠覺，疑在僧房宿。（0282）

【注】

朱《箋》：作於元和十一年（八一六），江州。

〔北亭〕見本卷《北亭》（0276）注。

〔悄悄壁下牀，紗籠耿殘燭〕白居易《新樂府・上陽白髮人》（卷三0129）：「耿耿殘燈背壁影，蕭蕭暗雨打窗聲。」參見該詩注。

約心

黑鬢絲雪侵，青袍塵土涴。兀兀復騰騰，江城一上佐①。朝就高齋上，薰然負暄卧。晚

下小池前，澹然臨水坐。已約終身心，長如今日過。（0283）

【校】

①〔上佐〕那波本作「爲佐」。

【注】

朱《箋》：作於元和十一年（八一六），江州。

〔黑鬢絲雪侵，青袍塵土涴〕盧照鄰《贈益府裴録事》：「耿耿離憂積，空令星鬢侵。」耿湋《雨中宿義興寺》：「家國身猶負，星霜鬢已侵。」庾肩吾《亂後行經吴郵亭》：「郵亭一回望，風塵千里昏。青袍異春草，白馬即吴門。」

〔兀兀復騰騰，江城一上佐〕兀兀，昏愚貌。見卷五《效陶潛體詩十六首》之一（0210）注。騰騰，昏沉貌，又悠閑貌。《寒山詩注》二六八首：「騰騰且安樂，悠悠自清閑。」《景德傳燈録》卷一一漳州羅漢和尚：「任從他笑我，隨處自騰騰。」

〔朝就高齋上，薰然負暄臥〕《莊子·天下》：「薰然慈仁，謂之君子。」《列子·楊朱》：「昔者宋國有田夫，常衣緼黂，僅以過冬。暨春東作，自曝於日，不知天下有廣厦隩室、緜纊狐狢。顧謂其妻曰：『負日之暄，人莫知之。以獻吾君，將有重賞。』」杜甫《寫懷二首》：「達士如弦直，小人似鈎曲。曲直我不知，負暄候樵牧。」

晚望

江城寒角動①，沙洲夕鳥還。獨在高亭上②，西南望遠山。（0284）

【校】

①〔寒角〕馬本作「高角」。

②〔獨在〕馬本、《唐音統籤》、汪本作「獨坐」。

【注】

朱《箋》：作於元和十一年（八一六），江州。

早春

雪銷冰又釋，景和風復暄。滿庭田地濕，薺葉生牆根。官舍悄無事，日西斜掩門。不開莊老卷，欲與何人言？（0285）

【注】

朱《箋》：約作於元和十一年（八一六）至元和十二年（八一七），江州。

春寢

何處春暄來，微和生血氣？氣薰肌骨暢，東窗一昏睡。是時正月晦，假日無公事。爛熳不能休，自午將及未①。緬思少健日，甘寢常自恣。一從衰疾來，枕上無此味。（0286）

【校】

①〔自午〕馬本、《唐音統籤》作「日午」，誤。

【注】

朱《箋》：約作於元和十一年（八一六）至元和十二年（八一七），江州。

〔何處春暄來，微和生血氣〕《呂氏春秋·當賞》：「四時寒暑日月星辰之行當，則諸生有血氣之類皆爲得其處而安其産。」

〔爛熳不能休，自午將及未〕爛熳，同爛漫，蔓延不止。司馬相如《子虛賦》：「所以娛耳目而樂心意者，麗靡爛漫於前，靡曼美色於後。」江淹《去故鄉賦》：「情嬋娟而未罷，愁爛漫而方滋。」

睡起晏坐

後亭晝眠足，起坐春景暮。新覺眼猶昏，無思心正住。淡寂歸一性，虛閑遺萬慮。了然此時心，無物可譬喻。本是無有鄉，亦名不用處。行禪與坐忘，同歸無異路。道書云「無何有之鄉」，禪經云「不用處」，二者殊名而同歸。（0287）

【注】

朱《箋》：約作於元和十一年（八一六）至元和十二年（八一七），江州。

〔新覺眼猶昏，無思心正住〕住心，指禪定修行。《大乘起信論》：「心若馳散，即當攝來住於正念。是正念者，當知唯心，無外境界，即復此心亦無自相，念念不可得。若從坐起，去來進止，有所施作。於一切時，常念方便，隨順觀察。久習淳熟，其心得住，以心住故，漸漸猛利，隨順得入真如三昧。」按，此種禪定修行或與神秀所傳北宗禪法有關。神會《南宗定是非論》（胡適校《神會和尚遺集》卷三）：「嵩岳普寂禪師、東岳降魔禪師，此二大德皆教人凝心入定，住心看淨，起心外照，攝心内證，指此以爲教門。」慧能南宗禪曾批判此禪法。敦煌本《壇經》：「道須通流，何以却滯？心不住，法即通流，住即被縛，若坐不動是，維摩詰不合呵舍利弗宴坐林中。」

〔淡寂歸一性，虚閑遺萬慮〕《莊子·天道》：「夫虚靜恬淡寂漠無爲者，萬物之本也。」一性，本源之性。《永嘉證道歌》：「一性圓通一切性，一法遍含一切法，一月普現一切水，一切水月一月攝，諸佛法身入我性，我性同共如來合。」

〔了然此時心，無物可譬喻〕《楞嚴經》卷三：「了然自知，或本妙心，當住不滅。」《寒山詩注》〇五一首：「吾心似秋月，碧潭清皎潔。無物堪比倫，教我如何説。」

〔本是無有鄉，亦名不用處〕《莊子·列禦寇》：「彼至人者，歸精神乎无始而甘瞑乎无何有之鄉。」不用處，即無所有處地，有情衆生所住九衆生居（九居、九有、九地）之一，爲一無所有之寂靜想境地。《長阿含經》卷九：「云何九覺法？謂九衆生居。或有衆生若干種身，若干種想，天及人是，是初衆生居。或有衆生若干種身而一想者，梵光音天，最初生時是，是二衆生居。或有衆生一身若干種想，光音天是，是三衆生居。或有衆生一身一想，遍淨天是，是四衆生居。或有衆生無想無所覺知，無想天是，是五衆生居。復有衆生空處住，是六衆生居。復有衆生識處住，是七衆生居。復有衆生不用處住，是八衆生居。復有衆生有想無想處住，是九衆生居。」

〔行禪與坐忘，同歸無異路〕行禪，修行禪法。《中阿含經》卷四四有《行禪經》。《維摩經·佛道品》：「火中生蓮華，是可謂希有。在欲而行禪，希有亦如是。」坐忘，見卷六《冬夜》（0258）注。

詠懷

盡日松下坐，有時池畔行。行立與坐卧，中懷澹無營①。不覺流年過，亦任白髮生。不爲世所薄，安得遂閑情？（0288）

【校】

①〔澹無營〕汪本作「淡無營」，字通。

【注】

朱《箋》：約作於元和十一年（八一六）至元和十二年（八一七），江州。

〔行立與坐卧，中懷澹無營〕《文選》謝惠連《雪賦》李善注引梁鴻《安丘嚴平頌》：「無營無欲，澹爾淵清。」

〔不覺流年過，亦任白髮生〕鮑照《登雲陽九里埭》：「宿心不復歸，流年抱衰疾。」

春遊二林寺①

下馬西林寺，翛然進輕策。朝爲公府吏，暮是靈山客②。二月匡廬北，冰雪始消釋。陽叢抽茗牙，陰竇泄泉脈。熙熙風土暖，藹藹雲嵐積。散作萬壑春，凝爲一氣碧。身閑易澹泊③，官散無牽迫。緬彼十八人，古今同此適。昔永遠宗雷等十八賢，同隱于二林寺④。是年淮

寇起，處處興兵革。智士勞思謀，戎臣苦征役。獨有不才者，山中弄泉石。（0289）

【校】

①〔題〕那波本、馬本、《唐音統籤》、汪本作「春遊西林寺」。

②〔暮是〕馬本、《唐音統籤》作「暮作」，汪本作「莫作」。

③〔易澹泊〕那波本作「居澹泊」，《全唐詩》作「易飄泊」。

④〔（注）二林寺〕馬本、《唐音統籤》作「西林寺」。

【注】

朱《箋》：作於元和十一年（八一六）春，江州。

〔二林寺〕東林寺和西林寺。《廬山記》卷二：「由廣澤下山，至太平興國寺七里，寺前之水曰清溪，溪上有清溪亭。寺晉武帝太元九年置，舊名東林」；「乾明寺在凝寂塔之西百餘步，舊名西林，興國中賜今額。晉惠永禪師之道場也。」參見卷一《潯陽三題・廬山桂》（0061）注。

〔下馬西林寺，翛然進輕策〕翛然，見卷五《松聲》（0192）注。

〔陽叢抽茗牙，陰竇洩泉脈〕謝靈運《善哉行》：「陰藻陽叢，凋華墮萼。」

〔緬彼十八人，古今同此適〕《廬山記》卷二：「遠公與慧永、慧持、曇順、曇恒、竺道生、慧叡、道敬、道昺、曇詵，白衣張野、宗炳、劉遺民、張詮、周續之、雷次宗，梵僧佛馱耶舍十八人者，同修淨土之法，因號白蓮社十八賢，有傳附篇末。」白居易《代書》（《白氏文集》卷四三）：「廬山自陶、謝洎十八賢已還，儒風緜緜，相續不絕。」湯用彤

《漢魏兩晉南北朝佛教史》第十一章：「但今日世俗相傳，謂遠公與十八高賢立白蓮社，入社者百二十三人，外有不入社者三人。此類傳説，各書所載互有不同，且亦不知始於何時，然要在中唐以後。」

〔是年淮寇起，處處興兵革〕《舊唐書·憲宗紀》：「(元和九年九月己丑)淮西節度使吴少陽卒，其子元濟匿喪，自總兵柄，乃焚劫舞陽等四縣。朝廷遣使弔祭，拒而不納」；「(冬十月甲子，制：)宜以山南東道節度使嚴綬兼充申光蔡等州招撫使」；「(十年春正月)丙申，嚴綬帥師次蔡州界。己亥，制削奪吴元濟在身官爵」；「(五月)辛巳，御史中丞裴度兼刑部侍郎。時度自淮西行營宣慰還，所言軍機，多合上旨，故以兼官寵之。丙申，李光顔大破賊黨於洄曲。自徵兵討賊，凡十餘鎮之師，環於申、蔡，未立戰功。裴度使還，奏曰：『臣觀諸將，惟光顔見義能勇，必能立功。』至是告捷」；「(八月)丁未，淄青節度使李師道陰與嵩山僧圓淨謀反，勇士數百人伏於東都進奏院，乘洛城無兵，欲竊發焚燒宮殿而肆行剽掠」；「(十二月)甲辰，李愿擊敗李師道之衆九千，斬首二千級」；「(十一年春正月)癸未，削奪王承宗在身官爵，所襲封邑賜武俊子金吾將軍士平。令河東、河北道諸鎮加兵進討」；「八月壬寅，以宰臣韋貫之爲吏部侍郎，罷知政事。貫之以淮西、河北兩處用兵，勞於供餉，請緩承宗而專討元濟，與裴度爭論上前故也」。朱《箋》：「此詩云：『是年淮寇起，處處興兵革。』即指此數年間事，非謂元和十一年淮寇始反也。」

〔獨有不才者，山中弄泉石〕不才，見卷五《養拙》(0198)注。

出山吟

朝詠遊仙詩，暮歌采薇曲。卧雲坐白石，山中十五宿。行隨出洞水，迴別緣巖竹。早晚

重來遊，心期瑤草綠。（0290）

【注】

朱《箋》：作於元和十一年（八一六），江州。

〔朝詠遊仙詩，暮歌采薇曲〕鍾嶸《詩品》晉弘農太守郭璞：「但《遊仙》之作，詞多慷慨，乖遠玄宗。其云：『奈何虎豹姿。』又云：『戢翼棲榛梗。』乃是坎壈詠懷，非列仙之趣也。」采薇曲，見卷一《送王處士》（0045）注。

〔早晚重來遊，心期瑤草綠〕東方朔《與友人書》：「相期拾瑤草，吞日月之光華，共輕舉耳。」杜甫《贈李白》：「亦有梁宋遊，方期拾瑤草。」

歲暮

已任時命去，亦從歲月除。中心一調伏，外累盡空虛。名宦意已矣，林泉計何如？擬近東林寺，溪邊結一廬。（0291）

【注】

朱《箋》：作於元和十一年（八一六），江州。

〔已任時命去，亦從歲月除〕時命，見卷六《寄同病者》（0246）注。湛方生《七歡》：「歲季月除，大蜡始節。」

〔中心一調伏，外累盡空虚〕調伏，調和、降伏，佛教指控御身心、制伏諸惡行。《維摩經・佛道品》：「示行愚痴而以智慧調伏其心。」外累，見卷五《夏日獨直寄蕭侍御》（0191）注。

聞早鶯

日出眠未起，屋頭聞早鶯。忽如上林曉，萬年枝上鳴。憶爲近臣時，秉筆直承明。春深視草暇，旦暮聞此聲。今聞在何處，寂寞潯陽城。鳥聲信如一，分別在人情。不作天涯意，豈殊禁中聽？（0292）

【注】

朱《箋》：作於元和十二年（八一七），江州。

〔忽如上林曉，萬年枝上鳴〕上林，上林苑。見卷一《春雪》（0029）注。萬年枝，一説爲冬青樹，一説爲檍木。代指中書省。謝朓《直中書省》：「風動萬年枝，日華承露掌。」《文選》李善注：「《晉宫閣名》曰：華林園有萬年樹十四株。」錢起《同程九早入中書》：「臘雪初明柏子殿，春光欲上萬年枝。」

〔憶爲近臣時，秉筆直承明〕承明，承明廬。《漢書・嚴助傳》顏師古注：「承明廬在石渠閣外。直宿所止曰廬。」曹植《贈白馬王彪》：「謁帝承明廬，逝將返舊疆。」

栽杉

勁葉森利劍，孤莖挺端標。纔高四五尺，勢若干青霄。移栽東窗前，愛爾寒不凋。病夫卧相對，日夕閑蕭蕭。昨爲山中樹，今爲簷下條。雖然遇賞玩，無乃近塵囂？猶勝澗谷底，埋没隨衆樵。不見鬱鬱松，委質山上苗？（0293）

【注】

朱《箋》：作於元和十二年（八一七），江州。

〔不見鬱鬱松，委質山上苗〕見卷一《贈元稹》（0015）注。

過李生

蘋小蒲葉短，南湖春水生。子近湖邊住，静境稱高情。我爲郡司馬，散拙無所營。使君知性野，衙退任閑行。行攜小榼出①，逢花輒獨傾。半酣到子舍，下馬扣柴荆。何以引我步，繞籬竹萬莖。何以醒我酒，吴音吟一聲。須臾進野飯，飯稻茹芹英。白甌青竹箸，儉潔無羶腥。欲去復徘徊，夕鴉已飛鳴。何當重遊此，待君湖水平。（0294）

【校】

①〔小榼出〕馬本、《唐音統籤》、汪本作「小榼去」。

【注】

朱《箋》：作於元和十二年（八一七），江州。

〔蘋小蒲葉短，南湖春水生〕南湖，見卷一《放魚》（0059）注。

詠意

常聞南華經，巧勞智憂愁。不如無能者，飽食但遨遊。平生愛慕道，今日近此流。自來潯陽郡，四序忽已周。不分物黑白，但與時沉浮。朝餐夕安寢，用是爲身謀。此外即閑放，時尋山水幽。春遊慧遠寺，秋上庾公樓。或吟詩一章，或飲茶一甌。身心一無繫，浩浩如虛舟。富貴亦有苦，苦在心危憂。貧賤亦有樂，樂在身自由。（0295）

【注】

朱《箋》：作於元和十一年（八一六）至元和十二年（八一七），江州。按，詩云：「自來潯陽郡，四序忽已周。」當作於元和十一年秋冬。

〔常聞南華經，巧勞智憂愁〕《莊子·列禦寇》：「巧者勞而知者憂，无能者无所求，飽食而敖遊，汎若不繫之舟，虛而敖遊者也。」

〔自來潯陽郡，四序忽已周〕四序，四時。見卷一《春雪》(0029)注。

〔朝餐夕安寢，用是爲身謀〕《禮記·檀弓下》：「我則隨武子乎？利其君，不忘其身；謀其身，不遺其友。」

〔春遊慧遠寺，秋上庾公樓〕慧遠寺，指東林寺。《高僧傳》卷六《慧遠傳》：「釋慧遠，本姓賈氏，雁門婁煩人也。……時沙門釋道安立寺於太行恒山，弘贊像法，聲甚著聞，遠遂往歸之。一面盡敬，以爲真吾師也。後聞安講《波若經》，豁然而悟，乃嘆曰：『儒道九流，皆糠粃耳。』便與弟慧持投簪落彩，委命受業。既入乎道，厲然不群，常欲總攝綱維，以大法爲己任。……時有沙門慧永，居在西林，與遠同門舊好，遂要遠同止。永謂刺史桓伊曰：『遠公方當弘道，今徒屬已廣，而來者方多。貧道所棲褊狹，不足相處，如何？』桓乃爲遠復於山東更立房殿，即東林是也。」庾公樓，庾樓，傳爲庾亮所建。參見本書卷十五《初到江州》(0899)。

食笋①

此州乃竹鄉②，春笋滿山谷。山夫折盈抱③，抱來早市鬻④。物以多爲賤，雙錢易一束。
置之炊甑中⑤，與飯同時熟。紫籜拆故錦⑥，素肌擘新玉。每日遂加餐，經時不思肉⑦。
久爲京洛客，此味常不足⑧。且食勿踟躕⑨，南風吹作竹。(0296)

【校】

①〔題〕《文苑英華》作「笋」。

②〔乃竹鄉〕《文苑英華》作「有竹鄉」。

③〔山夫〕《文苑英華》作「山翁」。〔盈抱〕《文苑英華》作「盈把」。

④〔抱來〕《文苑英華》作「將來」。〔早市〕《文苑英華》作「入市」。

⑤〔置之炊〕《文苑英華》作「將歸安」。

⑥〔紫籜〕《文苑英華》作「班殼」。

⑦〔經時〕《文苑英華》、馬本、《唐音統籤》、汪本作「經旬」。

⑧〔不足〕《文苑英華》作「無足」。

⑨〔且食〕《文苑英華》作「速食」。

【注】

朱《箋》：作於元和十一年（八一六）至元和十二年（八一七），江州。

〔物以多爲賤，雙錢易一束〕《後漢書·孟嘗傳》：「夫物以遠至爲珍，士以稀見爲貴。」此倒言之。

〔紫籜坼故錦，素肌擘新玉〕沈約《休沐寄懷》：「紫籜開緑筱，白鳥映青疇。」劉楨《瓜賦》：「藍皮蜜理，素肌丹瓤。」張衡《西京賦》：「剖析毫釐，擘肌分理。」

〔每日遂加餐，經時不思肉〕《相和歌辭·飲馬長城窟行》：「長跪讀素書，書中竟何如？上言加餐飯，下言長相憶。」《論語·述而》：「子在齊聞《韶》，三月不知肉味。」

遊石門澗

石門無舊徑，披榛訪遺跡。時逢山水秋，清輝如古昔。常聞慧遠輩，題詩此巖壁。雲覆莓苔封，蒼然無處覓。蕭疏野生竹，崩剝多年石。自從東晉後，無復人遊歷。獨有秋澗聲，潺湲空旦夕。（0297）

【注】

朱《箋》：作於元和十一年（八一六）至元和十二年（八一七），江州。

〔石門澗〕《太平寰宇記》卷一一一江州：「石門澗在（廬）山西，懸崖對聳，形如闕，當雙石之間，懸流數丈，有一石可坐二十許人。」汪立名云：「按石門澗有兩處，一在江州，……一在杭州西湖。……詩中有慧遠題詩語，自是江州作。《西湖志》亦收此詩，誤也。」

〔蕭疏野生竹，崩剝多年石〕姜質《亭山賦》：「纖列之狀如一古，崩剝之勢似千年。」

招東隣

小榼二升酒，新簟六尺牀。能來夜話否？池畔欲秋涼。（0298）

【注】

朱《箋》：作於元和十一年（八一六）至元和十二年（八一七），江州。

〔小榼二升酒，新簟六尺牀〕白居易《自題新昌居止因招楊郎中小飲》（本書卷二六1849）：「春風小榼三升酒，寒食深爐一碗茶。」《夜招晦叔》（同卷1908）：「高調秦箏一兩弄，小花蠻榼二三升。」《池上早春即事招夢得》（卷三三2451）：「白角三升榼，紅茵六尺床。」蓋小榼或爲二升，或爲三升。《晉書·賀循傳》：「其賜六尺床薦席褥並錢二十萬。」又《世説新語·德行》：「王恭從會稽還，王大看之。見其坐六尺簟，因語恭：『卿東來，故應有此物，可以一領及我。』」蓋牀、簟以六尺爲常制。

題元十八溪亭 亭在廬山東南五老峰下。

怪君不喜仕，又不遊州里①。今日到幽居，了然知所以。宿君石溪亭，潺湲聲滿耳。飲君螺杯酒，醉卧不能起。見君五老峰，益悔居城市。愛君三男兒，始歎身無子。余方爐峰下，結室爲居士。山北與山東，往來從此始。（0299）

【校】

①〔又不遊州里〕馬本、《唐音統籤》作「又遊煙霞里」。

【注】

朱《箋》：作於元和十二年（八一七），江州。

〔元十八〕岑仲勉《唐人行第錄》：「元十八集虛，不詳原籍，總由北方南遷。柳宗元《送元十八山人南遊序》稱曰河南先生，白居易《遊大林寺序》曰河南元集虛，皆指其郡望也。初卜居廬山，約元和九年南遊赴桂，有所干謁。柳序云：『及至是邦，今又將去余而南歷營、道，觀九疑，下漓水。』作序時柳氏尚在永州任内，否則柳以十年春遠赴都，三月徙柳州，後此皆不能與序之記事相合。韓愈《贈别元十八協律》云：『吾未識子時，已覽贈子篇。……寤寐想風采，於今已三年。』蓋就韓本人而言，非謂柳氏送序至元和十三年始爲三年也。白氏以十年改江州司馬，其相識集虛應在彼南遊返旆之後。白氏以十三年十二月轉忠州，其未離江州時有《元十八從事南海欲出廬山臨别舊居有戀泉聲之什因以投合兼伸别情》（本書卷十七1022）云：『賢侯辟士禮從容，……雨露初承黄紙詔，……我正退藏君變化，……』《韓集》同卷又有《初南食貽元十八協律》，初入仕途多從協律郎起，所謂『初承黄紙詔』也。集虛離廬山應在十三年十二月以前，故白氏猶及寫贈别之詩，韓氏則與之道上相遇也。」

〔五老峰〕《太平寰宇記》卷一一一江州：「五老峰在（廬）山東，懸崖突出，如五人相逐羅列之狀。」

〔飲君螺杯酒，醉卧不能起〕庾元威《論書》：「宗炳又造化瑞應圖千卓絶，王元長頗加增訂，乃有虞舜獬豸、周穆狻猊、漢武神鳳、衛君舞鶴、五城、九井、螺杯、魯硯、金滕、玉英、玄圭、朱草等，凡二百一十物。」《太平廣記》卷三〇一《汝陰人》（出《廣異記》）：「食器有七子螺、九枝盤、紅螺杯、蕖葉碗。」《清異錄》卷下：「以螺爲杯，亦無甚奇。惟藪冗極彎曲，則可以藏酒。有一螺能貯三盞許者，號九曲螺杯。」

香爐峰下新置草堂即事詠懷題於石上

香爐峰北面，遺愛寺西偏。白石何鑿鑿，清流亦潺潺。有松數十株，有竹千餘竿。松張翠織蓋，竹倚青琅玕。其下無人居，惜哉多歲年①。有時聚猨鳥，終日空風烟。時有沉冥子，姓白字樂天。平生無所好，見此心依然。如獲終老地，忽乎不知還②。架巖結茅宇，斸壑開茶園③。何以洗我耳，屋頭落飛泉④。何以淨我眼⑤，砌下生白蓮。左手攜一壺，右手挈五絃。傲然意自足，箕踞於其間。興酣仰天歌，歌中聊寄言。言我本野夫，誤爲世網牽。時來昔捧日，老去今歸山。倦鳥得茂樹，涸魚反清源。捨此欲焉往，人間多險艱⑥。（0300）

【校】

①〔惜哉〕馬本、《唐音統籤》作「悠哉」。

②〔不知還〕馬本、《唐音統籤》作「不知遷」。

③〔斸壑〕馬本、《唐音統籤》作「斲壑」。

④〔落飛泉〕《唐音統籤》作「飛落泉」。

⑤〔淨我眼〕馬本、《唐音統籤》作「洗我眼」。

⑥〔險艱〕馬本、《唐音統籤》作「險難」。

【注】

汪《譜》、朱《箋》：作於元和十二年（八一七）春，江州。

〔香爐峰北面，遺愛寺西偏〕白居易《草堂記》（《白氏文集》卷四三）：「匡廬奇秀甲天下山，山北峰曰香爐，峰北寺曰遺愛寺，介峰寺間，其境勝絶，又甲廬山。元和十一年秋，太原人白樂天見而愛之，若遠行客過故鄉，戀戀不能去，因面峰腋寺，作爲草堂。明年春，草堂成。」

〔白石何鑿鑿，清流亦潺潺〕《詩·唐風·揚之水》：「揚之水，白石鑿鑿。」曹丕《丹霞蔽日行》：「谷水潺潺，木落翩翩。」

〔松張翠繖蓋，竹倚青琅玕〕青琅玕，見卷一《湓浦竹》（0062）注。

〔何以淨我眼，砌下生白蓮〕白蓮，見卷一《東林寺白蓮》（0063）注。

〔左手攜一壺，右手挈五絃〕五絃，見卷二《五絃》（0082）注。嵇康《四言贈兄秀才入軍》：「目送歸鴻，手揮五絃。」

〔傲然意自足，箕踞於其間〕《莊子·至樂》：「莊子妻死，惠子弔之，莊子則方箕踞鼓盆而歌。」

〔言我本野夫，誤爲世網牽〕嵇康《答向子期難養生論》：「奉法循理，不絓世網，以無罪自尊，以不仕爲逸。」

〔時來昔捧日，老去今歸山〕《三國志·魏書·程昱傳》裴注引《魏書》：「昱少時常夢上泰山，兩手捧日。昱私異之，以語荀彧。及兖州反，賴昱得完三城。於是彧以昱夢白太祖。太祖曰：『卿當終爲吾腹心。』昱本名立，太祖乃加其上『日』，更名昱也。」

〔倦鳥得茂樹，涸魚反清源〕陶淵明《歸去來兮辭》：「雲無心以出岫，鳥倦飛而知還。」庾信《擬詠懷》：「涸鮒常思水，驚羽每思林。」

草堂前新開一池養魚種荷日有幽趣①

淙淙三峽水，浩浩萬頃陂。未如新塘上，微風動漣漪。小萍加泛泛②，初蒲正離離。紅鯉二三寸，白蓮八九枝。遶水欲成徑，護堤方插籬。已被山中客，呼作白家池。（0301）

【校】

①〔題〕馬本、《唐音統籤》、汪本脱「新」字。

②〔加泛泛〕《唐音統籤》作「始泛泛」。

【注】

朱《箋》：作於元和十二年（八一七）春，江州。

〔淙淙三峽水，浩浩萬頃陂〕陶淵明《祭從弟敬遠文》：「淙淙懸溜，曖曖荒林。」《世説新語・德行》：「郭林宗至汝南，造袁奉高，車不停軌，鸞不輟軛。詣黄叔度，乃彌日信宿。人問其故，林宗曰：『叔度汪汪如萬頃之陂，澄之不清，擾之不濁，其器深廣，難測量也。』」

白雲期　黄石巖下作。

三十氣太壯，胸中多是非。六十身太老，四體不支持。四十至五十，正是退閑時。年長識命分，心慵少營爲。見酒興猶在，登山力未衰。吾年幸當此，且與白雲期。（0302）

【注】

汪《譜》、朱《箋》：作於元和十三年（八一八），江州。

〔黄石巖〕《廬山記》卷三：「俗傳黄石公所居，非也。其崖壁皆黄色。」《廬山志》卷五：「雙澗峰下有黄巖寺。桑疏：黄巖寺，唐僧智常建。智常住歸宗，先結廬於黄石巖。」

〔年長識命分，心慵少營爲〕釋彦琮《通極論》：「至如手足之方圓，翔潛之鱗羽，命分修短，身名寵辱，莫非自然之造化，詎是宿業之能爲。」營爲，見卷五《官舍小亭閑望》（0185）注。

〔吾年幸當此，且與白雲期〕見卷一《送王處士》（0045）注。

登香爐峰頂

迢迢香爐峰，心存耳目想。終年牽物役，今日方一往。攀蘿踢危石，手足勞俯仰。同遊三四人，兩人不敢上。上到峰之頂，目眩神怳怳①。高低有萬尋，闊狹無數丈。不窮視

聽界，焉識宇宙廣。江水細如繩，湓城小於掌。紛吾何屑屑，未能脱塵鞅。歸去思自嗟②，低頭入蟻壤。（0303）

【校】

①〔神怳怳〕馬本、《唐音統籤》、汪本作「心怳怳」。

②〔思自嗟〕查校：「思應作私。」

【注】

朱《箋》：作於元和十二年（八一七），江州。

〔迢迢香爐峰，心存耳目想〕曹操《祭橋玄文》：「幽靈潛翳，心存目想。」潘岳《寡婦賦》：「窈冥兮潛翳，心存兮目想。」

〔終年牽物役，今日方一往〕《荀子·正名》：「夫是之謂以己爲物役矣。」任昉《齊竟陵文宣王行狀》：「雖牽以物役，孜孜無怠。」

〔上到峰之頂，目眩神怳怳〕班固《西都賦》：「魂怳怳以失度，巡迴途而下低。」

〔不窮視聽界，焉識宇宙廣〕王羲之《蘭亭詩序》：「仰觀宇宙之大，俯察品類之盛，所以遊目騁懷，足以極視聽之娱，信可樂也。」

〔江水細如繩，湓城小於掌〕蕭衍《草書狀》：「縱橫如結，纏綿如繩。」

〔紛吾何屑屑，未能脱塵鞅〕塵鞅，謂塵世之羈絆。劉長卿《遊四窗》：「對此脱塵鞅，頓忘榮與辱。」牟融《寄羽士》：「使我浮生塵鞅脱，相從應得一盤桓。」

〔歸去思自嗟，低頭入蟻壤〕蟻壤，蟻穴之壤，此喻塵寰。鮑照《代君子有所思》：「蟻壤漏山河，絲淚毀金骨。」

答崔侍郎錢舍人書問因繼以詩

旦暮兩蔬食，日中一閑眠。便是了一日，如此已三年。心不擇時適，足不揀地安。窮通與遠近，一貫無兩端。常見今之人，其心或不然。在勞則念息，處靜已思喧。如是用身心，無乃自傷殘？坐輸憂惱便①，安得形神全？吾有二道友，藹藹崔與錢。同飛青雲路，獨墮黄泥泉。歲暮物萬變，故情何不遷？應爲平生心，與我同一源。帝鄉遠於日，美人高在天。誰謂萬里別，常若在目前。泥泉樂者魚，雲路遊者鸞。勿言雲泥異，同在逍遥間。因君問心地，書後偶成篇。慎勿説向人，人多笑此言。（0304）

【校】

①〔憂惱便〕馬本、《唐音統籤》、汪本作「憂惱使」。

【注】

朱《箋》：作於元和十二年（八一七），江州。

〔崔侍郎〕朱《箋》：「崔羣。元和十二年，自户部侍郎拜中書侍郎、同中書門下平章事。」據《舊唐書·崔羣傳》。

〔錢舍人〕朱《箋》：「錢徽。」丁居晦《重修承旨學士壁記》：「（元和）八年五月九日，轉司封郎中、知制誥。……

十年七月二十三日，遷中書舍人。」

〔旦暮兩蔬食，日中一閑眠〕蔬食，見卷五《永崇里觀居》（0177）注。

〔窮通與遠近，一貫無兩端〕《荀子·正論》：「是榮辱之兩端也。」

〔坐輪憂惱便，安得形神全〕《維摩經·問疾品》：「當念饒益一切衆生，憶所修福，念於淨命，勿生憂惱。」《莊子·天地》：「執道者德全，德全者形全，形全者神全。神全者，聖人之道也。」

〔同飛青雲路，獨墮黄泥泉〕青雲路，見卷五《效陶潛體詩十六首》「中秋三五夜」首（0216）注。黄泥泉，蓋縮合黄泥、黄泉二語。應瑒《侍五官中郎將建章臺集詩》：「常恐傷肌骨，身隕沉黄泥。」

〔帝鄉遠於日，美人高在天〕《莊子·天地》：「乘彼白雲，至於帝鄉。」成玄英疏：「天地之鄉。」後亦指帝都。江總《並州羊腸坂》：「三春别帝鄉，五月度羊腸。」《玉臺新詠》卷一枚乘《雜詩》：「美人在雲端，天路隔無期。」

〔泥泉樂者魚，雲路遊者鸞〕沈約《遊沈道士館》：「都令人逕絶，唯使雲路通。」

〔因君問心地，書後偶成篇〕心地，見卷六《贈杓直》（0267）注。

烹葵

昨卧不夕食，今起乃朝飢①。貧厨何所有，炊稻烹秋葵。紅粒香復軟，緑英滑且肥。飢來止於飽，飽後復何思②？思憶榮遇日③，迨今窮退時。今亦不凍餒，昔亦無餘資。口既不減食，身又不減衣。撫心私自問，何者是榮衰？勿學常人意，其間分是非。（0305）

【校】

①〔朝飢〕馬本、《唐音統籤》作「朝炊」。

②〔飽後復何思〕《文苑英華》作「飽復何所思」。

③〔思憶〕《文苑英華》、馬本、《唐音統籤》、汪本作「憶昔」。

【注】

朱《箋》：作於元和十二年（八一七），江州。

〔紅粒香復軟，綠英滑且肥〕張協《雜詩》：「尺燼重尋桂，紅粒貴瑤瓊。」曹攄《答趙景猷詩》：「白芷舒華，綠英垂柯。」

小池二首

晝倦前齋熱，晚愛小池清。映林餘景没，近水微凉生。坐把蒲葵扇，閑吟三兩聲。

（0306）

【注】

朱《箋》：作於元和十二年（八一七），江州。

〔坐把蒲葵扇，閑吟三兩聲〕《吳聲歌曲·團扇郎歌》：「團扇薄不搖，窈窕搖蒲葵。」

有意不在大，湛湛方丈餘。荷側瀉清露，萍開見游魚。每一臨此坐，憶歸青溪居。（0307）

閉關①

我心忘世久，世亦不我干。遂成一無事，因得常掩關②。掩關來幾時，髣髴二三年。著書已盈帙，生子欲能言。始悟身向老③，復悲世多艱④。迴顧趨時者，役役塵壤間。歲暮竟何得，不如且安閑。（0308）

【校】

①〔題〕汪本作「掩關」。

②〔常掩關〕馬本、《唐音統籤》、汪本作「長掩關」。

③〔身向老〕馬本、《唐音統籤》、汪本作「身易老」。

④〔多艱〕馬本、《唐音統籤》作「多難」。

【注】

朱《箋》：作於元和十二年（八一七），江州。

〔迴顧趨時者，役役塵壤間〕《韓詩外傳》卷一：「任重道遠者，不擇地而息；家貧親老者，不擇官而仕。故君子趫禍趨時，當務之急。」《莊子·齊物論》：「終身役役而不見其成功，苶然疲役而不知其所歸，可不哀邪！」

弄龜羅

有侄始六歲，字之爲阿龜。有女生三年，其名曰羅兒。一始學笑語，一能誦歌詩。朝戲抱我足，夜眠枕我衣。汝生何其晚，我年行已衰。物情小可念①，人意老多慈。酒美竟須壞，月圓終有虧。亦如恩愛緣，乃是憂惱資。舉世同此累，吾安能去之。（0309）

【校】

①〔小可念〕那波本作「少可念」。

【注】

朱《箋》：作於元和十三年（八一八），江州。「白氏元和十二年所作《羅子》詩（本書卷十六0994）云：『有女名羅子，生來纔兩春。』則此詩必作於元和十三年無疑。」

〔龜羅〕龜，朱《箋》：「居易弟行簡之子阿龜。」白居易《劉白唱和集解》（《白氏文集》卷六九）：「因命小侄龜兒，編録勒成兩卷，仍寫二本，一付龜兒，一授夢得小兒崙郎。」《祭弟文》（《白氏文集》卷六九）：「龜兒頗有文性，吾每自教詩書。」羅，朱《箋》：「白居易之女羅子，即羅兒。生於元和十一年。」參見本書卷十六《羅子》（0994）。

〔酒美竟須壞，月圓終有虧〕竟須，終須。嵇康《答張遼叔難宅無吉凶攝生論》：「今復以卜成之，成命之具三，而猶不知相命竟須幾個爲足也。」孟郊《弔元魯山》：「始知補元化，竟須得賢人。」《淮南子・道應訓》：「夫物盛則衰，樂極則悲，日中而移，月盈而虧。」

〔亦如恩愛緣，乃是憂惱資〕佛教以爲，如不能擺脱父子、夫妻之恩愛束縛，則不能得解脱。《長阿含經》卷一：「離於恩愛獄，無有衆結縛。」《圓覺經》：「一切衆生，從無始際，由有種種恩愛貪欲，故有輪迴。」《增壹阿含經》卷十一：「有此二法，不可敬待，亦不足愛著，世人所捐棄。云何爲二法？怨憎共會，此不可敬待，亦不足愛著，世人所捐棄。恩愛別離，不可敬待，亦不足愛著，世人所捐棄是謂。比丘，有此二法，世人所不喜，不可敬待。比丘，復有二法，世人所不棄。云何爲二法？怨憎別離，世人之所喜。恩愛集一處，甚可愛敬，世人之所喜是謂。比丘，有此二法，世人所喜。我今説此怨憎共會、恩愛別離，復説怨憎別離、恩愛共會有何義？有何緣？……諸比丘，此二法由愛興，由愛生，由愛成，由愛起。當學除其愛，不令使生。如是諸比丘，當作是學。」《法苑珠林》卷二二載僧人出家受度之偈：「流轉三界中，恩愛不能脱。棄恩入無爲，真實報恩者。」

截樹

種樹當前軒，樹高柯葉繁。惜哉遠山色，隱此蒙籠間。一朝持斧斤，手自截其端。萬葉落頭上，千峰來面前。忽似決雲霧，豁達覩青天。又如所念人，久別一款顏。始有清風至，稍見飛鳥還。開懷東南望，目遠心遼然。人各有偏好，物莫能兩全。豈不愛柔條，不如見青山。（0310）

【注】

朱《箋》：約作於元和十二年（八一七）至元和十三年（八一八），江州。

〔忽似決雲霧，豁達覩青天〕《世説新語·賞譽》：「衛伯玉爲尚書令，見樂廣與中朝名士談議，奇之，曰：『自昔諸人没以來，常恐微言將絶，今乃復聞斯言於君矣。』命子弟造之，曰：『此人，人之水鏡也，見之若披雲霧睹青天。』」

〔又如所念人，久别一款顔〕謝惠連《七月七日夜詠牛女》：「傾河易迴斡，款顔難久悰。」《文選》李善注：「《字林》曰：款，誠也。意有所欲。」

〔人各有偏好，物莫能兩全〕《韓詩外傳》卷十：「行不兩全，名不兩立。」

望江樓上作

江畔百尺樓，樓前千里道。憑高望平遠，亦足舒懷抱。驛路使憧憧，關防兵草草。及兹多事日，尤覺閑人好。我年過不惑，休退誠非早。從此拂塵衣，歸山未爲老。（0311）

【注】

朱《箋》：約作於元和十二年（八一七）至元和十三年（八一八），江州。

〔望江樓〕清《江西通志》卷四二古蹟九江府有「望江樓」，引居易此詩。

〔驛路使憧憧，關防兵草草〕憧憧，行人車馬往來貌。劉希夷《洛中晴月送殷四入關》：「微云一點曙煙起，南陌憧憧遍行子。」王建《送薛蔓應舉》：「憧憧車馬徒，爭路長安塵。」草草，紛亂、倉促義。杜甫《潼關吏》：「士卒何草草，築城潼關道。」《壯遊》：「大軍載草草，凋瘵滿膏肓。」

〔我年過不惑，休退誠非早〕《論語·爲政》：「四十而不惑。」

〔從此拂塵衣，歸山未爲老〕湛方生《秋夜》：「拂塵襟于玄風，散近滯于老莊。」

題座隅

手不任執殳，肩不能荷鋤。量力揆所用，曾不敵一夫。幸因筆硯功，得升仕進途。歷官凡五六，祿俸及妻奴。左右有兼僕，出入有單車。自奉雖不厚，亦不至飢劬。若有人及此，傍觀爲何如？雖賢亦爲幸，况我鄙且愚。伯夷古賢人，魯山亦其徒。時哉無奈何，俱化爲餓殍。元魯山山居阻水，食絶而終。念彼益自愧，不敢忘斯須。平生榮利心，破滅無遺餘。猶恐塵妄起，題此於座隅。（0312）

【注】

約作於元和十二年（八一七）至元和十三年（八一八），江州。

〔手不任執殳，肩不能荷鋤〕《詩·衛風·伯兮》：「伯也執殳，爲王前驅。」

〔自奉雖不厚，亦不至飢劬〕飢劬，飢餓劬勞。《詩・邶風・凱風》：「棘心夭夭，母氏劬勞。」

〔伯夷古賢人，魯山亦其徒〕伯夷，見卷五《效陶潛體詩十六首》「濟水澄而潔」首（0225）注。《舊唐書・文苑傳・元德秀》：「元德秀者，河南人，字紫芝。開元二十一年登進士第。……以兄子婚娶，家貧無以爲禮，求爲魯山令。……秩滿，南遊陸渾，見佳山水，杳然有長往之志，乃結廬山阿。歲屬飢歉，庖厨不爨，而彈琴讀書，怡然自得。好事者載酒餚過之，不擇賢不肖，與之對酌，陶陶然遺身物外。琴觴之餘，間以文詠，率情而書，語無雕刻。……天寶十三年卒，時年五十九，門人相與謚爲文行先生。士大夫高其行，不名，謂之元魯山。」

〔時哉無奈何，俱化爲餓殍〕沈括《夢溪筆談》卷十四：「晚唐士人專以小詩著名，而讀書滅裂。如白樂天《題座隅詩》云：『俱化爲餓殍。』作孚字押韻。」王楙《野客叢書》卷二十引沈説，云：「按《唐韻》敷字韻收撫俱切，又平表切，皆言餓死也。是則殍字有二音，樂天所押，蓋從《唐韻》之平聲者，二字皆有所據。存中自不深考，安可以讀書滅裂非之。揚雄《箴》曰：『野有餓殍。』」

昔與微之在朝日同蓄休退之心迨今十年淪落老大追尋前約且結後期①

往子爲御史，伊余忝拾遺。皆逢盛明代，俱登清近司。予繫玉爲珮，子曳繡爲衣。從容香烟下，同侍白玉墀。朝見寵者辱，暮見安者危。紛紛無退者，相顧令人悲。宦情君早厭，世事我深知。常於榮顯日，已約林泉期。況今各流落，身病齒髮衰。不作卧雲計，攜

手欲何之？待君女嫁後，及我官滿時。稍無骨肉累，粗有漁樵資。歲晚青山路，白首期同歸。（0313）

【校】

①〔題〕「同」馬本、《唐音統籤》作「因」。

【注】

朱《箋》：約作於元和十二年（八一七）至元和十三年（八一八），江州。

〔予繫玉爲珮，子曳繡爲衣〕珮玉，見卷六《歸田三首》之三（0243）注。繡衣，見卷五《見蕭侍御憶舊山草堂詩因以繼和》（0181）注。

〔從容香烟下，同侍白玉墀〕陳子昂《感遇詩》：「豈不盛光寵，榮君白玉墀。」

〔歲晚青山路，白首期同歸〕《世説新語·仇隙》：「後收石崇、歐陽堅石，同日收岳。石先送市，亦不相知。潘至，石謂潘曰：『安仁，卿亦復爾邪？』潘曰：『可謂白首同所歸。』潘《金谷集詩》云：『投分寄石友，白首同所歸。』乃成其讖。」

垂釣

臨水一長嘯，忽思十年初。三登甲乙第，一入承明廬。浮生多變化，外事有盈虚。今來

伴江叟，沙頭坐釣魚。（0314）

【注】

朱《箋》：　約作於元和十二年（八一七）至元和十三年（八一八），江州。

〔三登甲乙第，一入承明廬〕甲乙第，科舉分甲乙丙等第，故稱甲乙第。《舊唐書·楊綰傳》：「貢士不稱行實，胄子何嘗講習，獨禮部每歲擢甲乙之第。」承明廬，見本卷《聞早鶯》（0292）注。

〔浮生多變化，外事有盈虛〕《莊子·刻意》：「其生若浮，其死若休。」鮑照《答客詩》：「浮生急馳電，物道險弦絲。」

晚燕

百鳥乳鶵畢，秋燕獨蹉跎。去社日已近，銜泥意如何？不悟時節晚，徒施功用多①。人間事亦爾，不獨燕營窠。（0315）

【校】

①〔功用〕馬本、《唐音統籤》、汪本作「工用」。

【注】

朱《箋》：　作於元和十二年（八一七）至元和十三年（八一八），江州。

贖雞

清晨臨江望，水禽正諠繁。梟雁與鷗鷺，游颺戲朝暾。適有鬻雞者，挈之來遠村。飛鳴彼何樂，窘束此何冤。喔喔十四雛，罩縛同一樊。足傷金距縮，頭搶花冠翻。經宿廢飲啄，日高詣屠門。遲迴未死間，飢渴欲相吞。常慕古人道，仁信及魚豚。見兹生惻隱，贖放雙林園。開籠解索時，雞雞聽我言。贖爾鏹三百①，小惠何足論。莫學銜環雀，崎嶇謾報恩。（0316）

【校】

①〔贖爾〕馬本、《唐音統籤》、汪本作「與爾」，「爾」上紹興本夾注：「犯御嫌名。」此據那波本。

【注】

朱《箋》：作於元和十二年（八一七）至元和十三年（八一八），江州。

〔梟雁與鷗鷺，游颺戲朝暾〕《楚辭·九歌·東君》：「暾將出兮東方，照吾檻兮扶桑。」王逸注：「始出其形暾暾而盛大也。」謝靈運《石門新營所住四面高山迴溪》：「早聞夕飈急，晚見朝日暾。」

〔足傷金距縮，頭搶花冠翻〕頭搶，謂頭撞地。温庭筠《醉歌》：「駑馬垂頭搶暝塵，驊騮一日行千里。」《西遊記》七十六回：「始初還跌個裡踵，後面就跌了個嘴搶地。」

〔常慕古人道，仁信及魚豚〕《易·中孚·卦》：「豚魚吉，信及豚魚也。」

〔見兹生惻隱，贖放雙林園〕《孟子·公孫丑上》：「所以謂人皆有不忍人之心者，今人乍見孺子將入於井，皆有怵惕惻隱之心。」雙林，娑羅雙樹，佛涅槃處。《佛遺教經》：「於娑羅雙樹間將入涅槃，是時中夜，寂然無聲。」後佛寺亦稱雙林。此指東林寺和西林寺。李端《寄廬山真上人》：「青草湖中看五老，白雲山上宿雙林。」

〔莫學銜環雀，崎嶇謾報恩〕《續齊諧記》：「弘農楊寶性慈愛，年九歲，至華陰山，見一黄雀爲鴟梟所搏，逐樹下，傷瘢甚多，婉轉復爲螻蟻所困。寶懷之以歸，置諸梁上，夜聞啼聲甚切，親自照視，爲蚊所嚙，乃移置巾箱中，啖以黄花。逮十餘日，毛羽成，飛翔，朝去暮來，宿巾箱中，如此積年。忽與群雀俱來，哀鳴繞堂，數日乃去。是夕，寶三更讀書，有黄衣童子曰：『我，王母使者。昔使蓬萊，爲鴟梟所搏，蒙君之仁愛見救，今當受賜南海。』别以四玉環與之，曰：『令君子孫潔白，且從登三公，事如此環矣。』寶之孝大聞天下，名位日隆。子震，震生秉，秉生彪，四世名公。」

秋日懷杓直　時杓直出牧澧州。

晚來天色好，獨出江邊步。憶與李舍人，曲江相近住。常云遇清景，必約同幽趣。若不訪我來，還須覓君去。開眉笑相見，把手期何處？西寺老胡僧，南園亂松樹。攜持小酒榼，吟詠新詩句。同出復同歸，從朝直至暮。風雨忽消散，江山眇迴互。潯陽與涔陽，相望空雲霧。心期自乖曠，時景還如故。今日郡齋中，秋光誰共度？（0317）

【注】

朱《箋》：作於元和十二年（八一七），江州。

〔杓直〕李建字杓直，參見卷二《和答詩十首》（0100）序。《舊唐書·李建傳》：「與宰相韋貫之友善，貫之罷相，建亦出爲澧州刺史。」《憲宗紀》：「（元和十一年）八月壬寅，以宰相韋貫之爲吏部侍郎，罷知政事。貫之以淮西、河北兩處用兵，勞於供餉，請緩承宗而專討元濟，與裴度爭論上前故也」；「（九月）丙子，新除吏部侍郎韋貫之再貶湖南觀察使。」

〔憶與李舍人，曲江相近住〕《説郛》卷四白行簡《三夢記》：「元和四年，河南元微之爲監察御史，奉使劍外。去逾旬，予與仲兄樂天、隴西李杓直同遊曲江，詣慈恩佛舍，遍歷僧院，淹留移時。日已晚，同詣杓直修行里地。」是李建居修行坊。又本書卷十九《余與故刑部李侍郎早結道友以藥術爲事與故京兆元尹晚爲詩侶有林泉之期周歲之間二君長逝李住曲江北元居昇平西追感舊遊因貽同志》（1259），夏承燾《據〈白氏長慶集〉考唐代曲江池》：「據此，杓直所居住的修行坊實在曲江北，我因此疑心修行坊南的修政坊，也可能是曲江流經之地。」辛德勇《隋唐兩京叢考》十三《曲江池與昇道坊》謂修行坊亦爲曲江流經之地。

〔風雨忽消散，江山眇迴互〕迴互，曲折綿延。木華《海賦》：「乖蠻隔夷，迴互萬里。」

〔潯陽與涔陽，相望空雲霧〕《楚辭·九歌·湘君》：「望涔陽兮極浦，橫大江兮揚靈。」王逸注：「涔陽，江碕名，近附郢。」按，即澧陽地。

食後

食罷一覺睡，起來兩甌茶。舉頭看日影，已復西南斜。樂人惜日促，憂人厭年賒。無憂

無樂者，長短任生涯。（0318）

【注】

朱《箋》：約作於元和十二年（八一七）至元和十三年（八一八），江州。

〔樂人惜日促，憂人厭年賒〕傅玄《雜詩》：「志士惜日短，愁人知夜長。」

齊物二首

青松高百丈①，綠蕙低數寸。同生大塊間②，長短各有分。長者不可退，短者不可進。若用此理推，窮通兩無悶。（0319）

【校】

①〔百丈〕馬本、《唐音統籤》、汪本作「百尺」。

②〔同生〕汪本作「同此」。

【注】

朱《箋》：約作於元和十二年（八一七）至元和十三年（八一八），江州。

〔長者不可退，短者不可進〕《莊子·駢拇》：「長者不爲有餘，短者不爲不足。是故鳧脛雖短，續之則憂；鶴脛雖長，斷之則悲。故性長非所斷，性短非所續，無所去憂也。」

〔若用此理推，窮通兩無悶〕《易・乾・文言》：「子曰：龍德而隱者也，不易乎世，不成乎名，遯世无悶。」

椿壽八千春，槿花不經宿。中間復何有，冉冉孤生竹。竹身三年老，竹色四時緑。雖謝椿有餘，猶勝槿不足。（0320）

【注】

〔椿壽八千春，槿花不經宿〕《莊子・逍遥遊》：「上古有大椿者，以八千歲爲春，八千歲爲秋，此大年也。」槿花，見卷五《贈王山人》（0203）注。

〔中間復何有，冉冉孤生竹〕《古詩十九首》：「冉冉孤生竹，結根泰山阿。」

山下宿

獨到山下宿，靜向月中行。何處水邊碓，夜舂雲母聲。（0321）

【注】

朱《箋》：約作於元和十二年（八一七）至元和十三年（八一八），江州。

〔何處水邊碓，夜春雲母聲〕李白《送内尋廬山女道士李騰空》：「水春雲母碓，風掃石楠花。」參見本書卷十七《尋郭道士不遇》（1013）。

題舊寫真圖

我昔三十六，寫貌在丹青。我今四十六，衰顇卧江城。豈止十年老①，曾與衆苦并。一照舊圖畫，無復昔儀形。形影默相顧，如弟對老兄。况使他人見，能不昧平生？羲和鞭日走，不爲我少停。形骸屬日月，老去何足驚。所恨凌烟閣，不得畫功名。（0322）

【校】

①〔豈止〕馬本、《唐音統籤》作「豈比」。

【注】

陳《譜》、朱《箋》：作於元和十二年（八一七），江州。

〔我昔三十六，寫貌在丹青〕參見卷六《自題寫真》（0226）。朱《箋》：「此寫真圖乃元和二年三十六歲時所寫，非李放元和五年所寫。抑『三十六』或爲『三十九』之訛文耶？」

〔豈止十年老，曾與衆苦并〕佛教以人生为苦，有三苦、四苦、八苦、十二苦諸說。衆苦者泛指一切之苦。《法華經·譬喻品》：「三界無安，猶如火宅。衆苦充滿，甚可怖畏。」

〔一照舊圖畫，無復昔儀形〕儀形，形像、圖像。左思《魏都賦》：「丹青焕炳，特有温室。儀形宇宙，歷象賢聖。」

〔形影默相顧，如弟對老兄〕曹植《上責躬應詔詩表》：「形影相弔，五情愧赧。」李密《陳情事表》：「煢煢獨立，形影相弔。」

〔羲和鞭日走，不爲我少停〕《楚辭・離騷》：「吾令羲和弭節兮，望崦嵫而勿迫。」王逸注：「羲和，日御也。」杜甫《同諸公登慈恩寺塔》：「羲和鞭白日，少昊行清秋。」

〔所恨凌烟閣，不得畫功名〕《舊唐書・太宗紀》：「（貞元十七年春正月）戊申，詔圖畫司徒、趙國公無忌等勳臣二十四人於凌煙閣。」《雍錄》卷四：「《南部新書》曰：凌煙閣在西内三清殿側，畫功臣皆面北，閣中有中隔，内面北寫功高諸侯王，隔外面北次第畫功臣、題贊。」

閑居

肺病不飲酒，眼昏不讀書。端然無所作，身意閑有餘。雞栖籬落晚，雪映林木疏。幽獨已云極，何必山中居？（0323）

【注】

朱《箋》：約作於元和十二年（八一七）至元和十三年（八一八），江州。

〔幽獨已云極，何必山中居〕《楚辭・九章・涉江》：「哀吾生之無樂兮，幽獨處乎山中。」

對酒示行簡

今旦一樽酒，歡暢何怡怡。此樂從中來，他人安得知？兄弟唯二人，遠別恒苦悲。今春自巴峽，萬里平安歸。復有雙幼妹，笄年未結褵。昨日嫁娶畢，良人皆可依。憂念兩消釋，如刀斷羈縻。身輕心無繫，忽欲凌空飛。人生苟有累，食肉常如飢。我心既無苦，飲水亦可肥。行簡勸爾酒，停杯聽我辭。不歎鄉國遠，不嫌官祿微。但願我與爾，終老不相離。（0324）

【注】

朱《箋》：「汪《譜》繫此詩於元和十五年，非是，蓋據白氏『今春自巴峽，萬里平安歸』二句詩意，臆測居易兄弟於是年自蜀中歸長安也。實則此二句詩乃指行簡自巴峽歸江州而言。據白氏《别行簡》詩（本書卷十0459），白行簡於元和九年五六月間應劍南東川節度使盧坦之聘赴梓州。又據白氏《得行簡書聞欲下峽先以此寄》詩（本書卷十七1020）云：『朝來又得東川信，欲取春初發梓州。書報九江聞暫喜，路經三峽想還愁。』此詩汪《譜》亦繫於元和十三年，則知行簡係於元和十三年春間出峽至江州與居易歡聚，而非元和十五年。詩亦應繫於是年。」

〔行簡〕白居易之弟，字知退。《舊唐書·白行簡傳》：「元和中，盧坦鎮東蜀，辟爲掌書記。府罷，歸潯陽。居易授江州司馬，從兄之郡。十五年，居易入朝爲尚書郎，行簡亦授左拾遺，累遷司門員外郎、主客郎中。」

〔今旦一樽酒，歡暢何怡怡〕《論語・子路》：「朋友切切偲偲，兄弟怡怡。」

〔復有雙幼妹，笄年未結褵〕《禮記・内則》：「十有五年而笄，二十而嫁。」《詩・豳風・東山》：「之子于歸，皇駁其馬。親結其縭，九十其儀。」毛傳：「縭，婦人之褘也。母戒女施衿結帨。」縭又作褵。

〔昨日嫁娶畢，良人皆可依〕《孟子・離婁下》：「齊人有一妻一妾而處室者，其良人出，則必饜酒肉而後反。」趙注：「良人，夫也。」

〔我心既無苦，飲水亦可肥〕《論語・述而》：「子曰：『飯疏食飲水，曲肱而枕之，樂亦在其中矣。不義而富且貴，於我如浮雲。』」《淮南子・精神訓》：「故子夏見曾子，一臞一肥。曾子問其故，曰：『出見富貴之樂而欲之，入見先王之道又説之，兩者心戰，故臞；先王之道勝，故肥。』」白居易《歸履道宅》（本書卷二七1925）：「不論貧與富，飲水亦應肥。」《五燈會元》卷十九育王端裕禪師：「同誠共休戚，飲水亦須肥。」

詠懷

自求與顔淵，卞和與馬遷。或罹天六極，或被人刑殘。顧我信爲幸，百骸且完全。五十不爲夭，吾今欠數年。知分心自足，委順身常安。故雖窮退日，而無慼慼顔。昔有榮先生，從事於其間。今我不量力，舉心欲攀援。窮通不由己，歡戚不由天。命即無奈何，心可使泰然。且務由己者，省躬諒非難。勿問由天者，天高難與言。（0325）

【注】

朱《箋》：　作於元和十三年（八一八），江州。

〔冉求與顔淵，卞和與馬遷〕顔淵，見卷六《贈杓直》（0267）注。卞和，見卷六《遊悟真寺詩一百三十韻》（0261）注。馬遷，司馬遷，見卷二《讀史五首》之二（0096）注。冉求，孔子弟子，未聞凶夭刑殘之事，疑誤用伯牛事。《史記·仲尼弟子列傳》：「伯牛有惡疾，孔子往問之，自牖執其手，曰：『命也夫，斯人而有斯疾，命也夫。』」

〔或罹天六極，或被人刑殘〕《書·洪範》：「六極，一曰凶短折，二曰疾，三曰憂，四曰貧，五曰惡，六曰弱。」

〔知分心自足，委順身常安〕《莊子·秋水》：「察乎盈虛，故得而不喜，失而不憂，知分之無常也。」委順，見卷五《松齋自題》（0188）注。

〔故雖窮退日，而無戚戚顔〕《論語·述而》：「君子坦蕩蕩，小人長戚戚。」

〔昔有榮先生，從事於其間〕榮啓期，見卷一《丘中有一士》之二（0054）注。

〔且務由己者，省躬諒非難〕《書·說命中》：「惟干戈省厥躬。」

夜琴

蜀桐木性實①，楚絲音韻清。調慢彈且緩，夜深十數聲。入耳淡無味，愜心潛有情。自弄還自罷，亦不要人聽。（0326）

【校】

①〔蜀桐〕馬本、《唐音統籤》作「蜀琴」。

【注】

朱《箋》：作於元和十三年（八一八），江州。

〔蜀桐木性實，楚絲音韻清〕左思《蜀都賦》：「其樹則有木蘭梫桂，杞櫹椅桐。」李賀《李憑箜篌引》：「吳絲蜀桐張高秋，空白凝雲頹不流。」

山中獨吟

人各有一癖，我癖在章句。萬緣皆已銷，此病獨未去。每逢美風景，或對好親故。高聲詠一篇，怳若與神遇。自爲江上客，半在山中住。有時新詩成，獨上東巖路。身倚白石崖，手攀青桂樹。狂吟驚林壑，猿鳥皆窺覷。恐爲世所嗤，故就無人處。（0327）

【注】

朱《箋》：作於元和十三年（八一八），江州。

〔人各有一癖，我癖在章句〕《晉書·杜預傳》：「時王濟解相馬，又甚愛之，而和嶠頗聚斂，預常稱『濟有馬癖，嶠有錢癖』。武帝聞之，謂預曰：『卿有何癖？』對曰：『臣有《左傳》癖。』」

〔萬緣皆已銷，此病獨未去〕萬緣，一切内外業因緣起。《頓悟入道要門論》卷上：「萬緣俱絶者，即一切法性空是也。」

達理二首

何物壯不老，何時窮不通？如彼音與律，宛轉旋爲宫。我命獨何薄，多悴而少豐。當壯已先衰，暫泰還長窮。我無奈命何，委順以待終。命無奈我何，方寸如虚空。瞢然與化俱，混然與俗同。誰能坐自苦①，齟齬於其中？（0328）

【校】

①〔坐自苦〕馬本、《唐音統籤》作「坐此苦」。

【注】

朱《箋》：作於元和十三年（八一八），江州。

〔如彼音與律，宛轉旋爲宫〕《禮記·禮運》：「五聲六律十二管，還相爲宫也。」《釋文》：「還音旋。」《通典》卷一四二：「旋宫之樂久喪，漢章帝建初三年鮑鄴始請用之。順帝陽嘉二年復廢。累代合黄鐘一均，變極七音，則五鐘廢而不擊，反謂之啞鐘，祖孝孫始爲旋宫之法。」

〔命無奈我何，方寸如虚空〕方寸，見卷五《松齋自題》（0188）注。

舒姑化爲泉，牛哀病作虎。或柳生肘間，或男變爲女。鳥獸及水木，本不與民伍。胡然生變遷，不待死歸土？百骸是己物，尚不能爲主。況彼時命間，倚伏何足數？時來不可遏，命去焉能取？唯當養浩然，吾聞達人語。（0329）

【注】

〔舒姑化爲泉，牛哀病作虎〕《文選》劉峻《重答劉秣陵沼書》李善注引《宣城記》：「臨城縣南四十里蓋山，高百許丈，有舒姑泉。昔有舒氏女，與其父析薪，此泉處坐，牽挽不動，乃還告家。比還，唯見清泉湛然。女母曰：『吾女本好音樂。』乃絃歌，泉涌回流，有朱鯉一雙。今作樂嬉戲，泉固涌出也。」《淮南子・俶真訓》：「昔公牛哀轉病也，七日化爲虎。其兄掩户而入覘之，則虎搏而殺之。」高誘注：「轉病，易病也。江淮之間，公牛氏有易病化爲虎，若中國有狂疾者發作有時也。其爲虎者，便還食人。食人者因作真虎，不食人者更復化爲人。公牛氏，韓人。」張衡《思玄賦》：「牛哀病而成虎兮，雖逢昆其必噬。」

〔或柳生肘間，或男變爲女〕《莊子・至樂》：「支離叔與滑介叔觀於冥伯之丘，崑崙之虚，黄帝之所休。俄而柳生其左肘，其意蹶蹶然惡之。支離叔曰：『子惡之乎？』滑介叔曰：『亡，予何惡！生者，假借也。假之而生生者，塵垢也。死生爲晝夜。且吾與子觀化而化及我，我又何惡焉！』」《荆楚歲時記》引干寶《變化論》（亦見《搜神記》卷十二）：「人生獸，獸生人，氣之亂者也。男化爲女，女化爲男，氣之貿者也。」

〔唯當養浩然，吾聞達人語〕《孟子・公孫丑上》：「我知言，我善養吾浩然之氣。」

湖亭晚望殘水①

湖上秋泬寥，湖邊晚蕭瑟。登亭望湖水，水縮湖底出。清渟得早霜，明滅浮殘日。流注隨地勢，窪坳無定質。泓澄白龍卧，宛轉青蛇屈。破鏡折劍頭，光芒又非一。久爲山水客，見盡幽奇物。及來湖亭望，此狀難談悉。乃知天地間，勝事殊未畢。（0330）

【校】

①〔題〕紹興本「亭」作「庭」，據他本改。

【注】

朱《箋》：作於元和十三年（八一八），江州。

〔湖上秋泬寥，湖邊晚蕭瑟〕《楚辭·九辯》：「悲哉，秋之爲氣也。蕭瑟兮，草木摇落而變衰。憭慄兮，若在遠行。登山臨水兮，送將歸。泬寥兮，天高而氣清。」王逸注：「泬寥，曠蕩而虚静也。」

〔破鏡折劍頭，光芒又非一〕破鏡，或喻月。《玉臺新詠》卷十古絶句：「何當大刀頭，破鏡飛上天。」何遜《望新月示同羈詩》：「初宿長淮上，破鏡出雲明。」此與「折劍頭」皆喻湖面反射之波光。

郭虚舟相訪

朝暖就南軒，暮寒歸後屋。晚酌一兩杯①，夜棋三四局②。寒灰埋暗火，曉焰凝殘燭。不

嫌貧冷人，時來同一宿。（0331）

【校】

①〔晚酌〕那波本、盧校作「晚酒」。

②〔三四〕那波本、馬本、《唐音統籤》、汪本作「三數」。

【注】

朱《箋》：作於元和十三年（八一八），江州。

〔郭虛舟〕朱《箋》：「郭虛舟煉師。居易與之相識於江州。」參見本書卷二一《同微之贈別郭虛舟煉師五十韻》（1405）等詩。

白居易詩集校注卷第八

閑適四　古調詩　五言七言　凡五十七首①

長慶二年七月自中書舍人出守杭州路次藍溪作②

太原一男子，自顧庸且鄙。老逢不次恩，洗拔出泥滓。既居可言地，願助朝廷理。伏閤三上章，戇愚不稱旨。聖人存大體，優貸容不死。鳳詔停舍人，魚書除刺史。置懷齊寵辱，委順隨行止。我自得此心，于兹十年矣。餘杭乃名郡，郡郭臨江汜。已想海門山，潮聲來入耳。昔予貞元末，羈旅曾遊此③。甚覺太守尊，亦諳魚酒美。因生江海興，每羨滄浪水④。尚擬拂衣行，況今兼禄仕。青山峰巒接⑤，白日烟塵起。東道既不通，改轅遂南指。自秦窮楚越，浩蕩五千里。聞有賢主人，而多好山水。是行頗爲愜，所歷良可紀。策馬度藍溪，勝遊從此始。（0332）

【校】

①〔閑適四　古調詩　五言七言　凡五十七首〕金澤本作「古調詩　閑適三　凡五十四首」。

②〔題〕馬本、《唐音統籤》題下有小注：「自此後詩俱赴杭州時作。」

③〔曾遊此〕金澤本作「曾遊彼」。

④〔滄浪水〕金澤本作「滄浪子」。

⑤〔青山峰巒接〕金澤本作「汴州李岕反」。

【注】

陳《譜》、汪《譜》、朱《箋》：作於長慶二年（八二二），自長安至杭州途中。陳《譜》：長慶二年壬寅，「十月一日到任，有《謝上表》」；「時河、朔復亂，（居易）數上書論其事，天子不能用，遂求外任，蓋穆宗荒縱，宰相王播、蕭俛、杜元穎、崔植等皆齷齪無遠略，宜公之不樂居朝也。」朱《箋》：「居易長慶二年七月十四日自中書舍人除授杭州刺史，屬汴路未通，取道襄、漢路赴任。」

〔藍溪〕即藍谷水，見卷六《遊悟真寺詩一百三十韻》(0261)注。

〔老逢不次恩，洗拔出泥滓〕《漢書·東方朔傳》：「武帝初即位，徵天下舉方正賢良文學材力之士，待以不次之位。」王僧孺《禮拜唱導發願文》：「故欲洗拔萬有，度脱群生。」潘岳《西征賦》：「或被髮左袵，奮迅泥滓。」《文選》李善注：「凡人沉於卑賤，故曰泥滓。」

〔既居可言地，願助朝廷理〕《北齊書·元文遥傳》：「（和）士開曰：『處得言地，使元家兒作令僕，深愧朝廷。』」《新唐書·韋思謙傳》：「丈夫當敢言地，要須明目張膽以報天子。」

〔伏閤三上章，戇愚不稱旨〕《舊唐書·裴延齡傳》：「延齡謀害在朝正直之士，會諫議大夫陽城等伏閤切諫，事遂且止。」《漢書·霍光傳》：「書三上，輒報聞。」《淮南子·氾論》：「愚者類仁而非仁，戇者類勇而非勇。」《漢書·公孫弘傳》：「臣弘愚戇，不足以奉大對。」

〔聖人存大體，優貸容不死〕《三國志·魏書·杜恕傳》：「恕所在，務存大體而已。」《舊唐書·魏徵傳》：「徵性非習法，但存大體，以情處斷，無不悦服。」《宋書·謝述傳》：「述上表陳：邵先朝舊勳，宜蒙優貸。太祖手詔酬納焉。」

〔鳳詔停舍人，魚書除刺史〕蕭繹《太常卿陸倕墓誌銘》：「兩升鳳詔，三侍龍樓。」權德輿《送杜尹赴東都》：「如綸披鳳詔，出匣淬龍泉。」程大昌《演繁露》卷一魚書：「漢太守之官，必得左符以出，至郡用以爲驗。蓋右符先以留州，故令以左右合也。唐世刺史亦執左魚至州，與右魚合契，亦其制也。唐世左魚之外，又有敕牒將之，故兼名魚書。《唐書》曰：開成二年，幽州節使元忠奏，當管八州，準門下牒，追刺史右魚各一隻。臣勘自天寶末年，頻有干戈，並皆失墜，伏乞各賜新銅魚。可之。後有詔刺史，已有制書爲驗，左魚不給。」盧綸《送撫州周使君》：「周郎三十餘，天子賜魚書。」

〔置懷齊寵辱，委順隨行止〕潘岳《在懷縣作二首》：「寵辱易不驚，戀本難爲思。」委順，見卷五《松齋自題》（0188）注。

〔餘杭乃名郡，郡郭臨江汜〕《舊唐書·地理志三》江南道：「杭州上，隋餘杭郡。武德四年，平李子通，置杭州。……天寶元年，改爲餘杭郡。乾元元年，復爲杭州。」《詩·召南·江有汜》鄭箋：「江水大，汜水小。」陸機《爲顧彦先贈婦二首》：「願作歸鴻翼，翩飛浙江汜。」

〔已想海門山，潮聲來入耳〕《咸淳臨安志》卷三一：「海門在仁和縣東北六十五里，有山曰赭山，與龕山對峙，潮水出其間。」

〔昔予貞元末，羈旅曾遊此〕白居易《吳郡詩石記》（《白氏文集》卷六八）：「貞元初，韋應物爲蘇州牧，房孺復爲杭州牧，皆豪人也。韋嗜詩，房嗜酒，每與賓友一醉一詠，其風流雅韻，多播於吳中，或目韋、房爲詩酒仙。時予始年十四五，旅二郡，以幼賤不得與遊宴。」按，居易十四五，爲貞元元年（七八五）、二年（七八六）。然據傅璇琮《唐代詩人叢考·韋應物繫年考證》，韋應物以貞元四年由左司郎中爲蘇州刺史。《詩石記》所謂「十四五」，乃含混言之。此詩云「貞元末」，亦不確。

〔因生江海興，每羨滄浪水〕《莊子·讓王》：「身在江海之上，心居乎魏闕之下。」杜甫《自京赴奉先縣詠懷五百字》：「非無江海志，瀟灑送日月。」滄浪水，見卷五《答元八宗簡同遊曲江後明日見贈》（0174）注。

〔尚擬拂衣行，況今兼祿仕〕拂衣，見卷一《孔戡》（0003）注。

〔青山峰巒接，白日烟塵起〕《舊唐書·穆宗紀》：「（長慶二年七月）戊戌，汴州軍亂，逐節度使李愿，立牙將李岕爲留後」；「壬寅，出中書舍人白居易爲杭州刺史。乙巳，詔南北省五品已上官議討李岕」；「（八月）丙子，汴州監軍姚文壽與兵馬使李質同謀斬李岕及其黨薛志忠、秦鄰等。」居易出守杭州，恰在汴州軍亂發生時。

初出城留別

朝從紫禁歸，暮出青門去。勿言城東陌，便是江南路。揚鞭簇車馬，揮手辭親故。我生本無鄉，心安是歸處。（0333）

【注】

朱《箋》：作於長慶二年（八二二）。

〔朝從紫禁歸，暮出青門去〕青門，見卷一《寄隱者》（0058）注。

〔揚鞭簇車馬，揮手辭親故〕杜甫《九日奉寄嚴大夫》：「遥知簇鞍馬，回首白雲間。」令狐楚《遊春辭》：「風前調玉管，花下簇金羈。」按，簇鞍馬或釋爲駐鞍馬，然此句實爲揚鞭驅趕義。本書卷十六《北樓送客歸上都》（0916）：「長津欲度迴船尾，殘酒重傾簇馬蹄。」

〔我生本無鄉，心安是歸處〕《楞嚴經》卷九：「又彼定中，諸善男子，見色陰消，受陰明白，處清淨中，心安隱後，忽然自有無限喜生。」《楞伽師資記》卷一求那跋陁羅三藏：「擬作佛者，先學安心。心未安時，善尚非善，何況其惡。心得安靜時，善惡俱無依。」

過駱山人野居小池

駱生棄官居此二十餘年。

茅覆環堵亭，泉添方丈沼。紅芳照水荷，白頸觀魚鳥。拳石苔蒼翠，尺波烟杳渺。但問有意無，勿論池大小。門前車馬路，奔走無昏曉。名利驅人心，賢愚同擾擾。善哉駱處士，安置身心了。何乃獨多君，丘園居者少。（0334）

【校】

①〔紅芳〕金澤本作「紅房」。

【注】

朱《箋》：作於長慶二年（八二二），自長安至杭州途中。

〔駱山人〕朱《箋》：「駱峻。」馮浩《玉谿生詩詳注》卷一《宿駱氏亭寄懷崔雍崔衮》詩注：「杜牧《駱處士墓誌》：駱處士峻，揚州士曹參軍。元和初，母喪去職，於灞陵東阪下得水樹居之。朝之名士，多造其廬。栖退超脱三十六年，會昌元年卒。此與白所詠或一或二必有此題合者。朱氏引《唐語林》：駱浚，度支司書手，李吉甫擢之，後典名郡，於春明門外築臺榭。似不符也。朱氏又引《唐年補錄》王廷湊爲駱山人構亭事，時地尤謬矣。」朱《箋》：「馮氏之説是也。白氏有《授駱峻太子司議郎梧州刺史賜緋魚袋兼改名玄休》制（《白氏文集》卷五十），蓋即此人。考《樊川文集》卷九《駱處士墓誌》云：『長慶初，桂府觀察使杜公凡兩拜章，乞爲梧州刺史，詔因授之。……處士慘而讓，祇以疾辭解，訖不言其他，爾後人知其堅不可復動矣。』可知峻授梧州刺史辭官不就。《唐語林》所載之駱浚，當非一人。」

〔拳石苔蒼翠，尺波烟杳渺〕鄭述祖《天柱山銘》：「蓋由拳石吐雲，扶寸布雨。」陸機《長歌行》：「寸陰無停晷，尺波豈徒旋。」

〔名利驅人心，賢愚同擾擾〕鮑照《行藥至城東橋》：「擾擾遊宦子，營營市井人。」李白《古風》：「不知繁華子，擾擾何所迫。」韓愈《遊城南·把酒》：「擾擾馳名者，誰能一日閑。」

〔何乃獨多君，丘園居者少〕丘園，見卷五《養拙》（0198）注。

宿清源寺

往謫潯陽去，夜憩輞溪曲。今爲錢塘行，重經兹寺宿。爾來幾何歲，溪草二八緑①。不見舊房僧，蒼然新樹木。虛空走日月，世界遷陵谷。我生寄其間，孰能逃倚伏？隨緣又南去，好住東廊竹。（0335）

【校】

①〔二八〕那波本、金澤本作「八九」。

【注】

朱《箋》：作於長慶二年（八二二），自長安至杭州途中。

〔清源寺〕《長安志》卷十六藍田：「清源寺在縣南輞谷內，唐王維母奉佛山居，營草堂精舍，維表乞施爲寺焉。」

〔往謫潯陽去，夜憩輞溪曲〕《長安志》卷十六藍田：「輞谷水出南山輞谷，北流入霸水。」

〔虛空走日月，世界遷陵谷〕《詩·小雅·十月之交》：「百川沸騰，山冢崒崩。高岸爲谷，深谷爲陵。」何遜《塘邊見古冢詩》：「空疑年代積，不知陵谷徙。」

〔我生寄其間，孰能逃倚伏〕見卷五《感時》（0175）注。倚伏，見卷六《歸田三首》之三（0243）注。

〔隨緣又南去，好住東廊竹〕隨緣，隨順因緣。宗寶本《壇經·付囑品》：「各自努力，隨緣好去。爾時徒衆，作禮而退。」好住，行者告別留者語。敦煌本《壇經》：「大師説偈已了，遂告門人曰：汝等好住，今共汝別。」戎昱《送李參軍》：「好住好住王司户，珍重珍重李參軍。」

宿藍橋對月①

昨夜鳳池頭，今夜藍溪口②。明月本無心，行人自迴首。新秋松影下，半夜鐘聲後。清影不宜昏，聊將茶代酒。（0336）

【校】

①〔題〕馬本、《唐音統籤》、汪本作「宿藍溪對月」，《文苑英華》作「宿藍橋題月」。

②〔藍溪〕《文苑英華》抄本作「藍橋」，「藍」校：「集作溪。」明刊本作「溪橋」。

【注】

朱《箋》：作於長慶二年（八二二），自長安至杭州途中。

〔藍橋〕《長安志》卷十六藍田：「藍橋驛在縣東南四十里。」

〔昨夜鳳池頭，今夜藍溪口〕鳳池，指中書省。《晉書·荀勖傳》：「勖久在中書，專管機事，及失之，甚罔罔悵恨，或有賀之者，勖曰：『奪我鳳皇池，諸君何賀邪！』」謝朓《直中書省》：「兹言翔鳳池，鳴珮多清響。」

自望秦赴五松驛馬上偶睡睡覺成吟

長途發已久，前館行未至。體倦目已昏，瞌然遂成睡①。右袂尚垂鞭，左手暫委轡。忽覺問僕夫，纔行百步地。形神分處所，遲速相乖異。馬上幾多時，夢中無限事。誠哉達人語，百齡同一寐。（0337）

【校】

①〔瞌然〕金澤本作「溘然」。

【注】

朱《箋》：作於長慶二年（八二二），自長安至杭州途中。

〔望秦〕望秦嶺。白居易前此赴江州有《初貶官過望秦嶺》（本書卷十五0858）。朱《箋》引《通典》卷一七五商州：「上洛，漢舊縣，有秦嶺山。」以爲望秦嶺當爲秦嶺山之別名。又《史記·封禪書》正義引《括地志》：「灞水，古滋水也，亦名藍谷水，即秦嶺水之下流，在雍州藍田縣。」元稹《望雲騅馬歌》：「駱駝山上斧刃堆，望秦嶺下錐頭石。五六百里真符縣，八十四盤青山驛。」此寫德宗自鳳翔幸梁州路程。《輿地紀勝》卷一八四洋州：「駱駝嶺在興道縣東北三十里。」此自與赴商洛道不同，然亦屬秦嶺山脈。是望秦嶺爲秦嶺山之別稱。

〔五松驛〕李涉有《題五松驛》，李商隱有《五松驛》。岑仲勉《玉谿生年譜會箋平質》引白集赴江州、赴杭諸詩及《通典》卷一七五商州上洛秦嶺山之記載，謂：「是望秦嶺及五松驛在赴襄鄧路中，居長安東南，張(采田)顧採朱説以爲東還所經，里地、考史，兩俱失之。」

〔形神分處所，遲速相乖異〕《列子·周穆王》：「神遇爲夢，形接爲事。故晝想夜夢，神形所遇。」《世説新語·文學》：「衛玠總角時，問樂令夢，樂云：『是想。』衛曰：『形神所不接而夢，豈是想邪？』」蕭琛《難范縝神滅論》：「予今據夢以驗，形神不得共體。當人寢時，其形是無知之物，而有見焉，此神遊之所接也。」

〔誠哉達人語，百齡同一寐〕《莊子·齊物論》：「夢飲酒者，旦而哭泣；夢哭泣者，旦而田獵。方其夢也，不知其夢也。夢之中又占其夢焉，覺而後知其夢也。且有大覺而後知此其大夢也。」陸機《歎逝賦》：「寤大暮之同寐，何矜晚以怨早。」《文選》李善注：「大暮，猶長夜也。原夫生死之理，雖則長短有殊，終則同歸一揆。言覺斯理，則晚死者何足矜，早夭者何傷也。」《維摩經·方便品》：「是身如夢，爲虛妄見。」《圓覺經》：「善男子，此無明者，非實有體。如夢中人，夢時非無，及至於醒，了無所得。」《大智度論》卷六：「如夢者，如夢中無實事，謂之有實，覺已知無，而還自笑。」《巨力長者所問大乘經》卷上：「浮世匪堅，如夢所見。」殷堯藩《登鳳凰臺二首》：「始信人生如一夢，壯懷莫使酒杯乾。」沈既濟《枕中記》、李公佐《南柯太守傳》，即演此觀念爲小説。

鄧州路中作

蕭蕭誰家林①，秋梨葉半坼②？漠漠誰家園，秋韭花初白③？路逢故里物，使我嗟行役。不歸渭北村，又作江南客。去鄉徒自苦，濟世終無益。自問波上萍，何如澗中石？（0338）

【校】

①〔誰家林〕馬本、《唐音統籤》、汪本作「誰家村」。

②〔半坼〕金澤本、汪本作「半赤」。

③〔秋韭〕金澤本作「秋薤」。

【注】

朱《箋》：作於長慶二年（八二二），自長安至杭州途中。

〔鄧州〕《舊唐書·地理志二》山南東道：「鄧州，隋南陽郡。武德二年，改爲鄧州。……在京師東南九百二十里。」

〔自問波上萍，何如澗中石〕傅玄《明月篇》：「浮萍本無根，非水將何依。」江淹《雜體詩三十首·王侍中粲懷德》：「朝露竟幾何，忽如水上萍。」《古詩十九首》：「青青陵上柏，磊磊澗中石。」

朱藤杖紫驄吟①

拄上山之上，騎下山之下。江州去日朱藤杖，忠州歸日紫驄馬②。天生二物濟我窮，我生合是栖栖者。（0339）

【校】

①〔題〕馬本、《唐音統籤》、汪本作「朱藤杖紫驄馬吟」。何校：「當有馬字。」金澤本題下注：「雜言。」

②〔歸日〕金澤本作「歸時」。

【注】

朱《箋》：作於長慶二年（八二二），自長安至杭州途中。

〔朱藤杖〕即赤藤杖，見卷三《蠻子朝》（0140）注。

〔我生合是栖栖者〕《論語·憲問》：「微生畝謂孔子曰：『丘何爲是栖栖者與？無乃爲佞乎？』孔子曰：『非敢爲佞也，疾固也。』」

桐樹館重題

階前下馬時，梁上題詩處。慘澹病使君，蕭疏老松樹①。自嗟還自哂，又向杭州去。

（0340）

【校】

①〔老松樹〕金澤本作「老桐樹」。

【注】

朱《箋》：作於長慶二年（八二二），自長安至杭州途中。

〔桐樹館〕朱《箋》：「白氏有《商山路驛桐樹昔與微之前後題名處》詩（本書卷十八1175）及《答桐花》詩（本書卷

（0102）。元集卷一有《桐花》詩，卷六有《三月二十四日宿曾峰館夜對桐花寄樂天》詩。均指此。」

〔慘澹病使君，蕭疏老松樹〕《世說新語·言語》：「已而會雪下，未甚寒，諸道人問在道所經。壹公曰：『風霜固所不論，乃先集其慘澹。……』」杜甫《送從弟亞赴安西判官》：「踴躍常人情，慘澹苦士志。」庾闡《揚都賦》：「竹則篛風箘簵，筱簜林箊，單棘箜篨，蓊蔚蕭疏。」

過紫霞蘭若

我愛此山頭，及此三登歷。紫霞舊精舍，寥落空泉石。朝市日喧隘，雲林長悄寂。猶存住寺僧①，肯有歸山客？（0341）

【校】

①〔猶存〕金澤本作「猶無」。

【注】

朱《箋》：作於長慶二年（八二二），自長安至杭州途中。

〔蘭若〕見卷六《蘭若寓居》（0237）注。

感舊紗帽　帽即故李侍郎所贈。

昔君烏紗帽，贈我白頭翁。帽今在頂上，君已歸泉中。物故猶堪用，人亡不可逢。岐山

今夜月①，墳樹正秋風。（0342）

【校】

①〔岐山〕那波本作「岐上」。

【注】

朱《箋》：作於長慶二年（八二二），自長安至杭州途中。

〔李侍郎〕朱《箋》：「李建。」卒於長慶元年二月二十三日。見白居易《有唐善人墓碑》（《白氏文集》卷四一）。參見卷五《寄李十一》（0199）。

〔烏紗帽〕《隋書·禮儀志七》：「宋、齊之間，天子宴私，著白高帽，士庶以烏，其制不定。或有卷荷，或有下裙，或有紗高屋，或有烏紗長耳。……開皇初，高祖常著烏紗帽，自朝貴已下，至于冗吏，通著入朝。」

〔岐山今夜月，墳樹正秋風〕朱《箋》：「李建墓在鳳翔，此指鳳翔府岐山縣。」《有唐善人墓碑》：「長慶元年二月二十三日夜無疾即世於長安修行里第，是歲五月二十五日歸祔於鳳翔某縣某鄉某原之先塋。」

思竹窗

不憶西省松，不憶南宮菊。西省大院有松，南宮本廳多菊①。唯憶新昌堂，蕭蕭北窗竹。窗間枕簟在，來後何人宿？（0343）

【校】

①〔（注）南宮本廳〕金澤本作「南省本廳」。〔（注）多菊〕馬本、《唐音統籤》、汪本作「有菊」。

【注】

朱《箋》：作於長慶二年（八二二），自長安至杭州途中。

〔不憶西省松，不憶南宮菊〕西省，中書省。《初學記》卷十一引何法盛《晉中興書》：「范寧拜中書侍郎，專掌西省。」徐彦伯《贈劉舍人古意》：「浩歌在西省，經傳恣潛心。」南宮，尚書省及諸部。《舊唐書·崔元略傳》：「處南宮之重位，列左户之清班。」蘇頲《奉和魏僕射秋日還鄉有懷之作》：「南宮夙拜罷，東道晝遊初。」

〔唯憶新昌堂，蕭蕭北窗竹〕白居易新昌里第，參見卷二《和答詩十首》（0100～）序注。

馬上作

處世非不遇，榮身頗有餘。勳爲上柱國，爵乃朝大夫。自問有何才，兩入承明廬。又問有何政，再駕朱輪車。矧予東山人①，自惟朴且疏②。彈琴復有酒③，但慕嵇阮徒。闇被鄉里薦，誤上賢能書。一列朝士籍，遂爲世網拘。高有罾繳憂，下有陷穽虞。每覺宇宙窄，未嘗心體舒。蹉跎二十年，頷下生白鬚。何言左遷去，尚獲專城居？杭州五千里，往若投淵魚。雖未脱簪組，且來汎江湖。吳中多詩人，亦不少酒酤④。高聲詠篇什，大笑飛杯盂。五十未全老，尚可且歡娛。用兹送日月，君以爲何如？秋風起江上，白日落

路隅。迴首語五馬，去矣勿踟躕。（0344）

【校】

①〔矧予〕金澤本作「矧余」。〔東山〕金澤本作「山東」。

②〔自惟〕馬本、《唐音統籤》作「自性」。

③〔有酒〕金澤本作「飲酒」。

④〔酒酤〕馬本、《唐音統籤》、汪本作「酒沽」。

【注】

朱《箋》：　作於長慶二年（八二二），自長安至杭州途中。

〔勳爲上柱國，爵乃朝大夫〕《舊唐書·白居易傳》：「明年（元和十五年），轉主客郎中、知制誥，加朝散大夫，始著緋。」白居易有《初加朝散大夫又轉上柱國》（本書卷十九 1232）。《舊唐書·職官志一》：「永徽已後，以國初勳名與散官名同，年月既久，漸相錯亂。咸亨五年三月，更下詔申明，各以類相比。武德初光祿大夫比今日上柱國。」

〔自問有何才，兩入承明廬〕承明廬，見卷七《聞早鶯》（0292）注。

〔又問有何政，再駕朱輪車〕朱輪，見卷二《不致仕》（0079）注。《文選》楊惲《報孫會宗書》李善注：「二千石皆得乘朱輪。」故唐人用以指太守。岑參《陪使君早春東郊遊眺》：「太守擁朱輪，東郊物候新。」王建《從元太守夏宴西樓》：「五馬遊西城，几杖隨朱輪。」

〔矧予東山人，自惟朴且疏〕《世説新語・排調》：「謝公始有東山之志，後嚴命屢臻，勢不獲已，始就桓公司馬。」謝靈運《還舊園作見顔范二中書》：「偶與張邴合，久欲還東山。」《文選》李善注：「東山，謂會稽始寧也。檀道鸞《晉陽秋》曰：謝安有反東山之志，每形之於言。」

〔彈琴復有酒，但慕嵇阮徒〕嵇、阮，嵇康、阮籍。《世説新語・言語》：「周僕射雍容好儀形，詣王公。初下車，隱數人，王公含笑看之。既坐，傲然嘯詠。王公曰：『卿欲希嵇、阮邪？』答曰：『何敢近舍明公，遠希嵇、阮。』」

〔闇被鄉里薦，誤上賢能書〕《後漢書・郭丹傳》：「三公舉丹賢能，徵爲諫議大夫。」《左周黄列傳》論：「漢初詔舉賢良、方正，州郡察孝廉、秀才，斯亦貢士之方也。中興以後，復增敦朴、有道、賢能、直言、獨行、高節、質直、清白、敦厚之屬。」

〔一列朝士籍，遂爲世綱拘〕世綱，見卷七《香爐峰下新置草堂即事詠懷題於石上》（0300）注。

〔高有罾繳憂，下有陷穽虞〕罾繳，同矰繳。見卷一《感鶴》（0028）注。《後漢書・寇榮傳》載榮上書：「閶闔九重，陷阱步設，舉趾觸罘罝，動行絓羅網。」

〔每覺宇宙窄，未嘗心體舒〕杜甫《送李校書二十六韻》：「每愁悔吝作，如覺天地窄。」岑參《西蜀旅舍春歎寄朝中故人呈狄評事》：「自從兵戈動，遂覺天地窄。」

〔何言左遷去，尚獲專城居〕《相和歌辭・陌上桑》：「三十侍中郎，四十專城居。」

〔高聲詠篇什，大笑飛杯盂〕飛杯，猶言飛觥、飛觴。楊炯《送臨津房少府》：「煙霞駐征蓋，絃奏促飛觴。」劉禹錫《歷陽書事七十韻》：「興來從請曲，意墮即飛觥。」白居易《九日寄微之》（本書卷二四1687）：「怕飛杯酒多分數，厭聽笙歌舊曲章。」

〔迴首語五馬，去矣勿踟躕〕《相和歌辭・陌上桑》：「使君從南來，五馬立踟躕。」程大昌《演繁露》卷二：「太守五馬，莫知的據。古樂府『五馬立躊躇』，即其來已久。或言：《詩》有『良馬五之』，侯國事也。然上言『良馬四之』，下言『良馬六之』，則或四或六，元非定制也。漢有駟馬車，正用四馬，而鄭玄注《詩》曰：『《周禮》：州長建旟。漢太守比州長，法御五馬。』玄以州長比方漢州，大小相絶遠矣。周之州乃反統隸於縣，比漢太守，品秩殊不侔，不足爲據。然鄭後漢時人，則太守之用五馬，後漢已然矣。至唐白樂天《和春深二十詩》曰：『五疋鳴珂馬，雙輪畫戟車。』至其自杭分司，有詩曰：『錢塘五馬留三疋，還擬騎來攪擾春。』老杜亦曰：『使君五馬一馬驄。』則是真有五馬矣。若其制之所始，則未有知者。」胡仔《苕溪漁隱叢話》前集卷六：「《遯齋閑覽》云：『世謂太守爲五馬，人罕知其故事。或言《詩》云……。後見龐幾先云：古乘駟馬車，至漢時，太守出則增一馬，事見《漢官儀》也。』……苕溪漁隱曰：五馬事當以《遯齋》、《學林》二説出《漢官儀》者爲是。余嘗細考《詩》注，『孑孑干旟』，鳥隼曰旟。後人多用隼旟爲太守事，又見注云：『州長之屬。』因以《詩》之五馬爲太守，誤矣。」

秋蝶

秋花紫蒙蒙，秋蝶黄茸茸。花低蝶新小，飛戲叢西東。日暮涼風來，紛紛花落叢。夜深白露冷，蝶已死叢中。朝生夕俱死①，氣類各相從。不見千年鶴，多栖百丈松？（0345）

【校】

①〔俱死〕馬本、《唐音統籤》作「已死」。

【注】

朱《箋》：作於長慶二年（八二二），自長安至杭州途中。

〔秋花紫蒙蒙，秋蝶黄茸茸〕楊慎《升菴詩話》卷十：「胡蝶或白或黑，或五彩皆具，惟黄色一種至秋乃多，蓋感金氣也。李白詩：『八月蝴蝶黄』，深中物理。今本改黄爲來，何其淺也。白樂天詩亦云：『秋花紫蒙蒙，秋蝶黄茸茸。』」

〔不見千年鶴，多栖百丈松〕庾信《奉和趙王隱士詩》：「短松猶百尺，少鶴已千年。」

登商山最高頂①

高高此山頂，四望唯烟雲。下有一條路，通達楚與秦②。或名誘其心，或利牽其身。乘者及負者③，來去何云云④。我亦斯人徒，未能出囂塵。七年三往復，何得笑他人⑤。

（0346）

【校】

①〔題〕金澤本題末有「下望」二字。

②〔通達〕金澤本作「通連」。

③〔及負者〕馬本、《唐音統籤》、汪本作「與負者」。

④〔云云〕馬本、《唐音統籤》、汪本作「紛紛」。

⑤〔何得〕金澤本作「可得」。

【注】

朱《箋》：作於長慶二年（八二二），自長安至杭州途中。

〔商山〕《史記·蘇秦列傳》正義：「商阪即商山也，在商洛縣南一里。亦曰楚山。武關在焉。」《清一統志》商州：「商山在州東。……《舊志》：山在州東八十里丹水之南，形如商字，路通武關。俗以四皓隱此，有避世之智，亦名爲智亭。」

〔我亦斯人徒，未能出囂塵〕囂塵，見卷一《月燈閣避暑》（0013）注。

枯桑

道傍老枯樹①，枯來非一朝。皮黃外尚活②，心黑中先焦。有似多憂者③，非因外火燒。

（0347）

【校】

①〔老枯樹〕金澤本作「老桑樹」。

②〔皮黃〕金澤本作「皮殘」。

③〔有似〕馬本、《唐音統籤》作「似有」。〔多憂〕金澤本作「多愁」。

【注】

朱《箋》：作於長慶二年（八二二），自長安至杭州途中。

〔有似多憂者，非因外火燒〕《佛所行贊》卷五：「内絶煩惱火，外火不能燒。」

山路偶興

筋力未全衰，僕馬不至弱。又多山水趣，心賞非寂寞。捫蘿上烟嶺，蹋石穿雲壑。谷鳥晚仍啼，洞花秋不落。提籠復攜榼，遇勝時停泊。泉憩茶數甌，嵐行酒一酌。獨吟還獨嘯①，此興殊未惡。假使在城時，終年有何樂？（0348）

【校】

①〔獨嘯〕馬本、《唐音統籤》作「獨笑」。

【注】

朱《箋》：作於長慶二年（八二二），自長安至杭州途中。

〔又多山水趣，心賞非寂寞〕心賞，見卷五《首夏同諸校正遊開元觀因宿玩月》（0176）注。

山雉

五步一啄草，十步一飲水。適性遂其生，時哉山梁雉。梁上無罾繳，梁下無鷹鸇。雌雄與羣雛，皆得終天年。嗟嗟籠下雞，及彼池中雁。既有稻粱恩，必有犧牲患。（0349）

【注】

朱《箋》：作於長慶二年（八二二），自長安至杭州途中。

〔五步一啄草，十步一飲水〕《莊子·人世間》：「澤雉十步一啄，百步一飲，不蘄畜乎樊中。神雖王，不善也。」

〔適性遂其生，時哉山梁雉〕《論語·鄉黨》：「色斯舉矣，翔而後集。曰：『山梁雌雉，時哉時哉。』」

〔梁上無罾繳，梁下無鷹鸇〕罾繳，見卷一《感鶴》（0028）注。《左傳》文公十八年：「見無禮於其君者，誅之如鷹鸇之逐鳥雀也。」

〔既有稻粱恩，必有犧牲患〕劉峻《絶交論》：「分雁鶩之稻粱，沾玉斝之餘瀝。」《文選》李善注：「《韓詩外傳》：田饒謂魯哀公曰：黄鵠止君園池，啄君稻粱。」《莊子·列禦寇》：「或聘於莊子。莊子應其使曰：『子見夫犧牛乎？衣以文繡，食以芻菽。及其牽而入於大廟，雖欲爲孤犢，其可得乎？』」

初下漢江舟中作寄兩省給舍

秋水淅紅粒，朝烟烹白鱗。一食飽至夜，一卧安達晨。晨無朝謁勞，夜無直宿勤。不知兩掖客，何似扁舟人？ 尚想到郡日，且稱守土臣。 猶須副憂寄，恤隱安疲民。 期年庶報政，三年當退身。 終使滄浪水，濯吾纓上塵①。（0350）

【校】

①〔濯吾〕金澤本作「霑吾」。

【注】

朱《箋》：作於長慶二年（八二二），自長安至杭州途中。

〔不知兩掖客，何似扁舟人〕兩掖，左右掖，指中書省、門下省。權德輿有《酬崔舍人閣老冬至日宿直省中奉簡兩掖閣老並見示》。

〔尚想到郡日，且稱守土臣〕蘇綽《大誥》：「皇帝若曰：庶邦列辟，汝爲守土，作民父母。」舒元輿《坊州按獄》：「寄謝守土臣，努力清郡曹。」

〔猶須副憂寄，恤隱安疲民〕憂寄，（皇帝之）憂念。方干《獻浙東王大夫二首》：「四方皆是分憂寄，獨有東南戴二天。」《太平廣記》卷二五一《盧發》（出《摭言》）載詞令：「暫來關外分憂寄，不稱賓筵語氣粗。」恤隱，體恤民隱。張衡《東京賦》：「訪萬機，詢朝政，勤恤民隱，而除其眚。」

〔期年庶報政，三年當退身〕《史記·魯周公世家》：「魯公伯禽之初受封之魯，三年而後報政周公。周公曰：『何遲也？』伯禽曰：『變其俗，革其禮，喪三年然後除之，故遲。』太公亦封於齊，五月而報政周公。周公曰：『何疾也？』曰：『吾簡其君臣禮，從其俗爲也。』」期年報政，謂取其中。

〔終使滄浪水，濯吾纓上塵〕見卷五《答元八宗簡同遊曲江後明日見贈》（0174）注。

自蜀江至洞庭湖口有感而作

江從西南來①，浩浩無旦夕②。長波逐若瀉③，連山鑿如劈④。千年不壅潰，萬姓無墊溺。不爾民爲魚，大哉禹之績。導岷既艱遠，距海無咫尺。胡爲不訖功，餘水斯委積⑤？洞庭與青草，大小兩相敵。混合萬丈深，淼茫千里白。每歲秋夏時，浩大呑七澤。水族窟穴多，農人土地窄。我今尚嗟嘆，禹豈不愛惜？邈未究其由，想古觀遺跡。疑此苗人頑，恃險不終役。帝亦無奈何，留患與今昔。水流天地内，如身有血脉。滯則爲疽疣，治之在鍼石。安得禹復生，爲唐水官伯？手提倚天劍，重來親指畫。疏流似剪紙⑥，決壅同裂帛⑦。滲作膏腴田，踏平魚鱉宅。龍宫變閭里，水府生禾麥。坐添百萬户，書我司徒籍。（0351）

【校】

①〔西南〕金澤本作「西東」，誤。

②〔浩浩〕金澤本、《唐音統籤》作「活活」。

③〔逐若〕金澤本作「直若」。

④〔鑿如〕金澤本作「斷如」。

⑤〔餘水〕馬本、《唐音統籤》、汪本作「湖水」。

⑥〔疏流〕馬本、《唐音統籤》、汪本作「疏河」。

⑦〔同裂帛〕馬本、《唐音統籤》、汪本作「如裂帛」。

【注】

朱《箋》：作於長慶二年(八二二)，自長安至杭州途中。

〔千年不壅潰，萬姓無墊溺〕《國語·周語上》：「防民之口，甚於防川。川壅而潰，傷人必多。」《書·益稷》：「洪水滔天，浩浩懷山襄陵，下民昏墊。」傳：「言天下民昏瞀墊溺，皆困水災。」

〔不爾民爲魚，大哉禹之績〕《左傳》昭公元年：「劉子曰：美哉禹功，明德遠矣。微禹，吾其魚乎！」

〔導岷既艱遠，距海無咫尺〕《書·禹貢》：「岷山導江，東别爲沱，又東至于澧。過九江，至于東陵，東迆北會於匯。東爲中江，入于海。」

〔洞庭與青草，大小兩相敵〕《史記·五帝本紀》正義：「洞庭，湖名。在岳州巴陵西南一里，南與青草湖連。」《方輿勝覽》卷二九岳州：「洞庭湖在巴陵縣西，西接赤沙，南連青草，横亘七八百里。」

〔混合萬丈深，淼茫千里白〕郭璞《江賦》：「極泓量而海運，狀滔天以淼茫。」

〔每歲秋夏時，浩大吞七澤〕司馬相如《子虛賦》：「臣聞楚有七澤，嘗見其一，未睹其餘也。」

〔疑此苗人頑，恃險不終役〕《書·益稷》：「苗頑弗即工，帝其念哉。」傳：「九州五長，各蹈爲功。惟三苗頑凶，不得就官。」

〔水流天地内，如身有血脉〕《管子·水地》：「水者，地之血氣，如筋脈之通流者也。」

〔滯則爲疽疣，治之在鍼石〕《太平廣記》卷二一《孫思邈》（出《仙傳拾遺》及《宣室志》）：「陽用其精，陰用其形，天人之所同也。及其失也，蒸則生熱，否則生寒，結而爲疣贅，陷而爲癰疽，奔而爲喘乏，竭而爲焦枯。診發乎面，變動乎形。推此以及天地，則亦如之。……石立土踴，此天地之疣贅也。山崩地陷，此天地之癰疽也。……良醫導之以藥石，救之以針劑。聖人和之以道德，輔之以政事。」

〔安得禹復生，爲唐水官伯〕《禮記·月令》：「其帝顓頊，其神玄冥。」鄭注：「少皞氏之子曰脩，曰熙，爲水官。」禹治水事迹彰著，故亦以水官泛稱之。

〔手提倚天劍，重來親指畫〕宋玉《大言賦》：「方地爲車，圓天爲蓋，長劍耿耿倚天外。」阮籍《詠懷》：「彎弓掛扶桑，長劍倚天外。」

〔坐添百萬户，書我司徒籍〕《周禮·地官·大司徒》：「大司徒之職，掌建邦之土地之圖，與其人民之數，以佐王安擾邦國。」

初領郡政衙退登東樓作　自此後詩①，到杭州後作。

鰥惸心所念，簡牘手自操。何言符竹貴，未免州縣勞。賴是餘杭郡，臺榭遶官曹。凌晨親政事，向晚恣遊遨。山冷微有雪，波平未生濤。水心如鏡面，千里無纖毫。直下江最闊，近東樓更高。煩襟與滯念，一望皆遁逃。（0352）

【校】

①〔自此後詩〕金澤本作「自此以後」。

【注】

陳《譜》、朱《箋》： 作於長慶二年（八二二），杭州。陳《譜》： 長慶二年壬寅，「有《初領郡政衙退》等詩。《語林》云： 替嚴員外休復，休復有時名，公喜爲之代。」朱《箋》： 「元稹有《元藇杭州刺史制》，約作於元和末或長慶初，可知元藇乃休復之後任，居易所代者爲元藇，非休復，《語林》所記蓋誤。」

〔東樓〕朱《箋》： 「在鳳凰山杭州刺史治所内。」《咸淳臨安志》卷五二： 「東樓，一名望海樓，在中和堂之北。《太平寰宇記》名望湖樓，高一十丈，唐武德七年置。」

〔何言符竹貴，未免州縣勞〕《史記・孝文本紀》： 「（二年）九月，初與郡國守相爲銅虎符、竹使符。」張九齡《巡屬縣道中作》： 「短才濫符竹，弱歲起柴荆。」

〔煩襟與滯念，一望皆遁逃〕煩襟，見卷五《題楊穎士西亭》（0206）注。

清調吟

索索風戒寒，沉沉日藏耀。勸君飲濁醪，聽我吟清調。芳節變窮陰，朝光成夕照。與君生此世，不合長年少。今晨從此過①，明日安能料？若不結跏禪，即須開口笑。（0353）

【校】

①〔從此過〕金澤本作「徒已過」，馬本、《唐音統籤》、汪本作「從此遊」。

【注】

朱《箋》：作於長慶二年（八二二），杭州。

〔清調〕《舊唐書·音樂志二》：「平調、清調、瑟調，皆周房中曲之遺聲也。漢世謂之三調。」據丘瓊蓀《燕樂探微》考證，平調即清角調，清調即清商調，瑟調即下徵調。參見該書第十八節《清樂的調》。

〔索索風戒寒，沉沉日藏耀〕索索，見卷一《諭友》（0052）注。

〔若不結跏禪，即須開口笑〕結跏禪，結跏趺坐，禪定修行之姿勢。《中阿含經》卷二九：「結跏趺坐，離欲，離惡不善法，有覺，有觀，離生喜樂，得初禪成就遊。」開口笑，《莊子·盜跖》：「人上壽百歲，中壽八十，下壽六十，除病瘦死喪憂患，其中開口而笑者，一月之中，不過四五日而已矣。」

狂歌詞

明月照君席，白露霑我衣。勸君酒杯滿①，聽我狂歌詞。五十已後衰，二十已前癡。晝夜又分半，其間幾何時？生前不歡樂②，死後有餘貲。焉用黄墟下③，珠衾玉匣爲？

（0354）

【校】

①〔酒杯滿〕金澤本作「滿杯酒」。

②〔生前〕金澤本作「生時」。

③〔黄墟〕金澤本作「黄壚」。

【注】

朱《箋》：作於長慶二年（八二二），杭州。

〔晝夜又分半，其間幾何時〕《列子·楊朱》：「百年，壽之大齊，得百年者，千無一焉。設有一者，孩抱以逮昏老，幾其半矣。夜眠之所弭，晝覺之所遺，又幾居其半矣。痛疾哀苦，亡失憂懼，又幾居其半矣。」

〔生前不歡樂，死後有餘貲〕范雲《古意贈王中書》：「豈如鷦鷯者，一粒有餘貲。」

〔焉用黄墟下，珠衾玉匣爲〕黄墟，地下。曹植《文帝誄》：「浮飛魂于清霄兮，就黄墟以滅形。」珠衾玉匣，珠襦玉匣，厚葬之具。《漢書·佞幸傳·董賢》：「及至東園秘器，珠襦玉柙，豫以賜賢，無不備具。」《三國志·魏書·文帝紀》：「飯含無以珠玉，無施珠襦玉匣，諸愚俗所爲也。」《史記·齊太公世家》正義：「《括地志》云：齊桓公墓在臨菑縣南二十一里牛山上，亦名鼎山，一名牛首堈，一所二墳。晉永嘉末，人發之，初得版，次得水銀池，有氣不得入。經數日，乃牽犬入中，得金蠶數十薄，珠襦、玉匣、繒綵、軍器，不可勝數。又以人殉葬，骸骨狼藉也。」

郡亭

平旦起視事，亭午卧掩關。除親簿領外，多在琴書前。況有虚白亭，坐見海門山。潮來一凭檻，賓至一開筵。終朝對雲水，有時聽管絃。持此聊過日，非忙亦非閑。山林太寂寞，朝闕空喧煩①。唯兹郡閣内，囂静得中間。（0355）

【校】

①〔空喧煩〕金澤本作「苦喧煩」。

【注】

朱《箋》：作於長慶二年（八二二），杭州。

〔除親簿領外，多在琴書前〕簿領，文書檔案。《後漢書·獨行傳·戴就》：「遣部從事薛安案倉庫簿領，收就於錢唐縣獄。」《舊唐書·憲宗紀》：「（元和十二年二月壬申），及賊平，復得淄青簿領，中有賞蒲、潼關吏案。」

〔况有虚白亭，坐見海門山〕虚白亭，朱《箋》：「即虚白堂，在鳳凰山杭州刺史治所内。……又《冷泉亭記》（《白氏文集》卷四三）云：『先是領郡者有相里君造作虚白亭。』則係另一亭在武林山，非此治所内之郡亭。又《咸淳臨安志》引此詩作『虚白堂』，疑此詩中之『虚白亭』爲『虚白堂』之訛。」《咸淳臨安志》卷五二：「虚白堂，唐長慶中，刺史白文公有詩刻石堂上。」參見本書卷二十《虚白堂》（1326）。海門山，見本卷《長慶二年七月自中書舍人出守杭州路次藍溪作》（0332）注。

詠懷

昔爲鳳閣郎，今爲二千石。自覺不如今，人言不如昔。昔雖居近密①，終日多憂惕。有詩不敢吟②，有酒不敢喫③。今雖在疏遠，竟歲無牽役。飽食坐終朝，長歌醉通夕。人生百年内④，疾速如過隙⑤。先務身安閑，次要心歡適。事有得而失，物有損而益。所以見道人，觀心不觀跡。（0356）

【校】

①〔近密〕金澤本作「密近」。

②〔不敢吟〕金澤本作「不聽吟」。

③〔不敢喫〕金澤本作「不假喫」。

④〔人生〕金澤本作「今生」。

⑤〔過隙〕金澤本作「過客」。

【注】

朱《箋》：作於長慶二年（八二二），杭州。

〔昔爲鳳閣郎，今爲二千石〕鳳閣郎，指中書舍人。《舊唐書·職官志一》：「（光宅元年九月）中書省爲鳳閣。」二千石，漢太守秩二千石。《史記·五宗世家》：「自吳楚反後，漢爲置二千石，去丞相曰相。」後以稱郡守。

〔昔雖居近密，終日多憂惕〕《後漢書·孝安帝紀》載詔：「夕惕惟憂，思念厥咎。」

〔今雖在疏遠，竟歲無牽役〕牽役，見卷六《昭國閑居》（0265）注。

〔人生百年内，疾速如過隙〕《墨子·兼愛下》：「人之生乎地上無幾何也，譬之猶駟馳而過隙也。」《莊子·盜跖》：「天與地無窮，人死若有時。操有時之具，而託于無窮之間，忽然無異騏驥之馳過隙也。」

〔事有得而失，物有損而益〕《莊子・天下》：「同焉者和，得焉者失。」《易・序卦》：「損而不已必益。」

〔所以見道人，觀心不觀跡〕《莊子・天運》：「夫六經者，先王之陳迹也。今子之所言，猶迹也。夫迹，履之所出，而迹豈履哉。」《增壹阿含經》卷七：「我先觀彼心，中間應道迹。」

立春後五日

立春後五日①，春態紛婀娜。白日斜漸長，碧雲低欲墮。殘冰坼玉片，新萼排紅顆②。遇物盡欣欣③，愛春非獨我。迎芳後園立，就暖前簷坐。還有惆悵心，欲別紅爐火。

（0357）

【校】

①〔立春後五日〕金澤本作「東風來幾日」。

②〔紅顆〕金澤本作「朱顆」。

③〔欣欣〕金澤本作「忻忻」。

【注】

陳《譜》、朱《箋》：作於長慶三年（八二三），杭州。

〔遇物盡欣欣，愛春非獨我〕謝靈運《鄰里相送方山詩》：「含情易爲盈，遇物難可歇。」

郡中即事

漫漫潮初平，熙熙春日至①。空闊遠江山②，晴明好天氣。外有適意物，中無繫心事。數篇對竹吟，一杯望雲醉。行攜杖扶力，卧讀書取睡。久養病形骸，深諳閑氣味。遥思九城陌，擾擾趨名利。今朝是隻日③，朝謁多軒騎。寵者防悔尤，權者懷憂畏。爲報高車蓋，恐非真富貴。（0358）

【校】

①〔春日至〕金澤本作「春欲至」。

②〔江山〕金澤本作「江上」。

③〔隻日〕那波本作「直日」，馬本、《唐音統籤》作「雙日」。

【注】

汪《譜》、朱《箋》：作於長慶三年（八二三），杭州。

〔遥思九城陌，擾擾趨名利〕九城，帝都。蕭綱《侍遊新亭應令》：「遥瞻十里陌，傍望九城臺。」皇甫冉《長安路》：「長安九城路，戚里五侯家。」擾擾，見本卷《過駱山人野居小池》（0334）注。

〔今朝是隻日，朝謁多軒騎〕《新唐書・文宗紀》贊：「唐制，天子以隻日視朝，乃命輟朝、放朝皆用雙日。」《舊唐書・李遜傳》：「遜以舊制隻日視事對群臣，遜奏論曰：『……今群臣數奏，乃候隻日，是畢歲臣下睹天顔、獻可否能幾何？』憲宗嘉之，乃許不擇時奏對。」

〔寵者防悔尤，權者懷憂畏〕悔尤，同尤悔。見卷一《丘中有一士》(0053)注。

〔爲報高車蓋，恐非真富貴〕高車蓋，見卷五《效陶潛體詩十六首》「南巷有貴人，高蓋駟馬車」首(0224)注。

郡齋暇日辱常州陳郎中使君早春晚坐水西館書事詩十六韻見寄亦以十六韻酬之

新年多暇日，晏起褰簾坐。睡足心更慵，日高頭未裹。徐傾下藥酒，稍爇煎茶火①。誰伴寂寥身，無絃琴在左。遥思毗陵館②，春深物婀娜③。波拂黄柳梢，風摇白梅朵。衙門排曉戟④，鈴閣開朝鎖。太守水西來，朱衣垂素舸。良晨不易得⑤，佳會無由果。五馬正相望，雙魚忽前墮。魚中獲瑰寶，持玩何磊砢⑥。一百六十言，字字靈珠顆。上申心款曲，下叙時轗軻。才富不如君，道孤還似我。敢辭官遠慢，且貴身安妥。勿復問榮枯，冥心無不可。(0359)

【校】

①〔稍爇〕金澤本作「稍動」。

②〔毗陵館〕馬本作「毗陵官」，《唐音統籤》作「毗陵郡」。
③〔春深物婀娜〕金澤本作「春物初婀娜」。
④〔衙門〕金澤本作「牙門」。
⑤〔良晨〕金澤本作「良辰」。
⑥〔持玩〕金澤本作「捧玩」。

【注】

汪《譜》、朱《箋》：作於長慶三年（八二三），杭州。

〔常州〕《舊唐書·地理志三》江南道：「常州上，隋毗陵郡。……天寶元年，改爲晉陵郡。乾元元年，復爲常州。」

〔陳郎中〕名不詳。朱《箋》：「當係賈餗之前任。」

〔水西館〕李紳《毗陵東山》詩自注：「東山在毗陵驛，南連水西館。館即獨孤及在郡所置，荒廢已久，至孟公簡重修，植以花木松竹等，可玩。孟公在郡日，余以校書郎從役，同宴於此，今則荒廢仍舊。」

〔衙門排曉戟，鈴閣開朝鎖〕郡府官衙立門戟。《唐會要》卷三二戟：「天寶六載四月八日敕改儀制令：……上柱國、柱國帶職事三品，上護軍帶職事二品，若中都督、上州、上都護，門十二戟。國公及上護軍帶職事三品，若下都督、中下州，門各十戟，並官給。」《舊唐書·穆宗紀》：「（長慶三年二月）河陽節度使陳楚奏：移使府於三城，未有門戟，欲移懷州門戟於河陽，從之。」鈴閣，亦指使府、帥府。《晉書·五行志上》：「王敦在武昌，鈴下儀仗升華如蓮花，五六日而衰落。此木失其性，干寶以爲狂華生枯木，又在鈴閣之間，言威儀之富，榮華之盛，皆如狂華之發，不可久也。」韓翃《寄裴鄆州》：「官樹蔭蔭鈴閣暮，州人轉憶白頭翁。」

〔五馬正相望，雙魚忽前墮〕五馬，見本卷《馬上作》（0344）注。《相和歌辭·飲馬長城窟行》：「客從遠方來，遺我雙鯉魚。呼兒烹鯉魚，中有尺素書。」

〔魚中獲瑰寶，持玩何磊砢〕司馬相如《上林賦》：「水玉磊砢，磷磷爛爛。」《文選》郭璞注：「磊砢，魁礨貌也。」

〔上申心款曲，下叙時轗軻〕秦嘉《贈婦詩》：「念當遠離別，思念叙款曲。」《古詩十九首》：「無爲守窮賤，轗軻長苦辛。」

〔才富不如君，道孤還似我〕《文選》劉歆《移書讓太常博士》李善注引《禮稽命徵》：「文王見禮廢樂崩，道孤而無主也。」

〔勿復問榮枯，冥心無不可〕冥心，無識無慮之心。《正法念處經》叙：「冥心是緣，篤誠修行。」

官舍

高樹換新葉，陰陰覆地隅①。何言太守宅，有似幽人居。太守卧其下，閑慵兩有餘。起嘗一甌茗，行讀一卷書。早梅結青實，殘櫻落紅珠。稚女弄庭果，嬉戲牽人裾。是日晚彌靜，巢禽下相呼②。嘖嘖護兒鵲，啞啞母子烏③。豈唯云鳥爾④，吾亦引吾雛。（0360）

【校】

①〔地隅〕金澤本作「城隅」。

②〔下相呼〕馬本、《唐音統籤》作「不相呼」。

③〔母子〕金澤本作「和子」。

④〔云烏爾〕金澤本作「烏云爾」。

【注】

汪《譜》、朱《箋》：作於長慶三年（八二三），杭州。

〔嘖嘖護兒鵲，啞啞母子烏〕嘖嘖，見卷六《觀稼》（0250）注。張籍《廢居行》：「黄雀銜草入燕窠，嘖嘖啾啾白日晚。」《楚辭·九思·守志》：「烏鵲驚兮啞啞，余顧瞻兮怊怊。」

吾雛

吾雛字阿羅，阿羅纔七齡。嗟吾不生子①，憐汝無弟兄②。撫養雖驕騃，性識頗聰明。學母畫眉樣，效吾詠詩聲。我齒今欲墮，汝齒昨始生。我頭髮盡落，汝頂髻初成。老幼不相待，父衰汝孩嬰③。緬想古人心④，兹愛亦不輕⑤。蔡邕念文姬，于公歎緹縈。敢求得汝力，但未忘父情。（0361）

【校】

①〔不生子〕紹興本等作「不才子」，據金澤本改。

②〔憐汝〕馬本、《唐音統籤》、汪本作「憐爾」。
③〔汝孩嬰〕金澤本作「女孩嬰」。
④〔緬想〕金澤本作「緬思」。
⑤〔玆愛〕《唐音統籤》作「慈愛」。

【注】

朱《箋》：作於長慶二年（八二二），杭州。按，「二年」疑誤。此詩與上詩顯爲同時作。

〔阿羅〕即羅兒。見卷七《弄龜羅》(0309)注。

〔撫養雖驕騃，性識頗聰明〕驕騃，同嬌騃。元稹《江陵三夢》：「囑云唯此女，自歎總無兒。尚念嬌且騃，未禁寒與飢。」白居易《和楊師皋傷小姬英英》（本書卷二六1910）：「自從嬌騃一相依，共見楊花七度飛。」

〔蔡邕念文姬，于公歎緹縈〕《後漢書·列女傳·董祀妻》：「陳留董祀妻者，同郡蔡邕之女也，名琰，字文姬。博學有才辯，又妙於音律。適河東衛仲道。夫亡無子，歸寧于家。興平中，天下喪亂，文姬爲胡騎所獲，没於南匈奴左賢王，在胡中十二年，生二子。曹操素與邕善，痛其無嗣，乃遣使者以金璧贖之，而重嫁於祀。……操因問曰：『聞夫人家先多墳籍，猶能憶識之不？』文姬曰：『昔亡父賜書四千許卷，流離塗炭，罔有存者。今所誦憶，裁四百餘篇爾。』操曰：『今當使十吏就夫人寫之。』文姬曰：『妾聞男女之別，禮不親授。乞給紙筆，真草唯命。』於是繕書送之，文無遺誤。」《漢書·刑法志》：「齊太倉令淳于公有罪當刑，詔獄逮繫長安。淳于公無男，有五女，當行會逮，罵其女曰：『生子不生男，緩急非有益。』其少女緹縈，自傷悲泣，乃隨其父至長安，上書曰：『妾父爲吏，齊中皆稱其廉平，今坐法當刑。妾傷夫死者不可復生，刑者不可復屬，雖後欲改過自新，其道亡繇也。妾願没入爲官婢，以贖父刑罪，使得自新。』書奏天子，天子憐悲其意，遂下令曰：『……其除肉刑，有以易之，即令罪人各以輕重，不亡逃，有年而免。縣爲令。』」

題小橋前新竹招客

雁齒小虹橋①，垂簷低白屋②。橋前何所有，苒苒新生竹。皮開拆褐錦，節露抽青玉。筠翠如可飡，粉霜不忍觸。閑吟聲未已，幽玩心難足。管領好風烟，輕欺凡草木。誰能有月夜，伴我林中宿？爲君傾一杯，狂歌竹枝曲。（0362）

【校】

①〔虹橋〕馬本、《唐音統籤》、汪本作「紅橋」。

②〔垂簷〕金澤本作「板檐」。

【注】

汪《譜》、朱《箋》：作於長慶三年（八二三），杭州。

〔雁齒小虹橋，垂簷低白屋〕雁齒，橋簷、屋簷下的裝飾物。白居易《和微之詩二十三首·和三月三十日四十韻》（本書卷二二1461）：「女牆城似竈，雁齒橋如鋸。」《新春江次》（本書卷二三1533）：「鴨頭新綠水，雁齒小紅橋。」《答客問杭州》（卷二四1627）：「大屋簷多裝雁齒，小航船亦畫龍頭。」《答王尚書問履道池舊橋》（卷二七1983）：「虹梁雁齒隨年換，素版朱欄逐日修。」

〔管領好風烟，輕欺凡草木〕管領，掌管統領。王建《寄蜀中薛濤校書》：「掃眉才子于今少，管領春風總不如。」白居易《早春晚歸》（本書卷二三1593）：「金谷風光依舊在，無人管領石家春。」

〔爲君傾一杯，狂歌竹枝曲〕劉禹錫《竹枝詞》序：「四方之歌，異音而同樂。歲正月，余來建平，里中兒聯歌竹枝，吹短笛擊鼓以赴節。歌者揚袂睢舞，以曲多爲賢。聆其音，中黄鍾之羽，卒章激訐，如吳聲。雖傖儜不可分，而含思宛轉，有淇澳之艶。」《雲仙雜記》卷四：「張旭醉後唱《竹枝曲》，反復必至九回乃止。」

病中逢秋招客夜酌

不見詩酒客，卧來半月餘。合和新藥草，尋檢舊方書。晚霽烟景度，早凉窗户虚。雪生衰鬢久，秋入病心初。卧簟蘄竹冷①，風襟邛葛疏。夜來身校健，小飲復何如？（0363）

【校】

①〔卧簟〕金澤本作「露簟」。〔蘄竹冷〕馬本、《唐音統籤》作「蘄竹凉」。

【注】

汪《譜》、朱《箋》：作於長慶三年（八二三），杭州。

〔合和新藥草，尋檢舊方書〕合和，配合藥物。《太平廣記》卷二一八《張文仲》（出《朝野僉載》）：「洛州有士人患應病，語即喉中應之。以問善醫張文仲，張經夜思之，乃得一法。即取《本草》，令讀之，皆應。至其所畏者，即不言。仲乃録取藥，合和爲丸，服之，應聲而止。」方書，藥方書。鄧處中《華氏中藏經序》：「華先生諱佗，字元化，性好恬淡，喜味方書。」

〔卧簟蘄竹冷，風襟邛葛疏〕韓愈《鄭群贈簟》：「蘄州笛竹天下知，鄭君所寶尤瑰奇。」白居易《寄蘄州簟與元九因題六韻》（本書卷十六0933）：「笛竹出蘄春，霜刀劈翠筠。」《新唐書·地理志六》邛州臨邛縣：「土貢：葛，絲布，酒杓。」

〔夜來身校健，小飲復何如〕校，同較。杜甫《湖中送敬十使君適廣陵》：「形容吾校老，膽力爾誰過。」王建《新晴》：「夏夜新晴星校少，雨收殘水入天河。」

食飽

食飽拂枕卧，睡足起閑吟。淺酌一杯酒，緩彈數弄琴①。既可暢情性，亦足傲光陰。誰知利名盡②，無復長安心。（0364）

【校】

①〔數弄〕馬本、《唐音統籤》作「數聲」。

②〔利名〕金澤本、《唐音統籤》、汪本作「名利」。

【注】

汪《譜》、朱《箋》：作於長慶三年（八二三），杭州。

嚴十八郎中在郡日改制東南樓因名清輝未立標牓徵歸郎署予既到郡性愛樓居宴遊其間頗有幽致聊成十韻兼戲寄嚴①

嚴郎制茲樓②，立名曰清輝。未及署花牓，遽徵還粉闈。去來三四年，塵土登者稀。今春新太守，掃灑施簾幃③。院柳烟婀娜，簷花雪霏微。看山倚前户，待月闢東扉④。碧窗戛瑶瑟，朱欄飄舞衣。燒香卷幕坐，風燕雙雙飛。君作不得住，我來幸因依。始知天地間，靈境有所歸。（0365）

【校】

①〔題〕「聊成」金澤本作「聊題」。

②〔制茲樓〕《全唐詩》作「置茲樓」。

③〔掃灑〕金澤本、馬本、《唐音統籤》、汪本作「灑掃」。

④〔闢東扉〕金澤本作「開東扉」。

【注】

朱《箋》：作於長慶四年（八二四），杭州。「《唐語林》卷二：『白居易，長慶二年，以中書舍人爲杭州刺史替嚴員外休復。休復有時名，居易喜爲之代。』所記蓋誤。據元稹《元薁杭州刺史制》及白氏此詩所云『去來三四年』，則元稹繼休復爲杭州約在元和末或長慶初。居易乃元稹之後任，其《冷泉亭記》云：『及右司郎中河南元稹最後作此亭。』亦元稹爲居易前任之證。勞格《讀書雜識》卷七《杭州刺史考》繫元稹於元和十五年，時間相近。」

〔嚴十八郎中〕朱《箋》：「嚴休復。元和十二年已爲杭州刺史。元稹《永福寺石壁法華經記》：『元和十二年，嚴休復爲（杭州）刺史。』……（白居易）《酬嚴十八郎中見示》詩（本書卷十九1245）作於長慶元年，有句云：『承明長短君應入，莫憶家江七里灘。』可知此時休復已至長安。」

〔清輝樓〕《咸淳臨安志》卷五二府治：「清輝樓，唐郡守嚴郎中建，見白文公詩。……右皆在鳳凰山舊治，今姑存其名。」

〔未及署花牓，遽徵還粉闈〕粉闈，尚書省。《漢官儀》卷上：「尚書郎……省皆胡粉塗畫古賢人烈女。」韋應物《寄職方劉郎中》：「歸來坐粉闈，揮筆乃縱横。」

〔碧窗戛瑶瑟，朱欄飄舞衣〕《書·益稷》：「戛擊鳴球，搏拊琴瑟以詠。」江淹《四時賦》：「是以軫琴情動，戛瑟涕落。」

〔始知天地間，靈境有所歸〕江淹《雜體詩三十首·謝臨川靈運遊山》：「靈境信淹留，賞心非徒設。」

南亭對酒送春

含桃實已落①，紅薇花尚熏。冉冉三月盡，晚鶯城上聞。獨持一杯酒，南亭送殘春。半酣忽長歌，歌中何所云？云我五十餘，未是苦老人②。刺史二千石，亦不爲賤貧。天下三品官，多老於我身。同年登第者，零落無一分。親故半爲鬼，僮僕多見孫③。念此聊

自解，逢酒且歡欣。（0366）

【校】

①〔含桃〕馬本作「碧桃」。

②〔苦老人〕金澤本作「全老人」。

③〔多見孫〕金澤本作「已見孫」。

【注】

朱《箋》：作於長慶四年（八二四），杭州。

〔南亭〕朱《箋》：「在鳳凰山杭州刺史治所内。」蓋據推斷。

〔含桃實已落，紅薇花尚熏〕含桃，櫻桃。《禮記·月令》：「天子乃雛嘗黍，羞以含桃。」鄭玄注：「含桃，櫻桃也。」

〔云我五十餘，未是苦老人〕苦老，甚老。見卷四《牡丹芳》(0150)注。

〔親故半爲鬼，僮僕多見孫〕杜甫《贈衛八處士》：「訪舊半爲鬼，驚呼熱中腸。」

玩新庭樹因詠所懷

靄靄四月初，新樹葉成陰①。動摇風景麗，蓋覆庭院深。下有無事人，竟日此幽尋。豈唯玩時物，亦可開煩襟。時與道人語，或聽詩客吟。度春足芳色，入夜多鳴禽②。偶得幽閑境，遂忘塵俗心。始知真隱者，不必在山林。（0367）

【校】

①〔葉成蔭〕汪本作「緑成蔭」。

②〔鳴禽〕金澤本作「鳴琴」。

【注】

朱《箋》：作於長慶四年（八二四），杭州。

〔下有無事人，竟日此幽尋〕謝靈運《讀書齋詩》：「春事日已歇，池塘曠幽尋。」

〔豈唯玩時物，亦可開煩襟〕曹植《臨觀賦》：「樂時物之逸豫，悲予志之長違。」

〔時與道人語，或聽詩客吟〕道人，僧人。耿湋《春日遊慈恩寺寄暢當》：「當從庾中庶，詩客更何人。」元稹《一字至七字詩·茶》：「慕詩客，愛僧家。」

仲夏齋戒月

仲夏齋戒月，三旬斷腥羶。自覺心骨爽，行起身翩翩。始知絶粒人，四體更輕便。初能脱病患，久必成神仙①。禦寇馭泠風②，赤松游紫烟。常疑此説謬，今乃知其然。我年過

半百，氣衰神不全③。已垂兩鬢絲④，難補三丹田。但減葷血味，稍結清淨緣。脱巾且修養⑤，聊以終天年。（0368）

【校】

①〔久必〕金澤本作「久可」。

②〔泠風〕馬本、《唐音統籤》、汪本作「冷風」。

③〔氣衰〕金澤本作「氣耗」。

④〔兩鬢絲〕金澤本作「兩白鬢」。

⑤〔脱巾〕金澤本作「就中」。

【注】

朱《箋》：作於長慶四年（八二四），杭州。

〔仲夏齋戒月，三旬斷腥羶〕佛教、道教均行齋戒，此指道教齋戒。《雲笈七籤》卷三七齋戒部：「年六齋，正月、三月、五月、七月、九月、十一月。」又説雜齋法：「明真科云：正月、三月、五月、七月、九月、十一月，一歲六齋月，能修齋上三天帝，令太一使者除人十苦。」

〔始知絶粒人，四體更輕便〕《雲笈七籤》卷六十《錄神誡戒序》：「夫求仙道，絶粒爲宗，絶粒之門，服炁爲本，服炁之理，齋戒爲先。」

〔禦寇馭泠風，赤松游紫烟〕《莊子·逍遥遊》：「夫列子御風而行，泠然善也，旬有五日而後反。」赤松，見卷五《題贈鄭秘書徵君石溝溪隱居》（0207）注。

〔已垂兩鬢絲，難補三丹田〕《抱朴子内篇·地真》：「子欲長生，守一當明，思一至飢，一與之糧；思一至渴，一與之漿。一有姓字服色，男長九分，女長六分，或在臍下二寸四分下丹田中，或在心下絳宫金闕中丹田也，或在人兩眉閒，却行一寸爲明堂，二寸爲洞房，三寸爲上丹田也。」《雲笈七籤》卷六四《王屋真人口授陰丹秘訣靈篇》：「三丹田者，上丹田，腦髓是也；中丹田者，心虚事也；下丹田，精室是也。」

除官去未間①

除官去未間，半月恣游討。朝尋霞外寺，暮宿波上島。新樹少於松②，平湖半連草。躋攀有次第，賞玩無昏早。有時騎馬醉，兀兀冥天造。窮通與生死，其奈吾懷抱。江山信爲美，齒髮行將老。在郡誠未厭平，歸鄉去亦好。（0369）

【校】

①〔題〕金澤本作「除官未去間」，正文同。

②〔新樹〕金澤本作「新檜」。

【注】

陳《譜》、汪《譜》、朱《箋》：作於長慶四年，杭州。陳《譜》長慶四年五月：「是月除右庶子，有《除官去未間》及

《三年爲刺史》詩。」新舊《唐書》本傳作「左庶子」，李商隱《墓碑》同陳《譜》。

〔除官去未間，半月恣游討〕未間，未至之間。《太平廣記》卷八十《馬處謙》（出《北夢瑣言》）：「四十已後，方可圖之，未間，苟或先得，于壽不永。」卷一一二《李元平》（出《異物志》）：「我年十六，君即爲縣令，此時正當與君爲夫婦，未間，幸存思戀，慎勿婚也。」

〔有時騎馬醉，兀兀冥天造〕《易·屯·彖》：「天造草昧。」

〔江山信爲美，齒髮行將老〕王粲《登樓賦》：「雖信美而非吾土兮，曾何足以少留。」何遜《入東經諸暨縣下浙》：「日夕聊望遠，山川空信美。」

三年爲刺史二首

三年爲刺史，無政在人口。唯向郡城中①，題詩十餘首。慚非甘棠詠②，豈有思人不③？

（0370）

【校】

①〔郡城〕金澤本作「郡齋」。

②〔甘棠詠〕金澤本作「甘棠篇」。

③〔豈有〕金澤本作「可有」。〔思人不〕金澤本、馬本、《唐音統籤》作「人思否」。

【注】

陳《譜》、汪《譜》、朱《箋》： 作於長慶四年（八二四），杭州。

〔慚非甘棠詠，豈有思人不〕《左傳》定公九年： 「《詩》云： 『蔽芾甘棠，勿翦勿伐，召伯所茇。』思其人，猶愛其樹，況用其道，而不恤其人乎？」

三年爲刺史，飲冰復食蘗①。 唯向天竺山，取得兩片石②。 此抵有千金③，無乃傷清白？

（0371）

【校】

①〔飲冰〕馬本、《唐音統籤》作「飲水」。〔蘗〕顧校、朱《箋》均誤爲「蘗」。

②〔取得〕金澤本作「取將」。

③〔此抵有〕金澤本作「此石抵」。

【注】

〔三年爲刺史，飲冰復食蘗〕《莊子・人間世》： 「葉公子高將使于齊，問于仲尼曰： 『……吾食也執粗而不臧，爨無欲清之人。 今吾朝受命而夕飲冰，我其内熱與？』」成玄英疏： 「晨朝受詔，暮夕飲冰，足明怖懼憂愁，内心熏灼。 詢道情切，達照此懷也。」李白《贈劉都使》： 「飲冰事戎幕，衣錦華水鄉。」食蘗，言其苦。《吳聲歌曲・子夜歌》： 「黄蘗鬱成林，當奈苦心多。」《寒山詩注》一二五首： 「黄蘗作驢鞦，始知苦在後。」二九〇首： 「蜜甜足人嘗，黄蘗苦難近。」

〔唯向天竺山，取得兩片石〕天竺山，蓋即杭州飛來峰之異稱。《咸淳臨安志》卷二三飛來峰：「晏元獻公《輿地志》云：晉咸和元年西天僧慧理登兹山歎曰：此是中天竺國靈鷲山之小嶺，不知何年飛來。佛在世日，多爲仙靈所隱，今此亦復爾邪？因掛錫造靈隱寺，號其峰曰飛來。」又理公巖：「在天竺山靈鷲院之右。」卷八十下竺靈山教寺：「《淳祐志》云：大凡靈竺之勝，週迴數十里，而巖壑尤美，實聚於下天竺靈山寺，自飛來峰轉至寺後，諸巖洞皆嵌空玲瓏。」又靈鷲興聖寺：「在下天竺北慧理法師卓錫之地。開運二年吴越王建，舊名靈鷲。」按，《水經注》泗水：「泗水西有龍華寺，是沙門釋法顯，遠出西域，浮海東還，持龍華圖，首創此制。法流中夏，自法顯始也。其所持天竺二石，仍在南陸東基堪中，其石尚光潔可愛。」居易特重天竺山之石，或與此類傳説有關。

别萱桂

使君竟不住，萱桂徒栽種。桂有留人名，萱無忘憂用。不如江畔月，步步來相送。

（0372）

【注】

朱《箋》：作於長慶四年（八二四），杭州。

〔桂有留人名，萱無忘憂用〕《楚辭·招隱士》：「桂樹叢生兮山之幽，偃蹇連蜷兮枝相繚。山氣巃嵸兮石嵯峨，谿谷嶄巖兮水曾波。猨狖羣嘯兮虎豹嗥，攀援桂枝兮聊淹留。」庾信《枯樹賦》：「小山則叢桂留人，扶風則長松繫馬。」《詩·衛風·伯兮》：「焉得諼草，言樹之背。」毛傳：「諼草令人忘憂。」諼草同萱草。

自餘杭歸宿淮口作

爲郡已多暇，猶少勤吏職。罷郡更安閑，無所勞心力。舟行明月下，夜泊清淮北。豈止吾一身，舉家同燕息。三年請禄俸，頗有餘衣食。乃至僮僕間，皆無凍餒色。行行弄雲水，步步近鄉國。妻子在我前，琴書在我側。此外吾不知，於焉心自得。（0373）

【注】

朱《箋》：作於長慶四年（八二四），杭州至洛陽途中。

〔豈止吾一身，舉家同燕息〕《詩·小雅·北山》：「或燕燕居息，或盡瘁事國。」

舟中李山人訪宿

日暮舟悄悄①，烟生水沉沉。何以延宿客②，夜酒與秋琴。來客道門子③，來自嵩高岑。軒軒舉雲貌，豁豁閑清襟④。得意言語斷⑤，入玄滋味深。默然相顧哂，心適而忘心。（0374）

【校】

①〔日暮〕金澤本作「日落」。

②〔延宿客〕金澤本作「遲宿客」。

③〔來客〕金澤本作「客乃」。〔道門子〕那波本作「道門侶」。

④〔清襟〕金澤本作「風衿」。

⑤〔言語〕金澤本作「語言」。

【注】

朱《箋》：作於長慶四年（八二四），杭州至洛陽途中。

〔軒軒舉雲貌，豁豁開清襟〕《淮南子·道應訓》：「盧敖遊乎北海，經乎太陰，入乎玄闕，至於蒙谷之上。見一士焉，深目而玄鬢，淚注而鳶肩，豐上而殺下，軒軒然方迎風而舞。」劉琨《散騎常侍劉府君誄》：「堂堂漢祖，豁豁高韻。」

〔得意言語斷，入玄滋味深〕《莊子·外物》：「蹄者所以在兔，得兔而忘蹄。言者所以在意，得意而忘言。」《世説新語·文學》：「司馬太傅問謝車騎：『惠子其書五車，何以無一言入玄？』謝曰：『故當是其妙處不傳。』」鍾嶸《詩品序》：「五言居文詞之要，是衆作之有滋味者也。」

〔默然相顧哂，心適而忘心〕《莊子·達生》：「知忘是非，心之適也。」《莊子·讓王》：「故養志者忘形，養形者忘利，致道者忘心矣。」

洛下卜居①

三年典郡歸，所得非金帛。天竺石兩片，華亭鶴一隻。飲啄供稻粱，包裹用茵席。誠知是勞費②，其奈心愛惜。遠從餘杭郭，同到洛陽陌。下擔拂雲根③，開籠展霜翮。貞姿不可雜，高性宜其適。遂就無塵坊，仍求有水宅。東南得幽境，樹老寒泉碧。池畔多竹陰，門前少人跡。未請中庶祿④，且脱雙驂易。買履道宅價不足，因以兩馬償之。豈獨爲身謀，安吾鶴與石。（0375）

【校】

①〔題〕金澤本題下注：「余罷餘杭守，得天竺兩石、華亭一鶴，同載而歸。」

②〔是勞費〕金澤本作「力勞費」。

③〔下擔〕那波本作「下檐」。

④〔中庶祿〕金澤本作「中庶俸」。

【注】

朱《箋》：作於長慶四年（八二四），洛陽。

〔天竺石兩片，華亭鶴一隻〕天竺石，見本卷《三年爲刺史二首》之二（0371）注。《世説新語·尤悔》：「陸平原河橋敗，爲盧志所譖，被誅。臨刑歎曰：『欲聞華亭鶴唳，可復得乎？』」陶弘景《瘞鶴銘》：「鶴壽不知其紀也。壬辰歲，得於華亭。」參見本書卷三一《劉蘇州以華亭一鶴遠寄以詩謝之》（2254）。

〔未請中庶祿，且脱雙驂易〕《舊唐書·白居易傳》：「（除杭州刺史）秩滿，除太子左庶子分司東都。」《通典》卷三十太子庶子：「古者天子有庶子之官，職諸侯卿大夫之庶子，掌其戒令，與其教理，有大事則帥國子而致于太子，唯所用之。秦因之，置中庶子、庶子員。」按，唐亦有稱中庶子者。《舊唐書·王維傳》：「乾元中，遷太子中庶子，中書舍人。」

〔履道宅〕《唐兩京城坊考》卷五：「居易宅在履道西門，宅西牆下臨伊水渠，渠又周其宅之北。宅去集賢裴度宅最近。」白居易《池上篇》（《白氏文集》卷六九）：「都城風土水木之勝在東南偏，東南之勝在履道里，里之勝在西北隅。西閈北垣第一第，即白氏叟樂天退老之地。地方十七畝，屋室三之一，水五之一，竹九之一，而島樹橋道間之。」

洛中偶作①　自此後在東都作。

五年職翰林，四年涖潯陽②。一年巴郡守，半年南宮郎。二年直綸閣，三年刺史堂③。凡此十五載，有詩千餘章。境興周萬象，土風備四方。獨無洛中作，能不心悵悵④？今爲春宮長⑤，始來遊此鄉。徘徊伊澗上，睥睨嵩少傍。遇物輒一詠，一詠傾一觴。筆下成釋憾⑥，卷中同補亡。往往顧自哂，眼昏鬚鬢蒼。不知老將至，猶自放詩狂。（0376）

【校】

①〔題〕金澤本作「洛中始作」。

②〔菹溽陽〕金澤本作「吏尋陽」。

③〔刺史堂〕金澤本作「刺錢唐」。

④〔悵悵〕金澤本夾註：「平聲。」

⑤〔春宮〕紹興本等作「春官」，據金澤本、《唐音統籤》改。顧校：「太子宮稱春宮，此時白居易爲太子左庶子分司，故云春宮長。」

⑥〔成釋憾〕金澤本作「如釋憾」。

【注】

朱《箋》：作於長慶四年（八二四），洛陽。

〔一年巴郡守，半年南宮郎〕巴郡守，參見本書卷十一《自江州至忠州》（0524）注。南宮，見本卷《思竹窗》（0343）注。

〔二年直綸閣，三年刺史堂〕直綸閣，指中書舍人。《晉書·王湛傳》史臣曰：「或任華綸閣，密勿于王言。」

〔獨無洛中作，能不心悵悵〕悵悵，眷念。《後漢書·陳蕃傳》：「天之于漢，悵悵不已。」

〔今爲春宮長，始來遊此鄉〕《楚辭·離騷》：「溘吾遊此春宮兮，折瓊枝以繼佩。」王逸注：「春宮，東方青帝舍也。」太子居東宮，亦稱春宮。孔稚珪《讓詹事表》：「皇太子霞騫青殿，日光春宮。」

〔徘徊伊澗上，睥睨嵩少傍〕伊澗，朱《箋》：「伊水。」《水經注》伊水：「伊水又北，入伊闕。昔大禹疏以通水，兩山相對，望之若闕，伊水歷其間，北流，故謂之伊闕矣。……又東北至洛陽縣南，北入于洛。」嵩少，少室山。《初學記》卷五引戴延之《西征紀》：「嵩山東謂太室，西謂少室，相去十七里，嵩其總名也。謂之室者，以其下各有石室焉。」

〔筆下成釋憾，卷中同補亡〕束晳《補亡詩序》：「於是遥想既往，思存在昔，補著其文，以綴舊制。」

贈蘇少府

籍甚二十年，今日方款顔。相送嵩洛下，論心杯酒間。河亞懶出入，府寮多閉關①。蒼髮彼此老②，白日尋常閑。朝欲攜手出，暮思聯騎還。何當挈一榼，同宿龍門山。

（0377）

【校】

①〔河亞〕馬本、《唐音統籤》、汪本作「何爲」。〔出入府寮〕金澤本作「入府官寮」。

②〔蒼髮〕金澤本作「蒼鬢」。

【注】

朱《箋》：作於長慶四年（八二四），洛陽。

〔蘇少府〕朱《箋》：「疑即蘇弘。白氏《答蘇庶子》（本書卷二五〔1752〕）、《答蘇六》（本書卷二七〔1942〕）、《答蘇庶子月夜聞家僮奏樂見贈》（本書卷二七〔1931〕）諸詩，均爲酬弘之作。此詩云：『河亞懶出入。』則『少府』當作『少尹』。」

〔籍甚二十年，今日方款顏〕《史記・酈生陸賈列傳》：「陸生以此遊漢廷公卿間，名聲籍甚。」集解：「《漢書音義》曰：言狼籍甚盛。」款顏，見卷七《截樹》(0310)注。

〔河亞懶出入，府寮多閉關〕朱《箋》：「河亞，即河南少尹。」鄭谷《駕部鄭郎中三十八丈尹貳東周榮加金紫》：「郎署轉曹員久次，京河亞尹是優賢。」

〔何當挈一榼，同宿龍門山〕龍門山，即伊闕山。《史記・秦本紀》：「左更白起攻韓、魏於伊闕。」正義：「《括地志》云：伊闕在洛州南十九里。《注水經》云：昔大禹鑿龍門以通水，兩山相對，望之若闕，伊水歷其間，故謂之伊闕。按，今洛南猶謂之龍門也。」

移家入新宅

移家入新宅，罷郡有餘資。既可避燥濕，復免憂寒飢。疾平未還假，官閑得分司。幸有祿俸在①，而無職役羈。清旦盥漱畢，開軒卷簾幃②。家人及雞犬，隨我亦熙熙。取興或寄酒③，放情不過詩④。何必苦修道，此即是無爲⑤。外累信已遣，中懷時有思。有思一何遠，默坐低雙眉。十載囚竄客，萬里征戍兒。春朝鎖籠鳥，冬夜支床龜。驛馬走四蹄，痛酸無歇期。磑牛封兩目，闇閉何人知？誰能脱放去，四散任所之？各得適其性⑥，如吾今日時。(0378)

【校】

①〔祿俸〕馬本、《唐音統籤》、汪本作「俸祿」。

②〔簾幃〕金澤本作「簾帷」。

③〔或寄酒〕馬本、《唐音統籤》、汪本作「不過酒」。

④〔不過詩〕馬本、《唐音統籤》、汪本作「或作詩」。

⑤〔是無爲〕金澤本作「真無爲」。

⑥〔適其性〕金澤本作「適其適」。

【注】

朱《箋》：作於長慶四年（八二四），洛陽。

〔外累信已遣，中懷時有思〕外累，見卷五《夏日獨直寄蕭侍御》（0191）注。

〔春朝鎖籠鳥，冬夜支床龜〕《史記·龜策列傳》：「南方老人用龜支床足，行二十餘歲，老人死，移床，龜尚生不死。」

〔磑牛封兩目，闇閉何人知〕磑牛，拉磨之牛。《玉篇》：「磑，堅石也，磨也。」

琴

置琴曲机上，慵坐但含情。何煩故揮弄，風絃自有聲。（0379）

【注】

朱《箋》：作於長慶四年（八二四），洛陽。

鶴

人各有所好，物固無常宜。誰謂爾能舞①，不如閑立時。（0380）

【校】

①〔爾能舞〕金澤本作「余能舞」。

【注】

朱《箋》：作於長慶四年（八二四），洛陽。

〔人各有所好，物固無常宜〕曹植《與楊德祖書》：「人各有所好尚，蘭茝蓀蕙之芳，衆人之所好，而海畔有逐臭之夫。」《淮南子·泰族訓》：「丹青膠漆，不同而皆用，各有所適，物各有宜。」

自詠

夜鏡隱白髮，朝酒發紅顔①。可憐假年少，自笑須臾間。朱砂賤如土，不解燒爲丹。玄鬢化爲雪，未聞休得官②。咄哉箇丈夫，心性何墮頑③。但遇詩與酒，便忘寢與飡。高聲發一吟，似得詩中仙。引滿飲一盞④，盡忘身外緣。昔有醉先生，席地而幕天。于今居處在，許我當中眠。眠罷又一酌，酌罷又一篇。迴面顧妻子，生計方落然。誠知此事非，

又過知非年。豈不欲自改，改即心不安。且向安處去，其餘皆老閑。（0381）

【校】

①〔發紅顔〕金澤本作「反紅顔」。

②〔未聞〕金澤本作「未能」。

③〔墮頑〕金澤本作「慵頑」。

④〔一盞〕馬本、《唐音統籤》作「一杯」。

【注】

朱《箋》：作於長慶四年（八二四），洛陽。

〔咄哉箇丈夫，心性何墮頑〕箇丈夫，此丈夫。本書卷三三《老夫》（2414）：「風前月下花園裏，處處唯殘个老夫。」《朝野僉載》卷三：「何婆乃調絃柱，和聲氣曰：『箇丈夫富貴，今年得一品，明年得二品，後年得三品，更後年得四品。』」《舊唐書·李密傳》：「帝曰：『箇小兒視瞻異常，勿令宿衛。』」

〔昔有醉先生，席地而幕天〕醉先生，指劉伶。劉伶《酒德頌》：「有大人先生者，以天地爲一朝，萬期爲須臾，日月爲扃牖，八荒爲庭衢。行無轍迹，居無室廬，幕天席地，縱意所如。」

〔迴面顧妻子，生計方落然〕落然，見卷六《春眠》（0230）注。

〔誠知此事非，又過知非年〕《淮南子·原道訓》：「凡人中壽七十歲，然而趨舍指湊，日以月悔也，以至於死，故蘧伯玉年五十而有四十九年非。」李白《雪讒詩贈友人》：「五十知非，古人嘗有。」

林下閑步寄皇甫庶子

扶杖起病初①，策馬立未任②。既懶出門去，亦無客來尋。以此遂成閑，閑步遶園林。天曉烟景淡，樹寒鳥雀深。一酌池上酒，數聲竹間吟③。寄言東曹長，當知幽獨心。

（0382）

【校】

①〔起病初〕金澤本作「病初起」。

②〔立未任〕金澤本、馬本、《唐音統籤》、汪本作「力未任」。

③〔竹間吟〕金澤本作「竹間琴」。

【注】

朱《箋》：作於長慶四年（八二四），洛陽。

〔皇甫庶子〕朱《箋》：「皇甫鏞。」皇甫鏄之兄，字鉌卿。見新舊《唐書》本傳及白居易《唐銀青光祿大夫太子少保安定皇甫公墓誌銘》（《白氏文集》卷七十）。

〔寄言東曹長，當知幽獨心〕東曹長，給事中。《通典》卷二一門下省給事中：「秦置，漢因之。……諸給事中，日上朝謁，分爲左右曹。以有事殿中，故曰給事中。……煬帝乃移吏給事郎爲門下之職，……大唐武德三年，改給事郎爲給事中，後定爲四員。龍朔二年，改爲東臺舍人。咸亨元年復舊。」沈佺期《自考功員外授給事中》：「南省推丹地，東曹拜瑣闈。」此指太子左庶子，爲東宮左春坊屬官。白居易《唐銀青光禄大夫太子少保安定皇甫公墓誌銘》：「改比部員外郎，河南令，都官郎中，河南少尹，歷太子左右庶子，並分司東都。」

晏起

鳥鳴庭樹上，日照屋簷時。老去慵轉極①，寒來起尤遲②。厚薄被適性，高低枕得宜。神安體穩暖，此味何人知？睡足仰頭坐，兀然無所思。如未鑿七竅，若都遺四肢。緬想長安客，早朝霜滿衣。彼此各自適，不知誰是非。（0383）

【校】

①〔轉極〕金澤本作「轉劇」。

②〔尤遲〕馬本、《唐音統籤》作「猶遲」。

【注】

朱《箋》：作於長慶四年（八二四），洛陽。

〔如未鑿七竅，若都遺四肢〕《莊子·應帝王》：「南海之帝爲儵，北海之帝爲忽，中央之帝爲渾沌。儵與忽時相與遇於渾沌之地，渾沌待之甚善。儵與忽謀報渾沌之德，曰：『人皆有七竅，以視聽食息，此獨無有，嘗試鑿之。』

日鑿一竅，七日而渾沌死。」《淮南子·繆稱訓》：「故其心治者，支體相遺也。」

池畔二首

結搆池西廊，疏理池東樹。此意人不知，欲爲待月處。（0384）

【注】

朱《箋》：約作於長慶四年（八二四）至寶曆元年（八二五），洛陽。

〔結搆池西廊，疏理池東樹〕左思《招隱詩》：「巖穴無結構，丘中有鳴琴。」《文選》李善注：「結構，謂交結構架也。」許詢《墨麈尾銘》：「偉質軟蔚，岑條疏理。」

持刀間密竹①，竹少風來多。此意人不會，欲令池有波。（0385）

【校】

①〔間密竹〕馬本、《唐音統籤》、汪本作「[illegible]密竹」。

春葺新居

江州司馬日，忠州刺史時。栽松滿後院，種柳蔭前墀。彼皆非吾土，栽種尚忘疲。況茲是我宅，葺藝固其宜。平旦領僕使，乘春親指揮。移花夾暖室，洗竹覆寒池①。池水變淥色，池芳動清輝②。尋芳弄水坐③，盡日心熙熙。一物苟可適，萬緣都若遺。設如宅門外，有事吾不知。（0386）

【校】

①〔洗竹〕馬本、《唐音統籤》、汪本作「徙竹」。〔覆寒池〕金澤本作「露寒池」。

②〔動清輝〕金澤本作「生碧滋」。

③〔尋芳〕金澤本作「籍芳」。

【注】

〔移花夾暖室，洗竹覆寒池〕本書卷二七《偶吟二首》之二（1970）：「晴教曬藥泥茶竈，閑看科松洗竹林。」陸佃《埤雅》卷十五：「今人穿沐叢竹，芟其繁亂，不使分其勢，然後枝幹茂擢，俗謂之洗。洗竹第如洗華例，非用水也。」

〔一物苟可適，萬緣都若遺〕萬緣，見卷七《山中獨吟》（0327）注。《信心銘》：「心若不異，萬法一如。如如體元，兀爾忘緣。萬緣齊觀，復歸自然。」

贈言

捧籯獻千金，彼金何足道。臨觴贈一言，此言真可寶。流光我已晚，適意君不早。况君春風面，柔促如芳草。二十方長成，三十向衰老。鏡中桃李色，不得十年好。胡爲坐脉脉，不肯傾懷抱？（0387）

【注】

朱《箋》：作於寶曆元年（八二五），洛陽。

〔捧籯獻千金，彼金何足道〕《漢書・韋賢傳》：「鄒魯諺曰：遺子黄金滿籯，不如一經。」《宋書・傅隆傳》史臣曰：「漢世登士，閭黨爲先，崇本務學，不尚浮詭，然後可以俯拾青組，顧蔑籯金。」

〔臨觴贈一言，此言真可寶〕陸雲《答兄機》：「銜恩戀行邁，興言在臨觴。」

〔胡爲坐脉脉，不肯傾懷抱〕《古詩一九首》：「盈盈一水間，脉脉不得語。」《文選》引郭璞注：「脉脉，謂相視也。」

泛春池

白蘋湘渚曲，綠篠剡溪口。各在天一涯，信美非吾有。何如此庭内①，水竹交左右。霜竹百千竿②，烟波六七畝。泓澄動階砌，淡泞映戶牖③。蛇皮細有文，鏡面清無垢。主人過橋來，雙童扶一叟。恐污清泠波④，塵纓先抖擻。波上一葉舟，舟中一樽酒。酒開舟不繫，去去隨所偶。或遶蒲浦前，或泊桃島後。未撥落杯花⑤，低銜拂面柳。半酣迷所在，倚榜兀迴首⑥。不知此何處，復是人寰否？誰知始疏鑿⑦，幾主相傳受？楊家去云遠⑧，田氏將非久⑨。天與愛水人，終焉落吾手⑩。此池始楊常侍開鑿⑪，中間田家爲主，予今有之⑫。蒲浦、桃島，皆池上所有。（0388）

【校】

①〔何如〕馬本、《唐音統籤》、汪本作「如何」。

②〔霜竹〕金澤本作「霜節」。

③〔映户牖〕金澤本作「浮户牖」。

④〔清泠〕紹興本等作「清冷」，據金澤本、《全唐詩》、盧校、朱《箋》改。

⑤〔未撥〕金澤本作「暗撥」。

⑥〔兀迴首〕金澤本作「方迴首」。

⑦〔誰知〕金澤本作「誰人」。

⑧〔云遠〕金澤本作「已遠」。

⑨〔將非久〕金澤本作「得非久」。

⑩〔終焉〕金澤本作「終然」。

⑪〔（注）楊常侍〕金澤本作「楊常侍憑」。

⑫〔（注）予今〕金澤本作「今予」。

【注】

朱《箋》： 作於寶曆元年（八二五），洛陽。

〔白蘋湘渚曲，緑篠剡溪口〕《楚辭・九歌・湘夫人》：「帝子降兮北渚，目眇眇兮愁予。嫋嫋兮秋風，洞庭波兮木葉下。登白蘋兮騁望，與佳期兮夕張。」《世説新語・任誕》：「王子猷居山陰，……忽憶戴安道，時戴在剡，即便乘小船就之。」李白《叙舊贈江陽宰陸調》：「多沽新豐醁，滿載剡溪船。」《東魯門泛舟二首》：「若教月下乘舟去，何啻風流到剡溪。」

〔各在天一涯，信美非吾有〕見本卷《除官去未間》（0369）注。

〔泓澄動階砌，淡泞映户牖〕泓澄，見卷六《遊悟真寺詩一百三十韻》（0261）注。淡泞，同澹泞。木華《海賦》：「百川潛渫，泱漭澹泞。」《文選》李善注：「澹泞，澄深也。」

〔恐污清泠波，塵纓先抖擻〕清泠，見卷五《清夜琴興》（0209）注。孔稚珪《北山移文》：「昔聞投簪逸海岸，今見解蘭縛塵纓。」抖擻，見卷六《遊悟真寺詩一百三十韻》（0261）注。

〔楊常侍〕朱《箋》：「楊憑。……憑字虛受，歷官湖南、江西觀察使，入爲左散騎常侍，刑部侍郎，元和四年拜京兆尹。約卒於元和十二年後。」新舊《唐書》有傳。《舊唐書・白居易傳》：「居易罷杭州，于履道里得故散騎常侍楊憑宅，竹木池館，有林泉之致。」

白居易詩集校注卷第九

感傷一　古調詩五言　五十五首①

西明寺牡丹花時憶元九

前年題名處，今日看花來。一作芸香吏，三見牡丹開。豈獨花堪惜，方知老暗催。何況尋花伴，東都去未迴。詎知紅芳側，春盡思悠哉。（0389）

【校】

①〔感傷一　古調詩五言　五十五首〕金澤本作「古調詩　感傷一　五言　凡五十五首」，馬本、汪本「五十五首」上有「凡」字。

【注】

朱《箋》：作於永貞元年（八〇五），長安。汪《譜》繫於元和三年，朱《箋》：「非是。居易貞元十九年拔萃科登第，授秘書省校書郎，至永貞元年適爲三年，故詩云：『一作芸香吏，三見牡丹開。』」

〔感傷〕白居易《與元九書》（《白氏文集》卷四五）：「又有事物牽於外，情理動於内，隨感遇而形於歎詠者一百首，謂之感傷詩。」

〔西明寺〕見卷四《牡丹芳》（0150）注。

〔一作芸香吏，三見牡丹開〕芸香，芸香閣，指秘書省。《初學記》卷十二引魚豢《典略》：「芸臺香辟紙魚蠹，故藏書臺稱芸臺。」庾信《預麟趾殿校書和劉儀同》：「芸香上延閣，碑石向鴻都。」杜甫《八哀詩·鄭虔》：「晚就芸香閣，胡塵昏坱莽。」

〔何況尋花伴，東都去未迴〕朱《箋》：「元稹貞元二十年曾旅歸洛陽，故詩云。」

傷楊弘貞

顏子昔短命①，仲尼惜其賢。楊生亦好學，不幸復徒然②。誰識天地意，獨與龜鶴年③。

（0390）

【校】

①〔短命〕紹興本、那波本作「知命」，據馬本、汪本、金澤本改。

②〔復徒然〕紹興本、馬本、《唐音統籤》校：「一作今復然。」那波本、金澤本、管見抄本作「今復然」。

③〔龜鶴年〕「鶴」紹興本、馬本、汪本校：「一作蛇。」金澤本、管見抄本作「龜蛇年」。

【注】

朱《箋》：約作於元和元年（八〇六）至元和二年（八〇七），長安。

〔楊弘貞〕見卷五《酬楊九弘貞長安病中見寄》（0201）注。

〔顏子昔短命，仲尼惜其賢〕顏子，顏回。見卷五《效陶潛體詩十六首》「濟水澄而潔」首（0225）注。

權攝昭應早秋書事寄元拾遺兼呈李司錄

夏閏秋候早，七月風騷騷。渭川烟景晚，驪山宮殿高。丹殿子司諫①，赤縣我徒勞。相去半日程，不得同遊遨。到官來十日，覽鏡生二毛。可憐趨走吏，塵土滿青袍。郵傳擁兩驛②，簿書堆六曹。爲問綱紀掾③，何必使鉛刀？（0391）

【校】

①〔丹殿〕金澤本作「丹階」。

②〔郵傳〕那波本作「郵亭」。

③〔綱紀〕金澤本作「紀綱」，平岡校從之，誤。

【注】

朱《箋》：作於元和元年（八〇六），昭應。

〔昭應〕《舊唐書・地理志一》關内道京兆府：「昭應，隋新豐縣，治古新豐城北。……(天寶)七載，省新豐縣，改會昌爲昭應，治温泉宫之西北。」

〔元拾遺〕朱《箋》：「元稹。」元稹元和元年四月應制舉才識兼茂明於體用科，以第一人登科，除右拾遺。見《舊唐書》本傳。

〔李司録〕名不詳。《舊唐書・職官志三》：「京兆、河南、太原等府，……司録參軍二人，正七品。」

〔丹殿子司諫，赤縣我徒勞〕《通典》卷三三縣令：「大唐縣有赤、畿、望、緊、上、中、下七等之差。京都所治爲赤縣，京之旁邑爲畿縣。」《新唐書・地理志一》京兆府京兆郡：「昭應，次赤。」陳《譜》：「(李商隱)《墓碑》云：以對策語切，不得爲諫官。然第四等自當入赤尉，謂語切不得入三等乃可也。」

〔郵傳擁兩驛，簿書堆六曹〕郵傳，此指沿驛站傳送之人或物。《舊唐書・傅仁均傳》：「夫太陽行于宿度，如郵傳之過逆旅。」六曹，功曹、倉曹、户曹、兵曹、法曹、士曹。《舊唐書・職官志三》：「(京兆、河南、太原)尹、少尹、别駕、長史、司馬掌貳府州之事，以綱紀衆務，通判列曹。」

〔爲問綱紀掾，何必使鉛刀〕綱紀掾，指州縣屬官主簿、尉等。傅亮《爲宋公修張良廟教》：「綱紀：夫盛德不泯，義存祀典。」《文選》李善注：「綱紀，謂主簿也。教，主簿宣之，故曰綱紀。猶今詔書稱門下也。」虞預《晉書》：東平主簿王豹白事齊王曰：況豹雖陋，故大州之綱紀也。」《後漢書・文苑傳・張升》：「仕郡爲綱紀，以能出守外黄令。」《晉書・趙王倫傳》：「郡綱紀併爲孝廉，縣綱紀爲廉史。」王粲《從軍詩》：「雖無鉛刀用，庶幾奮薄身。」《文選》李善注：「《東觀漢記》：班超曰：冀立鉛刀一割之力。」謝脁《忝役湘州與宣城吏民别詩》：「疲馬方云驅，鉛刀安可操。」

新栽竹

佐邑意不適①，閉門秋草生。何以娱野性，種竹百餘莖。見此溪上色②，憶得山中情。有時公事暇，盡日繞欄行。勿言根未固，勿言陰未成。已覺庭宇内，稍稍有餘清。最愛近窗卧，秋風枝有聲③。（0392）

【校】

①〔意不適〕《唐音統籤》作「竟不適」。

②〔溪上〕那波本作「階上」。

③〔秋風枝〕金澤本作「風枝秋」。

【注】

朱《箋》：作於元和元年（八〇六），盩厔。

秋霖中過尹縱之仙遊山居①

慘慘八月暮，連連三日霖。邑居尚愁寂，況乃在山林。林下有志士，苦學惜光陰。歲晚千萬慮，併入方寸心。巖鳥共旅宿，草蟲伴愁吟。秋天床席冷，雨夜燈火深。憐君寂寞

意，攜酒一相尋。（0393）

【校】

①〔題〕「過」紹興本、那波本作「遇」，據馬本、《唐音統籤》、汪本改；　金澤本作「題」。

【注】

朱《箋》：　作於元和元年（八〇六），盩厔。

〔尹縱之〕未詳。

〔仙遊山〕在盩厔縣，當即仙遊寺所在。　參見卷五《仙遊寺獨宿》（0183）注。

〔歲晚千萬慮，併入方寸心〕方寸心，見卷一《贈元稹》（0015）注。

寄江南兄弟

分散骨肉戀，趨馳名利牽。　一奔塵埃馬，一汎風波船。　忽憶分首時①，憫默秋風前。　別來朝復夕，積日成七年。　花落城中地②，春深江上天。　登樓東南望，鳥滅烟蒼然。　相去復幾許，道里近三千。　平地猶難見，况乃隔山川。（0394）

【校】

①〔分首〕馬本、汪本、《唐音統籤》、金澤本作「分手」。

②〔城中地〕馬本、《唐音統籤》、汪本作「城中池」。

【注】

朱《箋》：作於元和二年（八〇七），盩厔。

〔忽憶分首時，憫默秋風前〕范雲《別蕭諮議衍》：「悵焉臨桂苑，憫默瞻華池。」

曲江早秋 二年作①。

秋波紅蓼水，夕照青蕪岸。獨信馬蹄行，曲江池西畔②。早涼晴後至，殘暑暝來散。方喜炎燠銷③，復嗟時節換。我年三十六，冉冉昏復旦。人壽七十稀，七十新過半。且當對酒笑，勿起臨風歎。（0395）

【校】

①〔題注〕「二年作」各本作「三年作」，汪本校改爲「二年作」，從之。

②〔池西畔〕紹興本等作「池四畔」，據金澤本、要文抄本改。

③〔炎燠銷〕馬本、《唐音統籤》作「炎燠清」。

【注】

陳《譜》、汪《譜》、朱《箋》：作於元和二年（八〇七），長安。陳《譜》：元和二年丁亥，「有《曲江早秋》詩云：我年三十六，冉冉復旦暮。」

〔秋波紅蓼水，夕照青蕪岸〕紅蓼、青蕪，爲曲江風景。參見卷六《東陂秋意寄元八》（0254）注。

〔獨信馬蹄行，曲江池西畔〕曲江池，見卷一《春雪》（0029）注。

〔人壽七十稀，七十新過半〕見卷五《感時》（0175）注。

〔且當對酒笑，勿起臨風歎〕《楚辭·九歌·少司命》：「望美人兮未來，臨風怳兮浩歌。」謝莊《月賦》：「美人邁兮音塵闕，隔千里兮共明月。臨風嘆兮將焉歇，川路長兮不可越。」

寄題盩厔廳前雙松　兩松自仙遊山移植縣廳。

憶昨爲吏日，折腰多苦辛。歸家不自適，無計慰心神。手栽兩樹松①，聊以當去嘉賓②。乘春日一往③，生意漸欣欣。清韻度秋在，緑茸隨日新。始憐澗底色，不憶城中春。有時晝掩關，雙影對一身。盡日不寂寞，意中如三人。忽奉宣室詔，徵爲文苑臣。閑來一惆悵，長似別交親④。早知烟翠前，攀玩不逡巡。悔從白雲裏，移爾落囂塵。（0396）

【校】

①〔兩樹松〕金澤本作「兩松樹」。

②〔當〕下紹興本注：「去。」金澤本、汪本作「去聲」，《文苑英華》作「平聲」。

③〔乘春〕馬本、《唐音統籤》作「春來」。〔一往〕金澤本、《文苑英華》、汪本作「一溉」。

④〔長似〕《文苑英華》明刊本、汪本作「恰似」。〔交親〕金澤本作「情親」，《文苑英華》作「交情」，校：「集作交親，一作情親。」

【注】

陳《譜》、汪《譜》、朱《箋》：作於元和二年（八〇七），長安。陳《譜》：元和二年丁亥，「入院後有《寄題盩厔雙松》詩……舊譜以爲與哥舒大詩，不知何據。」

〔盩厔〕見卷一《觀刈麥》（0006）注。

〔忽奉宣室詔，徵爲文苑臣〕《史記·屈原賈生列傳》：「後歲餘，賈生徵見。孝文帝方受釐坐宣室。」索隱：「《三輔故事》云：宣室在未央殿北。」

〔閑來一惆悵，長似別交親〕交親，見卷五《效陶潛體詩十六首》「天秋無片雲」首（0215）注。

〔早知烟翠前，攀玩不逡巡〕攀玩，見卷一《白牡丹》（0031）注。不逡巡，見卷二《贈友五首》之四（0088）注。

翰林院中感秋懷王質夫　王居仙遊山①。

何處感時節，新蟬禁中聞。宮槐有秋意，風夕花紛紛。寄迹鴛鷺行②，歸心鷗鶴羣。唯有王居士，知予憶白雲。何日仙遊寺，潭前秋見君？（0397）

【校】

①〔題〕「感秋」金澤本作「秋日」。題下注「仙遊山」金澤本作「仙遊寺山」。

②〔鴛鷺行〕金澤本作「鴛鷺列」。

【注】

朱《箋》：　作於元和三年（八〇八），長安。

〔王質夫〕見卷五《招王質夫》（0179）注。

〔寄迹鴛鷺行，歸心鷗鶴羣〕鴛鷺，同鵷鷺。見卷六《朝迴遊城南》（0270）注。

〔唯有王居士，知予憶白雲〕白雲，見卷一《送王處士》（0045）注。

〔何日仙遊寺，潭前秋見君〕仙遊寺潭，見卷四《黑潭龍》（0168）注。

禁中月

海上明月出，禁中清夜長。東南樓殿白，稍稍上宫牆。淨落金塘水①，明浮玉砌霜。不比人間見，塵土污清光。（0398）

【校】

①〔金塘〕《文苑英華》作「金盤」。

【注】

朱《箋》：約作於元和二年（八〇七）至元和三年（八〇八），長安。

〔海上明月出，禁中清夜長〕張九齡《望月懷遠》：「海上生明月，天涯共此時。」

〔淨落金塘水，明浮玉砌霜〕劉楨《公宴詩》：「芙蓉散其華，菡萏溢金塘。」《文選》李善注：「金塘，猶金堤也。」王融《三月三日曲水詩序》：「鏡文虹於綺疏，浸蘭泉於玉砌。」

贈賣松者

一束蒼蒼色，知從澗底來。斸掘經幾日①，枝葉滿塵埃。不買非他意，城中無地栽。

（0399）

【校】

①〔斸掘經幾日〕金澤本作「到城來幾日」。

【注】

朱《箋》：約作於元和二年（八〇七）至元和三年（八〇八），長安。

初見白髮

白髮生一莖，朝來明鏡裏。勿言一莖少，滿頭從此始。青山方遠別，黄綬初從仕。未料

容鬢問①，蹉跎忽如此。（0400）

【校】

①〔容鬢〕金澤本作「容髮」。

【注】

朱《箋》：約作於元和二年（八〇七）至元和三年（八〇八），長安。

〔青山方遠別，黄綬初從仕〕《漢書·百官公卿表》：「凡吏秩比二千石以上，皆銀印青綬，光禄大夫無。秩比六百石以上，皆銅印黑綬，大夫、博士、御史、謁者、郎無。其僕射、御史治書尚符璽者，有印綬。比二百石以上，皆銅印黄綬。」

別元九後詠所懷①

零落桐葉雨，蕭條槿花風。悠悠早秋意，生此幽閑中。况與故人別，中懷正無悰。勿云不相送，心到青門東。相知豈在多，但問同不同。同心一人去，坐覺長安空。（0401）

【校】

①〔題〕「別」《唐音統籤》作「送」。

【注】

朱《箋》：作於元和二年（八〇七），長安。「元稹元和元年九月十日自左拾遺出爲河南尉，詩中所云當指此。」

〔況與故人別，中懷正無悰〕《漢書・廣陵厲王胥傳》：「何用爲樂心所喜，出入無悰爲樂亟。」韋昭注：「悰，樂也。」曹丕《折楊柳行》：「端居苦無悰，駕遊博望山。」

〔勿云不相送，心到青門東〕青門，見卷一《寄隱者》（0058）注。

〔同心一人去，坐覺長安空〕韋應物《寄楊協律》：「遠念長江別，俯覺座隅空。」

禁中秋宿

風翻朱裹幕，雨冷通中枕。耿耿背斜燈，秋床一人寢。（0402）

【注】

朱《箋》：約作於元和二年（八〇七）至元和三年（八〇八），長安。

〔風翻朱裹幕，雨冷通中枕〕朱裹幕，見卷五《和錢員外禁中夙興見示》（0190）注。通中枕，見卷五《冬夜與錢員外同直禁中》（0189）注。

早秋曲江感懷①

離離暑雲散，嫋嫋涼風起。池上秋又來，荷花半成子。朱顏自銷歇②，白日無窮已。人壽不如山，年光急於水。青蕪與紅蓼，歲歲秋相似。去歲此悲秋，今秋復來此③。

（0403）

【校】

①〔題〕管見抄本題下注：「四年作。」金澤本作「四十作」，平岡校：「非是。」

②〔自銷歇〕馬本、《唐音統籤》作「易銷歇」。

③〔今秋〕馬本、《唐音統籤》作「今我」。

【注】

朱《箋》：作於元和三年（八〇八），長安。按，據管見抄本題下注，作於元和四年（八〇九）。然此詩所謂「去歲此悲秋」，蓋指本卷《曲江早秋》（0395），爲三年作。參見本卷《曲江感秋》（0414）注。

〔青蕪與紅蓼，歲歲秋相似〕見本卷《曲江早秋》（0395）注。

寄元九

身爲近密拘，心爲名檢縛。月夜與花時，少逢杯酒樂。唯有元夫子，閑來同一酌①。把手或酣歌，展眉時笑謔。今春除御史，前月之東洛。別來未開顔，塵埃滿樽杓。蕙風晚香盡，槐雨餘花落。秋意一蕭條，離容兩寂寞②。況隨白日老，共負青山約。誰識相念

心，韝鷹與籠鶴。（0404）

【校】

①〔同一酌〕金澤本作「一同酌」。

②〔離容〕金澤本作「離客」，平岡校：「容，各本同，是也。」

【注】

朱《箋》：作於元和四年（八〇九），長安。

〔身爲近密拘，心爲名檢縛〕《晉書·劉超傳》：「超自以職在近密，而書迹與帝手筆相類，乃絶不與人交書。時出休沐，閉門不通賓客。」名檢，名聲、名譽。張輔《名士優劣論》：「故述辯士則詞藻華靡，叙實錄則隱核名檢，此所以遷稱良史也。」干寶《晉紀總論》：「學者以莊老爲宗而黜六經，談者以虚薄爲辯而賤名檢。」

〔把手或酣歌，展眉時笑謔〕李白《長干行》：「十五始展眉，願同塵與灰。」元稹《晴日》：「多病苦虚羸，晴明强展眉。」

〔今春除御史，前月之東洛〕元稹元和四年二月除監察御史，八月分司東都。見卷一《贈樊著作》（0023）注。

〔誰識相念心，韝鷹與籠鶴〕韝鷹，見卷一《雜興三首》之一（0018）注。籠鶴，見卷五《題贈鄭秘書徵君石溝溪隱居》（0207）注。

春暮寄元九

梨花結成實，燕卵化爲雛。時物又若此，道情復何如？但覺日月促，不嗟年歲徂。浮生都是夢，老小亦何殊①？唯與故人別，江陵初謫居。時時一相見②，此意未全除。

（0405）

【校】

①〔老小〕那波本、金澤本、管見抄本作「老少」。

②〔相見〕金澤本、管見抄本作「相念」。

【注】

朱《箋》：作於元和五年（八一〇），長安。

〔時物又若此，道情復何如〕時物，見卷八《玩新庭樹因詠所懷》（0367）注。《莊子·大宗師》：「夫道有情有信，無爲無形。」謝靈運《述祖德詩二首》：「拯溺由道情，龕暴資神理。」

〔浮生都是夢，老小亦何殊〕浮生，見卷七《垂釣》（0314）注。又浮生如夢，見卷八《自望秦赴五松驛馬上偶睡睡覺成吟》（0337）注。

〔唯與故人別，江陵初謫居〕元稹元和五年三月貶江陵士曹參軍，見卷一《登樂遊園望》（0026）注。

早梳頭

夜沐早梳頭，窗明秋鏡曉。颯然握中髮，一沐知一少。年事漸蹉跎，世緣方繳繞。不學

空門法，老病何由了？未得無生心，白頭亦爲夭。（0406）

【注】

朱《箋》：作於元和五年（八一〇），長安。

〔颯然握中髮，一沐知一少〕《説苑·敬慎》：「然（周公）嘗一沐三握髮，一食而三吐哺。」

〔年事漸蹉跎，世緣方繳繞〕世緣，俗世因緣。《童蒙止觀·正修行第六》：「有累之身，必涉世緣。」韋應物《尋簡寂觀瀑布》：「猶將虎竹爲身累，欲付歸人絶世緣。」繳繞，纏繞不清。司馬談《論六家要旨》：「名家苛察繳繞，使人不得反其意。」

〔不學空門法，老病何由了〕空門法，指佛教。《悲華經》卷七：「聞佛説法，即解諸法甚深空門。」老病，佛教四苦生老病死之略。

〔未得無生心，白頭亦爲夭〕無生，見卷五《贈王山人》（0203）注。《莊子·齊物論》：「莫壽于殤子，而彭祖爲夭。」

出關路

山川函谷路，塵土游子顔。蕭條去國意，秋風生故關。（0407）

【注】

朱《箋》：或作於元和五年（八一〇）。

〔山川函谷路，塵土游子顔〕《史記·項羽本紀》正義：「《括地志》云：函谷關在陝州桃林縣西南十二里，秦函谷關也。《圖記》云：西去長安四百餘里，路在谷中，故以爲名。」又《高祖本紀》正義：「顔師古曰：今桃林南有洪溜澗，古函谷也。其水北流入河，西岸猶有舊關餘迹。《西征記》云：道形如函也。其水山原壁立數十仞，谷中容一車。」

别舍弟後月夜

悄悄初别夜①，去住兩盤桓。行子孤燈店，居人明月軒。平生共貧苦②，未必日成歡。及此暫爲别，懷抱已憂煩。况是庭葉盡③，復思山路寒。如何不爲念④，馬瘦衣裳單。

（0408）

【校】

①〔初别夜〕馬本、《唐音統籤》作「初别後」。

②〔平生〕金澤本作「平居」。

③〔况是〕金澤本作「况見」。

④〔不爲念〕紹興本等作「爲不念」，據金澤本改。

【注】

朱《箋》：或作於元和五年（八一〇）。

〔舍弟〕居易弟白行簡。見卷二《和答詩十首》（0100～0109）序注。

新豐路逢故人

塵土長路晚，風烟廢宮秋。相逢立馬語，盡日此橋頭。知君不得意，鬱鬱來西游。惆悵新豐店，何人識馬周？（0409）

【注】

朱《箋》：或作於元和五年（八一〇）。

〔新豐〕《舊唐書·地理志一》關内道京兆府：「昭應，隋新豐縣，治古新豐城北。……（天寶）七載，省新豐縣，改會昌爲昭應，治温泉宮之西北。」《雍錄》卷七：「唐新豐縣在（京兆）府東五十里，凡自長安東出而趨潼關，路必由此。」

〔惆悵新豐店，何人識馬周〕《舊唐書·馬周傳》：「馬周字賓王，清河茌平人也。少孤貧好學，尤精《詩》、《傳》，落拓不爲州里所敬。武德中，補博州助教，日飲醇酎，不以講授爲事。……遂感激西遊長安。宿於新豐逆旅，主人唯供諸商販而不顧待周。遂命酒一斗八升，悠然獨酌，主人深異之。至京師，舍於中郎將常何之家。貞觀三年，太宗令百僚上書言得失，何以武吏不涉經學，周乃爲何陳便宜二十餘事，令奏之，事皆合旨。太宗怪其能，問何，何答曰：『此非臣所能，家客馬周具草也。每與臣言，未嘗不以忠孝爲意。』太宗即日召之，未至間，遣使催促者數四。及謁見，與語甚悦，令直門下省。」

金鑾子晬日

行年欲四十，有女曰金鑾。生來始周歲，學坐未能言。慚非達者懷，未免俗情憐。從此累身外，徒云慰目前。若無夭折患，則有婚嫁牽。使我歸山計，應遲十五年。（0410）

【注】

陳《譜》、朱《箋》：作於元和五年（八一〇），長安。

〔金鑾子〕《雲仙雜記》卷三引《豐寧傳》：「樂天女金鑾，十歲忽書《北山移文》示家人，樂天方買終南紫石，欲開文士傳，遂輟以勒之。」朱《箋》：「白氏《病中哭金鑾子》詩（本書卷十四0772）云：『病來纔十日，養得已三年。』則知《雲仙雜記》所引甚誤，筆記小説之不可據也如此。」

〔晬日〕《韻會》：「晬，子生一歲也。」按，亦泛指小兒生日。戴叔倫《少女生日感懷》：「五逢晬日今方見，置爾懷中自惆然。」李商隱《驕兒詩》：「文葆未周晬，固已知六七。」

〔若無夭折患，則有婚嫁牽〕《後漢書·逸民傳·尚長》：「尚長字子平，河内朝歌人也。隱居不仕，性尚中和，……建武中，男女娶嫁既畢，敕斷家事勿相關，當如我死也。於是遂肆意，與同好北海禽慶俱遊五嶽名山，竟不知所終。」

青龍寺早夏

塵埃經小雨①，地高倚長坡。日西寺門外，景氣含清和。閑有老僧立，靜無凡客過。殘鶯意思盡，新葉陰涼多。春去来幾日②，夏雲忽嵯峨。朝朝感時節，年鬢暗蹉跎。胡爲戀朝市，不去歸烟蘿？青山寸步地，自問心如何。（0411）

【校】

①〔塵埃〕金澤本作「塵滅」。

②〔來幾日〕那波本作「未幾日」。

【注】

朱《箋》：作於元和五年（八一〇），長安。

〔青龍寺〕《唐兩京城坊考》卷三朱雀街東第五街新昌坊：「南門之東青龍寺，本隋靈感寺，開皇二年立，文帝移都，徙掘城中陵墓，葬之郊野，因置此寺，故以靈感爲名。至武德四年廢。龍朔二年，城陽公主復奏立爲觀音寺。初，公主疾甚，有蘇州僧法朗誦觀音經，乞願得愈，因名焉。景雲二年，改爲青龍寺。北枕高原，南望爽塏，爲登眺之美。」

〔殘鶯意思盡，新葉陰涼多〕意思，意想心思。《唐國史補》卷中：「（陸）羽有文學，多意思，恥一物不盡其妙，茶術尤著。」白居易《送王卿使君赴任蘇州因思花迎新使感舊遊記題郡中木蘭西院一别》（本書卷三六2720）：「鶯入故宮含意思，花迎新使生光彩。」

秋題牡丹叢

晚叢白露夕，衰葉凉風朝。紅艷久已歇，碧芳今亦銷。幽人坐相對①，心事共蕭條。

（0412）

【校】

①〔幽人〕金澤本作「憂人」。

【注】

朱《箋》：作於元和五年（八一〇），長安。

勸酒寄元九

薤葉有朝露，槿枝無宿花。君今亦如此，促促生有涯。既不逐禪僧，林下學楞伽。又不隨道士，山中煉丹砂。百年夜分半，一歲春無多。何不飲美酒，胡然自悲嗟？俗號銷憂藥①，神速無以加。一杯驅世慮，兩杯反天和。三杯即酩酊，或笑任狂歌②。陶陶復兀兀，吾孰知其他。況在名利途，平生有風波③。深心藏陷穽，巧言織網羅。舉目非不見，不醉欲如何？（0413）

【校】

①〔銷憂〕馬本、《唐音統籤》、汪本作「銷愁」。

②〔任狂歌〕金澤本作「或狂歌」。

③〔平生〕金澤本作「平地」。

【注】

朱《箋》：作於元和五年（八一〇），長安。

〔薤葉有朝露，槿枝無宿花〕《相和歌辭·薤露》：「薤上露，何易晞。露晞明朝更復落，人死一去何時歸。」

〔君今亦如此，促促生有涯〕《莊子·養生主》：「吾生也有涯，而知也无涯。以有涯隨无涯，殆已。」

〔既不逐禪僧，林下學楞伽〕《楞伽師資記》卷一：「宋朝求那跋陁羅三藏，天竺國人，大乘學時號摩訶衍。元嘉年，隨船至廣州。宋太祖迎於丹陽郡，譯出《楞伽經》，王公道俗請開禪訓」；「魏朝三藏法師菩提達摩，承求那跋陀羅三藏後，其達摩禪師，志闡大乘，泛海吳越遊洛至鄴。沙門道育惠可，奉事五年，方誨四行，謂可曰：有

《楞伽經》四卷，仁者依行，自然度脱。」

〔百年夜分半，一歲春無多〕見卷八《狂歌詞》(0354)注。

〔俗號銷憂藥，神速無以加〕《獨異志》卷上：「漢武帝自回中郡，繞一山曲，見一物盤地，狀若牛，推之不去，擊之不散。問左右，無能知者。東方朔進曰：『請以酒一斛澆之。』帝命酒澆之，立散。復問朔，曰：『此必秦之故獄，積其怨氣所至，酒能消愁耳。』」又參見卷五《效陶潛體詩十六首》「湛湛罇中酒」首(0219)注。

〔一杯驅世慮，兩杯反天和〕《莊子·天道》：「夫明白於天地之德者，此之謂大本之宗，與天和者也。」

〔陶陶復兀兀，吾孰知其他〕陶陶、兀兀，見卷五《感時》(0175)注。

〔况在名利途，平生有風波〕《莊子·人間世》：「言者，風波也。行者，實喪也。夫風波易以動，實喪易以危。故忿設無由，巧言偏辭。」

曲江感秋　五年作。

沙草新雨地，岸柳涼風枝。三年感秋意①，併在曲江池。早蟬已嘹唳，晚荷復離披②。前秋去秋思，一一生此時。昔人三十二，秋興已云悲③。我今欲四十④，秋懷亦可知。歲月不虛設⑤，此身隨日衰。暗老不自覺，直到鬢成絲。(0414)

【校】

①〔秋意〕馬本、《唐音統籤》、汪本作「秋思」。

②〔復離披〕金澤本、要文抄本作「稍離披」。

③〔已云悲〕金澤本、要文抄本、管見抄本作「已先悲」。

④〔我今〕金澤本、要文抄本、管見抄本作「今我」。

⑤〔虚設〕金澤本、要文抄本、管見抄本作「虚度」。

【注】

朱《箋》：作於元和四年（八〇九），長安。「此詩題下原注：『五年作』，當係『四年』之訛文。白氏《曲江感秋二首》（本書卷十一0569、0570）詩序：『元和二年、三年、四年，予每歲有曲江感秋詩，凡三篇，編在第七集卷，是時予爲左拾遺、翰林學士。』此詩云：『前秋去秋思，一一生此時。』則當作於元和四年。」按，元和二年作見本卷《曲江早秋》（0395），元和三年作見本卷《早秋曲江感懷》（0403）。

〔早蟬已嘹唳，晚荷復離披〕嘹唳，亦作嘹戾、嘹淚。謝惠連《秋懷詩》：「蕭瑟含風蟬，嘹戾度雲雁。」

〔昔人三十二，秋興已云悲〕潘岳《秋興賦序》：「余春秋三十有二，始見二毛。」

酬張太祝晚秋卧病見寄

高才淹禮寺，短羽翔禁林。西街居處遠，北闕官曹深。君病不來訪，我忙難往尋。差池終日別，寥落經年心。露濕綠蕪地，月寒紅樹陰。况兹獨愁夕，聞彼相思吟。上歎言笑

阻①，下嗟時歲侵。容衰曉窗鏡②，思苦秋絃琴。一章錦繡段，八韻瓊瑤音。何以報珍重，慚無雙南金。（0415）

【校】

①〔歎言〕馬本、《唐音統籤》作「言歎」。

②〔曉窗〕馬本、《唐音統籤》作「晚窗」。

【注】

朱《箋》：作於元和五年（八一〇），長安。

〔張太祝〕朱《箋》：「張籍。……白氏元和十年所作《張十八》詩（本書卷十五0814）：『獨有詠詩張太祝，十年不改舊官銜。』可證元和五年籍仍官太祝無疑。」參見卷一《讀張籍古樂府》（0002）注。

〔一章錦繡段，八韻瓊瑤音〕張衡《四愁詩》：「美人贈我錦繡段，何以報之青玉案。」又：「美人贈我金錯刀，何以報之英瓊瑤。」

〔何以報珍重，慚無雙南金〕張載《擬四愁詩》：「佳人遺我綠綺琴，何以贈之雙南金。」《詩·魯頌·泮水》：「元龜象齒，大賂南金。」毛傳：「南，謂荆揚也。」鄭箋：「荆揚之州，貢金三品。」

立秋日曲江憶元九

下馬柳陰下，獨上堤上行。故人千萬里，新蟬三兩聲。城中曲江水，江上江陵城。兩地

新秋思，應同此日情①。（0416）

【校】

①〔此日情〕金澤本作「此日生」。

【注】

朱《箋》：作於元和五年（八一〇），長安。

〔城中曲江水，江上江陵城〕元稹貶江陵士曹參軍，見卷一《登樂遊園望》（0026）及本卷《暮春寄元九》（0405）注。

早朝賀雪寄陳山人

長安盈尺雪，早朝賀君喜。將赴銀臺門，始出新昌里。上堤馬蹄滑，中路蠟燭死。十里向北行，寒風吹破耳。待漏五門外①，候對三殿裏。鬚鬢凍生冰，衣裳冷如水。忽思仙遊谷②，暗謝陳居士。暖覆褐裘眠，日高應未起。（0417）

【校】

①〔五門〕馬本、《唐音統籤》、汪本作「午門」，誤。

②〔仙遊谷〕金澤本作「仙遊客」。

【注】

朱《箋》：　作於元和五年（八一〇），長安。

〔陳山人〕朱《箋》：　「陳鴻。」陳鴻《長恨歌傳》：　「元和元年冬至十二月，太原白樂天自校書郎尉於盩厔，鴻與琅邪王質夫家于是邑，暇日相攜遊仙遊寺。」《新唐書・藝文志》著録「陳鴻《開元升平源》一卷」，注：　「字大亮，貞元主客郎中。」然據《唐文粹》卷九五陳鴻《大統紀序》：　「少學乎史氏，志在編年，貞元丁酉（按當作乙酉，貞元二十一年）歲，登太常第，始閑居遂志。」又元稹《授丘紓陳鴻員外郎等制》，鴻於元和間僅爲太常博士，穆宗即位授虞部員外郎，後爲主客郎中。參見陳寅恪《讀東城老父傳》等考證。

〔將赴銀臺門，始出新昌里〕銀臺門，大明宫右銀臺門。《翰苑群書》卷四韋執誼《翰林院故事》：　「翰林院者，在銀臺門内麟德殿西重廊之後，蓋天下以藝能伎術見召者之所處也。」李肇《翰林志》：　「（翰林院）今在銀臺門之北，第一門向□牓曰翰林之門，其制高大重復，號爲胡門。」所言銀臺門皆謂右銀臺門，參《長安志》卷六、《雍録》卷四。　詩意謂由此而入翰林院。　新昌里，見卷二《和答詩十首》（0100～0109）序注。

〔待漏五門外，候對三殿裏〕五門，見卷二《傷友》（0078）注。《唐國史補》卷中：　「舊百官早朝，必立馬于望仙、建福門外，宰相于光宅車坊，以避風雨。　元和初，始製待漏院。」三殿，麟德殿。《南部新書》丙：　「麟德殿三面，亦謂之三殿。」《雍録》卷四：　「李肇《記》曰：　翰林院在少陽院南，其東當三院。　結鄰、鬱儀樓，即三院之東西廊也。　……三殿者，麟德殿也。　一殿而三面，故名三殿也。　三院即三殿也。」《大唐新語》卷二：　「袁利貞爲太常博士，高宗將會百官及命婦于宣政殿，並設九部樂。　利貞諫曰：　『臣以前殿正寢，非命婦宴會之地。　象闕路門，非倡優進御之所。　望請命婦會于别殿，九部樂從東門入。　散樂一色，伏望停省。　若于三殿别所，自可備極恩私。』高宗即令移于麟德殿。」

〔暖覆褐裘眠，日高應未起〕褐裘，見卷一《村居苦寒》（0046）注。

初與元九别後忽夢見之及寤而書適至兼寄桐花詩悵然感懷因以此寄

元九初謫江陵①。

永壽寺中語，新昌坊北分。歸來數行淚，悲事不悲君。悠悠藍田路②，自去無消息③。計君食宿程④，已過商山北⑤。昨夜雲四散，千里同月色。曉來夢見君，應是君相憶。夢中握君手，問君意何如⑥。君言苦相憶⑦，無人可寄書。覺來未及説，叩門聲冬冬⑧。言是商州使⑨，送君書一封⑩。枕上忽驚起，顛倒著衣裳。開緘見手札，一紙十三行。上論遷謫心，下説離别腸。心腸都未盡，不暇叙炎凉。云作此書夜，夜宿商州東。獨對孤燈坐⑪，陽城山館中。夜深作書畢⑫，山月向西斜⑬。月前何所有⑭，一樹紫桐花。桐花半落時⑮，復道正相思⑯。殷勤書背後，兼寄桐花詩。桐花詩八韻，思緒一何深⑰。以我今朝意，憶君此夜心⑱。一章三遍讀⑲，一句十迴吟。珍重八十字，字字化爲金。（0418）

【校】

①〔題〕敦煌本作「寄元九微之」。題下注金澤本、《才調集》作「時元九初謫江陵。」

②〔悠悠〕敦煌本作「忙忙」。

③〔自去〕敦煌本作「一去」。

④〔食宿〕金澤本作「舍宿」。

⑤〔已過〕敦煌本作「已到」。

⑥〔問君〕敦煌本作「問我」。

⑦〔君言〕敦煌本作「答云」。

⑧〔冬冬〕敦煌本、金澤本、馬本、《唐音統籤》作「鼕鼕」。

⑨〔言是〕敦煌本作「云是」。

⑩〔送君〕敦煌本作「寄君」。

⑪〔對孤燈〕敦煌本作「自挑燈」。

⑫〔作書畢〕敦煌本作「作書罷」。

⑬〔山月向〕敦煌本作「山月影」。

⑭〔月前〕敦煌本作「月中」，汪本、《才調集》作「月下」。

⑮〔半落〕敦煌本作「落地」。

⑯〔復道〕敦煌本作「花下」。

⑰〔思緒〕敦煌本作「意序」。

⑱〔憶君〕敦煌本、金澤本、《才調集》、汪本作「想君」。

⑲〔三遍〕馬本、《唐音統籤》作「一遍」。

【注】

朱《箋》：作于元和五年（八一〇），長安。

〔桐花詩〕元稹有《桐花》詩及《三月二十四日宿曾峰館夜對桐花寄樂天》，參見卷二《和答詩十首·答桐花》（0102）。

〔永壽寺中語，新昌坊北分〕見卷二《和答詩十首》（0100～）序。

〔悠悠藍田路，自去無消息〕《新唐書·地理志一》京兆府：「藍田，畿。……有覆車山。有藍田關，故嶢關。有庫谷，谷有關。」

〔計君食宿程，已過商山北〕商山，見卷八《登商山最高頂》（0346）注。

〔言是商州使，送君書一封〕《舊唐書·地理志二》山南西道：「商州，隋上洛郡。武德元年，改爲商州。」

〔獨對孤燈坐，陽城山館中〕陽城，陽城驛，見卷二《和陽城驛》（0101）注。

和元九悼往　感舊蚊幬作。

美人別君去，自去無處尋。舊物零落盡，此情安可任？唯有繐紗幌①，塵埃日夜侵。馨香與顔色，不似舊時深。透影燈耿耿，籠光月沉沉。中有孤眠客，秋凉生夜衾。舊宅牡丹院，新墳松柏林②。夢中咸陽淚，覺後江陵心。含此隔年恨，發爲中夜吟。無論君自感，聞者欲沾襟③。（0419）

【校】

①〔纈紗〕馬本、《唐音統籤》、汪本作「襭紗」。

②〔松柏〕馬本、《唐音統籤》作「松木」。

③〔沾襟〕馬本、《唐音統籤》作「沾巾」。

【注】

朱《箋》：作於元和五年（八一〇），長安。「《元集》卷九有《張舊蚊幬》詩。元稹妻韋叢元和四年七月九日卒於長安靖安里第，見韓愈《監察御史元君妻京兆韋氏夫人墓誌銘》。」參見本書卷十四《見元九悼亡詩因以此寄》（0714）。

〔唯有纈紗幌，塵埃日夜侵〕元稹《張舊蚊幬》：「獨有纈紗幬，憑人遠攜得。」玄應《一切經音義》：「纈，謂以絲縛繒，染之，解絲成文曰纈也。」杜甫《寄岳州賈司馬六丈巴州嚴八使君兩閣老五十韻》：「內蕊繁于纈，宮莎軟勝綿。」《舊唐書·文宗紀》：「（大和二年五月）庚子敕：應諸道進奉內庫，四節及降誕進奉金花銀器并纂組文纈雜物，并折充鋌銀及綾絹。」

〔夢中咸陽淚，覺後江陵心〕朱《箋》：「韋叢墓在咸陽，韓愈《墓誌》云：『其年十月十三日葬咸陽，從先舅姑兆。』」

〔無論君自感，聞者欲沾襟〕無論，且不必說。陶淵明《桃花源記》：「問今是何世，乃不知有漢，無論魏晉。」謝朓《王孫遊》：「無論君不歸，君歸芳已歇。」

重到渭上舊居

舊居清渭曲，開門當蔡渡。十年方一還，幾欲迷歸路。追思昔日行，感傷故游處①。插柳作高林，種桃成老樹。因驚成人者，盡是舊童孺。試問舊老人，半爲繞村墓。浮生同過客，前後遞來去。白日如弄珠，出没光不住②。人物日改變，舉目悲所遇。迴念念我身，安得不衰暮？朱顔銷不歇，白髮生無數。唯有門外山③，三峰色如故。（0420）

【校】

①〔追思昔日行感傷〕金澤本作「追思昔居日行感」。

②〔出没〕馬本、《唐音統籤》作「出入」。

③〔門外山〕紹興本等作「山門外」，據金澤本改。

【注】

汪《譜》、朱《箋》：作於元和六年（八一一），下邽。

〔舊居清渭曲，開門當蔡渡〕《清一統志》卷一七九西安府二：「白居易宅，在渭南縣東北。居易有《重到渭上舊居》詩。《縣志》：宅在故下邽縣東紫蘭村。有樂天南園在宅南，至金時爲石氏園。」王士禎《居易錄》卷十三：「偶閲《渭南縣圖經》云：渭水至臨潼縣交口渡，東入渭南境，又東折至縣城，北曰上漲渡。又東南流曰下漲渡。又東北折而流曰蔡渡。以漢孝子蔡順得名。其地有蔡順碑。與樂天故居紫蘭村正隔渭河一水耳。」

〔浮生同過客，前後遞來去〕浮生，見卷七《垂釣》（0314）注。王羲之《蘭亭詩》：「造真探玄根，涉世若過客。」

〔白日如弄珠，出没光不住〕張衡《南都賦》：「耕父揚光於清泠之淵，遊女弄珠於漢皐之曲。」

白髮

白髮知時節，暗與我有期。今朝日陽裏，梳落數莖絲。家人不慣見，憫默爲我悲①。我云何足怪，此意爾不知。凡人年三十，外壯中已衰。但思寢食味，已減二十時。況我今四十②，本來形貌羸。書魔昏兩眼，酒病沉四肢③。親愛日零落，在者仍別離④。身心久如此，白髮生已遲。由來生老死，三病長相隨。除却念無生⑤，人間無藥治。（0421）

【校】

①〔爲我悲〕金澤本作「與我悲」。

②〔今四十〕馬本、《唐音統籤》作「年四十」。

③〔四肢〕金澤本、要文抄本、管見抄本作「四支」。

④〔在者〕要文抄本作「存者」。

⑤〔念無生〕金澤本、要文抄本、管見抄本作「無生忍」。

【注】

陳《譜》、汪《譜》、朱《箋》：作於元和六年（八一一），下邽。

〔由來生老死，三病長相隨〕佛教以生老病死爲四苦，此變化言之。《增壹阿含經》卷十七：「所謂苦諦者，生苦，老苦，病苦，死苦，憂悲惱苦，怨憎會苦，恩愛别離苦，所欲不得苦。取要言之，五盛陰苦，是謂名爲苦諦。」

〔除却念無生，人間無藥治〕念無生，見卷五《贈王山人》（0203）注。無生忍，即無生法忍，謂觀諸法無生無滅之理而諦忍之。《大智度論》卷五十：「無生法忍者，於無生滅諸法實相中，信受通達，無礙不退，是名無生忍。」

秋日

池殘寥落水①，窗下悠揚日。嫋嫋秋風多，槐花半成實。下有獨立人，年來四十一。

（0422）

【校】

①〔池殘〕金澤本、要文抄本作「池淺」。

【注】

陳《譜》、汪《譜》、朱《箋》：作於元和七年（八一二），下邽。

將之饒州江浦夜泊

明月滿深浦，愁人卧孤舟①。煩冤寢不得，夏夜長於秋。苦乏衣食資，遠爲江海游。光陰坐遲暮，鄉國行阻修。身病向鄱陽，家貧寄徐州。前事與後事，豈堪心併憂？憂來起

長望，但見江水流。雲樹藹蒼蒼，烟波淡悠悠②。故園迷處所，一念堪白頭③。（0423）

【校】

①〔卧孤舟〕馬本、《唐音統籤》作「獨卧舟」。

②〔淡悠悠〕金澤本作「澹悠悠」。

③〔一念〕馬本、《唐音統籤》作「一望」。

【注】

朱《箋》：作於貞元十四年（七九八），赴饒州途中。「是年夏，居易赴浮梁，往依其兄白幼文。陳《譜》繫此詩於貞元十五年，蓋據白氏《傷遠行賦》（《白氏文集》卷三八）。考《傷遠行賦》云：『貞元十五年春，吾兄吏于浮梁，分微祿以歸養，命予負米而還鄉。』可知貞元十五年春居易已在浮梁，且此詩有：『夏夜長於秋』之句，故居易赴浮梁必在貞元十五年之前。」

〔饒州〕《舊唐書·地理志三》江南西道：「饒州下，隋鄱陽郡。」白居易《傷遠行賦》：「貞元十五年春，吾兄吏于浮梁，分微祿以歸養。」浮梁爲饒州屬縣。

〔煩冤寢不得，夏夜長於秋〕《楚辭·九章·思美人》：「蹇之煩冤兮，陷滯而不發。」

〔光陰坐遲暮，鄉國行阻修〕張載《擬四愁詩》：「我所思兮在營州，欲往從之路阻修。」

思歸　時初爲校書郎。

養無晨昏膳，隱無伏臘資。遂求及親祿，僶俛來京師。薄俸未及親①，別家已經時②。冬積温席戀，春違採蘭期。夏至一陰生，稍稍夕漏遲。塊然抱愁者，夜長獨先知③。悠悠鄉關路，夢去身不隨。坐惜時節變，蟬鳴槐花枝。（0424）

【校】

①〔未及親〕金澤本作「未及家」。

②〔別家〕金澤本作「散秩」。

③〔夜長〕馬本、《唐音統籤》、汪本作「長夜」。

【注】

朱《箋》：作於貞元十九年（八〇三），長安。

〔養無晨昏膳，隱無伏臘資〕潘岳《閑居賦》：「灌園粥蔬，以供朝夕之膳；牧羊酤酪，以俟伏臘之費。」江淹《自序傳》：「重以學不爲人，交不苟合，又深信天竺緣果之文，偏好老氏清淨之術，仕所望不過諸卿二千石，有耕織伏臘之資，則隱矣。」

〔冬積温席戀，春違採蘭期〕《初學記》卷十七：「《東觀漢記》曰：黄香字文强，父兄舉孝廉，無奴僕，香躬執勤苦，盡心共養，體無被袴，而親極滋味。暑則扇床枕，寒即以温席。袁山松《後漢書》曰：羅威母年七十，天寒，常以身温席，而後授其處。」束晳《補亡詩》：「循彼南陔，言採其蘭。」《文選》李善注：「採蘭以自芬香也。循陔以採香草者，將以供養其父母，喻人求珍異以歸。」

〔夏至一陰生，稍稍夕漏遲〕《易·復·象》：「先王以至日閉關。」王弼注：「冬至，陰之復也。夏至，陽之復也。」

孔疏：「冬至一陽生，是陽動用而陰復於靜也。夏至一陰生，是陰動用而陽復於靜也。」

〔塊然抱愁者，夜長獨先知〕《莊子·應帝王》：「雕琢復朴，塊然獨以其形立。」

翼城北原作①

野色何莽蒼去聲，秋聲亦蕭疏。風吹黄埃起，落日驅征車②。何代此開國，封疆百里餘？古今不相待，朝市無常居。昔人城邑中，今變爲丘墟。昔人墓田中，今化爲里閭。廢興相催迫③，日月互居諸。世變無遺風，焉能知其初？行人千載後，懷古空躊躇。（0425）

【校】

①〔題〕「翼城」紹興本等作「冀城」，據金澤本改。

②〔驅征車〕金澤本作「馳征車」。

③〔催迫〕金澤本校改作「推斥」。

【注】

朱《箋》：或作於貞元二十年（八〇四）左右。按，居易北遊翼城，當爲早年，具體時間難於詳考。

〔翼城〕《舊唐書·地理志二》河東道：「絳州，隋絳郡。武德元年，置絳州總管府，……以廢北澮州之翼城置翼城縣，領翼城、絳、小鄉三縣。」《史記·晉世家》：「武王崩，成王立，唐有亂。」正義：「《括地志》云：故唐城在絳州翼城縣西二十里，即堯裔子所封。」又「昭侯元年」索隱：「翼本晉都也，自孝侯已下，一號翼侯，平陽絳邑縣東翼城是也。」居易所遊蓋此地，諸本作「冀城」者誤。

〔野色何莽蒼，秋聲亦蕭疏〕莽蒼，見卷一《贏駿》(0008)注。

〔昔人城邑中，今變爲丘墟〕左思《魏都賦》：「伊洛榛曠，崤函荒蕪。臨菑牢落，鄢郢丘墟。」

〔廢興相催迫，日月互居諸〕陶淵明《擬古詩九首》：「日月不肯遲，四時相催迫。」《詩·邶風·柏舟》：「日居月諸，胡迭而微。」孔疏：「居諸者，語助也。」

客路感秋寄明準上人

日暮天地冷①，雨霽山河清。長風從西來，草木凝秋聲。已感歲倏忽，復傷物凋零。孰能不憯悽，天時牽人情。借問空門子，何法易修行？使我忘得心，不教煩惱生。（0426）

【校】

①〔天地冷〕金澤本作「天地凉」。

【注】

朱《箋》：或作於貞元十六年（八〇〇）以前。

〔明準上人〕未詳。《釋氏要覽》卷上：「《增一經》云：夫人處世，有過能自改者名上人，律瓶沙王呼佛弟子爲上人。」鮑照有《秋日示休上人》詩。吴曾《能改齋漫録》卷七：「唐詩多以僧爲上人。」
〔借問空門子，何法易修行〕空門子，佛弟子。參見本卷《早梳頭》（0406）注。

遊襄陽懷孟浩然

楚山碧巖巖，漢水碧湯湯①。秀氣結成象，孟氏之文章。今我諷遺文，思人至其鄉。清風無人繼，日暮空襄陽。南望鹿門山，藹若有餘芳。舊隱不知處，雲深樹蒼蒼。（0427）

【校】

①〔碧湯湯〕金澤本作「清湯湯」。

【注】

陳《譜》、朱《箋》：作於貞元十年（七九四），襄州。陳《譜》：貞元十年甲戌，「五月，襄州府君（居易父季庚）卒於襄陽官舍。府君自徐徙佐衢，又徙襄。公有《遊襄陽懷孟浩然》詩，或是隨侍時作。」
〔襄陽〕《舊唐書·地理志二》山南東道：「襄州緊上，隋襄陽郡。武德四年，平王世充，改爲襄州，因隋舊名。領襄陽、安養、漢南、義清、南漳、常平六縣。州置山南道行臺，……上元二年，置襄州節度使，領襄、鄧、均、房、金、商等州，自後爲山南東道節度使治所。」
〔孟浩然〕《舊唐書·文苑傳下·孟浩然》：「孟浩然，隱鹿門山，以詩自適。年四十來遊京師，應進士不第，還襄陽。張九齡鎮荆州，署爲從事，與之唱和。不達而卒。」殷璠《河嶽英靈集》卷中：「余嘗謂禰衡不遇，趙壹無禄，其過在人也。及觀襄陽孟浩然罄折謙退，才名日高，天下籍臺，竟淪落明代，終於布衣，悲夫！浩然詩文才豐茸，經緯綿密，半遵雅調，全削凡體。」

〔秀氣結成象，孟氏之文章〕《文心雕龍·徵聖》：「精理爲文，秀氣成采。」

秋暮西歸途中書情

耿耿旅燈下，愁多常少眠。思鄉貴早發，發在雞鳴前。九月草木落，平蕪連遠山①。秋陰和曙色，萬木蒼蒼然②。去秋偶東遊，今秋始西旋。馬瘦衣裳破，别家來二年。憶歸復愁歸，歸無一囊錢。心雖非蘭膏，安得不自然③？（0428）

【校】

①〔遠山〕金澤本作「遠天」。

②〔萬木〕金澤本作「萬里」。

③〔自然〕汪本作「自燃」，金澤本作「自煎」。

【注】

朱《箋》：或作於貞元十六年（八〇〇）前後。

〔憶歸復愁歸，歸無一囊錢〕趙壹《刺世疾邪賦》：「文籍雖滿腹，不如一囊錢。」

〔心雖非蘭膏，安得不自然〕《莊子·人間世》：「山木自寇也，膏火自煎也。」《楚辭·招魂》：「蘭膏明燭，華容備些。」蕭子顯《美女篇》：「餘光幸未借，蘭膏空自煎。」

秋懷

月出照北堂，光華滿階墀。涼風從西至，草木日夜衰①。桐柳減綠陰，蕙蘭銷碧滋。感物私自念，我心亦如之②。安得長少壯，盛衰迫天時。人生如石火，爲樂常苦遲。（0429）

【校】

①〔日夜衰〕金澤本、管見抄本作「日暮衰」。

②〔我心〕金澤本、管見抄本作「我身」。

【注】

朱《箋》：或作於貞元十六年（八〇〇）前後。

〔桐柳減綠陰，蕙蘭銷碧滋〕《古詩十九首》：「傷彼蕙蘭花，含英揚光輝。過時而不採，將隨秋草萎。」

〔人生如石火，爲樂常苦遲〕《相和歌辭·滿歌行》：「命如鑿石見火，居世竟能幾時。但當歡樂自娛，盡心極所嬉怡。」潘岳《河陽縣作二首》：「人生天地間，百歲孰能要。熲如槁石火，瞥若截道梠。」

贈別楊穎士盧克柔殷堯藩①

倦鳥暮歸林，浮雲晴歸山。獨有行路子，悠悠不知還。人生苦營營，終日羣動間。所務雖不同，同歸於不閑。扁舟來楚鄉，疋馬往秦關。離憂繞心曲，宛轉如循環。且持一杯酒，聊以開愁顔。（0430）

【校】

①〔題〕紹興本等無「贈」字，據金澤本、管見抄本補。

【注】

朱《箋》：「或作於貞元十六年（八〇〇）前後，蓋居易進士及第後即遊江南，詩云『扁舟來楚鄉』，或即是時。」按，「楚鄉」指徐州。本書卷二十《醉中酬殷協律》（1361）：「泗水城邊一分散，浙江樓上重遊陪。揮鞭二十年前別，命駕三千里外來。」蓋貞元間曾與殷堯藩聚會於徐州。

〔楊穎士〕見卷五《題楊穎士西亭》（0206）注。

〔盧克柔〕未詳。

〔殷堯藩〕《唐才子傳》卷六：「堯藩，秀州人。爲性簡靜，眉目如畫。工詩文，耽丘壑之趣。嘗曰：『吾一日不見山水，與俗人談，便覺胸次塵土堆積，急呼濁醪澆之，聊解穢耳。』元和九年韋貫之放榜，堯藩落第，楊尚書大爲稱屈料理，因擢進士。數年，爲永樂縣令。一舸之官，彈琴不下堂，而人不忍欺。雍陶寄詩曰……。及與沈亞之、馬戴爲詩友，贈答甚多。後仕終侍御史。」事亦見《唐摭言》卷八等。

〔人生苦營營，終日羣動間〕陶淵明《飲酒》：「日入羣動息，歸鳥趨林鳴。」

題贈定光上人①

二十身出家，四十心離塵。得徑入大道，乘此不退輪。一坐十五年，林下秋復春。春花與秋氣，不感無情人。我來如有悟，潛以心照身。誤落聞見中，憂喜傷形神。安得遺耳目，冥然反天真？（0431）

【校】

①〔題〕「定光」金澤本、要文抄本作「定觀」。

【注】

朱《箋》：或作於貞元十六年（八〇〇）前後。

〔定光上人〕未詳。

〔二十身出家，四十心離塵〕離塵，離塵垢。塵垢，煩惱之異譯。《楞嚴經》卷六：「遠離塵垢，得法眼淨。」

〔得徑入大道，乘此不退輪〕不退輪，不退轉法輪。《維摩經・佛國品》：「逮無所得，不起法忍，已能隨順，轉不退輪。」

〔我來如有悟，潛以心照身〕《圓覺經》：「善男子，若心照見，一切覺者，皆爲塵垢。」

〔誤落聞見中，憂喜傷形神〕《華嚴經》卷十：「聞好聞惡，心無憂喜，未曾傾動，猶如大地，是名清淨羼提波羅蜜。」北本《大般涅槃經》卷五：「無憂喜者即真解脱，真解脱者即是如來。」

〔安得遺耳目，冥然反天真〕《莊子・大宗師》：「忘其肝膽，遺其耳目，反覆終始，不知端倪。」

祗役駱口驛喜蕭侍御書至兼覩新詩吟諷通宵因寄八韻　時爲盩厔尉。

日暮心無憀①，吏役正營營。忽驚芳信至，復與新詩并。是時天無雲，山館有月明。月下讀數遍，風前吟一聲。一吟三四歎，聲盡有餘清。雅哉君子文，詠性不詠情。使我靈府中，鄙悋不得生。始知聽韶濩②，可使心和平。（0432）

【校】

①〔無憀〕金澤本作「無聊」。

②〔始知〕金澤本作「始信」。

【注】

汪《譜》、朱《箋》：作於元和元年（八〇六），盩厔。

〔祗役〕見卷五《祗役駱口因與王質夫同遊秋山偶題三韻》（0180）注。

〔駱口〕見卷五《祗役駱口因與王質夫同遊秋山偶題三韻》（0180）注。

〔蕭侍御〕見卷五《見蕭侍御憶舊山草堂詩因以繼和》（0181）注。

〔日暮心無憀，吏役正營營〕無憀，無憀賴。《顏氏家訓·風操》：「今人避諱，更急于古。凡名子者，當爲孫地。吾親識中有諱襄、諱友、諱同、諱清、諱和、諱禹，交疏造次，一座百犯，聞者辛苦，無憀賴焉。」

〔雅哉君子文，詠性不詠情〕《荀子·正名》：「生之所以然者謂之性。性之和所生，精合感應，不事而自然謂之性。性之好、惡、喜、怒、哀、樂謂之情。」韓愈《原性》：「性也者，與生俱生也。情也者，接于物而生也。」

〔使我靈府中，鄙恡不得生〕《莊子·德充符》：「故不足以滑和，不可入於靈府。」郭象注：「靈府者，精神之宅也。」《後漢書·黄憲傳》：「同郡陳蕃、周舉常相謂曰：『時月之間不見黄生，則鄙吝之萌復存乎心。』」王羲之《蘭亭詩》：「鑑明去塵垢，止則鄙吝生。」

〔始知聽韶濩，可使心和平〕《左傳》襄公二十九年：「見舞韶濩者，曰：聖人之弘也，而猶有慙德，聖人之難也。」杜預注：「殷湯樂。」《禮記·樂記》：「故樂行而倫清，耳目聰明，血氣和平，移風易俗，天下皆寧。」

酬李少府曹長官舍見贈

低腰復斂手，心體不遑安。一落風塵下，方知爲吏難①。公事與日長上聲，宦情隨歲闌。

惆悵青袍袖，芸香無半殘。賴有李夫子，此懷聊自寬。兩心如止水，彼此無波瀾。往往簿書暇，相勸强爲歡。白馬曉蹋雪②，淥觴春暖寒③。戀月夜同宿，愛山晴共看④。野性自相近，不是爲同官。（0433）

【校】

①〔方知〕馬本、《唐音統籤》、汪本作「始知」。

②〔曉蹋雪〕馬本、《唐音統籤》、汪本作「晚蹋雪」。

③〔淥觴〕馬本、《唐音統籤》、汪本作「緑觴」。平岡校：「淥緑通用。惟此緑觴與上句白馬爲對，不如從緑。」

④〔共看〕馬本、《唐音統籤》作「可看」。

【注】

朱《箋》：作於元和元年（八〇六），盩厔。

〔李少府〕朱《箋》：「當係與居易同官盩厔之另一縣尉，名未詳。」

〔一落風塵下，方知爲吏難〕風塵吏，見卷一《初授拾遺》（0014）注。

〔惆悵青袍袖，芸香無半殘〕芸香，見本卷《西明寺牡丹花時憶元九》（0389）注。

〔兩心如止水，彼此無波瀾〕《莊子·德充符》：「仲尼曰：『人莫鑑於流水而鑑於止水，唯止能止衆止。』」柳晋《天台國清寺智者禪師碑文》：「護戒如明珠，安心若止水。」劉禹錫《和僕射牛相公寓言二首》：「心如止水鑑常明，見盡人間萬物情。」

留別

秋凉卷朝簟，春暖撤夜衾。雖是無情物，欲別尚沉吟。況與有情別，別隨情淺深。二年歡笑意①，一旦東西心。獨留誠可念，同行力不任。前事詎能料，後期諒難尋。唯有潺湲淚，不惜共沾衿②。（0434）

【校】

①〔歡笑意〕金澤本作「歡笑面」。

②〔沾衿〕金澤本、《全唐詩》作「霑襟」，字通。

【注】

〔前事詎能料，後期諒難尋〕前事，未來之事，尤指宦途升遷。《太平廣記》卷八四《苗晉卿》（出《幽閑鼓吹》）：「有老父坐其傍，因揖叙，以餘杯飲老父，愧謝曰：『郎君縈悒耶？寧要知前事耶？』晉卿曰：『某應舉已久，有一等分乎？』」卷一五〇李揆（出《前定錄》）：「王生曰：『君無怏怏，自此數月，當爲左拾遺。前事固不可涯也。』」盧綸《雪謗後逢李叔度》：「强得寬離恨，唯當説後期。」《太平廣記》卷三四〇《李章武》載詩：「後期杳無約，前恨已相尋。別路無行信，何因得寄心。」

曉別

曉鼓聲已半，離筵坐難久。請君斷腸歌，送我和淚酒。月落欲明前，馬嘶初別後①。浩浩暗塵中，何由見迴首？（0435）

【校】

①〔初別後〕金澤本、要文抄本作「初到後」。

【注】

〔浩浩暗塵中，何由見迴首〕蘇味道《正月十五夜》：「暗塵隨馬去，明月逐人來。」

北園

北園東風起，雜花次第開。心知須臾落，一日三四來。花下豈無酒，欲酌復遲迴。所思眇千里，誰勸我一杯？（0436）

【注】

朱《箋》：約作於元和六年（八一一）至元和十年（八一五）。按，蓋謂作於下邽，然僅據詩無由定。

惜栯李花

花細而繁，色艷而黯，亦花中之有思者。速衰易落，故惜之耳。

樹小花鮮妍，香繁條軟弱。高低二三尺，重疊千萬萼。朝艷藹霏霏，夕凋紛漠漠。辭枝朱粉細，覆地紅綃薄。由來好顏色，常苦易銷爍①。不見莨蕩花，狂風吹不落。（0437）

【校】

①〔常苦〕紹興本等作「嘗苦」，據馬本、《唐音統籤》、汪本、金澤本改。

【注】

朱《箋》：約作於元和六年（八一一）至元和十年（八一五），下邽。

〔栯李〕即郁李。潘岳《閑居賦》：「梅杏郁棣之屬，繁榮麗藻之飾。」《文選》李善注：「郁，今之郁李。……張揖《上林賦》注曰：薁，山李也。薁與郁，音義同。」《政和證類本草》卷十四：「《圖經》曰：郁李仁，本經不載。……陸機《本草疏》云：唐棣，即奧李也。一名雀梅，亦曰車下李，所在山中皆有。其華或白或赤，六月中成實，如李子，可食。今近京人家園圃植一種，枝莖作長條，花極繁密而多葉，亦謂之郁李，不堪入藥用。」

〔不見莨蕩花，狂風吹不落〕莨蕩，即莨菪。《政和證類本草》卷十：「《圖經》曰：莨菪子，生海濱川谷及雍州，今處處有之。苗莖高二三尺，葉似地黃、王不留行、紅藍等，而三指闊。四月開花，紫色，苗莢莖有白毛。五月結實，有殼，作罌子狀，如小石榴房中至細，青白色如米粒。一名天仙子。五月採子。」

照鏡

皎皎青銅鏡，斑斑白絲鬢。豈復更藏年，實年君不信。（0438）

【注】

〔豈復更藏年，實年君不信〕藏年，虛減年齡。徐凝《寄玄陽先生》：「顔貌只如三二十，道年三百亦藏年。」

新秋①

西風飄一葉，庭前颯已涼②。風池明月水③，衰蓮白露房。其奈江南夜，緜緜自此長。（0439）

【校】

①〔題〕金澤本、要文抄本作「新秋夕」。

②〔庭前〕金澤本、要文抄本作「前庭」。

③〔風池〕金澤本、要文抄本作「秋池」。

【注】

朱《箋》：約作於元和十一年（八一六）至元和十三年（八一八），江州。

夜雨

早蛩啼復歇，殘燈滅又明。隔窗知夜雨，芭蕉先有聲。（0440）

【注】

朱《箋》：約作於元和十一年（八一六）至元和十三年（八一八），江州。

〔隔窗知夜雨，芭蕉先有聲〕岑參《尋陽七郎中宅即事》：「雨滴芭蕉赤，霜催橘子黄。」朱長文《宿僧房》：「夜靜忽疑身是夢，更聞寒雨滴芭蕉。」

秋江送客

秋鴻次第過，哀猿朝夕聞。是日孤舟客，此地亦離羣。濛濛潤衣雨，漠漠冒帆雲。不醉潯陽酒①，烟波愁殺人。（0441）

【校】

①〔不醉〕金澤本作「不破」，平岡校：「當即被字之訛。」

【注】

朱《箋》：約作於元和十一年（八一六）至元和十三年（八一八），江州。

〔不醉潯陽酒，烟波愁殺人〕崔顥《黄鶴樓》：「日暮鄉關何處是，煙波江上使人愁。」

感逝寄遠　寄通州元侍御、果州崔員外、澧州李舍人、鳳州李郎中①。

昨日聞甲死，今朝聞乙死②。知識三分中，二分化爲鬼③。逝者不復見，悲哉長已矣④。存者今如何，去我皆萬里。平生知心者，屈指能有幾？通果澧鳳州，眇然四君子。相思俱老大，浮世如流水⑤。應歎舊交遊，凋零日如此。何當一杯酒，開眼笑相視？（0442）

【校】

①〔題〕題下注「元侍御」馬本、《唐音統籤》誤「嚴侍御」，「澧州」馬本、《唐音統籤》、汪本誤「灃州」，正文同。

②〔今朝〕金澤本、管見抄本作「今日」。

③〔二分〕金澤本、管見抄本作「一分」，平岡校從之。

④〔悲哉〕汪本作「悲者」。

⑤〔浮世〕金澤本、管見抄本作「將世」，平岡校從之，謂：「將，與也。」按，「將」雖有與義，然未見此種語法。

【注】

朱《箋》：約作於元和十一年（八一六）至元和十三年（八一八），江州。

〔通州元侍御〕朱《箋》：「元稹。元和十年三月，自唐州從事移任通州司馬。」《舊唐書·地理志二》山南西道：「通州上，隋通川郡。武德元年，改爲通州，領通川、宣漢、三岡、石鼓、東鄉五縣。」

〔果州崔員外、澧州李舍人〕朱《箋》：「崔韶及李建。《舊唐書·憲宗紀》：『（元和十一年九月）辛未，……禮部員外郎崔韶爲果州刺史，並爲補闕張宿所構，言與貫之朋黨故也。』白氏有《聞李十一出牧澧州崔二十二出牧果州因寄絶句》（本書卷十六0954），知李建出牧澧州亦在是年。」《舊唐書·地理志四》劍南道：「果州中，隋巴西郡之南充縣。武德四年，割隆州之南充、相如二縣置果州，以果山爲名。又置西充、郎池二縣。」《舊唐書·地理志三》江南西道：「澧州下，隋澧陽郡。武德四年，平蕭銑，置澧州，領孱陵、安鄉、澧陽、石門、慈利、崇義六縣。」

〔鳳州李郎中〕未詳。《舊唐書·地理志二》山南西道：「鳳州下，隋河池郡。武德元年，改爲鳳州。」

〔知識三分中，二分化爲鬼〕知識，相知、相識。《莊子·至樂》：「吾使司命復生子形，爲子骨肉肌膚，反子父母妻子閭里知識。」

〔相思俱老大，浮世如流水〕浮世，見卷六《聞哭者》（0251）注。

秋月

夜初色蒼然，夜深光皓然①。稍轉西廊下，漸滿南窗前。況是綠蕪地，復茲清露天。落葉聲策策，驚烏影翩翩②。棲禽尚不穩，愁人安可眠？（0443）

【校】

①〔皓然〕紹興本等作「浩然」，金澤本、要文抄本作「晧然」，管見抄本作「皓然」。晧同皓，據改。

②〔鷩鳥〕馬本、《唐音統籤》、汪本作「驚鳥」。

【注】

朱《箋》：約作於元和十一年（八一六）至元和十三年（八一八），江州。

〔況是綠蕪地，復茲清露天〕崔顥《維揚送友還蘇州》：「長安南下幾程途，得到邗溝弔綠蕪。」

〔落葉聲策策，鷩鳥影翩翩〕策策，見卷六《冬夜》（0258）注。庾信《奉和趙王喜雨詩》：「鷩鳥灑翼度，濕雁斷行來。」柳宗元《感遇二首》：「西陸動涼氣，鷩鳥號北林。」

白居易詩集校注卷第十

感傷二　　古調詩五言　七十八首①

朱陳村

徐州古豐縣，有村曰朱陳②。去縣百餘里，桑麻青氛氳。機梭聲札札，牛驢走紜紜③。女汲澗中水，男採山上薪。縣遠官事少，山深人俗淳。有財不行商，有丁不入軍。家家守村業④，頭白不出門。生爲陳村民⑤，死爲陳村塵⑥。田中老與幼，相見何欣欣。一村唯兩姓，世世爲婚姻。其村唯朱陳二姓而已。親疏居有族，少長游有羣。黄雞與白酒，歡會不隔旬。生者不遠别，嫁娶先近隣。死者不遠葬，墳墓多遶村。既安生與死，不苦形與神。所以多壽考，往往見玄孫。我生禮義鄉，少小孤且貧。徒學辨是非⑦，祇自取辛勤。世法貴名教，士人重官婚⑧。以此自桎梏，信爲大謬人⑨。十歲解讀書，十五能屬文。二十舉秀才，三十爲諫臣。下有妻子累，上有君親恩。承家與事國，望此不肖身。憶昨旅遊初，迨今十五春。孤舟三適楚，羸馬四經秦。晝行有飢色，夜寢無安魂。東西不暫住，來往若浮雲⑩。離亂失故鄉，骨肉多散分。江南與江北，各有平生親。平生終日別⑪，逝者隔年聞⑫。朝憂卧至暮，夕哭坐達晨⑬。悲火燒心曲⑭，愁霜侵鬢根⑮。一生苦如此，長羨陳村民⑯。（0444）

【校】

①〔七十八首〕馬本、汪本作「凡七十八首」。

②〔曰朱陳〕「曰」《文苑英華》校：「一作名。」

③〔紜紜〕那波本、《文苑英華》作「紛紛」。

④〔村業〕《文苑英華》作「田業」。

⑤〔陳村民〕汪本、《全唐詩》作「村之民」。

⑥〔陳村塵〕汪本、《全唐詩》作「村之塵」。

⑦〔辨是非〕「辨」《文苑英華》校：「集作辯。」

⑧〔官婚〕《文苑英華》、馬本、《唐音統籤》作「冠婚」。

⑨〔大謬〕《文苑英華》校：「一作天僇。」

⑩〔來往若浮雲〕《文苑英華》校：「一作飄作風中雲。」

⑪〔平生終日別〕《文苑英華》作「存者終日別」。

⑫〔逝者〕馬本、《唐音統籤》作「近者」。

⑬〔達晨〕「達」《文苑英華》校：「一作遲。」

⑭〔悲火〕馬本、《唐音統籤》作「悲苦」。

⑮〔鬢根〕「鬢」《文苑英華》校：「一作髮。」

⑯〔陳村民〕《全唐詩》作「村中民」。

【注】

朱《箋》：約作於元和三年（八〇八）至元和五年（八一〇），徐州。按，據《白氏文集》卷四二《唐故坊州鄜城縣尉陳府君夫人白氏墓誌銘》，居易外祖母陳白氏貞元十六年「疾殁於徐州古豐縣官舍。其年冬十一月，權窆於符離縣之南偏。至元和八年春二月二十五日，改卜宅兆於華州下邽縣義津鄉北原」。蓋白家在豐縣舊有住宅，而此詩最有可能爲元和八年回徐州遷葬外祖母時所作。

〔朱陳村〕《清一統志》徐州府二：「朱陳村在豐縣東南。」明都穆《南濠詩話》：「朱陳村在徐州豐縣東南一百里深山中，民俗淳質，一村惟朱、陳二姓，世爲婚姻。白樂天有《朱陳村》三十四韻。……予每誦之，則塵襟爲之一灑，恨不生長其地。後讀坡翁《朱陳村嫁娶圖》詩云：『我是朱陳舊使君，勸農曾入杏花村。而今風物那堪畫，縣吏催錢夜打門。』則宋之朱陳，已非唐時之舊。」

〔豐縣〕《舊唐書·地理志一》河南道徐州：「豐，漢縣。北齊置永昌郡，尋省爲豐縣。」

〔黄雞與白酒，歡會不隔旬〕李白《南陵别兒童入京》：「白酒新熟山中歸，黄雞啄黍秋正肥。呼童烹雞酌白酒，兒女嬉笑牽人衣。」白居易《醉歌》（本書卷十二0603）：「誰道使君不解歌，聽唱黄雞與白日。」

〔徒學辨是非，祇自取辛勤〕《禮記·曲禮上》：「夫禮者所以定親疏，決嫌疑，別同異，明是非也。」

〔世法貴名教，士人重官婚〕《晉書·阮瞻傳》：「見司徒王戎，戎問曰：『聖人貴名教，老莊明自然，其旨同異？』瞻曰：『將無同。』」官婚，官宦婚姻。《魏書·崔光韶傳》：「至於兒女官婚榮利之事，未嘗不先以推弟。」《北齊書·魏蘭根傳》：「中年以來，有司乖實，號曰府户，役同厮養，官婚班齒，致失清流。」《新唐書·孝友傳·李知本》：「與族弟太沖俱有世閥，而太沖官婚最高。」

〔十歲解讀書，十五能屬文〕劉歆《遂初賦》序：「歆少通詩書，能屬文。」

〔二十舉秀才，三十爲諫臣〕《漢書·左周黄列傳》論：「漢初舉賢良、方正，州郡察孝廉、秀才，斯亦貢士之方也。」《舊唐書·職官志一》：「有唐已來，出身入仕者，著令有秀才、明經、進士、明法、書算。其秀才，有唐已來無其人。」此即指舉進士。

〔下有妻子累，上有君親恩〕《禮記·文王世子》：「故父在斯爲子，君在斯謂之臣，居子與臣之節，所以尊君親親也。」

〔承家與事國，望此不肖身〕《易·師·卦》：「大君有命，開國承家，小人勿用。」

〔江南與江北，各有平生親〕平生，指舊交友人。《三國志·吳書·全琮傳》注引《江表傳》：「請會邑人平生知舊、宗族六親，施散惠與。」謝靈運《山居賦》：「謝平生于知遊，棲清曠于山川。」自注：「曰與知遊別，故曰謝平生。」

〔悲火燒心曲，愁霜侵鬢根〕《詩·秦風·小戎》：「在其板屋，亂我心曲。」

讀鄧魴詩

塵架多文集，偶取一卷披。未及看姓名，疑是陶潛詩。看名知是君，惻惻令我悲。詩人多蹇厄，近日誠有之。京兆杜子美，猶得一拾遺。襄陽孟浩然，亦聞鬢成絲。嗟君兩不如，三十在布衣。擢第祿不及，新婚妻未歸。少年無疾患，溘死於路歧。天不與爵壽，唯與好文詞。此理勿復道，巧曆不能推。（0445）

【注】

朱《箋》：作於元和三年（八〇六）至元和六年（八一一），長安。

〔鄧魴〕見卷一《鄧魴張徹落第》（0044）注。

〔京兆杜子美，猶得一拾遺〕杜子美，杜甫。見卷一《初授拾遺》（0014）注。

〔襄陽孟浩然，亦聞鬢成絲〕見卷九《遊襄陽懷孟浩然》（0427）注。

〔少年無疾患，溘死於路歧〕《楚辭·離騷》：「寧溘死以流亡兮，余不忍爲此態也。」王逸注：「溘，猶奄也。」

〔此理勿復道，巧曆不能推〕《莊子·齊物論》：「一與言爲二，二與一爲三。自此以往，巧曆不能得，而況其凡乎。」

寄元九　自此後在渭村作。

晨雞纔發聲，夕雀俄斂翼。晝夜往復來，疾如出入息。非徒改年貌，漸覺無心力。自念因念君，俱爲老所逼。君年雖校少，顦顇謫南國。三年不放歸，炎瘴銷顔色。山無殺草雪①，水有含沙蜮。健否遠不知，書多隔年得。願君少愁苦，我亦加飡食。各保金石軀，以慰長相憶。（0446）

【校】

①〔殺草雪〕馬本、《唐音統籤》、汪本作「殺草霜」。

【注】

朱《箋》：作於元和七年（八一二），下邽。「汪《譜》繫於元和六年，非。」

〔元九〕元稹元和五年三月貶江陵士曹參軍，見卷一《登樂遊園望》（0026）注。

〔山無殺草雪，水有含沙蜮〕見卷二《讀史五首》之四（0098）注。

〔各保金石軀，以慰長相憶〕陸機《爲顧彦先贈婦》：「願保金石軀，慰妾長飢渴。」《飲馬長城窟行》古辭：「上言加餐食，下言長相憶。」

秋夕

葉聲落如雨，月色白似霜。夜深方獨卧，誰爲拂塵牀？（0447）

【注】

朱《箋》：作於元和六年（八一一），下邽。

夜雨

我有所念人，隔在遠遠鄉。我有所感事，結在深深腸。鄉遠去不得，無日不瞻望。腸深解不得，無夕不思量。況此殘燈夜，獨宿在空堂。秋天殊未曉，風雨正蒼蒼。不學頭陀法，前心安可忘？（0448）

【注】

朱《箋》：作於元和六年（八一一），下邽。

〔不學頭陀法，前心安可忘〕頭陀法，指佛教修行之法。參見卷二《和思歸樂》（0100）「心付頭陀經」注。《大般若經》卷三三〇：「後心起時，前心已滅，無和合義。如是前後，心心所法，進退推徵，無和合義。」

秋霽

金火不相待①，炎涼雨中變。林晴有殘蟬，巢冷無留燕。沉吟卷長簟，惻愴收團扇②。向夕稍無泥，閑步青苔院。月出砧杵動，家家擣秋練。獨對多病妻，不能理針線。冬衣殊未製，夏服行將綻。何以迎早秋，一杯聊自勸。（0449）

【校】

①〔金火〕馬本作「金木」。

②〔惻愴〕馬本、《唐音統籤》、汪本作「愴惻」。

【注】

朱《箋》：作於元和六年（八一一），下邽。

〔金火不相待，炎涼雨中變〕金火，指秋夏。《春秋繁露·天辨在人》：「故少陽因木而起，助春之生也。太陽因火而起，助夏之養也。少陰因金而起，助秋之成也。太陰因水而起，助冬之藏也。」劉禹錫《和牛相公雨後寓懷見示》：「金火交爭正抑揚，蕭蕭飛雨助清商。」元稹《秋堂夕》：「炎涼正迴互，金火鬱相乘。」

歎老三首

晨興照清鏡，形影兩寂寞。少年辭我去，白髮隨梳落。萬化成於漸，漸衰看不覺。但恐鏡中顏，今朝老於昨。人年少滿百，不得長歡樂。誰會天地心①，千齡與龜鶴？吾聞善醫者，今古稱扁鵲。萬病皆可治，唯無治老藥。（0450）

【校】

①〔誰會〕馬本、《唐音統籤》作「誰謂」。

【注】

朱《箋》：作於元和六年（八一一），下邽。

〔誰會天地心，千齡與龜鶴〕《新論·辨惑》：「夫龜稱三千歲，鶴言千歲，以人之材，何乃不如蟲鳥邪？」

〔吾聞善醫者，今古稱扁鵲〕《史記·扁鵲倉公列傳》：「扁鵲者，渤海郡鄚人也。姓秦氏，名越人。……扁鵲名聞天下。過邯鄲，聞貴婦人，即爲帶下醫。過雒陽，聞周人愛老人，即爲耳目痺醫。來入咸陽，聞秦人愛小兒，即爲小兒醫。隨俗爲變。秦太醫令李醯自知伎不如扁鵲也，使人刺殺之。至今天下言脈者，由扁鵲也。」

我有一握髮，梳理何稠直。昔似玄雲光，如今素絲色①。匣中有舊鏡，欲照先歎息。自從頭白來，不欲明磨拭。鵶頭與鶴頸，至老長如墨。獨有人鬢毛，不得終身黑。（0451）

【校】

①〔如今〕馬本、《唐音統籤》、汪本作「今如」。

【注】

〔我有一握髮，梳理何稠直〕《太平廣記》卷三八九《楊知春》（出《博異志》）：「中有玉女，儼然如生，綠髮稠直，皓齒編貝。」

前年種桃核，今歲成花樹。去歲新嬰兒，今年已學步。但驚物成長①，不覺身衰暮。去矣欲何如，少年留不住。因書今日意，偏寄諸親故。壯歲不歡娛，長年當悔悟。（0452）

【校】

①〔成長〕馬本、《唐音統籤》、汪本作「長成」。

【注】

〔壯歲不歡娛，長年當悔悟〕長年，老年，享年長久。陸機《歎逝賦》：「嗟人生之短期，孰長年之能執。」《世説新語・賢媛》：「母曰：『此材足以拔萃，然地寒，不有長年，不得申其才用。觀其形骨，必不壽，不可與婚。』武子從之。兵兒數年果亡。」

送兄弟迴雪夜

日晦雲氣黄，東北風切切。時從村南還，新與兄弟别。離襟淚猶濕①，迴馬嘶未歇。欲歸一室坐，天陰多無月。夜長火消盡，歲暮雨凝結。寂寞滿爐灰，飄零上堦雪②。對雪畫寒灰，殘燈明復滅。灰死如我心，雪白如我髮。所遇皆如此，頃刻堪愁絶。迴念入坐忘，轉憂作禪悦。平生洗心法，正爲今宵設。（0453）

【校】

①〔襟淚〕《唐音統籤》作「淚襟」。

②〔飄零〕那波本作「飄冷」。

【注】

朱《箋》：作於元和六年（八一一），下邽。

〔灰死如我心，雪白如我髮〕《莊子·齊物論》：「形固可使如槁木，而心固可使如死灰乎？」

〔迴念入坐忘，轉憂作禪悦〕坐忘，見卷六《冬夜》（0258）注。禪悦，入於禪定之愉悦。《維摩經·方便品》：「雖復飲食，而以禪悦爲味。」

〔平生洗心法，正爲今宵設〕慧遠《三法度經序》：「禪思入微者，挹清流而洗心。」

溪中早春

南山雪未盡，陰嶺留殘白。西澗冰已銷，春溜含新碧。東風來幾日，蟄動萌草拆。潛知陽和功，一日不虛擲。愛此天氣暖，來拂溪邊石。一坐欲忘歸，暮禽聲嘖嘖。蓬蒿隔桑棗，隱映烟火夕。歸來問夜飡，家人烹薺麥。（0454）

【注】

朱《箋》：作於元和七年（八一二），下邽。

〔潛知陽和功，一日不虛擲〕《史記·秦始皇本紀》之罘刻石：「時在中春，陽和方起。」

〔一坐欲忘歸，暮禽聲嘖嘖〕嘖嘖，見卷六《觀稼》（0250）注。

〔蓬蒿隔桑棗，隱映烟火夕〕隱映，見卷四《繚綾》（0153）注。

同友人尋澗花

聞有澗底花，貰得村中酒。與君來校遲，已逢摇落後。臨觴有遺恨，悵望空溪口。記取花發時，期君重攜手。我生日日老，春色年年有。且作來歲期，不知身健否①。（0455）

【校】

①〔不知〕馬本、《唐音統籤》作「未知」。

【注】

朱《箋》：作於元和七年（八一二），下邽。

〔與君來校遲，已逢摇落後〕校，同較。見卷八《病中逢秋招客夜酌》（0363）注。《楚辭·九辯》：「悲哉秋之爲氣也，蕭瑟兮草木摇落而變衰。」

登村東古冢

高低古時冢，上有牛羊道。獨立最高頭，悠哉此懷抱。迴頭向村望，但見荒田草。村人不愛花，多種粟與棗。自來此村住，不覺風光好。花少鶯亦稀，年年春暗老。（0456）

【注】

朱《箋》：作於元和八年（八一三），下邽。

夢裴相公

五年生死隔，一夕魂夢通。夢中如往日，同直金鑾宮。髣髴金紫色，分明冰玉容。勤勤相眷意，亦與平生同。既寤知是夢，憫然情未終。追想當時事，何殊昨夜中。自我學心法，萬緣成一空。今朝爲君子，流涕一霑胸①。（0457）

【校】

①〔流涕〕馬本、《唐音統籤》作「流淚」。

【注】

朱《箋》：作於元和九年（八一四），下邽。「裴垍卒於元和六年，詩云『五年生死隔』，則此詩至少應作於元和十年。然此詩意又似九年在下邽作，五年或就其大數而言也。」

〔裴相公〕朱《箋》：「裴垍。居易及元稹俱深受裴垍之知遇。」參見卷一《薛中丞》（0048）及卷六《閑居》（0231）注。

〔夢中如往日，同直金鑾宮〕金鑾宮，見卷一《賀雨》（0001）注。朱《箋》：「此句乃言與裴垍同爲翰林學士也。」永貞元年十二月二十五日，裴垍自考功員外郎充翰林學士，元和三年四月二十五日出院，拜户部侍郎。白居易元和二年十一月六日自盩厔縣尉充翰林學士，五年五月五日改京兆府户曹參軍依前充。六年四月丁母憂退居下邽。見丁居晦《重修承旨學士壁記》及岑仲勉《翰林學士壁記注補》。」

〔髣髴金紫色，分明冰玉容〕金紫，見卷六《閑居》（0231）注。鮑照《白頭吟》：「直如朱絲繩，清如玉壺冰。」韋應物《擬古詩十二首》：「中心君詎知，冰玉徒貞白。」

〔自我學心法，萬緣成一空〕《大乘本生心地觀經》卷八：「三界之中，以心爲主。能觀心者，究竟解脱。不能觀者，究竟沈淪。衆生之心，猶如大地。五穀五果，從大地生。如是心法，生世出世，善惡五趣。有學無學，獨覺菩薩，及於如來。以是因緣，三界唯心，心名爲地。一切凡夫，親近善友，聞心地法。」萬緣，一切內外業因緣起。

《頓悟入道要門論》卷上：「萬緣俱絕者，即一切法性空是也。」

晝寢

坐整白單衣，起穿黄草屨。朝飧盥漱畢，徐下堦前步。暑風微變候，晝刻漸加數。院靜地陰陰，鳥鳴新葉樹。獨行還獨卧，夏景殊未暮。不作午時眠，日長安可度？（0458）

【注】

朱《箋》：作於元和八年（八一三），下邽。

別行簡①

漠漠病眼花，星星愁鬢雪。筋骸已衰憊，形影仍分訣。梓州二千里，劍門五六月。豈是遠行時，火雲燒棧熱。何言巾上淚，乃是腸中血。念此早歸來，莫作經年別。（0459）

【校】

①〔題〕馬本、《唐音統籤》、汪本題下注：「時行簡辟盧坦劍南東川府。」

【注】

朱《箋》：作於元和九年（八一四），下邽。「盧坦，元和八年八月出爲劍南東川節度使兼領梓州刺史，行簡入幕當在元和九年五六月間。」

〔行簡〕居易弟白行簡，見卷七《對酒示行簡》（0324）注。

〔梓州二千里，劍門五六月〕《舊唐書·地理志四》劍南道：「梓州上，隋新城郡。武德元年，改爲梓州。……乾元後，分蜀爲東、西川，梓州恒爲東川節度使治所。……至京師二千九十里，至東都二千九百里。」又劍州：「劍門，聖曆二年，分普安、永歸、陰平三縣地，於方期驛城置劍門，縣界大劍山，即梁山也。其北三十里所，有小劍山。大劍山有劍閣道，三十里至劍處，張載刻銘之所。劍山東西二百三十一里。」

〔豈是遠行時，火雲燒棧熱〕蕭統《錦帶書十二月啟·蕤賓五月》：「冰雨洗梅樹之中，火雲燒桂林之上。」

觀兒戲

齠齓七八歲，綺紈三四兒。弄塵復鬭草，盡日樂嬉嬉。堂上長年客，鬢間新有絲。一看竹馬戲，每憶童騃時。童騃饒戲樂，老大多憂悲。靜念彼與此，不知誰是癡。（0460）

【注】

朱《箋》：作於元和九年（八一四），下邽。

〔齠齓七八歲，綺紈三四兒〕齓同齔。《韓詩外傳》卷一：「故男八月生齒，八歲而齠齒，十六而精化小通。女七月生齒，七歲而齔齒，十四而精化小通。」陶淵明《寄從弟敬遠文》：「相及齠齓，並罹偏咎。」

〔弄塵復鬬草，盡日樂嬉嬉〕《荆楚歲時記》：「五月五日，四民並蹋百草，今人又有鬬百草之戲。」韓愈等《城南聯句》：「蹙繩覲娥婺，鬬草擷璣珵。」

〔堂上長年客，鬢間新有絲〕長年，見本卷《歎老三首》之三（0452）注。

〔一看竹馬戲，每憶童騃時〕《世説新語·品藻》：「殷侯既廢，桓公語諸人曰：『少時與淵源共騎竹馬，我棄去，已輒取之，故當出我下。』」《文選》王融《三月三日曲水詩序》李善注引杜氏《幽求子》：「年五歲聞有鳩車之樂，七歲有竹馬之歡。」

歎常生

西村常氏子，卧疾不須臾。前旬猶訪我，今日忽云殂。時我病多暇，與之同野居。園林青藹藹，相去數里餘。村鄰無好客，所遇唯農夫。之子何如者①，往還猶勝無。于今亦已矣，可爲一長吁。（0461）

【校】

①〔何如〕馬本、《唐音統籤》作「如何」。

【注】

朱《箋》：作於元和九年（八一四），下邽。

寄元九

一病經四年，親朋書信斷。窮通合易交①，自笑知何晚。元君在荆楚，去日唯云遠②。彼獨是何人③，心如石不轉。憂我貧病身，書來唯勸勉。上言少愁苦，下道加飧飯。憐君爲謫吏，窮薄家貧褊。三寄衣食資，數盈二十萬。豈是貪衣食，感君心繾綣。念我口中食，分君身上暖。不因身病久，不因命多蹇。平生親友心，豈得知深淺？（0462）

【校】

①〔合易交〕馬本、《唐音統籤》作「各易交」。

②〔唯云遠〕汪本作「雖云遠」。

③〔是何人〕馬本、《唐音統籤》作「似何人」。

【注】

朱《箋》：作於元和九年（八一四），下邽。

〔一病經四年，親朋書信斷〕朱《箋》：「謂居易在下邽守制時所患之眼疾。是時所作之《眼暗》詩（本書卷十四

0776）云：『早年勤倦看書苦，晚歲悲傷出淚多。眼損不知都自取，病成方悟欲如何。』又《得錢舍人書問眼疾》（卷十四0793）云：『春來眼闇少心情，點盡黄連尚未平。』」

〔元君在荆楚，去日唯云遠〕元稹元和五年三月貶江陵士曹參軍，見卷一《登樂遊園望》（0026）注。

〔彼獨是何人，心如石不轉〕《詩·邶風·柏舟》：「我心匪石，不可轉也。」李益《促促曲》：「不道君心不如石，那教妾貌長如玉。」或言石可轉，或言石不轉，隨文變義。

〔三寄衣食資，數盈二十萬〕朱《箋》：「白氏丁憂家居，經濟頗感拮据，據此詩可知元稹時常予以資助。」

以鏡贈别

人言似明月，我道勝明月。明月非不明，一年十二缺。豈如玉匣裏，如水長澄澈①。月破天暗時，圓明獨不歇。我慚貌醜老，繞鬢斑斑雪。不如贈少年，迴照青絲髮。因君千里去，持此將爲别。（0463）

【校】

①〔長澄澈〕馬本、《唐音統籤》、汪本作「常清澈」。

【注】

朱《箋》：約作於元和七年（八一二）至元和八年（八一三），下邽。

〔月破天暗時，圓明獨不歇〕月破，猶言月缺。易静《兵要望江南·占月十二》其十六：「太平久，月破作三分。四海荒荒興逆叛，都緣人主寵奢昏。草寇輒稱尊。」

城上對月期友人不至

古人惜晝短，勸令秉燭遊。况此迢迢夜，明月滿西樓。復有盈樽酒①，置在城上頭。期君君不至，人月兩悠悠。照水烟波白，照人肌髮秋。清光正如此，不醉即須愁。（0464）

【校】

①〔盈樽〕馬本、《唐音統籤》作「樽中」，汪本作「尊中」。

【注】

朱《箋》：約作於元和七年（八一二）至元和八年（八一三），下邽。

〔古人惜晝短，勸令秉燭遊〕《古詩十九首》：「晝短苦夜長，何不秉燭遊。」

念金鑾子二首

衰病四十身，嬌癡三歲女。非男猶勝無，慰情時一撫。一朝捨我去，魂影無處所。况念夭化時①，嘔啞初學語。始知骨肉愛，乃是憂悲聚。唯思未有前，以理遣傷苦。忘懷日

已久，三度移寒暑。今日一傷心，因逢舊乳母。（0465）

【校】

①〔夭化〕馬本、《唐音統籤》、汪本作「夭札」。

【注】

朱《箋》：作於元和八年（八一三），下邽。「金鑾子生於元和四年，死於元和六年，至元和八年適爲三年，故詩云：『忘懷日已久，三度移寒暑。』」

〔金鑾子〕見卷九《金鑾子晬日》（0410）注。

〔非男猶勝無，慰情時一撫〕汪立名云：「按《芥隱筆談》，樂天多用淵明詩，如『衰病四十身，嬌癡三歲女。非男猶勝無，慰情時一撫』，正用陶詩『弱女雖非男，慰情良勝無』。」按，見陶詩《和劉柴桑》。

〔始知骨肉愛，乃是憂悲聚〕《别譯雜阿含經》卷七：「世尊，此優樓頻螺聚落之中，是我愛者，則能生我憂悲苦惱，心不悦豫。」

〔唯思未有前，以理遣傷苦〕任昉《爲蕭揚州薦士表》：「叔寶理遣之談，彦輔名教之樂。」《文選》李善注：「臧榮緒《晉書》曰：衛玠字叔寶，好言玄理，拜太子洗馬。常以人有不及，可以情恕；非意相干，可以理遣。故終身不見喜愠之色。」

與爾爲父子，八十有六旬。忽然又不見，邇來三四春。形質本非實，氣聚偶成身。恩愛

元是妄，緣合暫爲親。念兹庶有悟，聊用遣悲辛。慚將理自奪①，不是忘情人。（0466）

【校】

①〔慚將〕馬本、《唐音統籤》、汪本作「暫將」。

【注】

〔形質本非實，氣聚偶成身〕《南齊書·周顒傳》：「衆生之稟此形質，以畜肌膂，皆由其積壅癡迷，沈流莫反，報受穢濁，歷苦酸長，此甘與肥，皆無明之報聚也。」《莊子·知北遊》：「人之生，氣之聚也。聚則爲生，散則爲死。」

〔恩愛元是妄，緣合暫爲親〕《楞嚴經》卷八：「因諸愛染，發起妄情。情積不休，能生愛水。」《佛説輪轉五道罪福報應經》：「因緣合會誰爲親，五戒十善除去瞋。」

〔慚將理自奪，不是忘情人〕《世説新語·傷逝》：「王戎喪兒萬子，山簡往省之，王悲不自勝。簡曰：『孩抱中物，何至於此？』王曰：『聖人忘情，最下不及情。情之所鍾，正在我輩。』」

對酒

人生一百歲，通計三萬日。何况百歲人，人間百無一。賢愚共零落，貴賤同埋没。東岱前後魂，北邙新舊骨。復聞藥誤者，爲愛延年術①。又有憂死者，爲貪政事筆。藥誤不得老，憂死非因疾。誰人言最靈②，知得不知失。何如會親友，飲此杯中物。能沃煩慮

銷，能陶真性出。所以劉阮輩，終年醉兀兀。（0467）

【校】

①〔延年〕馬本、《唐音統籤》作「長生」。

②〔誰人言〕馬本、《唐音統籤》、汪本作「誰言人」。

【注】

朱《箋》：約作於元和七年（八一二）至元和八年（八一三），下邽。

〔東岱前後魂，北邙新舊骨〕東岱，即泰山，一作太山，又名岱宗、岱山。古代傳説泰山主人生死。《相和歌辭·怨詩行》：「嘉賓難再遇，人命不可續。齊度遊四方，各繫太山錄。人間樂未央，忽然歸東岱。」劉楨《贈五官中郎將》：「常恐遊岱宗，不復見故人。」《文選》李善注：「《援神契》曰：太山，天地孫也，主召人魂。」北邙，北邙山。見卷一《孔戡》（0003）注。

〔復聞藥誤者，爲愛延年術〕《古詩十九首》：「人生忽如寄，壽無金石固。萬歲更相送，賢聖莫能度。服食求神仙，多爲藥所誤。不如飲美酒，被服紈與素。」

〔所以劉阮輩，終年醉兀兀〕劉、阮，劉伶、阮籍。見卷五《效陶潛體詩十六首》「楚王疑忠臣」首（0222）注。

渭村雨歸

渭水寒漸落，離離蒲稗苗。閑傍沙邊立，看人刈葦苕。近水風景冷，晴明猶寂寥。復兹

夕陰起，野思重蕭條。蕭條獨歸路，暮雨濕村橋。（0468）

【注】

朱《箋》：約作於元和七年（八一二）至元和八年（八一三），下邽。

〔渭村〕朱《箋》：「居易故鄉下邽義津鄉金氏村（俗名紫蘭村）。」見卷九《重到渭上舊居》（0420）注。

諭懷

黑頭日已白，白面日已黑。人生未死間，變化何終極。常言在己者，莫若形與色。一朝改變來，止遏不能得。況彼身外事，悠悠通與塞。（0469）

【注】

朱《箋》：約作於元和七年（八一二）至元和八年（八一三），下邽。

〔黑頭日已白，白面日已黑〕《寒山詩注》一五六首：「寒山有躶蟲，身白而頭黑。」又佚〇三首：「人是黑頭蟲，剛作千年調。」

喜友至留宿

村中少賓客，柴門多不開。忽聞車馬至，云是故人來。況值風雨夕，愁心正悠哉。願君且同宿，盡此手中杯。人生開口笑，百年都幾迴？（0470）

【注】

朱《箋》：約作於元和七年（八一二）至元和八年（八一三），下邽。

〔人生開口笑，百年都幾迴〕《莊子·盜跖》：「人上壽百歲，中壽八十，下壽六十，除病瘦死喪憂患，其中開口而笑者，一月之中，不過四五日而已矣。」

西原晚望

花菊引閑行①，行上西原路。原上晚無人，因高聊四顧。南阡有烟火②，北陌連墟墓。村鄰何蕭疏③，近者猶百步④。吾廬在其下，寂寞風日暮。門外轉枯蓬，籬根伏寒兔。故園汴水上，離亂不堪去。近歲始移家，飄然此村住。新屋五六間，古槐八九樹。便是衰病身，此生終老處⑤。（0471）

【校】

①〔閑行〕馬本、《唐音統籤》作「閑步」。

②〔南阡〕馬本、《唐音統籤》作「南陌」。

③〔蕭疏〕馬本、《唐音統籤》作「蕭條」。

④〔猶百步〕馬本、《唐音統籤》作「無百步」。

⑤〔此生〕馬本、《唐音統籤》作「此身」。

【注】

朱《箋》：約作於元和七年（八一二）至元和八年（八一三），下邽。

〔故園汴水上，離亂不堪去〕朱《箋》：「指符離舊居。貞元二十年暮春，居易遷洛陽之家於故鄉下邽金氏村舊居。」參見白居易《泛渭賦》序（《白氏文集》卷三八）。

感鏡

美人與我別，留鏡在匣中。自從花顏去，秋水無芙蓉。經年不開匣，紅埃覆青銅。今朝一拂拭，自照顦顇容①。照罷重惆悵，背有雙盤龍②。（0472）

【校】

①〔自照〕馬本、《唐音統籤》、汪本作「自顧」。

②〔背有〕馬本、《唐音統籤》作「背後」。

【注】

朱《箋》：約作於元和七年（八一二）至元和八年（八一三），下邽。按，此詩之「美人」蓋非泛指，或與居易早年戀愛有關。參見本卷《感情》（0508）等詩注。

〔自從花顔去，秋水無芙蓉〕沈約《攜手曲》：「斜簪映秋水，開鏡比春妝。」

〔照罷重惆悵，背有雙盤龍〕蕭子顯《日出東南隅行》：「明鏡盤龍刻，簪羽鳳凰雕。」庾信《鏡賦》：「鏤五色之盤龍，刻千年之古字。」

村居卧病三首

戚戚抱羸病，悠悠度朝暮。夏木纔結陰，秋蘭已含露。前日巢中卵，化作雛飛去。昨日穴中蟲，蜕爲蟬上樹。四時未常歇①，一物不暫住。唯有病客心，沉然獨如故。（0473）

【校】

①〔未常〕馬本、《唐音統籤》、汪本作「未嘗」。

【注】

朱《箋》：　約作於元和七年（八一二）至元和八年（八一三），下邽。

新秋久病客，起步村南道。盡日不逢人，蟲聲徧荒草。西風吹白露，野綠秋仍早。草木猶未傷，先傷我懷抱。朱顔與玄鬢，强健幾時好。況爲憂病侵，不得依年老。（0474）

種黍三十畝，雨來苗漸大。種韮二十畦，秋來欲堪刈。望黍作冬酒，留韮爲春菜。荒村百物無，待此養衰瘵。葺廬備陰雨，補褐防寒歲。病身知幾時，且作明年計。（0475）

沐浴

經年不沐浴，塵垢滿肌膚。今朝一澡濯，衰瘦頗有餘。老色頭鬢白，病形支體虚。衣寬有賸帶，髮少不勝梳。自問今年幾，春秋四十初。四十已如此，七十復何如？（0476）

【注】

朱《箋》：　約作於元和七年（八一二）至元和八年（八一三），下邽。

栽松二首

小松未盈尺，心愛手自移。蒼然澗底色，雲濕烟霏霏。栽植我年晚，長成君性遲。如何過四十，種此數寸枝①？得見成陰否，人生七十稀。（0477）

【校】

①〔數寸枝〕馬本、《唐音統籤》作「數寸株」。

【注】

朱《箋》：約作於元和七年（八一二）至元和八年（八一三），下邽。「陳《譜》繫此詩於元和六年，非是。蓋詩云『如何過四十』，則知居易栽松時已年過四十歲。」

愛君抱晚節，憐君含直文。欲得朝朝見，堦前故種君。知君死則已，不死會凌雲。（0478）

病中友人相訪

臥久不記日，南窗昏復昏。蕭條草簷下，寒雀朝夕聞。强扶牀前杖，起向庭中行。偶逢

故人至，便當一逢迎。移榻就斜日，披裘倚前楹。閑談勝服藥，稍覺有心情。（0479）

【注】

朱《箋》：作於元和八年（八一三），下邽。

自覺二首

四十未爲老，憂傷早衰惡。前歲二毛生，今年一齒落。形骸日損耗，心事同蕭索。夜寢與朝飧，其間味亦薄。同歲崔舍人，容光方灼灼。始知年與貌，衰盛隨憂樂。畏老老轉迫①，憂病病彌縛。不畏復不憂，是除老病藥。（0480）

【校】

①〔轉迫〕馬本、《唐音統籤》、汪本作「轉逼」。

【注】

汪《譜》、朱《箋》：作於元和六年（八一一），下邽。

〔同歲崔舍人，容光方灼灼〕崔舍人，朱《箋》：「指崔羣。」白居易《七年元日對酒五首》之五（本書卷三一 2205）「同歲崔何在」注：「余與吏部崔相公甲子同歲。」朱《箋》：「崔羣元和五年五月五日加庫部郎中、知制誥，充翰林學士。見岑仲勉《翰林學士壁記注補》。白氏作此詩時，羣猶未正拜中書舍人，但唐人知制誥亦得稱舍人。」

按，據岑仲勉《翰林學士壁記注補》，崔羣元和三年五月五日加庫部郎中知制誥，七年四月二十九日遷中書舍人。此詩或當作於元和七年四月後。詩中兩言年「四十」者，蓋舉其約數。

朝哭心所愛，暮哭心所親。親愛零落盡，安用身獨存？幾許平生歡，無限骨肉恩。結爲腸間痛，聚作鼻頭辛。悲來四支緩，泣盡雙眸昏。所以年四十，心如七十人。我聞浮圖教，中有解脱門。置心爲止水，視身如浮雲。斗藪垢穢衣，度脱生死輪。胡爲戀此苦，不去猶逡巡？迴念發弘願，願此見在身。但受過去報，不結將來因。誓以智惠水①，永洗煩惱塵。不將恩愛子，更種憂悲根②。（0481）

【校】

①〔智惠水〕馬本、《唐音統籤》、汪本作「智慧水」，字通。

②〔憂悲〕馬本、《唐音統籤》、汪本作「悲憂」。

【注】

〔我聞浮圖教，中有解脱門〕浮圖，又作浮屠，即佛陀之訛譯。《魏書·釋老志》：「浮屠，正號曰佛陀。佛陀與浮圖聲相近，皆西方言，其來轉爲二音。」

〔置心爲止水，視身如浮雲〕心如止水，見卷九《酬李少府曹長官舍見贈》（0433）注。《維摩經·方便品》：「是身如浮雲，須臾變滅。」

〔斗藪垢穢衣，度脱生死輪〕斗藪，同抖擻。見卷六《遊悟真寺詩一百三十韻》（0261）注。生死輪，佛教言人之生死輪轉，不脱三界六道，有如車輪。《大智度論》卷五：「生死輪載人，諸煩惱結使。大力自在轉，無人能禁止。」

〔迴念發弘願，願此見在身〕佛教稱入道所發誓願爲弘願。如敦煌本《壇經》：「今既自歸依三身佛已，與善知識，發四弘大願。」

〔但受過去報，不結將來因〕過去、見在、未來，爲佛教所謂三世。過去報，即過去世業因之果報。

〔誓以智惠水，永洗煩惱塵〕《大乘悲分陀利經》卷五：「以智慧水滅世界衆生煩惱苦結。」《楞嚴經》卷一：「一切衆生不成菩提，及阿羅漢，皆由客塵煩惱所誤。」

雨夜有念①

以道治心氣，終歲得晏然。何乃戚戚意，忽來風雨天？既非慕榮顯，又不恤飢寒。胡爲悄不樂②，抱膝殘燈前？形影暗相問，心默對以言。骨肉能幾人，各在天一端。吾兄寄宿州，吾弟客東川。南北五千里，我身在中間。欲去病未能，欲住心不安。有如波上舟，此縛而彼牽。自我向道來，于今六七年。練成不二性，銷盡千萬緣③。唯有恩愛火，往往猶熬煎。豈是藥無效，病多難盡蠲。（0482）

【校】

①〔題〕馬本、《唐音統籤》、汪本作「夜雨有念」。

②〔悄不樂〕馬本、《唐音統籤》作「苦不樂」。

③〔千萬緣〕馬本、《唐音統籤》作「萬千緣」。

【注】

朱《箋》：作於元和九年（八一四），下邽。

〔以道治心氣，終歲得晏然〕《法句譬喻經》卷一：「唯有經戒，多聞慧義，以此明道，療治心病。」

〔吾兄寄宿州〕朱《箋》：「謂其兄白幼文仍居宿州符離家中。」白居易《答户部崔侍郎書》（《白氏文集》卷四五）：「前月中，長兄從宿州來，又孤幼弟侄六七人，皆自遠至」；又《與微之書》：「長兄去夏自徐州至，又有諸院孤小弟妹六七人提挈同來。」居易兄幼文曾官浮梁縣令，蓋卸任後仍居宿州舊居，至元和十一年始攜弟侄往江州依居易。

〔吾弟客東川〕居易弟白行簡元和九年五六月赴劍南東川節度使盧坦幕，見本卷《別行簡》（0459）注。

〔練成不二性，銷盡千萬緣〕不二性，指佛性。宗寶本《壇經·行由品》：「佛言善根有二，一者常，二者無常，佛性非常非無常，是故不斷，名爲不二；一者善，二者不善，佛性非善非不善，是名不二；蘊之與界，凡夫見二，智者了達，其性無二，無二之性，即是佛性。」銷盡千萬緣，參見本卷《夢裴相公》（0457）注。

〔唯有恩愛火，往往猶熬煎〕《過去現在因果經》卷三：「王於太子，恩愛情深，憂愁盛火，常自熾然。」

寄楊六　楊攝萬年縣尉。予爲贊善大夫。

青宫官冷静，赤縣事繁劇①。一閑復一忙，動作經時隔。清觴久廢酌②，白日頓虚擲。念此忽踟躕，悄然心不適。豈無舊交結，久别或遷易。亦有新往還，相見多形迹。唯君於我分，堅久如金石。何况老大來，人情重姻戚③。會稀歲月急，此事真可惜。幾迴開口笑，便到髭鬚白。公門苦鞅掌，晝日無閑隙④。猶冀乘暝來，静言同一夕。（0483）

【校】

①〔事繁劇〕馬本作「有繁劇」。

②〔廢酌〕馬本、《唐音統籤》作「未酌」。

③〔姻戚〕馬本、《唐音統籤》作「婚戚」。

④〔晝日〕馬本、《唐音統籤》、汪本作「盡日」。

【注】

汪《譜》、朱《箋》：作於元和九年（八一四）冬，長安。

〔楊六〕朱《箋》：「楊汝士。字慕巢，虞卿從兄，居易妻兄。」新舊《唐書》有傳。

〔萬年縣〕《舊唐書·地理志一》關内道京兆府：「萬年，隋大興縣。武德元年，改爲萬年。」《新唐書·地理志一》

京兆府：「萬年，赤。」

〔贊善大夫〕《舊唐書·職官志三》東宮官屬太子左春坊：「左贊善大夫五人，正五品上。」《舊唐書·白居易傳》：「（元和）九年冬，入朝，授太子左贊善大夫。」

〔青宮官冷靜，赤縣事繁劇〕青宮，太子東宮。于仲文《侍宴東宮應令詩》：「青宮列紺幰，紫陌結朱輪。」

〔亦有新往還，相見多形迹〕形迹，表面形迹，客套。陶淵明《始作鎮軍參軍經曲阿作》：「真想初在衿，誰謂形迹拘。」謝靈運《相逢行》：「結友使心曉，心曉形迹略。」朱《箋》引《敦煌變文字義通釋》，謂形迹即形則，即「世故」、「客氣」之意。

〔幾迴開口笑，便到髭鬢白〕見本卷《喜友至留宿》（0470）注。

〔公門苦鞅掌，晝日無閑隙〕《詩·小雅·北山》：「或棲遲偃仰，或王事鞅掌。」毛傳：「鞅掌，失容也。」

送春

三月三十日，春歸日復暮。惆悵問春風，明朝應不住。送春由江上，眷眷東西顧。但見撲水花，紛紛不知數。人生似行客，兩足無停步。日日進前程，前程幾多路？兵刀與水火①，盡可違之去。唯有老到來，人間無避處。感時良爲已，獨倚池南樹。今日送春心，心如別親故。（0484）

【校】

①〔兵刀〕《文苑英華》作「兵刃」。

【注】

朱《箋》：作於元和十年（八一五），長安。

哭李三

去年渭水曲，秋時訪我來。今年常樂里，春日哭君迴。哭君仰問天，天意安在哉？若必奪其壽，何如不與才？落然身後事，妻病女嬰孩。（0485）

【注】

朱《箋》：作於元和十年（八一五），長安。

〔李三〕朱《箋》：「李顧言。」見卷六《村中留李三宿》（0259）注。

〔今年常樂里，春日哭君迴〕常樂里，見卷五《常樂里閑居偶題十六韻》（0173）注。朱《箋》：「顧言居長安常樂里，元和十年春卒於此，故云。」

〔若必奪其壽，何如不與才〕《列子·力命》：「彭祖之智不出堯舜之上，而壽八百；顔淵之才不出衆人之下，而壽四八，……若是汝力之所能，奈何壽彼而夭此？」

〔落然身後事，妻病女嬰孩〕落然，見卷六《春眠》（0230）注。

別李十一後重寄　自此後江州路上作①。

秋日正蕭條，驅車出蓬蓽。迴望青門道，目極心鬱鬱。豈獨戀鄉土，非關慕簪紱。所愴別李君，平生同道術。俱承金馬詔，聯秉諫臣筆。共上青雲梯，中途一相失。江湖我方往，朝庭君不出。蕙帶與華簪，相逢是何日？（0486）

【校】

①〔題〕題下注馬本、汪本作「自此後詩在江州路上作」，《唐音統籤》作「自此後詩謫江州作」。

【注】

朱《箋》：作於元和十年（八一五），長安至江州途中。

〔李十一〕朱《箋》：「李建。建出爲澧州刺史在元和十一年韋貫之罷相後，此時當爲京兆少尹。《唐會要》卷四一左降官及流人條：『長壽三年五月三日敕：貶降官並令于朝堂謝，仍容三五日裝束。』又：『天寶五載七月六日敕：應流貶之人，皆負譴罪，如聞在路多作逗留，郡縣阿容，許其停滯，自今以後，左降官量情狀稍重者，日馳十驛以上赴任。』故居易『左降詔下，明日而東』，啓程日，僅李建一人送行。楊虞卿自鄠縣趕來，追至滻水，與居易憫然而別。參見《與楊虞卿書》（《白氏文集》卷四四）。」參見卷五《寄李十一》（0199）注。

〔江州〕見卷一《放魚》(0059)注。

〔迴望青門道，目極心鬱鬱〕青門，見卷一《寄隱者》(0058)注。

〔俱承金馬詔，聯秉諫臣筆〕《史記・滑稽列傳》：「(東方朔)據地歌曰：『陸沉于俗，避世金馬門。宮殿中可以避世全身，何必深山之中，蒿廬之下。』金馬門者，宦者署門也，門傍有銅馬，故謂之曰金馬門。」

〔共上青雲梯，中途一相失〕謝靈運《登石門最高頂》：「惜無同懷客，共登青雲梯。」

〔蕙帶與華簪，相逢是何日〕《楚辭・九歌・少司命》：「荷衣兮蕙帶，儵而來兮忽而逝。」陶淵明《和郭主簿二首》：「此事真復樂，聊用忘華簪。」王揖《在齊答弟寂》：「華簪或早，佩蕙終俱。」

初出藍田路作①

停驂問前路，路在秋雲裏②。蒼蒼縣南道③，去途從此始④。絶頂忽盤上⑤，衆山皆下視。下視千萬峰，峰頭如浪起。朝經韓公坂，夕次藍橋水。潯陽僅四千⑥，始行七十里。人煩馬蹄跙，勞苦已如此⑦。(0487)

【校】

①〔題〕《文苑英華》作「初出藍田路」。

②〔路在〕《文苑英華》作「路指」。

③〔縣南道〕《文苑英華》作「縣南山」。

④〔去途〕《文苑英華》作「險途」。

⑤〔盤上〕《文苑英華》明刊本、《全唐詩》作「上盤」。

⑥〔僅四千〕《文苑英華》作「近四千」。

⑦〔已如此〕《文苑英華》作「又如此」。

【注】

朱《箋》：作於元和十年（八一五），長安至江州途中。

〔藍田〕見卷九《初與元九別後忽夢見之及寤而書適至兼寄桐花詩悵然感懷因以此寄》（0418）注。

〔停驂問前路，路在秋雲裏〕謝朓《新亭渚別范零陵》：「停驂我悵望，輟棹子夷猶。」

〔朝經韓公坂，夕次藍橋水〕韓公坂，朱《箋》：「當在韓公堆驛附近。」按，當即韓公堆。崔滌《望韓公堆》：「韓公堆上望秦川，渺渺關山西接連。」白居易《韓公堆寄元九》（本書卷十五0860）：「韓公堆北澗西頭，冷雨涼風拂面秋。」李商隱《偶成轉韻七十二句贈四同舍》：「韓公堆上跋馬時，迴望秦川樹如薺。」《長安志》卷十六藍田縣：「韓公堆驛在縣南三十五里。」藍橋水，朱《箋》：「即藍溪水。」見卷六《遊藍田山卜居》（0247）注。

〔潯陽僅四千，始行七十里〕潯陽，見卷一《潯陽三題》（0061）注。僅，將及，見卷一《傷唐衢二首》之一（0034）注。

〔人煩馬蹄跙，勞苦已如此〕揚雄《太玄經》：「駟馬跙跙，而更其御。」《玉篇》：「行不進也。」

仙娥峰下作

我爲東南行，始登商山道。商山無數峰，最愛仙娥好。參差樹若插，匼匝雲如抱。渴望寒玉泉，香聞紫芝草。青崖屏削碧①，白石牀鋪縞。向無如此物，安足留四皓？感彼私自問，歸山何不早？可能塵土中，還隨衆人老？（0488）

【校】

①〔青崖〕《文苑英華》作「青巖」。

【注】

朱《箋》：作於元和十年（八一五），長安至江州途中。

〔仙娥峰〕《清一統志》商州：「西巖山在州西十里，山麓有西巖洞，甚深邃。其對峙者曰吸秀山，一名仙娥峰。」韓琮《題商山店》：「商山驛路幾經過，未到仙娥見謝娥。」李日新《題仙娥驛》：「商山食店大悠悠，陳鶡䭔饠古餘頭。」

〔參差樹若插，匼匝雲如抱〕匼匝，重疊、環繞。鮑照《代白紵舞歌詞》：「雕屏匼匝組帷舒。」《寒山詩注》二六四首：「匼匝幾重山，迴還多少里。」

〔向無如此物，安足留四皓〕四皓，見卷二《答四皓廟》（0104）注。

〔可能塵土中，還隨衆人老〕可能，豈能，見卷一《夏旱》（0051）注。

微雨夜行

漠漠秋雲起，稍稍夜寒生①。但覺衣裳濕，無點亦無聲。（0489）

【校】

①〔稍稍〕馬本、《唐音統籤》作「悄悄」。

【注】

朱《箋》：作於元和十年（八一五），長安至江州途中。

再到襄陽訪問舊居

昔到襄陽日，髯髯初有髭。今過襄陽日，髭鬢半成絲。舊遊都似夢①，乍到忽如歸。東郭蓬蒿宅，荒凉今屬誰？故知多零落，閭井亦遷移。獨有秋江水，煙波似舊時。（0490）

【校】

①〔似夢〕馬本、《唐音統籤》、汪本作「是夢」。

【注】

朱《箋》：作於元和十年（八一五），長安至江州途中。

〔襄陽〕見卷九《遊襄陽懷孟浩然》（0427）注。

〔昔到襄陽日，髯髯初有髭〕何焯校：「髯髯，疑有一字誤。」按，《相和歌辭·陌上桑》：「爲人潔白皙，髯髯頗有鬢。」白詩用此。

寄微之三首

江州望通州，天涯與地末。有山萬丈高，有江千里闊。間之以雲霧，飛鳥不可越。誰知千古險，爲我二人設。通州君初到，鬱鬱愁如結。江州我方去，迢迢行未歇。道路日乖隔，音信日斷絶，因風欲寄語，地遠聲不徹。生當復相逢，死當從此別。（0491）

【注】

朱《箋》：作於元和十年（八一五），長安至江州途中。

〔江州望通州，天涯與地末〕元稹元和十年三月，自唐州從事移任通州司馬。見卷九《感逝寄遠》（0442）注。徐陵《答族人梁東海太守長孺書》：「燕南趙北，地角天涯。」

君遊襄陽日，我在長安住。今君在通州①，我過襄陽去。襄陽九里郭，樓雉連雲樹。顧此稍依依，是君舊遊處。蒼茫蒹葭水，中有潯陽路。此去更相思，江西少親故。（0492）

【校】

①〔今君〕馬本、《唐音統籤》作「君今」。

去國日已遠，喜逢物似人①。如何含此意，江上坐思君。有如河嶽氣，相合方氛氳。狂風吹中絶，兩處成孤雲。風迴終有時，雲合豈無因？努力各自愛，窮通我爾身。（0493）

【校】

①〔喜逢〕紹興本、馬本、《唐音統籤》校：「喜逢，一作稀逢。」

【注】

〔有如河嶽氣，相合方氛氳〕沈約《齊故安陸昭王碑文》：「公含辰象之秀德，體河嶽之上靈。」《文選》李善注：「《孝經援神契》曰：五嶽之精雄聖，四瀆之精仁明。」

舟中雨夜

江雲暗悠悠，江風冷脩脩。夜雨滴船背，夜浪打船頭①。船中有病客，左降向江州。（0494）

【校】

①〔夜浪〕馬本、《唐音統籤》作「風浪」。

【注】

朱《箋》：作於元和十年（八一四），長安至江州途中。

〔江雲暗悠悠，江風冷脩脩〕魏文帝甄皇后《塘上行》：「邊地多悲風，樹木何修修。」

夜聞歌者 宿鄂州。

夜泊鸚鵡洲，秋江月澄澈①。鄰船有歌者，發調堪愁絶。歌罷繼以泣，泣聲通復咽。尋聲見其人，有婦顔如雪。獨倚帆檣立，娉婷十七八。夜淚似真珠②，雙雙墮明月。借問誰家婦，歌泣何淒切。一問一霑襟③，低眉終不説④。（0495）

【校】

①〔秋江月澄澈〕汪本校：「一作江月秋澄澈。」

②〔似真珠〕馬本、《唐音統籤》作「如真珠」。

③〔霑襟〕《文苑英華》作「霑巾」。

④〔終不説〕《文苑英華》作「竟不説」。

【注】

朱《箋》：作於元和十年（八一五），長安至江州途中。

〔鄂州〕《舊唐書·地理志三》江南西道：「鄂州上，隋江夏郡。……在京師東南二千三百四十六里，至東都一千五百三十里。」

〔鸚鵡洲〕《初學記》卷八：「《輿地志》曰：夏口江中有鸚鵡洲。」《元和郡縣志》卷二七：「鸚鵡洲在（江夏）縣西南二里。」

宋洪邁《容齋三筆》卷六：「白樂天《琵琶行》，蓋在潯陽江上爲商人婦所作。而商乃買茶於浮梁，婦對客奏曲，樂天移船，夜登其舟與飲，了無所忌。豈非以其長安故倡女不以爲嫌邪？集中又有一篇，題云《夜聞歌者》，時自京城謫潯陽，宿於鄂州，又在《琵琶》之前。……然鄂州所見，亦一女子獨處，夫不在焉，瓜田李下之疑，唐人不譏也。今詩人罕談此章，聊復表出。」

何焯云：「亦自謂耳，容齋之語真癡絶。」

江樓聞砧 江州作。

江人授衣晚，十月始聞砧。一夕高樓月，萬里故園心。（0496）

【注】

朱《箋》：作於元和十年（八一五），江州。

宿東林寺

經窗燈焰短，僧爐火氣深。索落廬山夜，風雪宿東林。（0497）

【注】

朱《箋》：作於元和十一年（八一六），江州。

〔東林寺〕見卷一《潯陽三題》（0061）注。

〔索落廬山夜，風雪宿東林〕索落，別無見，據詩意當爲冷落、寂寞之義。

憶洛下故園　時淮、汝寇戎未滅。

潯陽遷謫地，洛陽離亂年。烟塵三川上，炎瘴九江邊。鄉心坐如此，秋風仍颯然。（0498）

【注】

朱《箋》：作於元和十一年（八一六），江州。

〔淮汝寇戎〕指淮西吳元濟之叛，見卷七《春遊二林寺》（0289）注。

〔潯陽遷謫地，洛陽離亂年〕《舊唐書·憲宗紀》：「（元和十年八月）丁未，淄青節度使李師道陰與嵩山僧圓淨謀反，勇士數百人伏於東都進奏院，乘洛城無兵，欲竊發焚燒宮殿而肆行剽掠。小將楊進、李再興告變，留守呂元膺乃出兵圍之，賊突圍而出，入嵩岳，山棚盡擒之」；「（十二月）甲辰，李愿擊敗李師道之衆九千，斬首二千級。壬子，東都留守呂元膺請募置三河子弟以衛宮城。」

〔烟塵三川上，炎瘴九江邊〕三川，此指河南。《史記·秦本紀》：「秦界至大梁，初置三川郡。」集解：「韋昭曰：有河、洛、伊，故曰三川。」

贈別崔五

朝送南去客，暮迎北來賓。孰云當大路，少遇心所親。勞者念息肩，熱者思濯身。何如愁獨日①，忽見平生人。平生已不淺，是日重殷勤。問從何處來，及此江亭春。江天春多陰②，夜月隔重雲③。移樽樹間飲，燈照花紛紛。一會不易得，餘事何足云。明旦又分手，今夕且歡忻。（0499）

【校】

①〔愁獨日〕馬本、《唐音統籤》作「獨愁日」。

②〔多陰〕馬本、《唐音統籤》作「多雲」。

③〔重雲〕馬本、《唐音統籤》作「重陰」。

④〔明旦〕那波本作「明朝」。

【注】

朱《箋》：作於元和十一年（八一六），江州。

〔崔五〕未詳。

〔勞者念息肩，熱者思濯身〕《左傳》襄公二年：「鄭成公疾，子駟請息肩于晉。」《後漢書·光武帝紀》：「帝在兵間久，厭武事，且知天下疲耗，思樂息肩。」

〔何如愁獨日，忽見平生人〕平生，友人。見本卷《朱陳村》（0444）注。

春晚寄微之

三月江水闊，悠悠桃花波。年芳與心事，此地共蹉跎①。南國方讁謫，中原正兵戈。眼前故人少，頭上白髮多。通州更迢遞，春盡復如何？（0500）

【校】

①〔共蹉跎〕馬本、《唐音統籤》作「兩蹉跎」。

【注】

朱《箋》：作於元和十一年（八一六），江州。

〔三月江水闊，悠悠桃花波〕《漢書·溝洫志》：「如使不及今冬成，來春桃華水盛，必羨溢，有填淤反壤之害。」顔師古注：「蓋桃方華時，既有雨水，川谷冰泮，衆流猥集，波瀾盛長，故謂之桃華水耳。」

〔年芳與心事，此地共蹉跎〕沈約《三月三日率爾成篇》：「麗日屬元巳，年芳具在斯。」

〔通州更迢遞，春盡復如何〕元稹元和十年三月，自唐州從事移任通州司馬。見卷九《感逝寄遠》（0442）注。

漸老

今朝復明日，不覺年齒暮。白髮逐梳落，朱顔辭鏡去。當春頗愁寂，對酒寡歡趣。遇境多愴辛，逢人益敦故①。形質屬天地，推遷從不住。所怪少年心，銷磨落何處？（0501）

【校】

①〔益敦故〕那波本作「少舊故」。

【注】

朱《箋》：作於元和十一年（八一六），江州。

〔形質屬天地，推遷從不住〕形質，見本卷《念金鑾子二首》之二（0466）注。陶淵明《榮木詩序》：「日月推遷，已復有夏。」

送幼史

淮右寇未散，江西歲再徂。故里干戈地，行人風雪途。此時與爾别，江畔立踟躕。（0502）

【注】

朱《箋》：作於元和十一年（八一六），江州。

〔幼史〕未詳。

〔淮右寇未散，江西歲再徂〕淮右寇，指淮西吴元濟之叛。見本卷《憶洛下故園》（0498）注。《舊唐書·憲宗紀》：「（元和十二年十月）己卯，隨唐節度使李愬率師入蔡州，執吴元濟以獻，淮西平。」

夜雪

已訝衾枕冷，復見窗户明。夜深知雪重，時聞折竹聲。（0503）

【注】

朱《箋》：作於元和十一年（八一六），江州。

寄行簡

鬱鬱眉多斂，默默口寡言。豈是顧如此，舉目誰與歡？去春爾西征，從事巴蜀間。今春我南謫，抱疾江海壖。相去六千里，地絶天邈然。十書九不達，何以開憂顔？渴人多夢飲，飢人多夢飡。春來夢何處，合眼到東川。（0504）

【注】

朱《箋》：作於元和十一年（八一六），江州。

〔行簡〕居易弟行簡元和九年赴東川盧坦幕，見本卷《别行簡》（0459）注。

〔去春爾西征，從事巴蜀間〕朱《箋》：「白行簡於元和九年春赴東川盧坦幕，居易元和十年八月貶江州，而此詩云：『去春爾西征，從事巴蜀間。今春我南謫，報疾江海壖。』時間所叙不合，疑『去春』二字乃『前春』之誤。」按，言『今春我南謫』亦與八月貶江州不合。詩人之詞，不可過泥。

〔今春我南謫，抱疾江海壖〕《史記·河渠書》：「五千頃故盡河壖棄地。」集解：「韋昭曰：壖，音而緣反，謂緣河邊地也。」

〔渴人多夢飲，飢人多夢飡〕《列子·周穆王》：「甚飽則夢與，甚飢則夢取。」

首夏

孟夏百物滋，動植一時好。麋鹿樂深林，蟲蛇喜豐草。翔禽愛密葉，游鱗悦新藻。天和遺漏處，而我獨枯槁。一身在天末，骨肉皆遠道。舊國無來人，寇戎塵浩浩。沉憂竟何益，祇自勞懷抱。不如放身心，冥然任天造。潯陽多美酒，可使杯不燥。湓魚賤如泥，烹炙無昏早。朝飯山下寺，暮醉湖中島。何必歸故鄉，茲焉可終老。（0505）

【注】

朱《箋》：作於元和十二年（八一七），江州。

〔天和遺漏處，而我獨枯槁〕《莊子·天道》：「夫明白於天地之德者，此之謂大本之宗，與天和者也。」

〔一身在天末，骨肉皆遠道〕陸機《爲顧彦先贈婦》：「東南有思婦，長歎充幽闥。借問歎何爲，佳人眇天末。」

〔不如放身心，冥然任天造〕傅翕《心王銘》：「身心性妙，用無更改。是故智者，放心自在。」《景德傳燈錄》卷六百丈懷海：「一切諸法，莫記憶，莫緣念，放捨身心，令其自在。」《易·屯·象》：「雷雨之動滿盈，天造草昧。」陸雲《歲暮賦》：「悲人生之有終兮，何天造而罔極。」

〔潯陽多美酒，可使杯不燥〕白居易《與微之書》（《白氏文集》卷四五）：「江州風候稍凉，地少瘴癘，乃至蛇虺蚊蚋，雖有甚稀。湓魚頗肥，江酒極美，其餘食物多類北地。僕門内之口雖不少，司馬之俸雖不多，量入儉用，亦可自給。身衣口食，且免求人。此二泰也。」

孟夏思渭村舊居寄舍弟

嘖嘖雀引雛，梢梢筍成竹①。時物感人情，憶我故鄉曲。故園渭水上，十載事樵牧。手種榆柳成，陰陰覆牆屋。兔隱豆苗大②，鳥鳴桑椹熟。前年當此時，與爾同遊矚。詩書課弟侄，農圃資僮僕。日暮麥登場，天晴蠶拆簇。弄泉南澗坐，待月東亭宿。興發飲數杯，悶來碁一局。一朝忽分散，萬里仍羈束。井鮒思返泉，籠鶯悔出谷。九江地卑濕，四月天炎燠。苦雨初入梅，瘴雲稍含毒。泥秧水畦稻，灰種畬田粟。已訝殊歲時，仍嗟異風俗。閑登郡樓望，日落江山綠。歸鴈拂鄉心，平湖斷人目。殊方我漂泊，舊里君幽獨。何時同一瓢，飲水心亦足。（0506）

【校】

①〔梢梢〕那波本、馬本、《唐音統籤》、汪本作「消消」。

②〔豆苗大〕馬本、《唐音統籤》作「豆苗肥」。

【注】

朱《箋》：作於元和十二年（八一七），江州。

〔渭村舊居〕見卷九《重到渭上舊居》（0420）注。

〔舍弟〕白行簡。白行簡元和九年五六月赴劍南東川節度使盧坦幕，見本卷《别行簡》（0459）注。

〔嘖嘖雀引雛，梢梢笋成竹〕嘖嘖，見卷六《觀稼》（0250）注。

〔日暮麥登場，天晴蠶拆簇〕蠶簇，見卷二《和大觜烏》（0103）注。

〔井鮒思返泉，籠鶯悔出谷〕《易・井・卦》：「井谷射鮒，甕敝漏。」孔穎達疏引子夏傳云：「井中蝦蟆，呼爲鮒魚也。」《詩・小雅・伐木》：「出自幽谷，遷于喬木。」蕭統《錦帶書十二月啓・姑洗三月》：「啼鶯出谷，爭傳求友之音。」

〔苦雨初入梅，瘴雲稍含毒〕《初學記》卷二引蕭繹《纂要》：「梅熟而雨曰梅雨。」

〔泥秧水畦稻，灰種畬田粟〕畬田，見卷二《贈友》之二（0086）注。

〔歸鴈拂鄉心，平湖斷人目〕陶淵明《丙辰歲八月中於下潠田舍穫》：「揚楫越平湖，泛隨清壑迴。」

〔何時同一瓢，飲水心亦足〕《論語・雍也》：「子曰：『賢哉，回也。一簞食，一瓢飲，在陋巷，人不堪其憂，回也不改其樂。賢哉，回也。』」《論語・述而》：「子曰：『飯疏食飲水，曲肱而枕之，樂亦在其中矣。不義而富且貴，於我如浮雲。』」

早蟬

六月初七日，江頭蟬始鳴。石楠深葉裏，薄暮兩三聲。一催衰鬢色，再動故園情。西風殊未起，秋思先秋生。憶昔在東掖，宮槐花下聽。今朝無限思，雲樹遶湓城。（0507）

【注】

朱《箋》：作於元和十二年，江州。

〔石楠深葉裏，薄暮雨三聲〕石楠，即石南。《政和證類本草》卷十四：「《圖經》曰：石南生華陰山谷，今南北皆有之。生于石上，林極有高大者。江淮間出者，葉如枇杷。葉有小刺，凌冬不凋，春生白花成簇，秋結細紅實。關隴間出者，葉似莽草，青黄色，背有紫點，雨多則併生，長及二三寸，根横細，紫色，無花實，葉至茂密。南北人多移以植亭宇，陰翳可愛，不透日氣。」李白《秋浦歌十七首》：「千千石楠樹，萬萬女貞林。」

〔憶昔在東掖，宫槐花下聽〕東掖，門下省。居易曾官左拾遺，爲門下省屬官。沈佺期《酬楊給事兼見贈臺中》：「神仙應東掖，雲霧限南宫。」

感情

中庭曬服玩，忽見故鄉履。昔贈我者誰，東鄰嬋娟子。因思贈時語，特用結終始。永願如履綦，雙行復雙止。自吾謫江郡①，飄蕩三千里。爲感長情人，提攜同到此。今朝一惆悵，反覆看未已。人隻履猶雙，何曾得相似？可嗟復可惜，錦表繡爲裏。況經梅雨來，色黯花草死。（0508）

【校】

①〔江郡〕汪本作「江都」，誤。

【注】

朱《箋》：作於元和十二年（八一七），江州。按，顧學頡《白居易和他的夫人——兼論白氏青年時期的婚姻問題和與「湘靈」的關係》（收入《顧學頡文學論集》）謂此詩爲回憶早年戀人湘靈之作，可信。參見本書卷十三《冬至夜懷湘靈》（0657）。

〔永願如履綦，雙行復雙止〕《禮記·内則》：「屨，著綦。」鄭注：「綦，屨繫也。」班婕妤《自悼賦》：「俯視兮丹墀，思君兮履綦。」

南湖晚秋

八月白露降，湖中水芳老①。旦夕秋風多，衰荷半傾倒。手攀青楓樹，足蹋黄蘆草。慘淡老容顔，冷落秋懷抱②。有兄在淮楚，有弟在蜀道。萬里何時來，烟波白浩浩。（0509）

【校】

①〔水芳老〕馬本作「水方老」，《唐音統籤》作「水落早」。

②〔冷落〕馬本、《唐音統籤》、汪本作「零落」。

【注】

朱《箋》：作於元和十二年（八一七），江州。按，居易兄幼文元和十一年攜家往江州依居易，據詩中「有兄在淮楚」句，詩當作於此前。然元和十年八月，居易尚未至江州。至元和十二年閏五月，幼文即卒于江州，見《白氏文集》卷四十《祭浮梁大兄文》。此詩當作於元和十一年（八一六）。《答户部崔侍郎書》（《白氏文集》卷四五）云：「奉八月十七日書」，又云：「自到潯陽，忽已周歲」，「前月中，長兄從宿州來」。此書當作於九、十月間，而幼文至江州當在八、九月間。此詩即作於幼文將至之時。《與微之書》（《白氏文集》卷四五）：「長兄去夏自徐州至」，所記不確。

〔南湖〕鄱陽湖。見卷一《放魚》（0059）注。

〔手攀青楓樹，足蹋黄蘆草〕張九齡《雜詩五首》：「浦上青楓林，津傍白沙渚。」劉長卿《餘干旅舍》：「摇落暮天迥，青楓霜葉稀。」王昌齡《九江口作》：「驛門是高岸，望盡黄蘆洲。」

〔有兄在淮楚，有弟在蜀道〕居易兄幼文元和十一年自宿州往江州依居易，見本卷《雨夜有念》（0482）注。居易弟行簡元和九年五六月赴劍南東川節度使盧坦幕，見本卷《别行簡》（0459）注。

郡廳有樹晚榮早凋人不識名因題其上

潯陽郡廳後，有樹不知名。秋先梧桐落，春後桃李榮。五月始萌動①，八月已凋零。左右皆松桂，四時鬱青青。豈量雨露恩，霑濡不均平。榮枯各有分，天地本無情。顧我亦

相類②，早衰向晚成。形骸少多病，三十不豐盈。毛鬢早改變，四十白髭生。誰教兩蕭索，相對此江城？（0510）

【校】

①〔萌動〕馬本、《唐音統籤》作「榮動」。

②〔顧我〕馬本、《唐音統籤》作「而我」。

【注】

朱《箋》：作於元和十二年（八一七），江州。

〔榮枯各有分，天地本無情〕顔延之《秋胡詩》：「孰知寒暑積，黽勉見榮枯。」《文選》李善注：「程曉《女典》曰：春榮冬枯，自然之理。」

〔誰教兩蕭索，相對此江城〕王延壽《王孫賦》：「時遼落以蕭索，乍睥睨以容與。」陶淵明《自祭文》：「天寒夜長，風氣蕭索。」

感秋懷微之

葉下湖又波①，秋風此時至。誰知濩落心，先納蕭條氣。推移感流歲②，漂泊思同志。昔爲烟霄侶③，今作泥塗吏。白鷗毛羽弱，青鳳文章異。各閉一籠中④，歲晚同顦顇。（0511）

【校】

①〔又波〕馬本、《唐音統籤》作「有波」。

②〔推移〕那波本作「推遷」。

③〔煙霄〕馬本、《唐音統籤》作「煙霞」。

④〔各閉〕汪本作「各閑」。

【注】

朱《箋》：作於元和十二年（八一七），江州。

〔葉下湖又波，秋風此時至〕《楚辭·九歌·湘夫人》：「嫋嫋兮秋風，洞庭波兮木葉下。」

〔誰知濩落心，先納蕭條氣〕濩落，同瓠落。《莊子·逍遥遊》：「今子有五石之瓠，何不慮以爲大樽而浮乎江湖，而憂其瓠落無所容。」《釋文》：「簡文曰：瓠落，猶廓落也。」杜甫《自京赴奉先縣詠懷》：「居然成濩落，白首甘契闊。」

〔推移感流歲，漂泊思同志〕《韓詩外傳》卷五：「故同明相見，同音相聞，同志相從。」

因沐感髮寄朗上人二首

年長身轉慵，百年無所欲①。乃至頭上髮，經年方一沐。沐稀髮苦落，一沐仍半禿。短鬢經霜蓬，老面辭春木。强年過猶近，衰相來何速。應是煩惱多，心焦血不足。（0512）

【校】

①〔百年〕馬本、《唐音統籤》、汪本作「百事」。

【注】

朱《箋》：作於元和十二年（八一七），江州。

〔朗上人〕朱《箋》：「東林寺僧。」白居易有《春憶二林寺舊遊因寄朗滿晦三上人》（本書卷十九1211）詩。又《草堂記》（《白氏文集》卷四三）：「四月九日，與河南元集虛、范陽張允中、南陽張深之、東西二林長老湊、朗、滿、晦、堅等凡二十有二人，具齋施茶果以落之，因爲草堂記。」

〔强年過猶近，衰相來何速〕《禮記·曲禮上》：「四十曰强，而仕。」

〔應是煩惱多，心焦血不足〕《淮南子·修務訓》：「苦身勞形，焦心怖肝。」

漸少不滿把，漸短不盈尺。況茲短少中，日夜落復白。既無神仙術，何除老死籍？祇有解脱門，能度衰苦厄。掩鏡望東寺，降心謝禪客。衰白何足言，剃落猶不惜。（0513）

【注】

〔祇有解脱門，能度衰苦厄〕《維摩經·入不二法門品》：「空即無相，無相即無作，若空無相無作，則無心意識，於一解脱門即是三解脱門者，是爲入不二法門。」《心經》：「觀自在菩薩，行深般若波羅蜜多時，照見五蘊皆空，度一切苦厄。」

〔掩鏡望東寺，降心謝禪客〕東寺，朱《箋》：「東林寺。」《左傳》僖公二十八年：「今天誘其衷，使皆降心以相從也。」

早蟬

月出先照山，風生先動水。亦如早蟬聲，先入閑人耳。一聞愁意結，再聽鄉心起。渭上村蟬聲①，先聽渾相似。衡門有誰聽，日暮槐花裏。（0514）

【校】

①〔村蟬〕馬本、《唐音統籤》、汪本作「新蟬」。

【注】

朱《箋》：作於元和十三年（八一八），江州。

苦熱喜涼

經時苦炎暑①，心體但煩倦。白日一何長，清秋不可見。歲功成者去，天數極則變。潛知寒燠間，遷次如乘傳。火雲忽朝斂，金風俄夕扇。枕簟遂清涼②，筋骸稍輕健③。因思望月侶，好卜迎秋宴。竟夜無客來，引杯還自勸。（0515）

【校】

①〔炎暑〕馬本、《唐音統籤》、汪本作「炎熱」。

②〔枕簟〕馬本、《唐音統籤》作「簟枕」。

③〔輕健〕馬本、《唐音統籤》作「康健」。

【注】

朱《箋》：作於元和十三年（八一八），江州。

〔歲功成者去，天數極則變〕《春秋繁露·四時之副》：「天之道，春暖以生，夏暑以養，秋清以殺，冬寒以藏，暖暑清寒，異氣而同功，皆天之所以成歲也。」又《循天之道》：「凡天地之物，乘于其泰而生，厭于其勝而死，四時之變是也。故冬之水氣，東加于春而木生，乘其泰也；春之生，西至金而死，厭于勝也；生於木者，至金而死；生于金者，至火而死；春之所生，而不得過秋；秋之所生，不得過夏，天之數也。」

〔潛知寒燠間，遷次如乘傳〕寒燠，見卷一《春雪》（0029）注。《後漢書·律曆志》：「日週于天，一寒一暑，四時備成，萬物畢改，攝提遷次，青龍移辰，謂之歲。」

〔火雲忽朝斂，金風俄夕扇〕張協《雜詩》：「金風扇素節，丹霞啟陰期。」《文選》李善注：「西方爲秋而主金，故秋風曰金風也。」

早秋晚望兼呈韋侍御①

九派繞孤城，城高生遠思。人煙半在船，野水多於地。穿霞日脚直，驅鴈風頭利。去國來幾時，江上秋三至。夫君亦淪落，此地同飄寄。憫默向隅心②，摧頽觸籠翅。且謀眼前計，莫問胸中事。潯陽酒甚濃③，相勸時時醉。（0516）

【校】

①〔題〕那波本脱「御」字，馬本、《唐音統籤》「韋侍御」作「韋侍郎」。朱《箋》：「據白氏另二首贈韋侍御詩，則當作『韋侍御』。」

②〔憫默〕馬本、《唐音統籤》作「憫然」。

③〔潯陽〕紹興本、馬本作「尋陽」，「潯陽」亦作「尋陽」，此從那波本、《唐音統籤》、汪本。

【注】

朱《箋》：作於元和十三年（八一八），江州。

〔韋侍御〕朱《箋》：「名未詳。白氏有《清明日送韋侍御貶虔州》（本書卷十七1006）、《山中戲問韋侍御》（本書卷十七1054），與此詩俱作於江州，則詩中所指之韋侍御，當同爲一人。」

〔九派繞孤城，城高生遠思〕郭璞《江賦》：「源二分于崌崍，流九派乎潯陽。」《文選》李善注：「應劭《漢書注》曰：江自廬江潯陽，分爲九也。」

〔穿霞日脚直，驅鴈風頭利〕岑參《送李司諫歸京》：「雨過風頭黑，雲開日脚黄。」杜甫《羌村》：「崢嶸赤雲西，日脚下平地。」

〔憫默向隅心，摧頽觸籠翅〕《説苑·貴德》：「今有滿堂飲酒者，有一人獨索然向隅而泣，則一堂之人皆不樂矣。」

應瑒《侍五官中郎將建章臺集詩》：「遠行蒙霜雪，毛羽日摧頹。」左思《詠史》：「習習籠中鳥，舉翮觸四隅。」

司馬宅

雨徑緑蕪合，霜園紅葉多。蕭條司馬宅，門巷無人過。唯對大江水，秋風朝夕波。（0517）

【注】

朱《箋》：作於元和十三年（八一八），江州。

〔司馬宅〕光緒《江西通志》卷二八：「白司馬故宅，宋祥符三年十二月癸卯，令江州修白居易舊第，以廬山有居易草堂，江州有故宅，畫像猶存，故命葺之。」

司馬廳獨宿

荒涼滿庭草，偃亞侵簷竹。府吏下廳簾，家僮開被幞。數聲城上漏，一點窗間燭①。官曹冷似冰，誰肯來同宿？（0518）

【校】

①〔窗間〕馬本、《唐音統籤》作「窗前」。

【注】

朱《箋》：作於元和十三年（八一八），江州。

〔荒涼滿庭草，偃亞侵簷竹〕偃亞，低拂貌。白居易《題遺愛寺前溪松》（本書卷十七1071）：「偃亞長松樹，侵臨小石溪。」

〔府吏下廳簾，家僮開被幞〕被幞，同被襆，即以袱包裹被褥。《晉書・魏舒傳》：「時欲沙汰郎官，非其才者罷之。舒曰：『吾即其人也。』襆被而出。」白居易《和夢遊春詩一百韻》（本書卷十四0800）：「帳牽翡翠帶，被解鴛鴦襆。」

夢與李七庾三十三同訪元九①

夜夢歸長安，見我故親友。損之在我左，順之在我右。云是二月天，春風出攜手。同過靖安里，下馬尋元九。元九正獨坐，見我笑開口。還指西院花，仍開北亭酒。如言各有故，似惜歡難久。神合俄頃間，神離欠申後。覺來疑在側，求索無所有。殘燈影閃牆，斜月光穿牖。天明西北望，萬里君知否？老去無見期，踟躕搔白首。（0519）

【校】

①〔庾三十三〕岑仲勉《唐人行第錄》、朱《箋》據白他詩涉及庾敬休者多作「庾三十二」，唯此篇及《潯陽歲晚寄元八

郎中庾三十三員外》（本書卷十七1004）、元稹《酬樂天東南行》詩注作「庾三十三」，謂「三十三」當係「三十二」之訛。花房英樹據天海校本白集《東南行一百韻》（本書卷十六0902）注：「庾三十三神貌迂徐，當時亦目爲蔫庾」，謂作「三十二」者係「三十三」之誤。

【注】

朱《箋》：作於元和十三年（八一八），江州。

〔李七〕朱《箋》：「李宗閔。字損之。」新舊《唐書》有傳。

〔庾三十三〕朱《箋》：「庾敬休。字順之。」新舊《唐書》有傳。參本詩校。

〔同過靖安里，下馬尋元九〕朱《箋》：「即靖安坊。在長安朱雀門街東第二街。元稹居此，其《答姨兄胡靈之》詩注云：『予宅在靖安北街。』」《唐兩京城坊考》卷三朱雀門街東第五街新昌坊：「按微之宅在靖安里，永壽寺在永樂里，永壽之南即靖安北街。樂天下直，每自朱雀街經靖安之北，集中有《靖安北街贈李二十》詩是也。」

秋槿

風露颯已冷，天色亦黄昏。中庭有槿花，榮落同一晨。秋開已寂寞，夕殞何紛紛。正憐少顔色，後歎不逡巡①。感此因念彼，懷哉聊一陳。男兒老富貴，女子晚婚姻。頭白始得志，色衰方事人。後時不獲已，安得如青春？（0520）

【校】

①〔後歎〕馬本、《唐音統籤》、汪本作「復歎」。

【注】

朱《箋》：作於元和十三年（八一八），江州。

〔槿花〕參見卷五《贈王山人》(0203)注。

〔正憐少顏色，後歎不逡巡〕不逡巡，見卷二《贈友五首》之四(0088)注。

答元郎中楊員外喜烏見寄 四十四字成。

南宮鴛鴦地，何忽烏來止？故人錦帳郎，聞烏笑相視。疑烏報消息，望我歸鄉里。我歸應待烏頭白，慚愧元郎誤歡喜。(0521)

【注】

朱《箋》：作於元和十三年（八一八），江州。

〔元郎中〕朱《箋》：「元宗簡。」白居易《故京兆元少尹文集序》(《白氏文集》卷六八)：「居敬姓元，名宗簡，河南人。自舉進士，歷御史府、尚書郎訖京兆亞尹，凡二十年。」參見卷五《答元八宗簡同遊曲江後明日見贈》(0174)。

〔楊員外〕朱《箋》：「楊巨源。據白氏《聞楊十二新拜省郎遥以詩賀》（本書卷十七1073）……諸詩及《唐才子傳》，知元和十三年官虞部員外郎。」

〔南宫鴛鴦地，何忽烏來止〕南宫，尚書省。見卷八《思竹窗》（0343）注。鴛鴦地，謂賢者所居。鄭豐《答陸士龍詩序》：「鴛鴦，美賢也。有賢者二人，雙飛東岳，揚輝上京。其兄已顯，得登朝，而弟中漸，婆娑衡門。」

〔故人錦帳郎，聞烏笑相視〕錦帳郎，尚書省郎官。《漢官儀》：「尚書郎入直，官供錦綾被，給帳帷茵褥通中枕。」張説《李工部挽歌三首》：「錦帳爲郎日，金門待詔時。」李白《寄王漢陽》：「錦帳郎官醉，羅衣舞女嬌。」

〔疑烏報消息，望我歸鄉里〕唐人拜烏，以烏占吉凶，參見卷二《和大觜烏》（0103）注。

〔我歸應待烏頭白，慚愧元郎誤歡喜〕《史記·刺客列傳》索隱：「《燕丹子》曰：丹求歸，秦王曰：『烏頭白，馬生角，乃許耳。』丹乃仰天歎，烏頭即白，馬亦生角。」

白居易詩集校注卷第十一

感傷三　古體五言　凡五十三首

初入峽有感

上有萬仞山，下有千丈水①。蒼蒼兩崖間，闊狹容一葦。瞿唐呀直瀉，灔澦屹中峙。未夜黑巖昏，無風白浪起。大石如刀劍，小石如牙齒。一步不可行，況千三百里。自峽州至忠州，灘險相繼②，凡一千三百里。苒蒻竹篾簽音念，攲危檝師趾。一跌無完舟，吾生繫於此。常聞仗忠信，蠻貊可行矣。自古漂沈人③，豈盡非君子？況吾時與命，蹇舛不足恃。常恐不才身，復作無名死。（0522）

【校】

①〔千丈〕馬本、《唐音統籤》作「十丈」。

②〔（注）灘險〕馬本、《唐音統籤》作「艱險」。

③〔漂沈〕馬本、《唐音統籤》作「漂流」。

【注】

汪《譜》、朱《箋》：作於元和十四年（八一九），江州至忠州途中。

〔蒼蒼兩崖間，闊狹容一葦〕《詩·衛風·河廣》：「誰爲河廣，一葦杭之。」

〔瞿唐呀直瀉，灧澦屹中峙〕《太平寰宇記》卷一四八夔州：「瞿塘峽在州東一里，大西陵峽也。連崖千丈，犇流電激，州人爲之恐懼」；「灧澦堆周迴二十丈，在州西南二百步蜀江中心，瞿唐峽口。」《清一統志》夔州府一：「瞿唐峽在奉節縣東十三里，即廣溪峽也。《水經注》：江水東經廣溪峽，乃三峽之首。……《明統志》：瞿唐乃三峽之門，兩岸對峙，中貫一江，灧澦堆當其口。」《唐國史補》卷下：「蜀之三峽，河之三門，南越之惡溪，南康之贛石，皆險絶之所，自有本處人爲篙工。大抵峽路峻急，故曰：『朝發白帝，暮徹江陵。』四月五月爲尤險時，故曰：『灧澦大如馬，瞿塘不可下。灧澦大如牛，瞿塘不可留。灧澦大如幞，瞿塘不可觸。』」李白《長干行》：「十六君遠行，瞿塘灧澦堆。五月不可觸，猿聲天上哀。」班固《西都賦》：「建金城而萬雉，呀周池而成淵。」《文選》李善注：「呀，大空貌。」

〔苒蒻竹篾簽，欹危檝師趾〕苒蒻，又作荏蒻、苒弱、荏弱，柔軟貌。許詢《白麈尾銘》：「荏蒻軟潤，雲散雪飛。」歐陽詹《新都行》：「悠揚絲意去，苒蒻花枝住。」簽，竹索。武元衡《南昌灘》：「渠江明淨峽逶迤，船到名灘拽簽遲。」元稹《遭風二十韻》：「後侶逢灘方拽簽，前宗到浦已眠桅。」白居易《夜入瞿唐峽》（本書卷十八1102）：「逆風驚浪起，拔簽暗船來。」程大昌《演繁露》卷九竹簽：「《白樂天集》十一《入峽詩》曰：『苒蒻竹篾簽，欹危檝師趾。』簽即百丈也。」卷十五百丈：「杜詩舟行，多用百丈。聞之蜀人云，水峻，岸石又多廉稜，若用索牽，即遇石輒斷不耐，故劈竹爲大瓣，以麻索連貫其間，以爲牽具，是名百丈。百丈，以長言也。」檝師，槳手。孟浩然《陪張丞相自松滋江東泊渚宮》：「放溜下松滋，登舟命檝師。」盧仝《蜻蜓歌》：「篙工檝師力且武，進寸退尺莫能度。」

〔常聞仗忠信，蠻貊可行矣〕《論語·衛靈公》：「言忠信，行篤敬，雖蠻貊之邦行矣。」

〔況吾時與命，蹇舛不足恃〕庾闡《弔賈生文》：「悲矣先生，何命之蹇。懷寶如玉，而生運之淺。」

〔常恐不才身，復作無名死〕《説苑·立節》：「齊莊王且伐莒，爲車五乘之賓，而杞梁華舟獨不與焉，故歸而不食。其母曰：『汝生而無名，死而無名，則雖非五乘，孰不汝笑也？汝生而有義，死而有名，則五乘之賓盡汝下也。』」

過昭君村

村在歸州東北四十里。

靈珠産無種，彩雲出無根。亦如彼姝子，生此遐陋村。至麗物難掩，遽選入君門。獨美衆所嫉，終棄於塞垣。唯此希代色，豈無一顧恩？事排勢須去，不得由至尊。白黑既可變，丹青何足論？竟埋代北骨①，不返巴東魂。慘澹晚雲水，依俙舊鄉園。妍姿化已久，但有村名存。村中有遺老，指點爲我言。不取往者戒，恐貽來者冤。至今村女面，燒灼成瘢痕。（0523）

【校】

①〔代北〕紹興本、那波本作「岱北」，據馬本、《唐音統籤》、汪本改。

【注】

朱《箋》：作於元和十四年（八一九），江州至忠州途中。

〔昭君村〕昭君，見卷二《青冢》（0121）注。《輿地紀勝》卷七四歸州：「昭君村在州東四十里。」《清一統志》宜昌府：「昭君村在興山縣南，有昭君院。開寶元年，移興山治於此。又有昭君臺。《寰宇記》：漢王嬙即此邑之人，故曰昭君之縣。村連巫峽，是此地。」杜甫《詠懷古迹五首》：「群山萬壑赴荆門，生長明妃尚有村。」

〔歸州〕《舊唐書・地理志二》山南東道：「歸州，隋巴東郡之秭歸縣。武德二年，割夔州之秭歸、巴東二縣，分置歸州。三年，分秭歸置興山縣，治白帝城。天寶元年，改爲巴東郡。乾元元年，復爲歸州。」

〔至今村女面，燒灼成瘢痕〕曾慥《類説》卷二引《逸士傳》：「昭君村至今生女必灸其面。白樂天詩云：『至今村女面，燒灼成瘢痕。』」

自江州至忠州

前在潯陽日，已歎賓朋寡。忽忽抱憂懷，出門無處寫。今來轉深僻，窮峽巔山下。五月斷行舟，灔堆正如馬。巴人類猿狖，矍爍滿山野①。敢望見交親，喜逢似人者。（0524）

【校】

①〔矍爍〕馬本、《唐音統籤》、汪本作「矍鑠」，字通。

【注】

朱《箋》：作於元和十四年（八一九），江州至忠州途中。

〔忠州〕《舊唐書·地理志二》山南東道：「忠州，隋巴東郡之臨江縣。……貞觀八年，改臨州爲忠州。天寶元年，改爲南賓郡。乾元元年，復爲忠州。」

〔五月斷行舟，灧堆正如馬〕灧堆，灧澦堆。參見本卷《初入峽有感》（0522）注。

〔巴人類猿狖，矍爍滿山野〕《後漢書·馬援傳》：「矍鑠哉，是翁也！」李賢注：「矍鑠，勇貌也。」李白《流夜郎半道承恩放還兼欣克復之美書懷示息秀才》：「愧無秋毫力，誰念矍鑠翁。」

〔敢望見交親，喜逢似人者〕交親，見卷五《效陶潛體詩十六首》「天秋無片雲」首（0215）注。

初到忠州登東樓寄萬州楊八使君

山東邑居窄，峽牽氣候偏。林巒少平地，霧雨多陰天。隱隱煮鹽火，漠漠燒畬煙。賴此東樓夕，風月時翛然①。憑軒望所思，目斷心涓涓②。背春有去雁，上水無來船。我懷巴東守，本是關西賢③。平生已不淺，流落重相憐。水梗漂萬里，籠禽囚五年。新恩同雨

露，遠郡鄰山川。書信雖往復，封疆徒接連。其如美人面，欲見杳無緣。（0525）

【校】

①〔時倏然〕馬本、《唐音統籤》作「得倏然」。

②〔涓涓〕《唐音統籤》作「悁悁」。

③〔本是〕馬本、《唐音統籤》作「乃是」。

【注】

汪《譜》、朱《箋》：作於元和十四年（八一九），忠州。

〔東樓〕《方輿勝覽》卷六一咸淳府樓閣：「東樓，白公詩：山東邑居窄……。」《清一統志》忠州：「又城東有東樓，西有西樓，白居易皆有詩。」

〔萬州楊八使君〕朱《箋》：「萬州刺史楊歸厚。花房英樹《白氏文集の批判的研究》中之『楊萬州』及『楊使君』均誤作『楊虞卿』。白氏以元和十三年十二月二十日自江州司馬授忠州刺史，元和十五年夏召爲司門員外郎，此時期内，酬楊萬州之詩甚多。如《題郡中荔枝詩十八韻兼寄萬州楊八使君》……等詩中之『楊八』、『楊使君』、『楊萬州』均指歸厚，而非楊虞卿。蓋楊虞卿在元和末、長慶初任職京曹，固未出長州郡，至大和七年始出爲常州刺史。見《舊唐書》卷一七六本傳及《咸淳毗陵志》卷七。楊歸厚，元和七年十二月，自拾遺貶國子主簿分司，歷典萬、唐、壽、鄭、虢五州，大和六年卒於虢州任上。劉禹錫《禁中寄楊八壽州》、《寄楊虢州與之舊姻》、《寄楊八拾遺》、《寄唐州楊八歸厚》、《寄虢州楊庶子文》諸作，柳宗元《奉酬楊侍郎因送八叔拾遺戲贈詔追南來諸賓》詩，均指歸厚也。白氏又有《楊歸厚授唐州刺史制》（《白氏文集》卷五十）云：『以歸厚文行器能，辱在巴峽，勵精爲理，績茂課高，區區萬州，豈盡所用。』則知歸厚任唐州在萬州之後。又按：《劉禹錫集》外十《祭虢州楊庶子文》云：『與君交歡，已過三紀。維私之愛，與衆無比。乃命長嗣，爲君半子。誰無外姻，君實知己。』則歸厚不僅與禹錫同爲僚婿，且爲禹錫長子咸允之妻父也。」《舊唐書·地理志二》山南東道：「萬州，隋巴東郡之南浦縣。……貞觀八年，改爲萬州。天寶元年，改爲南浦郡。乾元元年，復爲萬州。」

〔隱隱煮鹽火，漠漠燒畬煙〕燒畬，見卷二《贈友五首》之二（0085）注。

〔我懷巴東守，本是關西賢〕《後漢書·楊震傳》：「楊震字伯起，弘農華陰人也。……震少好學，受《歐陽尚書》於太常桓郁，明經博覽，無不窮究。諸儒爲之語曰：關西孔子楊伯起。」

〔水梗漂萬里，籠禽囚五年〕《戰國策·齊策三》：「今者臣來，過於淄上，有土偶人與木偶人相與語，木偶人謂土偶人曰：『子，西岸之土也，挻子以爲人，至歲八月，降雨下，淄水至，則子殘矣。』土偶人曰：『不然。吾，西岸之土也，吾殘，則復西岸耳。今子，東國之桃梗也，刻削以爲人，降雨下，淄水至，流子而去，則子漂漂然將何所之也？』」

郡中

鄉路音信斷，山城日月遲。欲知州近遠，階前摘荔枝。（0526）

【注】

朱《箋》：作於元和十四年（八一九），忠州。

〔欲知州近遠，階前摘荔枝〕忠州相鄰之涪州，以産荔枝著稱。忠州亦産荔枝。《華陽國志》卷一巴志：「江州縣，郡治。……有荔枝園。至熟，二千石常設厨膳，命士大夫共會樹下食之。」《方輿勝覽》卷六一涪州：「土産荔支。《寰宇記》：地産荔支，尤勝諸郡。《圖經》：相傳城西十五里有妃子園，其地多荔支。」又咸淳府：「土産馴鹿、荔支、丹橘。」

西樓夜①

悄悄復悄悄，城隅隱林杪。山郭燈火稀，峽天星漢少。年光東流水，生計南枝鳥。月没江沈沈②，西樓殊未曉。（0527）

【校】

①〔題〕《文苑英華》作「西樓月」。

②〔江沈沈〕馬本、《唐音統籤》作「光沈沈」。

【注】

朱《箋》：作於元和十四年（八一九），忠州。

〔西樓〕朱《箋》：「在忠州城西。」《方輿勝覽》卷六一咸淳府樓閣：「西樓，白公詩：悄悄復悄悄……。」

東樓曉

脉脉復脉脉，東樓無宿客。城暗雲霧多，峽深田地窄。宵燈尚留焰，晨禽初展翮。欲知山高低，不見東方白。（0528）

【注】

朱《箋》：作於元和十四年（八一九），忠州。

〔東樓〕見本卷《初到忠州登東樓寄萬州楊八使君》（0525）注。

寄王質夫

憶始識君時，愛君世緣薄。我亦吏王畿，不爲名利著。春尋仙遊洞，秋上雲居閣①。樓觀水潺潺，龍潭花漠漠。吟詩石上坐，引酒泉邊酌。因話出處心，心期老巖壑。忽從風雨別，遂被簪纓縛。君作出山雲，我爲入籠鶴。籠深鶴殘顇②，山遠雲飄泊。去處雖不同，同負平生約。今來各何在，老去隨所託。我守巴南城，君佐征西幕。年顔漸衰颯，生計仍蕭索。方含去國愁，且羨從軍樂。舊遊疑是夢，往事思如昨。相憶春又深，故山花

正落。（0529）

【校】

①〔雲居閣〕馬本、《唐音統籤》、汪本作「雲居閤」。

②〔殘顇〕馬本、《唐音統籤》、汪本作「憔悴」。

【注】

汪《譜》、朱《箋》：作於元和十四年（八一九），忠州。

〔王質夫〕見卷五《招王質夫》（0179）注。朱《箋》：「據此詩知質夫是年在征西幕中。」

〔春尋仙遊洞，秋上雲居閣〕仙遊洞，在盩厔城南仙遊山。參見卷五《仙遊寺獨宿》（0183）注。雲居閣，即雲居寺，見卷一《雲居寺孤桐》（0011）注。

〔樓觀水潺潺，龍潭花漠漠〕樓觀，朱《箋》：「即宗聖觀，在盩厔縣東。」《元和郡縣志》卷二：「樓觀在縣東三十七里，本周康王大夫尹喜宅也。穆王爲召幽逸之人，置爲道院，相承至秦、漢皆有道士居之。晉惠帝時重置。其地舊有尹先生樓，因名樓觀。武德初改名宗聖觀。事具《樓觀本記》及《先師傳》焉。」龍潭，即仙遊潭，見卷四《黑龍潭》（0168）及卷五《仙遊寺獨宿》（0183）注。

南賓郡齋即事寄楊萬州

山上巴子城，山下巴江水。中有窮獨人，强名爲刺史。時時竊自哂，刺史豈如是？倉粟餧家人，黃縑裹妻子。忠州刺史以下悉以畬田粟給祿食，以黃絹支給充俸①。莓苔翳冠帶，霧雨霾樓雉。衙鼓暮復朝，郡齋臥還起。迴頭望南浦②，亦在煙波裏。而我復何嗟，夫君猶滯此。（0530）

【校】

①〔（注）支給充俸〕馬本、《唐音統籤》、汪本作「支俸」。

②〔迴頭〕馬本、《唐音統籤》作「迴首」。

【注】

汪《譜》、朱《箋》：作於元和十四年（八一九），忠州。

〔南賓郡〕即忠州。參見本卷《自江州至忠州》（0524）注。

〔楊萬州〕楊歸厚，見本卷《初到忠州登東樓寄萬州楊八使君》（0525）注。

〔山上巴子城，山下巴江水〕《華陽國志》卷一巴志：「武王既克殷，以其宗姬封于巴，爵之以子。古者遠國雖大，爵不過子，故吴、楚及巴皆曰子」；「巴子時雖都江州，或治墊江，或治平都，後治閬中。」《史記·張儀列傳》正義：「《括地志》云：……蜀侯都益州巴子城，在合州石鏡縣南五里，故墊江縣也。巴子都江州，在都之北，又峽州界也。」《元和郡縣志》卷三四合州石鏡縣：「巴子城在縣南五里。」《方輿勝覽》卷六一咸淳府形勝：「古巴子國，在恭、涪、夔、萬之間。」

〔倉粟餧家人，黃縑裹妻子〕唐後期外官俸料以本州縣税收爲定，并從中支取。穆宗《南郊改元德音》：「其刺史已下俸料，仍據州縣户口徵科多少，并職田祿粟作等第。」

招蕭處士

峽内豈無人，所逢非所思①。門前亦有客，相對不相知。仰望但雲樹，俯顧惟妻兒。寢食起居外，端然無所爲。東郊蕭處士，聊可與開眉。能飲滿杯酒，善吟長句詩。庭前吏散後，江畔路乾時。請君攜竹杖，一赴郡齋期。（0531）

【校】

①〔所逢〕那波本作「相逢」。

【注】

朱《箋》：作於元和十四年（八一九），忠州。「汪《譜》繫此詩於元和十五年，非是。居易離忠州赴長安約在元和十五春末夏初之際，故其《發白狗峽次黄牛峽登高寺却望忠州》（本書卷十八1172）詩云：『巴曲春全盡，巫陽雨半收。』可知是年留居忠州之時間極短暫，復參以此詩前後諸篇之時間，應繫於元和十四年。」

〔蕭處士〕朱《箋》：「白氏《送蕭處士遊黔南》詩（本書卷十八1134）亦作於元和十四年爲忠州刺史時，與此詩之『蕭處士』當同爲一人。」

〔能飲滿杯酒，善吟長句詩〕長句詩，七言詩。杜甫《蘇端薛復筵簡薛華醉歌》：「近來海内爲長句，汝與山東李白好。」《北里志》：「光遠嘗以長句詩題萊兒室曰：魚鑰獸環斜掩門……。」《南部新書》辛：「盧演爲長句，和而勗之，曰：桑扈交飛百舌忙……。」

庭槐

南方饒竹樹，唯有青槐稀。十種七八死，縱活亦支離①。何此郡庭下，一株獨華滋②？蒙蒙碧煙葉，嫋嫋黄花枝。我家渭水上，此樹蔭前墀。忽向天涯見，憶在故園時。人生有情感，遇物牽所思。樹木猶復爾，况見舊親知。（0532）

【校】

①〔支離〕馬本作「枝離」。

②〔一株〕那波本作「一樹」。

【注】

朱《箋》：作於元和十四年（八一九），忠州。

送客迴晚興

城上雲霧開，沙頭風浪定。參差亂山出，澹泞平江淨。行客舟已遠，居人酒初醒。嫋嫋

秋竹梢，巴蟬聲似磬。（0533）

【注】

朱《箋》：作於元和十四年（八一九），忠州。

〔參差亂山出，澹泞平江淨〕木華《海賦》：「百川潛渫，泱漭澹泞。」《文選》李善注：「澹泞，澄深也。」

東樓竹

蕭灑城東樓，遶樓多脩竹。森然一萬竿，白粉封青玉。卷簾睡初覺，攲枕看未足。影轉色入樓，牀席生浮綠。空城絶賓客，向夕彌幽獨。樓上夜不歸，此君留我宿。（0534）

【注】

朱《箋》：作於元和十四年（八一九），忠州。

〔森然一萬竿，白粉封青玉〕錢起《裴侍郎湘川迴以青竹簡相遺因而贈之》：「楚竹青玉潤，從來湘水陰。」劉禹錫《庭竹》：「露滌鉛粉節，風摇青玉枝。」

〔影轉色入樓，牀席生浮綠〕陳後主《朱鷺》：「參差蒲未齊，沈漾若浮綠。」

〔樓上夜不歸，此君留我宿〕《世説新語·任誕》：「王子猷嘗暫寄人空宅住，便令種竹。或問：『暫住何煩爾？』

王嘯詠良久，直指竹曰：『何可一日無此君。』」

九日登巴臺

黍香酒初熟，菊暖花未開。閑聽竹枝曲，淺酌茱萸杯。去年重陽日，漂泊湓城隈。今歲重陽日，蕭條巴子臺。旅鬢尋已白，鄉書久不來。臨觴一搔首，座客亦徘徊。（0535）

【注】

朱《箋》：作於元和十四年（八一九），忠州。

〔巴臺〕巴子臺。《方輿勝覽》卷六一咸淳府古迹：「巴子臺，在臨江縣。」《清一統志》忠州：「巴子臺在州東。」

〔閑聽竹枝曲，淺酌茱萸杯〕竹枝曲，見卷八《題小橋前新竹招客》（0362）注。《太平御覽》卷三二引《事類賦》：「重陽之日，必以糕酒登高眺迥，爲時宴之遊賞，以暢秋志。酒必採茱萸、甘菊以泛之，既醉而還。」王建《酬柏侍御答酒》：「茱萸酒法大家同，好是盛來白碗中。」

東城尋春

老色日上面，歡情日去心。今既不如昔，後當不如今。今猶未甚衰，每事力可任。花時仍愛出，酒後尚能吟。但恐如此興，亦隨日銷沈。東城春欲老，勉强一來尋。（0536）

【注】

朱《箋》：作於元和十五年（八二〇），忠州。

〔東城春欲老，勉强一來尋〕春欲老，猶言春欲暮。李頎《籬筍》：「但恐春將老，青青獨爾爲。」岑參《喜韓樽相過》：「三月灞陵春已老，故人相逢耐醉倒。」錢起《奉陪郭常侍宴滻川山池》：「鶯啼春未老，酒冷日猶長。」

江上送客

江花已萎絶，江草已銷歇。遠客何處歸，孤舟今日發。杜鵑聲似哭，湘竹斑如血。共是多感人，仍爲此中别。（0537）

【注】

朱《箋》：作於元和十五年（八二〇），忠州。

〔杜鵑聲似哭，湘竹斑如血〕《華陽國志》卷三蜀志：「後有王曰杜宇，教民務農，一號杜主。……七國稱王，杜宇稱帝，號曰望帝，……會有水災，其相開明決玉壘山以除水害。帝遂委以政事，法堯舜禪授之義，遂禪位于開明。帝升西山隱焉。時適二月，子鵑鳥鳴，故蜀人悲子鵑鳥鳴也。」左思《蜀都賦》：「碧出萇弘之血，鳥生杜宇之魄。」《文選》劉逵注引《蜀記》：「昔有人姓杜名宇，王蜀，號曰望帝。宇死。俗説云：宇化爲子規。子規，鳥名也。蜀人聞子規鳴，皆曰望帝也。」《華陽風俗錄》：「杜鵑，其大如鵲而羽烏，聲哀而吻有血，人云春至則鳴，聞其初聲者，有離別之苦，惟田家候其鳴則興農事。」張華《博物志》卷八：「堯之二女，舜之二妃，曰湘夫人。舜崩，二妃啼，以涕揮竹，竹盡斑。」

桐花

春令有常候，清明桐始發。何此巴峽中，桐花開十月？豈伊物理變，信是土宜別。地氣反寒暄，天時倒生殺。草木堅强物，所稟固難奪。風候一參差，榮枯遂乖剌①。况吾北人性，不耐南方熱。强羸壽夭間，安得依時節？（0538）

【校】

①〔乖剌〕那波本作「乖劣」。

【注】

朱《箋》：作於元和十四年（八一九），忠州。

〔春令有常候，清明桐始發〕《禮記·月令》：「季春之月，……桐始華。」參見卷二《答桐花》（0102）。

〔豈伊物理變，信是土宜別〕吳質《在元城與魏太子箋》：「觀地形，察土宜。」

〔草木堅强物，所稟固難奪〕《老子》七十六章：「人之生也柔弱，而死堅强。萬物草木生之柔脆，其死枯槁。」

〔風候已參差，榮枯遂乖剌〕《漢書·劉向傳》：「朝臣舛午，膠戾乖剌。」

早祭風伯因懷李十一舍人

遠郡雖褊陋，時祀奉朝經。夙興祭風伯，天氣曉冥冥。導騎與從吏，引我出東坰。水霧重如雨，山火高於星。忽憶早朝日，與君趨紫庭。步登龍尾道，却望終南青。一別身向老，所思心未寧。至今想在耳，玉音尚玲玲。（0539）

【注】

朱《箋》：作於元和十五年（八二〇），忠州。

〔李十一舍人〕朱《箋》：「李建。據白氏《東南行一百韻》（本書卷十六0902），建初刺澧州在元和十一年冬，前此曾以兵部郎中知制誥，見《舊唐書》卷一五五、《新唐書》卷一六二本傳。唐人知制誥亦得稱爲舍人。」參見卷五《寄李十一》（0199）注。

〔遠郡雖褊陋，時祀奉朝經〕《唐會要》卷二二祀風師雨師雷師及壽星等：「天寶四載七月二十七日敕：風伯雨師，濟時育物，謂之小祀，頗紊彝倫。去載衆星以爲中祀，永言此義，固合同升。自今以後，並宜升入中祀，仍令諸郡各置一壇，因春秋祭祀之日，同申享祠。至九月十六日敕：……其祀風伯，請用立春後丑。」

〔忽憶早朝日，與君趨紫庭〕紫庭，見卷三《驃國樂》（0141）注。

〔步登龍尾道，却望終南青〕《長安志》卷六東内大明宫：「丹鳳門内當中正殿曰含元殿，武后改爲大明殿，即龍首山之東麓也。階基高平地四十餘尺，南去丹鳳門四百餘步，中無間隔。左右寬平，東西廣五百步。龍朔二年造蓬萊宮、含光殿，又造宣政、紫宸、蓬萊三殿。……殿之左右，有砌道盤上，謂之龍尾道。」《唐兩京城坊考》卷一大明宮：「龍尾道自平地七轉，上至朝堂，分爲三層。上層高二丈，中下層各高五尺，邊有青石扶欄。上層之欄，柱頭刻螭文，謂之螭頭，左右二史所立也。諫議大夫立於此，則謂之諫議坡。兩省供奉官立於此，亦謂之蛾眉班。其中、下二層石欄，刻蓮花頂。」

〔至今想在耳，玉音尚玲玲〕曹攄《述志賦》：「飾吾冠之岌岌，美吾珮之玲玲。」

花下對酒二首

藹藹江氣春，南賓閏正月。梅櫻與桃杏，次第城上發。紅房爛簇火，素艷紛圍雪①。香惜委風飄，愁牽壓枝折。樓中老太守，頭上新白髮。冷澹病心情②，暄和好時節。故園音信斷，遠郡親賓絶。欲問花前樽，依然爲誰設？（0540）

【校】

①〔紛圍〕馬本、《唐音統籤》作「粉圍」，汪本、《全唐詩》作「粉團」。

②〔病心情〕那波本作「痛心情」。

【注】

朱《箋》：作於元和十五年（八二〇），忠州。

〔藹藹江氣春，南賓閏正月〕《新唐書·穆宗紀》：「（元和）十五年正月庚子，憲宗崩」；「閏月丙午，皇太子即皇帝位于太極殿。」南賓，忠州南賓郡，見本卷《南賓郡齋即事寄楊萬州》(0530)注。

引手攀紅櫻，紅櫻落似霰。仰首看白日，白日走如箭。年芳與時景，頃刻猶衰變。況是血肉身，安能長強健？人心苦迷執，慕貴憂貧賤。愁色常在眉，歡容不上面。況吾頭半白，把鏡非不見。何必花下杯，更待他人勸？(0541)

【注】

〔仰首看白日，白日走如箭〕謝朓《至尋陽詩》：「過客無留軫，馳暉有奔箭。」

〔人心苦迷執，慕貴憂貧賤〕《佛説巨力長者所問經》卷下：「虛妄迷執，起於貪愛。」《妙法聖念處經》卷五：「有情迷執深，增長諸煩惱。」

〔何必花下杯，更待他人勸〕錢起《崔逸人山亭》：「羨君花下酒，蝴蝶夢中飛。」

不二門

兩眼日將闇，四支漸衰瘦。束帶賸昔圍，穿衣妨去聲寬袖。流年似江水，奔注無昏晝。志氣與形骸，安得長依舊？亦曾登玉陛，舉措多紕繆。至今金闕籍①，名姓獨遺漏②。亦曾燒大藥，消息乖火候。至今殘丹砂，燒乾不成就。行藏事兩失，憂惱心交鬭。化作顛

頹翁，拋身在荒陋。坐看老病逼，須得醫王救。唯有不二門，其間無夭壽。（0542）

【校】

①〔金闕〕盧校作「金閨」，謂：「闕訛。」朱《箋》：「盧校是。」按，「金闕」變化言之，未必訛。

②〔獨遺漏〕《唐音統籤》作「猶遺漏」。

【注】

朱《箋》：作於元和十五年（八二〇），忠州。

〔流年似江水，奔注無昏晝〕張鼎《鄴城引》：「流年不駐漳河水，明月俄終鄴國宴。」獨孤及《傷春贈遠》：「去水流年日并馳，年光客思兩相隨。」杜甫《送高司直尋封閬州》：「良會苦短促，溪行水奔注。」

〔至今金闕籍，名姓獨遺漏〕金闕籍，猶言金閨籍。見卷二《傷友》（0078）注。

〔亦曾燒大藥，消息乖火候〕大藥，金丹。《抱朴子内篇·金丹》：「然大藥難卒得辦，當須且將御小者以自支持耳。」消息，生長變化。《韓詩外傳》卷一：「天地有合，則生氣有精矣；陰陽消息，則變化有時矣。」《雲笈七籤》卷六八《還金丹爐鼎火候品》第八：「《火候訣》：夫用火之訣，亦象乎陰陽二十四氣，七十二候。五日爲一候，三候爲一氣，二氣爲一月。七十二候則應二十四氣，爲十二月。」

〔至今殘丹砂，燒乾不成就〕燒乾，指以《易》象解説之金丹燒煉變化。《雲笈七籤》卷六六《金丹論》第三：「陽極乾，陰極坤，乾坤四象易之門。六十四卦修中尊，龍虎相嚙自相吞。」

〔行藏事兩失，憂惱心交鬬〕行藏，見卷二《雜感》（0122）注。《維摩經·問疾品》：「當念饒益一切衆生，憶所修福，念於淨命，勿生憂惱。」

〔坐看老病逼，須得醫王救〕醫王，指佛、菩薩。《維摩經·問疾品》：「勿生憂惱，常起精進，當作醫王療治衆病。」

〔唯有不二門，其間無夭壽〕《維摩經·入不二法門品》：「善意菩薩曰：生死涅槃爲二，若見生死性，則無生死，無縛無解，不燃不滅，如是解者，是爲入不二法門。」

我身

我身何所似，似彼孤生蓬。秋霜翦根斷，浩浩隨長風。昔遊秦雍間①，今落巴蠻中。昔爲意氣郎，今作寂寥翁②。外貌雖寂寞，中懷頗沖融。賦命有厚薄，委心任窮通。通當爲大鵬，舉翅摩蒼穹。窮則爲鷦鷯，一枝足自容。苟知此道者，身窮心不窮。（0543）

【校】

①〔昔遊〕馬本、《唐音統籤》作「昔於」。

②〔寂寥〕馬本、《唐音統籤》、汪本作「寂寞」。

【注】

朱《箋》：作於元和十五年（八二〇），忠州。

〔昔爲意氣郎，今作寂寥翁〕意氣，見卷一《大水》（0064）注。

〔賦命有厚薄，委心任窮通〕本書卷六《詠拙》（0256）：「所賦有厚薄，不可移者命。」參見該詩注。

〔通當爲大鵬，舉翅摩蒼穹〕《莊子・逍遥遊》：「北冥有魚，其名爲鯤。鯤之大，不知其幾千里也。化而爲鳥，其名爲鵬。鵬之背，不知其幾千里也；怒而飛，其翼若垂天之雲。是鳥也，海運則將徙於南冥。南冥者，天池也。」《晉書・阮修傳》：「嘗作《大鵬贊》曰：蒼蒼大鵬，誕自北溟。假精靈鱗，神化以生。如雲之翼，如山之形。海運水擊，扶摇上征。翕然層舉，背負太清。志存天地，不屑雷霆。」

〔窮則爲鷦鷯，一枝足自容〕《莊子・逍遥遊》：「鷦鷯巢於深林，不過一枝。」

哭王質夫

仙遊寺前別，別來十年餘。生別猶怏怏，死別復何如？客從梓潼來，道君死不虚。驚疑心未信，欲哭復踟躕。踟躕寢門側，聲發涕亦俱①。衣上今日淚，篋中前月書。憐君古人風，重有君子儒。篇詠陶謝輩，風衿嵇阮徒。出身既蹇連②，生世仍須臾。誠知天至高，安得不一呼？江南有毒蟒，江北有妖狐。皆享千年壽，多於王質夫。不知彼何德，不識此何辜。（0544）

【校】

①〔涕亦俱〕馬本、《唐音統籤》、汪本作「淚亦俱」。

②〔蹇連〕馬本、《唐音統籤》、汪本作「蹇迍」。

【注】

朱《箋》：作於元和十五年（八二〇），忠州。

〔王質夫〕見卷五《招王質夫》（0179）及本卷《寄王質夫》（0529）注。

〔客從梓潼來，道君死不虛〕《舊唐書·地理志四》劍南道：「梓州上，……天寶元年，改爲梓潼郡。乾元元年，復爲梓州。乾元後，分蜀爲東、西川，梓州恒爲東川節度使治所。」

〔踟躕寢門側，聲發涕亦俱〕《禮記·檀弓上》：「伯高死於衛，赴於孔子。孔子曰：『吾惡乎哭諸？兄弟，吾哭諸廟。父之友，吾哭諸廟門之外。師，吾哭諸寢。朋友，吾哭諸寢門之外。所知，吾哭諸野。……』」

〔憐君古人風，重有君子儒〕《論語·雍也》：「子謂子夏曰：『女爲君子儒，無爲小人儒。』」

〔篇詠陶謝輩，風衿嵇阮徒〕陶、謝，陶淵明、謝靈運。杜甫《江上值水如海勢聊短述》：「焉得思如陶謝手，令渠述作與同遊。」嵇、阮，嵇康、阮籍。見卷八《馬上作》（0344）注。

〔出身既蹇連，生世仍須臾〕《易·蹇·卦》：「六四，往蹇來連。」王弼注：「往則無應，來則乘剛，往來皆難。」班固《幽通賦》：「紛屯亶與蹇連兮，何艱多而智寡。」

〔江南有毒蟒，江北有妖狐〕元稹《蟲豸詩·巴蛇》：「漢帝斬蛇劍，晉時燒上天。自兹繁巨蟒，往往壽千年。」又《人道短》：「巨蟒壽千歲，天遣食牛吞象充腹腸。」《太平御覽》卷八八八引《抱朴子内篇》：「千歲之狐，預知將來。」《太平廣記》卷四四七《説狐》（出《玄中記》）：「狐五十歲，能變化爲婦人。百歲爲美女，爲神巫，或爲丈夫與女人交接，能知千里外事，善蠱魅，使人迷惑失智。千歲即與天通，爲天狐。」

東坡種花二首

持錢買花樹，城東坡上栽。但購有花者，不限桃杏梅①。百果參雜種，千枝次第開。天時有早晚，地力無高低。紅者霞豔豔，白者雪皚皚。遊蜂遂不去②，好鳥亦栖來。前有長流水，下有小平臺。時拂臺上石，一舉風前杯。花枝蔭我頭，花蘂落我懷③。獨酌復獨詠，不覺月平西④。巴俗不愛花，竟春無人來。唯此醉太守，盡日不能迴。（0545）

【校】

①〔桃杏〕《文苑英華》作「桃李」。

②〔遂不去〕馬本、《唐音統籤》、汪本作「逐不去」。

③〔落我懷〕《文苑英華》作「入我懷」。

④〔月平西〕《文苑英華》作「日平西」。

【注】

朱《箋》：作於元和十五年（八二〇），忠州。「此詩汪《譜》繫於元和十四年，非是。蓋十四年春暮，居易方至忠州也。陳《譜》元和十五年：『初春，有《東坡種花》詩。』今從陳《譜》。」

〔東坡〕《方輿勝覽》卷六一咸淳府：「東坡亭，在郡圃。白公於此種花。」朱《箋》：「蘇軾別號東坡本之居易詩，屢見前人記載。」洪邁《容齋三筆》卷五：「蘇公責居黄州，始自稱東坡居士，詳考其意，蓋專慕白樂天而然。」《施注蘇詩》卷二二：「白樂天謫忠州，州有東坡，屢作詩以言之，故公在黄州亦作東坡，乃樂天之遺意也。」

東坡春向暮，樹木今何如①？漠漠花落盡，翳翳葉生初②。每日領僮僕，荷鋤仍決渠③。剗土壅其本，引泉溉其枯。小樹低數尺，大樹長丈餘。封植來幾時④，高下齊扶疏⑤。養樹既如此，養民亦何殊？將欲茂枝葉，必先救根株。云何救根株，勸農均賦租。云何茂枝葉，省事寬刑書。移此爲郡政，庶幾甿俗蘇⑥。（0546）

【校】

①〔樹木〕《文苑英華》作「樹下」。

②〔生初〕《文苑英華》校：「集作初舒。」

③〔決渠〕《文苑英華》作「鑿渠」。

④〔來幾時〕馬本、《唐音統籤》作「未幾時」。

⑤〔齊扶疏〕《全唐詩》作「隨扶疏」。

⑥〔甿俗〕《文苑英華》作「民俗」。

【注】

〔封植來幾時，高下齊扶疏〕封植，見卷二《答桐花》（0102）注。

〔將欲茂枝葉，必先救根株〕根株，根。見卷二《寓意詩五首》之五（0094）注。

〔云何茂枝葉，省事寬刑書〕《左傳》昭公六年：「鄭人鑄刑書。」《漢書·路温傳》：「省法制，寬刑罰，以廢治獄，則太平之風可興於世。」《晉書·劉弘傳》：「弘於是勸課農桑，寬刑省賦，歲用有年，百姓愛悦。」

登城東古臺

迢迢東郊上，有土青崔嵬。不知何代物，疑是巴王臺。巴歌久無聲，巴宫没黄埃。靡靡春草合，牛羊緣四隈。我來一登眺，目極心悠哉。始見江山勢，峰疊水環迴。憑高視聽曠，向遠胸衿開。唯有故園念，時從東北來①。（0547）

【校】

①〔時從〕馬本、《耕音統籤》作「時時」。

【注】

朱《箋》：作於元和十五年（八二〇），忠州。

〔城東古臺〕朱《箋》：「即巴子臺。」見本卷《九日登巴臺》（0535）注。

哭諸故人因寄元八①

昨日哭寢門，今日哭寢門。借問所哭誰，無非故交親。偉卿既長往，質夫亦幽淪。屈指數年世，收涕自思身。彼皆少於我，先爲泉下人。我今頭半白，焉得身久存？好在元郎中②，相識二十春。昔見君生子，今聞君抱孫。存者盡老大，逝者已成塵。早晚升平宅，開眉一見君。（0548）

【校】

①〔題〕「元八」馬本、《唐音統籤》、汪本作「元九」，誤。

②〔好在〕馬本、《唐音統籤》、汪本作「好懷」。

【注】

朱《箋》：作於元和十五年（八二〇），忠州。

〔元八〕朱《箋》：「元宗簡。」見卷五《答元八宗簡同遊曲江後明日見贈》（0174）及卷十《答元郎中楊員外喜烏見寄》（0521）注。

〔昨日哭寢門，今日哭寢門〕見本卷《哭王質夫》（0544）注。

〔借問所哭誰，無非故交親〕交親，見卷二《效陶潛體詩十六首》「天秋無片雲」首（0215）注。

〔偉卿既長往，質夫亦幽淪〕偉卿，未詳。質夫，王質夫。潘岳《哀永逝文》：「嗟潛隧兮既敞，將送形兮長往。」蔡邕《司徒袁公夫人馬氏碑》：「往而不返，潛淪大幽。」傅亮《爲宋公至洛陽謁五陵表》：「墳塋幽淪，百年荒翳。」

〔好在元郎中，相識二十春〕好在，唐人存問語。《太平廣記》卷三八四《周子恭》（出《朝野僉載》）：「子恭蘇，問家中曰：『許侍郎好在否？』」杜甫《送蔡希曾都尉還隴右因寄高三十五書記》：「因君問消息，好在阮元瑜。」

〔早晚升平宅，開眉一見君〕升平宅，昇平坊宅。《唐兩京城坊考》卷三朱雀門街東第四街昇平坊：「京兆少尹元宗簡宅。《白居易集》有《和元八侍御昇平新居四絶句》。元八，即宗簡。」參見本書卷十五《和元八侍御升平新居四絶句》（0828）。

郡中春讌因贈諸客

僕本儒家子，待詔金馬門。塵忝親近地，孤負聖明恩。一旦奉優詔，萬里牧遠人。可憐島夷帥①，自稱爲使君。身騎牂牁馬，口食塗江鱗②。闇淡緋衫故，斕斑白髮新。是時歲二月，玉曆布春分。頒條示皇澤，命宴及良辰。冉冉趨府吏，蚩蚩聚州民。有如蟄蟲鳥，亦應天地春。薰草席鋪座，藤枝酒注樽。中庭無平地，高下隨所陳。蠻鼓聲坎坎，巴女舞蹲蹲。使君居上頭，掩口語衆賓。勿笑風俗陋，勿欺官府貧。蜂巢與蟻穴③，隨分有君臣。（0549）

【校】

①〔島夷帥〕紹興本、那波本作「島夷師」，據馬本、《唐音統籤》、汪本改。

②〔塗江〕《文苑英華》、汪本作「巴江」。

③〔蜂巢〕《文苑英華》抄本作「蜂窠」。

【注】

陳《譜》、汪《譜》、朱《箋》：作於元和十五年（八二〇），忠州。

〔僕本儒家子，待詔金馬門〕《漢書・公孫弘傳》：「策奏，天子擢弘對爲第一。召入見，容貌甚麗，拜爲博士，待詔金馬門。」顔師古注：「如淳曰：武帝時，相馬者東門京作銅馬法獻之，立馬於魯班門外，更名魯班門爲金馬門。」

〔可憐島夷帥，自稱爲使君〕《書・禹貢》：「島夷卉服。」傳：「南海島夷，草服葛越。」

〔身騎牂牁馬，口食塗江鱗〕牂牁馬，西南地區所産馬。元稹《青雲驛》：「乘我牂牁馬，蒙茸大如羝。」塗江，即塗溪。《華陽國志》卷一巴志臨江縣：「有鹽官，在監、塗二溪，一郡所仰。」道光《忠州志》卷一：「塗溪，在州東五十五里，發源於梁邑盤龍洞，南流一百三十里達塗井，又十五里入江。」本書卷十八有《九日題塗谿》(1121)。

〔是時歲二月，玉曆布春分〕庾肩吾《書品序》：「玉曆頒正而化俗，帝載陳言而設教。」

〔頒條示皇澤，命宴及良辰〕頒條，頒布政令。《舊唐書・長孫無忌傳》載上表：「逮於兩漢，用矯前違，置守頒條，蠲除曩弊。」《晉書・陶侃傳》史臣曰：「古者明王之建國也，下料疆宇，列爲九州，輔相玄功，咨于四岳。所以仰希齊政，俯寄宣風。備連率之儀，威騰閫外；總頒條之務，禮縟區中。」劉禹錫《酬鄭州權舍人見寄二十韻》：

「轉旆趨關右，頒條匝渭陽。」

〔冉冉趨府吏，蚩蚩聚州民〕《相和歌辭·陌上桑》：「盈盈公府步，冉冉府中趨。」《詩·衛風·氓》：「氓之蚩蚩，抱布貿絲。」

〔薰草席鋪座，藤枝酒注樽〕白居易《春至》（本書卷十八1149）：「閑拈蕉葉題詩詠，悶取藤枝引酒嘗。」《方輿勝覽》卷六一咸淳府：「白居易《春至》詩……云云。《圖經》云：蜀地多山，多種黍爲酒，民家亦飲粟酒。地産藤枝，長十餘尺，大如指，中空，可吸，謂之引藤。屈其端置醅中，注之如晷漏。本夷俗所尚，土人效之耳。」

〔鑾鼓聲坎坎，巴女舞蹲蹲〕《詩·小雅·伐木》：「坎坎鼓我，蹲蹲舞我。」

〔蜂巢與蟻穴，隨分有君臣〕隨分，照樣。本書卷十八《留北客》（1124）：「笙歌隨分有，莫作帝鄉看。」

開元寺東池早春

池水暖温暾，水清波澹灩①。蔟蔟青泥中，新蒲葉如劍。梅房小白裹，柳彩輕黄染。順氣草薰薰，適情鷗汎汎。舊遊成夢寐，往事隨陽焱。芳物感幽懷，一動平生念。（0550）

【校】

①〔澹灩〕馬本、《唐音統籤》、汪本作「瀲灩」。

【注】

朱《箋》：作於元和十五年（八二〇），忠州。

〔開元寺〕在忠州。《方輿勝覽》卷六一咸淳府：「東澗，在開元寺。」

〔池水暖温暾〕水清波澹灩〕温暾，温而不熱。王建《宫詞一百首》：「新晴草色緑温暾，山雪初消漸出渾。」元稹《酬獨孤二十六送歸通州》：「寧愛寒切烈，不愛暘温暾。」王楙《野客叢書》卷二四以鄙俗語入詩中用：「唐人有以俗字入詩中用者，如……王建詩……曰：『新晴草色暖温暾』，白樂天詩：『池水暖温暾』，此類甚多。」

〔蔟蔟青泥中，新蒲葉如劍〕蔟蔟，亦作簇簇，叢聚貌。韓翃《經月岩山》：「仙山翠如畫，簇簇生虹蜺。」韓愈《祖席前字》：「野晴山簇簇，霜曉菊鮮鮮。」

〔舊遊成夢寐，往事隨陽焱〕陽焱，即陽炎、陽焰。佛經稱日光下曠野中所見水相幻影爲陽炎。《維摩經·方便品》：「是身如焰，從渴愛生。」僧肇注：「渴見陽炎，惑以爲水。愛見四大，迷以爲身。」慧琳《一切經音義》卷七：「陽焰，熱時遥望地上屋上陽氣也，似焰非焰，故名陽焰，如幻如化。」

東澗種柳①

野性愛栽植，植柳水中坻。乘春持斧斫，裁截而樹之。長短既不一，高下隨所宜。倚岸埋大榦，臨流插小枝。松柏不可待，楩柟固難移。不如種此樹，此樹易榮滋。無根亦可活，成陰況非遲。三年未離郡，可以見依依。種罷水邊憩，仰頭閑自思。富貴本非望，功

名須待時。不種東溪柳，端坐欲何爲？（0551）

【校】

①〔題〕《全唐詩》作「東溪種柳」。

【注】

朱《箋》：作於元和十五年（八二〇），忠州。「汪《譜》繫於元和十四年，非是。」

〔東澗〕《方輿勝覽》卷六一咸淳府：「東澗在開元寺。」《蜀中名勝記》卷十九忠州：「《志》云：東澗在治西開元寺側，亦樂天時鑿。公有《東澗種柳》詩云。」

〔松柏不可待，楩柟固難移〕《淮南子·修務訓》：「楩柟豫章之生也，七年而後知，故可以爲棺舟。」

卧小齋

朝起視事畢，晏坐飽食終。散步長廊下，退卧小齋中。拙政自多暇，幽情誰與同？孰云二千石，心如田野翁。（0552）

【注】

汪《譜》、朱《箋》：作於元和十五年（八二〇），忠州。

步東坡

朝上東坡步，夕上東坡步。東坡何所愛，愛此新成樹。種植當歲初，滋榮及春暮。信意取次栽，無行亦無數。緑陰斜景轉，芳氣微風度。新葉鳥下來，萎花蝶飛去。閑攜斑竹杖，徐曳黄麻屨。欲識往來頻，青蕪成白路①。（0553）

【校】

①〔青蕪〕馬本、《唐音統籤》、汪本作「青苔」。

【注】

朱《箋》：作於元和十五年（八二〇），忠州。

〔信意取次栽，無行亦無數〕取次，隨意、隨便。《太平廣記》卷一五五《段文昌》（出《定命錄》）：「問其移勤，遂命紙作兩句詩云：『梨花初發杏花初，甸邑南來慶有餘。』宗儒遂考之，清公但云：『害風阿師取次語。』」杜甫《送元二適江左》：「經過自愛惜，取次莫論兵。」元稹《小碎》：「小碎詩篇取次書，等閑題柱意何如。」

徵秋税畢題郡南亭

高城直下視，蠢蠢見巴蠻。安可施政教，尚不通語言。且喜賦斂畢，幸聞閭井安。豈伊

循良化，賴此豐登年。桉牘既簡少，池館亦清閑。秋雨簷果落，夕鐘林鳥還。南亭日蕭灑，偃卧恣疏頑。（0554）

【注】

朱《箋》：作於元和十四年（八一九），忠州。

〔高城直下視，蠢蠢見巴蠻〕《詩·小雅·采芑》：「蠢爾蠻荆，大邦爲讎。」毛傳：「蠢，動也。」揚雄《揚州箴》：「獷矣淮夷，蠢蠢荆蠻。」

〔秋雨簷果落，夕鐘林鳥還〕王維《秋夜獨坐》：「雨中山果落，燈下草蟲鳴。」

蚊蟆

巴徼炎毒早，三月蚊蟆生①。咂膚拂不去，遶耳薨薨聲。斯物頗微細，中人初甚輕。如有膚受譖，久則瘡痏成。痏成無奈何，所要防其萌。麼蟲何足道，潛喻儆人情。（0555）

【校】

①〔三月〕馬本、《唐音統籤》、汪本作「二月」。

【注】

朱《箋》：作於元和十五年（八二〇），忠州。

〔咂膚拂不去，遶耳薨薨聲〕杜甫《棕拂子》：「咂膚倦撲滅，賴爾甘服膺。」《詩·周南·螽斯》：「螽斯羽，薨薨兮。」《爾雅·釋訓》：「薨薨、增增，衆也。」

〔如有膚受譖，久則瘡痏成〕《論語·顏淵》：「浸潤之譖，膚受之愬，不行焉，可謂明也已矣。」張衡《西京賦》：「所好生毛羽，所惡成瘡痏。」

〔麼蟲何足道，潛喻儆人情〕《列子·湯問》：「江浦之間生麼蟲，其名曰焦螟，群飛而集于蚊睫，弗相觸也。」

登龍昌上寺望江南山懷錢舍人

騎馬出西郭，悠悠欲何之？獨上高寺去，一與白雲期。虛檻晚蕭灑，前山碧參差。忽似青龍閣，同望玉峰時。因詠松雪句，永懷鸞鶴姿。六年不相見，況乃隔榮衰。昔常與錢舍人登青龍寺上方，同望藍田山，各有絶句。錢詩云：「偶來上寺因高望，松雪分明見舊山。」(0556)

【注】

汪《譜》、朱《箋》：作於元和十五年（八二〇），忠州。

〔龍昌上寺〕《方輿勝覽》卷六一咸淳府：「龍昌寺在臨江縣，今爲治平寺。白公嘗於寺旁植柳。」《蜀中名勝記》卷十九：「龍昌有上寺、下寺，俱唐建。在西山頂者爲上寺，即巴臺寺也。與翠屏山相對，故云可以望江南。《志》謂之巴子臺，巴子所築也。唐宋詩刻存焉。下寺即治平寺。」

〔錢舍人〕朱《箋》：「錢徽。此時錢徽已自太子右庶子出爲虢州刺史。見《舊唐書·憲宗紀》、《册府元龜》卷一八一。」參見卷七《答崔侍郎錢舍人書問因繼以詩》(0304)。

〔忽似青龍閣，同望玉峰時〕青龍閣，長安青龍寺。見卷九《青龍寺早夏》(0411)注。玉峰，藍田山。見卷六《遊藍田山卜居》(0247)注。

郊下

西日照高樹，樹頭子規鳴。東風吹野水，水畔江蘺生①。盡日看山立，有時尋澗行。兀兀長如此，何許似專城？ (0557)

【校】

①〔江蘺〕紹興本、馬本、《唐音統籤》、汪本作「江籬」，據那波本改。

【注】

朱《箋》：作於元和十五年(八二〇)，忠州。

〔西日照高樹，樹頭子規鳴〕子規，杜鵑。見本卷《江上送客》(0537)注。

〔東風吹野水，水畔江蘺生〕江蘺，即江離。《楚辭·離騷》：「扈江離與辟芷兮，紉秋蘭以爲佩。」王逸注：「江離、芷，皆香草名。」洪興祖補注：「江離説者不同。《説文》曰：江蘺，蘼蕪。然司馬相如《賦》云：被以江離，糅以蘼蕪。乃二物也。《本草》：蘼蕪一名江離。江離非蘼蕪也，猶杜若一名杜蘅，杜蘅非杜若也。蘼蕪見《九歌》。郭璞云：江離似水薺。張勃云：江離出海水中，正青，似亂髮。郭恭義云：赤葉。未知孰是。」

〔兀兀長如此，何許似專城〕何許，何處。陶淵明《五柳先生傳》：「先生不知何許人也。」《相和歌辭·陌上桑》：「三十侍中郎，四十專城居。」

遺懷

樂往必悲生，泰來猶否極①。誰言此數然，吾道何終塞？嘗求詹尹卜，拂龜竟默默。亦曾仰問天，天但蒼蒼色。自兹唯委命，名利心雙息。近日轉安閑②，鄉園亦休憶。迴看世間苦，苦在求不得。我今無所求，庶離憂悲域。（0558）

【校】

①〔猶否極〕《全唐詩》、盧校作「由否極」。

②〔安閑〕那波本作「閑安」。

【注】

朱《箋》：作於元和十五年（八二〇），忠州。

〔樂往必悲生，泰來猶否極〕《淮南子・道應訓》：「夫物盛則衰，樂極則悲，日中而疑，月盈而虧。」《易・序卦》：「泰者，通也。物不可以終通，故受之以否。」

〔嘗求詹尹卜，拂龜竟默默〕《楚辭・卜居》：「屈原既放，三年不得復見，竭知盡忠，而蔽障於讒。心煩慮亂，不知所從。乃往見太卜鄭詹尹曰：『余有所疑，願因先生決之。』詹尹乃端策拂龜曰：『君將何以教之？』……詹尹乃釋策而謝曰：『夫尺有所短，寸有所長，物有所不足，智有所不明，數有所不逮，神有所不通。用君之心，行君之意，龜策誠不能知事。』」

〔亦曾仰問天，天但蒼蒼色〕《爾雅・釋天》：「穹，蒼蒼，天也。」

〔迴看世間苦，苦在求不得〕求不得苦，佛教所言八苦之一。《般泥洹經》卷上：「苦者謂生苦、老苦、病苦、死苦、憂悲惱苦、愛別離苦、所求不得苦，以要言之，五盛陰苦。」《中阿含經》卷七：「云何苦聖諦？謂生苦、老苦、病苦、死苦、怨憎會苦、愛別離苦、所求不得苦、略五盛陰苦。……諸賢，說所求不得苦者，此說何因？諸賢，謂衆生生法，不離生法，欲得令我而不生者，此實不可以欲而得。」

歲晚

霜降水返壑，風落木歸山。冉冉歲將晏，物皆復本源。何此南遷客，五年獨未還①？命迍分已定，日久心彌安。亦嘗心與口，靜念私自言。去國固非樂，歸鄉未必歡。何須自生苦，捨易求其難？（0559）

【校】

①〔獨未還〕汪本作「猶未還」。

【注】

朱《箋》：作於元和十四年（八一九），忠州。

〔霜降水返壑，風落木歸山〕《禮記·郊特牲》：「蜡也者，索也。歲十二月，合聚萬物而索饗之也。……祭坊與水庸，事也。曰：土反其宅，水歸其壑，昆蟲毋作，草木歸其澤。」

〔命迍分已定，日久心彌安〕左思《詠史》：「英雄有迍邅，由來自古昔。」劉長卿《贈別于群投筆赴安西》：「誰謂命迍邅，還令既反覆。」

負冬日

杲杲冬日出①，照我屋南隅。負暄閉目坐，和氣生肌膚②。初似飲醇醪，又如蟄者蘇。外融百骸暢，中適一念無。曠然忘所在，心與虛空俱。（0560）

【校】

①〔冬日〕《文苑英華》作「東日」。

②〔和氣〕《文苑英華》作「和風」。

【注】

朱《箋》：作於元和十四年（八一九），忠州。

〔杲杲冬日出，照我屋南隅〕《詩·衛風·伯兮》：「其雨其雨，杲杲出日。」

〔負暄閉目坐，和氣生肌膚〕負暄，見卷七《約心》（0293）注。

委順

山城雖荒蕪，竹樹有嘉色。郡俸誠不多，亦足充衣食。外累由心起，心寧累自息。尚欲忘家鄉，誰能算官職？宜懷齊遠近①，委順隨南北。歸去誠可憐，天涯住亦得。（0561）

【校】

①〔宜懷〕《唐音統籤》作「冥懷」。

【注】

朱《箋》：作於元和十五年（八二〇），忠州。

〔委順〕見卷五《松齋自題》（0188）注。

宿溪翁　時初除郎官赴朝。

衆心愛金玉，衆口貪酒肉。何此溪上翁①，飲瓢亦自足？溪南刈薪草，溪北修牆屋。歲種一頃田，春驅兩黃犢。於中甚安適，此外無營欲。溪畔偶相逢，庵中遂同宿。辭翁向朝市，問我何官祿。虛言笑殺翁，郎官應列宿。（0562）

【校】

①〔何此〕汪本作「何如」。

【注】

朱《箋》：作於元和十五年（八二〇），忠州至長安途中。「陳《譜》云：冬，召爲司門員外郎。非是。」參見本卷《招蕭處士》（0531）注。

〔何此溪上翁，飲瓢亦自足〕《論語·雍也》：「賢哉回也，一簞食，一瓢飲，在陋巷，人不堪其憂，回也不改其樂，賢哉回也。」

〔虛言笑殺翁，郎官應列宿〕《後漢書·明帝紀》：「館陶公主爲子求郎，不許，而賜錢千萬。謂群臣曰：『郎官上應列宿，出宰百里，有非其人，則民受其殃，是以難之。』」

重過壽泉憶與楊九別時因題店壁

商州南十里，有水名壽泉。涌出石崖下，流經山店前。憶昔相送日，我去君言還。寒波與老淚，此地共潺湲。一去歷萬里，再來經六年。形容已變改，處所猶依然。他日君過

此，殷勤吟此篇。（0563）

【注】

朱《箋》：作於元和十五年（八二〇），忠州至長安途中。

〔楊九〕朱《箋》：「楊漢公。此詩係元和十五年居易由忠州回京時所作，據『他日君過此，殷勤吟此篇』詩意，可知此『楊九』決非楊弘貞，蓋弘貞卒於元和初，見白氏《傷楊弘貞》詩（本書卷九0390）。又據白氏《和東川楊慕巢尚書府中獨坐感戚在懷見寄十四韻》（本書卷三四2480）『行斷風驚雁』句原注云：『慕巢及楊九、楊十前年來，兄弟三人，各在一處。』可知此『楊九』必係漢公無疑。」

西掖早秋直夜書意　自此後中書舍人時作。

涼風起禁掖，新月生宮沼。夜半秋暗來，萬年枝嫋嫋。炎涼遞時節，鐘鼓交昏曉。偶聖惜年衰①，報恩愁力小。素餐無補益，朱紱虛纏繞②。冠蓋栖野雲，稻粱養山鳥。量力私自省③，所得已非少。五品不爲賤，五十不爲夭。若無知足心，貪求何日了？（0564）

【校】

①〔偶聖〕那波本、馬本、《唐音統籤》、汪本作「遇聖」。

②〔朱綬〕《文苑英華》、汪本作「朱紱」。
③〔量力〕汪本作「量能」。

【注】

朱《箋》：作於長慶元年（八二一），長安。
〔西掖〕中書省。劉楨《贈徐幹詩》：「誰謂相去遠，隔此西掖垣。」《初學記》卷十一引應劭《漢官儀》：「左右曹受尚書事，前事文士，以中書在右，因謂中書爲右曹，又稱西掖。」張説《奉裴中書光庭酒》：「西掖恩華降，南宮命席闌。」韋應物《寄令狐侍郎》：「西掖方掌誥，南宮復司春。」
〔夜半秋暗來，萬年枝嫋嫋〕萬年枝，見卷七《聞早鶯》（0292）注。
〔偶聖惜年衰，報恩愁力小〕張説《奉和御制與宋璟源乾曜同日上官命宴東堂賜詩應制》：「大塊熔群品，經生偶聖時。」姚合《遊河橋眺望》：「偶聖今方變，朝宗豈復還。」
〔素餐無補益，朱綬虚纏繞〕《詩·魏風·伐檀》：「彼君子兮，不素餐兮。」

庭松

堂下何所有，十松當我階。亂立無行次，高下亦不齊。高者三丈長，下者十尺低。有如野生物，不知何人栽。接以青瓦屋，承之白沙臺。朝昏有風月，燥濕無塵泥①。踈韻秋槭槭②，凉陰夏淒淒。春深微雨夕，滿葉珠蓑蓑③。歲暮大雪天，壓枝玉皚皚。四時各有趣，萬木非其儕。去年買此宅，多爲人所咍。一家二十口④，移轉就松來。移來有何得⑤，但得煩襟開。即此是益友，豈必交賢才⑥？顧我猶俗士⑦，冠帶走塵埃⑧。未稱爲松主，時時一愧懷。（0565）

【校】

①〔燥濕〕《文苑英華》作「㷋温」。

②〔槭槭〕《文苑英華》作「瑟瑟」。

③〔蓑蓑〕那波本作「灌灌」。

④〔二十口〕《文苑英華》作「三十口」。

⑤〔移來〕《文苑英華》作「近松」。

⑥〔交賢才〕《文苑英華》作「須賢才」。

⑦〔猶俗士〕那波本作「唯俗士」。

⑧〔冠帶〕馬本、《唐音統籤》作「冠蓋」。〔走塵埃〕《唐音統籤》作「老塵埃」。

【注】

朱《箋》：作於長慶二年（八二二），長安。

〔踈韻秋槭槭，涼陰夏凄凄〕潘岳《秋興賦》：「庭樹槭以灑落兮，勁風戾而吹帷。」《文選》李善注：「槭，枝空之貌。」夏侯湛《寒苦謡》：「草槭槭以疏葉，木蕭蕭以零殘。」

〔春深微雨夕，滿葉珠蓑蓑〕張衡《南都賦》：「布緑葉之萋萋，敷華蕊之蓑蓑。」《文選》李善注：「蓑蓑，下垂貌。」

〔歲暮大雪天，壓枝玉皚皚〕班彪《北征賦》：「飛雲霧之杳杳，涉積雪之皚皚。」《文選》李善注：「《説文》曰：皚皚，霜雪白之貌也。」

〔去年買此宅，多爲人所咍〕《楚辭・九章・惜誦》：「行不群以巔越兮，又衆兆之所咍。」王逸注：「咍，笑也。楚人謂相啁笑曰咍。」

〔即此是益友，豈必交賢才〕《論語・季氏》：「益者三友，損者三友。友直，友諒，友多聞，益矣。」

竹窗

嘗愛輞川寺，竹窗東北廊。一别十餘載，見竹未曾忘。今春二月初，卜居在新昌。未暇作厩庫，且先營一堂。開窗不糊紙，種竹不依行。意取北簷下，窗與竹相當。遶屋聲淅淅，逼人色蒼蒼。煙通杳藹氣，月透玲瓏光。是時三伏天，天氣熱如湯。獨此竹窗下，朝迴解衣裳。輕紗一幅巾，小簟六尺牀。無客盡日静，有風終夜涼。乃知前古人，言事頗諳詳。清風北窗卧，可以傲羲皇。（0566）

【注】

朱《箋》：作於長慶元年（八二一），長安。

〔嘗愛輞川寺，竹窗東北廊〕輞川寺，即清源寺。見卷八《宿清源寺》（0335）注。

〔今春二月初，卜居在新昌〕新昌里，見卷二《和答詩十首》（0100）序注。朱《箋》：「據此詩知白氏購新昌宅在長慶元年二月。」

〔未暇作厩庫，且先營一堂〕《禮記·曲禮下》：「君子將營宫室，宗廟爲先，厩庫爲次，居室爲後。」

〔遶屋聲淅淅，逼人色蒼蒼〕淅淅，風聲。謝惠連《七月七日夜詠牛女詩》：「團團滿葉露，淅淅振條風。」杜甫《秋風二首》：「秋風淅淅吹巫山，上牢下牢修水關。」

〔煙通杳藹氣，月透玲瓏光〕張衡《南都賦》：「杳藹蓊鬱於谷底，森蓴蓴而刺天。」《文選》李善注：「皆茂盛貌。」孫綽《遊天台山賦》：「朱闕玲瓏於林間，玉堂陰映於高隅。」《文選》李善注：「晉灼《漢書注》曰：玲瓏，明見貌。」李白《玉階怨》：「却下水精簾，玲瓏望秋月。」

〔是時三伏天，天氣熱如湯〕《初學記》卷四引《曆忌釋》：「四時代謝，皆以相生。立春木代水，水生木。立夏火代木，木生火。立冬水代金，金生水。至於立秋，以金代火，火畏金，故至庚日必伏。庚者，金也。《陰陽書》曰：從夏至後第三庚爲初伏，第四庚爲中伏，立秋後初庚爲後伏，謂之三伏。曹植謂之三旬。」王粲《大暑賦》：「仰庭槐而嘯風，風既至而如湯。」

〔輕紗一幅巾，小簟六尺牀〕《三國志·魏書·武帝紀》注引《傅子》：「漢末王公，多委王服，以幅巾爲雅，是以袁紹、崔鈞之徒，雖爲將帥，皆著縑巾。」《封氏聞見記》卷五巾幞：「近古用幅巾，周武帝裁出，脚向後幞髮，故俗謂之幞頭。至尊、皇太子、諸王及仗内供奉，以羅爲之，其脚稍長。士庶多以紗縵，而脚稍短。幞頭之下別施巾，象古冠下之幘也。」李頎《裴尹東溪別業》：「幞巾望寒山，長嘯對高柳。」六尺牀，見卷七《招東鄰》（0298）注。

〔清風北窗卧，可以傲羲皇〕陶淵明《與子儼等疏》：「五六月中，北窗下卧，遇涼風暫至，自謂是羲皇上人。」

同韓侍郎遊鄭家池吟詩小飲

野艇容三人，晚池流浼浼。悠然倚棹坐，水思如江海。宿雨洗沙塵，晴風蕩煙靄。殘陽上竹樹，枝葉生光彩。我本偶然來，景物如相待。白鷗驚不起，綠芡行堪採。齒髮雖已衰，性靈未云改。逢詩遇杯酒①，尚有心情在。（0567）

【校】

①〔逢詩〕《唐音統籤》作「逢時」。

【注】

朱《箋》：作於長慶二年（八二二），長安。

〔韓侍郎〕朱《箋》：「韓愈。」元和十四年，以諫迎佛骨貶爲潮州刺史。十五年，徵爲國子祭酒。長慶元年七月，轉兵部侍郎。尋又改吏部侍郎。見新舊《唐書》本傳、《舊唐書·穆宗紀》。參見卷六《酬張十八訪宿見贈》（0262）注。

〔野艇容三人，晚池流浼浼〕劉長卿《送張十八歸桐廬》：「歸人乘野艇，帶月過江村。」丘丹《奉酬韋使君送歸山之作》：「臨水降麾幢，野艇才容膝。」《詩·邶風·新臺》：「新臺有洒，河水浼浼。」毛傳：「浼浼，平地也。」

〔悠然倚棹坐，水思如江海〕李昶《奉和重適陽關》：「方池含水思，芳樹結風哀。」

〔齒髮雖已衰，性靈未云改〕何尚之《列叙元嘉贊揚佛教事》：「范泰、謝靈運每云：六經典文，本在濟俗爲治耳。

必求性靈真奥，豈得不以佛經爲指南邪？」鍾嶸《詩品》晉步兵阮籍：「《詠懷》之作，可以陶性靈，發幽思。」

晚歸有感

朝弔李家孤，暮問崔家疾。時李十一侍郎諸子尚居憂。崔二十二員外三年卧病。迴馬獨歸來，低眉心鬱鬱。平生所善者，多不過六七。如何十年間，零落三無一。劉曾夢中見，元向花前失。劉三十二校書殁後，嘗夢見之。元八少尹今春櫻桃花時長逝。漸老與誰遊，春城好風日。（0568）

【注】

朱《箋》：作於長慶二年（八二二），長安。

〔李十一侍郎〕朱《箋》：「李建。長慶元年二月二十三日，卒於長安修行里第。」見卷五《寄李十一》（0199）注。

〔崔二十二員外〕朱《箋》：「崔韶。」引白居易《商山路有感》（本書卷二十1303）序：「前年夏，予自忠州刺史除書歸闕，時刑部李十一侍郎、户部崔二十員外（朱《箋》：「二十」係「二十二」之訛）亦自澧、果二郡守徵還，相次入關，皆同此路。今年予自中書舍人授杭州刺史，又由此途出，二君已逝。」參見卷九《感逝寄遠》（0442）注。

〔劉三十二校書〕朱《箋》：「劉敦質。」見卷五《常樂里閑居偶題十六韻》（0173）注。朱《箋》：「敦質卒於貞元二十年左右。」

〔元八少尹〕朱《箋》：「元宗簡。」見卷五《答元八宗簡同遊曲江後明日見贈》（0174）注。朱《箋》：「白氏《故京兆少尹文集序》(《白氏文集》卷六八)謂宗簡卒於長慶三年冬,據此詩自注,則知係長慶二年春之訛。」

曲江感秋二首　并序

元和二年、三年、四年,予每歲有《曲江感秋》詩,凡三篇,編在第七集卷。是時予爲左拾遺、翰林學士。無何,貶江州司馬、忠州刺史。前年,遷主客郎中、知制誥。未周歲,授中書舍人。今遊曲江,又值秋日,風物不改,人事屢變。况予中否後遇,昔壯今衰,慨然感懷,復有此作。噫!人生多故,不知明年秋又何許也。時二年七月十日云耳。

元和二年秋,我年三十七。長慶二年秋,我年五十一。中間十四年,六年居譴黜。窮通與榮悴,委運隨外物。遂師廬山遠,重弔湘江屈。夜聽竹枝愁,秋看灧堆没。近辭巴郡印,又秉綸闈筆。晚遇何足言,白髮映朱紱。銷沈昔意氣,改換舊容質。獨有曲江秋,風煙如往日。(0569)

【注】

朱《箋》:作於長慶二年(八二二),長安。

〔予每歲有《曲江感秋》詩，凡三篇，編在第七集卷〕即元和二年作《曲江早秋》（卷九0395）、三年作《早秋曲江感懷》（0403）、四年作《曲江感秋》（0414）三詩。汪立名云：「按今本第七卷乃江州詩，而所謂第七集已莫可考。可見編次之大非其舊矣。」朱《箋》：「三詩均在《白集》第九卷中，而此詩序謂『編在第七集卷』，或係唐寫本編次不同，或疑『七』係『九』之訛。」按，白居易《與元九書》：「檢討囊袠中，得新舊詩，各以類分，分爲卷目，……凡爲十五卷，約八百首。」此爲元和十年初編之集，共十五卷，與長慶四年編成之五十卷《白氏長慶集》（即今所見白集）自不同。此序所謂「第七集卷」亦不能就今所見本求之。

〔遂師廬山遠，重弔湘江屈〕廬山遠，指慧遠。見卷七《詠意》（0295）注。湘江屈，指屈原。

〔近辭巴郡印，又秉綸闈筆〕綸闈，指中書省。白居易《待漏入閣書事奉贈元九學士閣老》（本書卷十九1217）：「綸闈慚並入，漢苑忝先攀。」姚合《和李十二舍人裴四二舍人兩閣老酬白少傅見贈》：「綸闈並命誠宜賀，不念衰年寄上頻。」

疏蕪南岸草，蕭颯西風樹。秋到來幾時①，蟬聲又無數。莎平綠茸合，蓮落青房露。今日臨望時，往年感秋處。池中水依舊，城上山如故。獨我鬢間毛，昔黑今垂素。榮名與壯齒，相避如朝暮。時命始欲來，年顏已先去。當春不歡樂，臨老徒驚悮。故作詠懷詩，題於曲江路。（0570）

【校】

①〔來幾時〕馬本、《唐音統籤》、汪本作「未幾時」。

【注】

〔莎平綠茸合，蓮落青房露〕鮑照《芙蓉賦》：「青房兮規接，紫的兮圓羅。」

玩松竹二首

龍蛇隱大澤，麋鹿遊豐草。棲鳳安於梧，潛魚樂於藻。吾亦愛吾廬，廬中樂吾道。前松後脩竹，偃臥可終老。各附其所安，不知他物好。（0571）

【注】

朱《箋》：作於長慶二年（八二二），長安。

〔龍蛇隱大澤，麋鹿遊豐草〕《左傳》襄公二十一年：「深山大澤，實生龍蛇。」《淮南子·道應訓》：「是故石上不生五穀，禿山不遊麋鹿，無所陰蔽隱也。」

〔棲鳳安於梧，潛魚樂於藻〕《詩·大雅·卷阿》：「鳳皇鳴矣，于彼高岡。梧桐生矣，于彼朝陽。」鄭箋：「鳳皇之性，非梧桐不棲，非竹實不食。」《詩·小雅·魚藻》：「魚在在藻，有頒其首。」

坐愛前簷前，臥愛北窗北。窗竹多好風，簷松有嘉色。幽懷一以合，俗念隨緣息。在爾雖無情，於予即有得。乃知性相近，不必動與植。（0572）

衰病無趣因吟所懷

朝餐多不飽，夜臥常少睡。自覺寢食間，都無少年味①。平生好詩酒，今亦將捨棄。酒唯下藥飲，無復曾歡醉。詩多聽人吟，自不題一字。病姿引衰相②，日夜相繼至。況當尚少朝，彌慚居近侍。終當求一郡，聚少漁樵費。合口便歸山，不問人間事。（0573）

【校】

①〔都無〕馬本、《唐音統籤》作「多無」。

②〔引衰相〕馬本、《唐音統籤》、汪本作「與衰相」。

【注】

朱《箋》：作於長慶二年（八二二），長安。

逍遥詠

亦莫戀此身，亦莫厭此身。此身何足戀，萬劫煩惱根。此身何足厭，一聚虚空塵。無戀

亦無厭，始是逍遥人。（0574）

【注】

朱《箋》：作於長慶二年（八二二），長安。

〔此身何足戀，萬劫煩惱根〕《維摩經·方便品》：「維摩詰因以身疾廣爲説法：諸仁者，是身無常、無强、無力、無堅，速朽之法，不可信也。爲苦爲惱，衆病所集。……是身無主，爲如地。是身無我，爲如火。是身無壽，爲如風。是身無人，爲如水。是身不實，四大爲家。是身爲空，離我我所。是身無知，如草木瓦礫。是身無作，風力所轉。是身不淨，穢惡充滿。是身爲虚僞，雖假以澡浴衣食，必歸磨滅。是身爲災，百一病惱。是身如邱井，爲老所逼。是身無定，爲要當死。是身如毒蛇、如怨賊、如空聚，陰界諸入，所共合成。諸仁者，此可患厭，當樂佛身。」根，佛教所言五根，指人體知覺器官。《俱舍論》卷一：「五根者，所謂眼耳鼻舌身根。」

〔此身何足厭，一聚虚空塵〕佛教以根與塵並稱，五塵即色、聲、香、味、觸。《楞嚴經》卷五：「根塵同源，縛脱無二。」《王梵志詩校注》〇八二首：「身影百年外，相看一聚塵。」《寒山詩注》〇四六首：「始憶八尺漢，俄成一聚塵。」

白居易詩集校注卷第十二

感傷四

歌行曲引雜言① 凡二十九首

短歌行

曈曈太陽如火色，上行千里下一刻。出爲白晝入爲夜，圓轉如珠住不得。住不得，可奈何②？爲君舉酒歌短歌。歌聲苦③，詞亦苦，四座少年君聽取。今夕未竟明夕催④，秋風纔往春風迴。人無根蔕時不駐，朱顔白日相隳頹⑤。勸君且强笑一面，勸君復强飲一杯⑥。人生不得長歡樂，年少須臾老到來。（0575）

【校】

①〔感傷四　歌行曲引雜言〕金澤本作「歌行曲引　感傷四　雜言」。「雜言」馬本、汪本作「雜體」。

②〔可奈何〕馬本、《唐音統籤》作「無奈何」。

③〔歌聲苦〕管見抄本作「短歌聲苦」。

④〔明夕〕《文苑英華》、金澤本、管見抄本、汪本作「明旦」。

⑤〔相隤頹〕金澤本、管見抄本作「相隨頹」。

⑥〔復强飲〕馬本、《唐音統籤》作「且强飲」。

【注】

〔短歌行〕《樂府詩集》卷三一引《古今樂録》：「王僧虔《大明三年宴樂技録》：平調有七曲：一曰長歌行，二曰短歌行，三曰猛虎行，四曰君子行，五曰燕歌行，六曰從軍行，七曰鞠歌行。」引《樂府解題》：「《短歌行》，魏武帝『對酒當歌，人生幾何』，晉陸機『置酒高堂，悲歌臨觴』，皆言當及時爲樂也。」

〔曈曈太陽如火色，上行千里下一刻〕何遜《苦熱詩》：「曀曀風逾靜，曈曈日漸旰。」

〔人無根蔕時不駐，朱顔白日相隤頹〕陶淵明《雜詩》：「人生無根蒂，飄如陌上塵。」

生離別①

食蘗不易食梅難②，蘗能苦兮梅能酸。未如生別之爲難，苦在心兮酸在肝。晨雞再鳴殘月没③，征馬連嘶行人出④。迴看骨肉哭一聲，梅酸蘗苦甘如蜜⑤。黄河水白黄雲秋⑥，行人河邊相對愁。天寒野曠何處宿⑦，棠梨葉戰風颼颼。生離別，生離別⑧，憂從中來無斷絶⑨。憂極心勞血氣衰⑩，未年三十生白髮。（0576）

【校】

①〔題〕金澤本、要文抄本、管見抄本、《文苑英華》、《唐文粹》、《樂府詩集》作「生別離」。

②〔蘗〕那波本作「檗」，顧校、朱《箋》誤「蘖」。

③〔再鳴〕《唐文粹》、《樂府詩集》作「載鳴」。

④〔連嘶〕《文苑英華》作「嘶風」，《唐文粹》、《樂府詩集》作「重嘶」。

⑤〔甘如蜜〕金澤本、要文抄本、管見抄本作「甘於蜜」。

⑥〔黄河水〕那波本作「河水」。

⑦〔野曠〕那波本作「路曠」。

⑧〔生離別〕《唐文粹》三字不重。

⑨〔中來〕那波本作「何來」，紹興本校：「中，一作何。」

⑩〔憂極〕金澤本、要文抄本、管見抄本、《文苑英華》、《樂府詩集》作「憂積」。

【注】

朱《箋》：約作於貞元十六年（八〇〇）以前。

〔生離別〕詩題疑當從《文苑英華》等作「生別離」。《樂府詩集》卷七一雜曲歌辭《古別離》：「《楚辭》曰：『悲莫悲兮生別離。』《古詩》曰：『行行重行行，與君生別離。相去萬餘里，各在天一涯。』後蘇武使匈奴，李陵與之詩曰：『良時不可再，離別在須臾。』故後人擬之爲《古別離》，梁簡文帝又爲《生別離》，宋吴邁遠有《長別離》，唐李白有《遠別離》，亦皆類此。」

〔食蘗不易食梅難，蘗能苦兮梅能酸〕食蘗，見卷八《三年爲刺史二首》之二（0371）注。鮑照《代東門行》：「食梅常苦酸，衣葛常苦寒。」能，如此，作誇張用。説見蔣禮鴻《敦煌變文字義通釋》。

〔未如生別之爲難，苦在心兮酸在肝〕《管子・水地》：「酸主脾，鹹主肺，辛主腎，苦主肝，甘主心。」《抱朴子内篇・極言》：「五味入口，不欲偏多。故酸多傷脾，苦多傷肺，辛多傷肝，鹹多則傷心，甘多則傷腎。」白詩之説蓋同於《雲笈七籤》卷五七《服氣精義論・慎忌論第六》：「味所入：苦入心，辛入肺，酸入肝，甘入脾，鹹入腎。」

浩歌行①

天長地久無終畢，昨夜今朝又明日。鬢髮蒼浪牙齒疏，不覺身年四十七。前去五十有幾年，把鏡照面心茫然。既無長繩繫白日，又無大藥駐朱顔。朱顔日漸不如故②，青史功名在何處？欲留年少待富貴，富貴不來年少去。去復去兮如長河，東流赴海無迴波。賢愚貴賤同歸盡，北邙冢墓高嵯峨。古來如此非獨我，未死有酒且高歌③。顔回短命伯夷餓，我今所得亦已多。功名富貴須待命④，命若不來知奈何⑤？（0577）

【校】

①〔題〕《文苑英華》作「浩歌」。

②〔日漸〕金澤本、要文抄本、《文苑英華》、《唐文粹》作「日夜」。

③〔高歌〕那波本、金澤本、《樂府詩集》作「酣歌」。

④〔待命〕《文苑英華》作「推命」。

⑤〔若不〕金澤本、《文苑英華》作「苟不」，《文苑英華》校：「一作若不。又作苟未。」〔知奈何〕汪本作「爭奈何」。

【注】

陳《譜》、汪《譜》、朱《箋》：作於元和十三年（八一三），江州。

〔浩歌行〕《樂府詩集》卷六八雜曲歌辭李賀《浩歌》注云：「《楚辭》屈原《九歌》曰：『望美人兮不來，臨風怳而浩歌。』浩，大也。」

〔天長地久無終畢，昨夜今朝又明日〕《老子》七章：「天長地久。天地所以能長且久者，以其不自生，故能長生。」

〔鬢髮蒼浪牙齒疏，不覺身年四十七〕蒼浪，鬢髮斑白貌。敦煌曲《十二時・普勸四衆依教修行》：「能令綠鬢作蒼浪，巧使紅顔成墓草。」韓偓《秋郊閑望有感》：「心爲感恩長慘戚，鬢緣經亂早蒼浪。」

〔既無長繩繫白日，又無大藥駐朱顔〕《能改齋漫錄》卷八：「白樂天：『既無長繩繫白日，又無大藥駐朱顔。』蓋本陳沈炯《幽庭賦》：『那得長繩繫白日，年年月月俱如春。』然江總《歲暮還宅》詩亦云：『長繩豈繫日，濁酒傾一杯。』」《猗覺寮雜記》卷上：「太白云：『恨不挂長繩於青天，繫西飛之白日。』李長吉云：『長繩繫日樂當年。』樂天云：『既無長繩繫白日。』二公用太白意也。」按，《太平御覽》卷七六六引傅玄《九曲歌》：「歲暮景邁羣光絶，安得長繩繫日月。」《選詩拾遺》錄入。逯欽立云：「此詩可疑。」然李鏡遠《詠日詩》：「回戈安得中，長繩不可羈。」蕭大圜《閑放之言》：「人生若浮雲朝露，寧俟長繩繫景。」均有其意。

〔賢愚貴賤同歸盡，北邙冢墓高嵯峨〕北邙，見卷一《孔戡》（0003）注。丁廙妻《寡婦賦》：「惟人生於世上，若馳驥之過櫨。計先後其何幾，亦同歸乎幽冥。」《佛本行集經》卷十五：「一切衆生此盡業，天人貴賤平等均。雖處善惡諸世間，無常時至無有異。」

〔顏回短命伯夷餓，我今所得亦已多〕顏回、伯夷，見卷五《效陶潛體詩十六首》「濟水澄而潔」首（0225）注。

王夫子

王夫子，送君爲一尉，東南三千五百里。道途雖遠位雖卑，月俸猶堪活妻子。男兒口讀古人書，束帶斂手來從事①。近將徇祿給一家，遠則行道佐時理。行道佐時須待命，委身下位無爲耻。命苟未來且求食，官無高卑及遠邇②。男兒上既未能濟天下③，下又不至飢寒死。吾觀九品至一品，其間氣味都相似。紫綬朱紱青布衫④，顏色不同而已矣。王夫子，別有一事欲勸君，遇酒逢春且歡喜⑤。（0578）

【校】

①〔從事〕金澤本、《唐文粹》作「從仕」。

②〔高卑〕汪本作「卑高」。

③〔男兒〕《唐文粹》作「男子」。

④〔朱紱〕《唐文粹》作「朱衣」。

⑤〔遇酒〕馬本、《唐音統籤》、汪本作「逢酒」。〔逢春〕金澤本作「遇春」，《唐文粹》作「逢花」。

【注】

朱《箋》：作於元和十三年（八一八），江州。

〔王夫子〕朱《箋》：「疑爲王質夫。」見卷五《招王質夫》（0179）注。

〔近將徇祿給一家，遠則行道佐時理〕謝靈運《登池上樓》：「徇祿及窮海，臥痾對空林。」張衡《歸田賦》：「遊都邑以永久，無明略以佐時。」

〔紫綬朱紱青布衫，顏色不同而已矣〕紫綬、朱紱，見卷二《輕肥》（0081）注。

江南遇天寶樂叟

白頭病叟泣且言①，祿山未亂入梨園。能彈琵琶和法曲，多在華清隨至尊。是時天下太平久，年年十月坐朝元。千官起居環珮合，萬國會同車馬奔。金鈿照耀石甕寺②，蘭麝薰煮温湯源。貴妃宛轉侍君側，體弱不勝珠翠繁。冬雪飄颻錦袍煖③，春風蕩漾霓裳飜。歡娛未足燕寇至，弓勁馬肥胡語喧。豳土人遷避夷狄，鼎湖龍去哭軒轅。從此漂淪到南土④，萬人死盡一身存。秋風江上浪無限，暮雨舟中酒一樽。涸魚久失風波勢，枯草曾沾雨露恩。我自秦來君莫問，驪山渭水如荒村。新豐樹老籠明月，長生殿闇鎖黃昏⑤。紅葉紛紛蓋欹瓦，綠苔重重封壞垣。唯有中官作宮使，每年寒食一開門⑥。（0579）

【校】

①〔病叟〕馬本、《唐音統籤》、汪本作「老叟」。

②〔金鈿〕馬本、《唐音統籤》作「金殿」。

③〔飄颻〕《文苑英華》明刊本作「飄飄」。

④〔漂淪〕《文苑英華》作「飄淪」。〔到南土〕「到」金澤本、汪本作「至」，《文苑英華》作「落」。

⑤〔黄昏〕馬本、《唐音統籤》、汪本作「春雲」。

⑥〔寒食〕《文苑英華》明刊本作「寒夕」。

【注】

朱《箋》：作於元和十一年（八一六）至元和十三年（八一八），江州。

〔白頭病叟泣且言，禄山未亂入梨園〕梨園，見卷三《胡旋女》（0130）注。

〔能彈琵琶和法曲，多在華清隨至尊〕法曲，見卷三《法曲歌》（0124）注。華清，驪山華清宮，見卷四《驪宮高》（0143）注。

〔是時天下太平久，年年十月坐朝元〕朝元，華清宮朝元閣。《舊唐書·玄宗紀》：天寶七載十二月戊戌，「玄元皇帝見於華清宮之朝元閣，乃改爲降聖閣。」

〔千官起居環珮合，萬國會同車馬奔〕《書·禹貢》：「四海會同，六府孔修。」

〔金鈿照耀石甕寺，蘭麝薰煑温湯源〕石甕寺，在驪山華清宮。鄭嵎《津陽門詩》「慶山汙瀦石甕毁」注：「石甕寺，開元中以創造華清宮餘材修繕，佛殿中玉石像，皆幽州進來，與朝元閣道像同日而至，精妙無比，扣之如磬。餘像並楊惠之手塑。」又「石魚巖底百尋井」注：「石魚巖下有天絲石，其形如甕，以貯飛泉，故上以石甕爲寺名。」《長安志》卷十五臨潼：「福嚴寺，《兩京道里記》曰：在縣東五里南山半腹，臨石甕谷，有懸泉激石成臼似甕形，因以谷名，名石甕寺。太平興國七年改。」

〔幽土人遷避夷狄，鼎湖龍去哭軒轅〕《史記·封禪書》：「黄帝采首山銅，鑄鼎於荆山下。鼎既成，有龍垂胡髯下迎黄帝。黄帝上騎，群臣后宫從上者七十餘人，龍乃上去。餘小臣不得上，乃悉持龍髯，龍髯拔，墮，墮黄帝之弓。百姓仰望黄帝既上天，乃抱其弓與胡髯號。故後世因名其處曰鼎湖，其弓曰烏號。」此指玄宗之卒。

〔新豐樹老籠明月，長生殿闇鎖黄昏〕新豐，新豐縣。見卷三《新豐折臂翁》(0131)注。長生殿，在華清宫。《元和郡縣志》卷一：「華清宫在驪山上。開元十一年初置温泉宫，天寶六年改爲華清宫。又造長生殿，名爲集靈臺，以祀神也。」參見本卷《長恨歌》(0593)注。

〔唯有中官作宫使，每年寒食一開門〕宫使，見卷四《賣炭翁》(0154)注。

送張山人歸嵩陽

黄昏慘慘天微雪，修行坊西鼓聲絶①。張生馬瘦衣且單，夜扣柴門與我别。愧君冒寒來别我，爲君沽酒張燈火。酒酣火煖與君言，何事入關又出關②？答云前年偶下山，四十餘月客長安。長安古來名利地，空手無金行路難。朝遊九城陌，肥馬輕車欺殺客③。暮宿五侯門，殘茶冷酒愁殺人。春明門，門前便是嵩山路④。幸有雲泉容此身，明日辭君

且歸去⑤。（0580）

【校】

①〔修行坊〕《文苑英華》、汪本作「循行坊」，朱《箋》：「蓋俱承《英華》之誤。唐長安無『循行坊』。」

②〔何事〕金澤本、《文苑英華》作「君何」。〔入關又出關〕馬本、《唐音統籤》、汪本作「出關又入關」。

③〔輕車〕金澤本、《文苑英華》作「香車」。

④〔春明門〕《文苑英華》作「春明門外高城處」，「高城」校：「一作高高。」汪本同，惟「高城」作「城高」。〔門前〕《文苑英華》、汪本作「直下」。

⑤〔明日〕金澤本作「明旦」。

【注】

朱《箋》：作於元和九年（八一四）至元和十年（八一五），長安。「詩云：『修行坊西鼓聲絶』，修行坊在昭國坊東，居易元和九年至十年官左贊善大夫時寓居昭國坊，故知爲此時作。」

〔嵩陽〕《舊唐書・地理志一》河南府：「登封，隋嵩陽縣。……神龍元年二月，改爲嵩陽。二年十一月，復爲登封。」

〔黄昏慘慘天微雪，修行坊西鼓聲絶〕修行坊，在長安朱雀門街東第四街。見《唐兩京城坊考》卷三。

〔朝遊九城陌，肥馬輕車欺殺客〕九城，見卷八《立春後五日》（0357）注。

〔暮宿五侯門，殘茶冷酒愁殺人〕五侯，見卷六《酬張十八訪宿見贈》（0262）注。

〔春明門，門前便是嵩山路〕春明門，見卷六《村中留李三顧言宿》（0259）注。

醉後走筆酬劉五主簿長句之贈兼簡張大賈二十四先輩昆季①

劉兄文高行孤立，十五年前名翕習。是時相遇在符離，我年二十君三十。得意忘年心迹親，寓居同縣日知聞。衡門寂寞朝尋我，古寺蕭條暮訪君。朝來暮去多攜手，窮巷貧居何所有？秋燈夜寫聯句詩，春雪朝傾煖寒酒。陴湖綠愛白鷗飛，濉水清憐紅鯉肥。偶語閑攀芳樹立，相扶醉踏落花歸。張賈弟兄同里巷，乘閑數數來相訪。雨天連宿草堂中，月夜徐行石橋上。我年漸長忽自驚，鏡中冉冉髭鬚生。心畏後時同勵志，身牽前事各求名。問我棲棲何所適，鄉人薦爲鹿鳴客。二千里别謝交遊②，三十韻詩慰行役。出門可憐唯一身，弊裘瘦馬入咸秦。鼕鼕街鼓紅塵闇，晚到長安無主人。二賈二張與余弟，驅車邐迤來相繼。操詞握賦爲干戈，鋒鋭森然勝氣多。齊入文場同苦戰③，五人十載九登科。二張得雋名居甲，美退爭雄重告捷。棠棣輝榮並桂枝，芝蘭芬馥和芸葉④。唯有沅犀屈未伸，握中自謂駭雞珍。三年不鳴鳴必大，豈獨駭雞當駭人。元和運啓千年聖⑤，同遇明時余最幸。始辭秘閣吏王畿，遽列諫垣升禁闈。蹇步何堪鳴佩玉，衰容不稱著朝衣。閶闔晨開朝百辟，冕旒不動香煙碧。步登龍尾上虚空，立去天顔無咫尺。宫花似雪從乘輿，禁月如霜坐直廬。身賤每驚隨内宴，才微常愧草天書。晚松寒竹新昌第，職居密近門多閉。日暮銀臺下直迴，故人到門門暫開。迴頭下馬一相顧，塵土滿衣何處來？斂手炎涼叙未畢，先説舊山今悔出。岐陽旅宦少歡娱，江左羈遊費時日⑥。贈我一篇行路吟，吟之句句披沙金。歲月徒催白髮貌，泥塗不屈青雲心。誰會茫茫天地意⑦，短才獲用長才棄。我隨鵷鷺入煙雲，謬上丹墀爲近臣。君同鸞鳳棲荆棘，猶著青袍作選人。惆悵知賢不能薦，徒爲出入蓬萊殿。月慚諫紙二百張，歲愧俸錢三十萬。大底浮榮何足道⑧，幾度相逢即身老。且傾斗酒慰羈愁，重話符離問舊遊。北巷鄰居幾家去，東林舊院何人住？武里村花落復開，流溝山色應如故。感此酬君千字詩，醉中分手又何之？須知通塞尋常事，莫歎浮沈先後時。慷慨臨歧重相勉，殷勤别後加餐飯。君不見，買臣衣錦還故鄉，五十身榮未爲晚。（0581）

【校】

①〔題〕金澤本「先輩」作「二先輩」。

②〔二千里别〕馬本、《唐音統籤》作「二千里外」。

③〔齊入〕馬本、《唐音統籤》作「同入」。〔同苦戰〕馬本、《唐音統籤》作「多苦戰」。

④〔芸葉〕紹興本等作「荆葉」，據金澤本改。

⑤〔運啓〕馬本、《唐音統籤》作「運氣」。

⑥〔羈遊〕馬本、《唐音統籤》作「遷遊」。

⑦〔誰會〕馬本、《唐音統籤》作「誰謂」。

⑧〔大底〕金澤本作「大抵」。

【注】

朱《箋》：作於元和四年（八〇九），長安。「此詩花房英樹據汪《譜》繫於元和三年，非是。詩云：『二張得雋名居甲』，二張者，張徹及弟張復也。張徹，元和四年始中進士第，見《登科記考》卷十七。白氏又有《鄧魴張徹落第》詩（卷一）作於元和三年，故此詩應繫於元和四年。」

〔劉五主簿〕朱《箋》：「名未詳。據此詩，知係十五年前在符離相識之舊友。」

〔張大〕朱《箋》：「張徹。」見卷一《鄧魴張徹落第》（0044）注。

〔賈二十四〕朱《箋》：「賈餗。」字子美，進士擢第。大和九年拜中書侍郎、同平章事。見新舊《唐書》本傳。

〔劉兄文高行孤立，十五年前名翕習〕王延壽《魯靈光殿賦》：「祥風翕習以颯灑，激芳香而常芬。」《文選》李善注：「翕習，盛貌。」

〔是時相遇在符離，我年二十君三十〕《舊唐書·地理志一》河南道：「宿州上，徐州之符離縣也。元和四年正月敕，以徐州之符離置宿州」；「符離，漢縣。隋治朝解城。貞觀元年，移置竹邑城。元和四年正月，置宿州，仍爲上州。」按，白家移居符離在建中三年（七八二）其父官徐州期間，貞元四年（七八八）因父官衢州而隨往，貞元七年（七九一）其年二十在符離，當因其父卸任而返符離。

〔陴湖綠愛白鷗飛，濉水清憐紅鯉肥〕《水經注》睢水：「睢水，又東與滭湖水合。水上承甾丘縣之滭陂。」楊守敬注疏：「《新唐志》：『宿州符離東北九十里有隋故牌湖隄。』《九域志》：『符離有陴河。』《金史地理志》：『符離有陴湖。』又云：『陴湖即今滭湖。』滭也，滭也，牌也，陴也，皆以形聲相近錯出。竊以牌、陴、滭三字皆從卑，而滭又從水，當以作滭爲是。故至今猶稱滭湖。」朱《箋》：「據此則『陴湖』當作『滭湖』。」《太平寰宇記》卷十七宿州：「睢水在符離縣北二十里。」白詩作「濉水」。又《祭符離六兄文》（《白氏文集》卷四十）：「濉水南岸，符離東偏。」

〔問我栖栖何所適，鄉人薦爲鹿鳴客〕《詩·小雅·鹿鳴》序：「《鹿鳴》，燕羣臣嘉賓也。」此謂鄉薦應試而爲天子之臣。

〔出門可憐唯一身，弊裘瘦馬入咸秦〕《戰國策·秦策一》：「蘇秦始將連横……説秦王書十上而説不納，黑貂之裘弊，黄金百鎰盡。」

〔二張得雋名居甲，美退爭雄重告捷〕朱《箋》：「二張指張徹及其弟張復。……張復擢進士第在元和元年。韓愈《張徹墓誌銘》：『君弟復亦進士。』《五百家注》引孫注：『元和元年，復中進士。』張復後爲元稹從事。《幽閑鼓吹》：『元稹在鄂州，張復爲從事。稹常賦詩，命院中屬和。復乃簪笏見稹曰：某偶以大人往還高門，繆獲一第，其實詩賦皆不能也。』」美、退，朱《箋》：「指賈餗及白行簡。賈餗，字子美，貞元十九年進士擢第，元和三年又登制策甲科，見《登科記考》卷十五及卷十七。白行簡，字知退，元和二年登進士第，見《唐詩紀事》卷四一。」

〔棠棣輝榮並桂枝，芝蘭芬馥和芸葉〕《詩·小雅·常棣》序：「常棣，燕兄弟也。」棠棣即常棣，指兄弟。《晉書·

郤詵傳》：「以對策上第，……武帝於東堂會送，問詵曰：『卿自以爲何如？』詵對曰：『臣舉賢良對策，爲天下第一，猶桂林之一枝，昆山之片玉。』」蕭綱《大法頌》：「芸香蘭馥，綠字摛章。」庾信《預麟趾殿校書和劉儀同詩》：「芸香上延閣，碑石向鴻都。」

〔唯有沉犀屈未伸，握中自謂駭雞珍〕《戰國策·楚策一》：「乃遣使車百乘，獻雞駭之犀、夜光之璧於秦王。」《抱朴子内篇·登涉》：「又通天犀有一白理如綖，有自本徹末，以角盛米置羣雞中，雞欲啄之，未至數寸，即驚却退，故南人或名通天犀爲駭雞犀。……他犀亦辟惡解毒耳，然不能如通天者之妙也。」朱《箋》：「此蓋指劉五未登科第而言。」

〔閶闔晨開朝百辟，冕旒不動香煙碧〕《楚辭·離騷》：「吾令帝閽開關兮，倚閶闔而望予。」王逸注：「閶闔，天門也。」《詩·大雅·假樂》：「百辟卿士，媚于天子。」鄭箋：「百辟，畿内諸侯也。」《禮記·禮器》：「天子之冕，朱綠藻十有二旒。」

〔步登龍尾上虛空，立去天顔無咫尺〕龍尾道，見卷十一《早祭風伯因懷李十一舍人》（0539）注。

〔宫花似雪從乘輿，禁月如霜坐直廬〕陸機《贈尚書郎顧彦先二首》：「朝遊遊層城，夕息旋直廬。」《文選》李善注：「張晏《漢書注》曰：直宿曰廬也。」

〔晚松寒竹新昌第，職居密近門多閉〕新昌里第，見卷二《和答詩十首》（0100）序注。

〔日暮銀臺下直迴，故人到門門暫開〕銀臺，見卷九《早朝賀雪寄陳山人》（0417）注。

〔岐陽旅宦少歡娛，江左羈遊費時日〕岐陽，朱《箋》：「指鳳翔府。」《舊唐書·地理志一》關内道：「鳳翔府，隋扶風郡。武德元年，改爲岐州。……（貞觀）七年，又置岐陽縣。」

〔贈我一篇行路吟，吟之句句披沙金〕鍾嶸《詩品》：「陸文如披沙簡金，往往見寶。」

〔我隨鵷鷺入煙雲，謬上丹墀爲近臣〕鵷鷺，見卷六《朝迴遊城南》（0270）注。丹墀，猶言赤墀。參見卷六《自題寫真》（0226）注。

〔惆悵知賢不能薦，徒爲出入蓬萊殿〕蓬萊殿，《唐兩京城坊考》卷一大明宫：「宣政殿後爲紫宸殿，殿門曰紫宸門，天子便殿也。不御宣政而御便殿，曰入閤。紫宸之後曰蓬萊殿。」按，大明宫又名蓬萊宫，此亦泛指皇宫。參見卷三《馴犀》（0138）注。

〔月慚諫紙二百張，歲愧俸錢三十萬〕諫紙，見卷一《初授拾遺》（0014）注。

〔武里村花落復開，流溝山色應如故〕武里村，朱《箋》：「在符離，今無考。」流溝山，朱《箋》：「當在符離附近。」白居易有《亂後過流溝寺》（卷十三0652）、《題流溝寺古松》（卷十三0684）。

〔買臣衣錦還故鄉，五十身榮未爲晚〕見卷二《讀史五首》之五（0099）注。

和錢員外答盧員外早春獨遊曲江見寄長句

春來有色闇融融，先到詩情酒思中。柳岸霏微裛塵雨，杏園澹蕩開花風。聞君獨遊心鬱鬱，薄晚新晴騎馬出。醉思詩侶有同年，春歎翰林無暇日。雲夫首唱寒玉音，蔚章繼和春搜吟①。此時我亦閉門坐，一日風光三處心。雲夫、蔚章同年及第，時予與蔚章同在翰林。

（0582）

【校】

①〔春搜〕那波本作「春愁」，金澤本作「春條」。平岡校：「春條故可成吟，但其音與搜殊別。春搜不成語，必有字訛。疑條當作篠，篠、條形似，篠、搜音近而誤。麗本作愁者，亦因音而妄改。」按，此校過迂曲。「春搜」或與「春蒐」同，詳注。

【注】

朱《箋》：作於元和三年（八〇八）至元和六年（八一一），長安。「丁居晦《重修承旨學士壁記》：『錢徽，元和三年八月二十六日，自祠部員外郎充。六年四月二十五日，加司封郎中。』則此詩必作於六年四月前。」

〔錢員外〕錢徽，字蔚章。見卷一《白牡丹》（0031）及卷五《冬夜與錢員外同直禁中》（0189）注。

〔盧員外〕朱《箋》：「盧汀。字雲夫，新、舊《唐書》俱無傳。據韓愈《酬司門盧四兄雲夫院長望秋作》、《和虞部盧四汀酬翰林錢七徽赤藤杖歌》、《盧郎中寄示送盤谷子詩兩章歌以和之》、《和庫部盧四兄元日朝回》、《早赴街西行香贈盧李二中舍》、《酬盧給事曲江荷花行》諸詩考之，蓋歷虞部、司門、庫部郎曹，遷中書舍人，爲給事中，其後不知所終。《登科記考》卷十二：『錢徽、盧汀，貞元元年鄭全濟榜同年及第。』故白氏此詩自注云：『雲夫、蔚章同年及第。』又《郎官石柱題名》主客郎中有盧汀名，知其亦曾歷此官。」

〔柳岸霏微裛塵雨，杏園澹蕩開花風〕沈約《庭雨應詔詩》：「霡霂裁欲垂，霏微不能注。」陶淵明《雜詩》：「秋菊有佳色，裛露掇其英。」《文選》李善注：「《文字集略》曰：裛，坌衣香也。然露坌花亦謂之裛也。」王維《送元二使安西》：「渭城朝雨裛輕塵，客舍青青柳色新。」澹蕩，亦作淡蕩。鮑照《代白紵曲二首》：「春風澹蕩俠思多，天色淨緑氣妍和。」李白《相逢行》：「春風正澹蕩，暮雨來何遲。」

〔雲夫首唱寒玉音，蔚章繼和春搜吟〕權德輿《寄臨海郡崔稚璋》：「新詩寒玉韻，曠思孤雲秋。」白居易《酬吳七見寄》（卷六0264）：「似漱寒玉水，如聞商風絃。」虞世基《講武賦》：「爰于農隙，有事春搜。」李世民《臨洛水》：「春搜馳駿骨，總轡俯長河。」按，此二「春搜」即「春蒐」。然錢詩原意無從得知，姑存疑。

東墟晚歇　時退居渭村。

涼風冷露蕭索天，黄蒿紫菊荒涼田。遶冢秋花少顔色，細蟲小蝶飛飜飜①。中有騰騰獨行者，手拄漁竿不騎馬。晚從南澗釣魚迴，歇此墟中白楊下。褐衣半故白髮新，人逢知我是何人？誰言渭浦栖遲客，曾作甘泉侍從臣。（0583）

【校】

①〔飜飜〕金澤本作「翾翾」。

【注】

朱《箋》：約作於元和六年（八一一）至元和九年（八一四），下邽。

〔遶冢秋花少顔色，細蟲小蝶飛飜飜〕《楚辭·九章·悲迴風》：「漂翻翻其上下兮，翼遥遥其左右。」劉楨《贈徐幹》：「輕葉隨風轉，飛鳥何翻翻。」

〔中有騰騰獨行者，手拄漁竿不騎馬〕騰騰，見卷七《約心》（0283）注。

〔誰言渭浦棲遲客，曾作甘泉侍從臣〕《漢書·揚雄傳》：「孝成帝時，客有薦雄文似相如者，上方郊祠甘泉泰畤、汾陰后土，以求繼嗣，召雄待詔承明之庭。正月，從上甘泉，還奏《甘泉賦》以風。」楊素《贈薛播州》：「上林陪羽獵，甘泉侍清曙。」

客中月

客從江南來，來時月上弦。悠悠行旅中，三見清光圓。曉隨殘月行，夕與新月宿。誰謂月無情，千里遠相逐。朝發渭水橋，暮入長安陌。不知今夜月，又作誰家客？（0584）

【注】

朱《箋》：或作於元和十五年（八二〇），長安。按，詩似早年作。若元和後居長安已久，不應自謂「客從江南來」。或爲貞元十五年鄉薦赴長安應試時作。

挽歌詞①

丹旐何飛揚，素驂亦悲鳴。晨光照閭巷，輀車儼欲行②。蕭條九月天，哀挽出重城③。借問送者誰，妻子與弟兄。蒼蒼上古原④，峨峨開新塋。含酸一慟哭⑤，異口同哀聲。舊壠轉蕪絶，新墳日羅列。春風草緑北邙山⑥，此地年年生死别⑦。（0585）

【校】

①〔題〕《文苑英華》作「古挽歌」,《樂府詩集》作「挽歌」。

②〔轜車〕馬本、《唐音統籤》作「輀車」,字同。

③〔哀挽出重城〕金澤本作「哀挽出洛城」,《文苑英華》、汪本作「晚出洛陽城」。

④〔上古原〕《文苑英華》、汪本作「古原上」。

⑤〔慟哭〕《文苑英華》作「悲哭」。

⑥〔草綠〕《文苑英華》、金澤本、汪本作「秋草」。

⑦〔生死〕金澤本作「死生」。

【注】

朱《箋》:約作於長慶三年(八二三)以前。按,詩言「北邙山」,或爲貞元十八年(八〇二)前居洛陽時作。

〔丹旐何飛揚,素驂亦悲鳴〕旐,魂幡。潘岳《寡婦賦》:「龍轜儼其星駕兮,飛旐翩以啓路。」何遜《王尚書瞻祖日詩》:「昱昱丹旐振,亭亭素蓋立。」杜甫《承聞故房相公靈櫬自閬州啓殯歸葬東都有作二首》:「丹旐飛飛日,初傳發閬州。」

〔晨光照閭巷,轜車儼欲行〕轜車,輿棺之車。《釋名·釋喪制》:「輿棺之車曰轜。」

〔春風草綠北邙山,此地年年生死別〕北邙山,見卷一《孔戡》(0003)注。

長相思

九月西風興,月冷霜華凝①。思君秋夜長,一夜魂九升。二月東風來,草坼花心開。思君春日遲，一日腸九迴②。妾住洛橋北，君住洛橋南。十五即相識，今年二十三。有如女蘿草，生在松之側。蔓短枝苦高，縈迴上不得。人言人有願，願至天必成。願作遠方獸，步步比肩行。願作深山木，枝枝連理生。（0586）

【校】

①〔霜華〕汪本作「露華」，《樂府詩集》校：「一作露。」

②〔一日〕那波本、《樂府詩集》作「一夜」。

【注】

朱《箋》：約作於長慶三年（八二三）之前。按，此詩亦早年在洛陽作。

〔思君秋夜長，一夜魂九升〕潘岳《寡婦賦》：「意忽怳以遷越兮，神一夕而九升。」

〔思君春日遲，一日腸九迴〕司馬遷《報任安書》：「是以腸一日而九迴，居則忽忽若有所亡，出則不知其所往。」

〔妾住洛橋北，君住洛橋南〕洛橋，洛中橋。《舊唐書·職官志二》水部郎中：「凡天下造舟之梁四，石柱之梁四，洛則天津、永濟、中橋，灞則灞橋。」同書《李昭德傳》：「初，都城洛水天津之東，立德坊西南隅，有中橋及利涉橋，以通行李。上元中，司農卿韋機始移中橋置于安衆坊之左街，當長夏門，都人甚以爲便，因廢利涉橋，所省萬計。然歲爲洛水衝注，常勞治葺。昭德創意積石爲脚，鋭其前以分水勢，自是竟無漂損。」崔顥《相逢行》：「妾年初二八，家住洛橋頭。」

〔有如女蘿草，生在松之側〕《詩·小雅·頍弁》：「蔦與女蘿，施于松柏。未見君子，憂心弈弈。」毛傳：「蔦，寄生也。女蘿，菟絲松蘿也。」《古詩十九首》：「冉冉孤生竹，結根泰山阿。與君爲新婚，兔絲附女蘿。」曹植《雜詩》：「寄松爲女蘿，依水如浮萍。」

〔願作遠方獸，步步比肩行〕《爾雅·釋地》：「西方有比肩獸焉，與邛邛岠虚比，爲邛邛岠虚齧甘草，即有難，邛邛岠虚負而走，其名謂之蟨。」《呂氏春秋·不廣》：「北方有獸，名曰蟨。鼠前而兔後，趨則跲，走則顛，常爲蛩蛩距虚取甘草以與之。蟨有患害也，蛩蛩距虚必負而走。」

〔願作深山木，枝枝連理生〕班固《白虎通·封禪》：「德至草木，朱草生，木連理。」此古人所言祥瑞。白詩所據爲民間愛情傳説。《古詩爲焦仲卿妻作》：「兩家求合葬，合葬華山傍。東西植松柏，左右種梧桐。枝枝相覆蓋，葉葉相交通。」《搜神記》卷十一韓憑妻：「王曰：『爾夫婦相愛不已，若能使冢合，則吾弗阻也。』宿夕之間，便有大梓木生於二冢之端，旬日而大盈抱，屈體相就，根交於下，枝錯於上。又有鴛鴦，雌雄各一，恒棲樹上，晨夕不去，交頸悲鳴，音聲感人。宋人哀之，遂號其木曰相思樹。」事又見敦煌本《韓朋賦》。

山鷓鴣

山鷓鴣，朝朝暮暮啼復啼①，啼時露白風淒淒。黄茅崗頭秋日晚，苦竹嶺下寒月低。畬田有粟何不啄，石楠有枝何不棲？迢迢不緩復不急，樓上舟中聲闇入②。夢鄉遷客展轉卧，抱兒寡婦彷徨立。山鷓鴣，爾本此鄉鳥。生不辭巢不别羣，何苦聲聲啼到曉？啼到曉，唯能愁北人，南人慣聞如不聞。（0587）

【校】

①〔暮暮〕金澤本作「夜夜」。

②〔聲闇入〕那波本作「夜闇入」。

【注】

朱《箋》：作於元和十年（八一五），江州。

〔山鷓鴣〕左思《吳都賦》：「鷓鴣南翥而中留，孔雀綷羽以翺翔。」《文選》劉逵注：「鷓鴣，如雞，黑色，其鳴自呼。或言此鳥常南飛不北，豫章已南諸郡處處有之。」《樂府詩集》卷八十近代曲辭《山鷓鴣二首》：「《歷代歌辭》曰：《山鷓鴣》，羽調曲也。」

〔畬田有粟何不啄，石楠有枝何不棲〕畬田，見卷二《贈友》之二（0085）注。石楠，見卷十《早蟬》（0507）注。

放旅雁① 元和十年冬作。

九江十年冬大雪，江水生冰樹枝折②。百鳥無食東西飛，中有旅雁聲最飢。雪中啄草冰上宿，翅冷騰空飛動遲③。江童持網捕將去，手攜入市生賣之④。我本北人今譴謫，人鳥雖殊同是客。見此客鳥傷客人⑤，贖汝放汝飛入雲。雁雁汝飛向何處？第一莫飛西北去。淮西有賊討未平，百萬甲兵久屯聚。官軍賊軍相守老⑥，食盡兵窮將及汝。健兒飢餓射汝喫，拔汝翅翎爲箭羽。（0588）

【校】

①〔題〕敦煌本作「歎旅雁」。

②〔枝折〕紹興本、那波本作「枝析」，據他本改。

③〔翅冷〕敦煌本作「翼冷」。

④〔手攜〕敦煌本、金澤本作「手提」。

⑤〔見此〕敦煌本作「見汝」。

⑥〔相守老〕敦煌本作「相守勞」。

【注】

朱《箋》：作於元和十年（八一五），江州。

〔淮西有賊討未平，百萬甲兵久屯聚〕元和九年九月，淮西節度使吴少陽卒，其子元濟匿不發喪，興兵叛亂。參見卷七《春遊二林寺》（0289）注。

送春歸

元和十一年三月三十日作。

送春歸，三月盡日日暮時。去年杏園花飛御溝緑，何處送春曲江曲。今年杜鵑花落子規啼，送春何處西江西。帝城送春猶快快①，天涯送春能不加惆悵②？莫惆悵，送春人，冗員無替五年罷③，應須准擬再送潯陽春④。五年炎涼凡十變，又知此身健不健？好去今

年江上春⑤，明年未死還相見。（0589）

【校】

①〔怏怏〕金澤本、要文抄本作「悢悢」。

②〔不加〕金澤本作「不知」。

③〔五年〕那波本誤作「五十年」。

④〔再送〕金澤本、要文抄本作「五送」。

⑤〔好去〕馬本、《唐音統籤》、汪本作「好送」。

【注】

朱《箋》：作於元和十一年（八一六），江州。

〔去年杏園花飛御溝綠，何處送春曲江曲〕杏園，見卷一《杏園中棗樹》（0056）注。

〔今年杜鵑花落子規啼，送春何處西江西〕李白《宣城見杜鵑花》：「蜀國曾聞子規鳥，宣城還見杜鵑花。一叫一回腸一斷，三春三月憶三巴。」王琦注：「杜鵑花處處有之，即今之映山紅也。以二三月中杜鵑鳴時盛開，故名。」子規，即杜鵑。見卷十一《江上送客》（0537）注。西江，見卷一《放魚》（0059）注。

〔好去今年江上春，明年未死還相見〕好去，見卷一《送王處士》（0045）注。

山石榴寄元九

山石榴，一名山躑躅，一名杜鵑花①，杜鵑啼時花撲撲。九江三月杜鵑來，一聲催得一枝開。江城上佐閑無事，山下斸得廳前栽。爛熳一欄十八樹，根株有數花無數。千房萬葉一時新，嫩紫殷紅鮮麴塵。淚痕裛損燕支臉②，翦刀裁破紅綃巾③。謫仙初墮愁在世，姹女新嫁嬌泥去聲春。日射血珠將滴地，風飜火焰欲燒人④。閑折兩枝持在手，細看不似人間有。花中此物似西施⑤，芙蓉芍藥皆嫫母。奇芳絶豔別者誰，通州遷客元拾遺。拾遺初貶江陵去，去時正值青春暮。商山秦嶺愁殺君⑥，山石榴花紅夾路。題詩報我何所云，苦云色似石榴裙⑦。當時叢畔唯思我，今日欄前只憶君。憶君不見坐銷落，日西風起紅紛紛。（0590）

【校】

①〔一名杜鵑花〕金澤本作「又名杜鵑花」。

②〔裛損〕金澤本作「裛破」。〔燕支〕馬本、《唐音統籤》、汪本作「臙脂」。

③〔裁破〕金澤本作「裁碎」。

④〔火焰〕馬本、《唐音統籤》作「焰火」。

⑤〔似西施〕金澤本、馬本、《唐音統籤》、汪本作「是西施」。

⑥〔愁殺君〕馬本、《唐音統籤》、汪本作「愁殺人」。

⑦〔苦云〕金澤本作「答云」，馬本、《唐音統籤》作「若云」。

【注】

朱《箋》：作於元和十一年（八一六），江州。

〔山石榴，一名山躑躅，一名杜鵑花〕羊躑躅，一名山躑躅。或有似山石榴者，或與杜鵑花相混。《本草綱目》卷十七下：「洋躑躅：……頌曰：所在有之，春生苗似鹿葱，葉似紅花，莖高三四尺，夏開花，似凌霄花、山石榴輩，正黄色，羊食之則死。今嶺南、蜀道山谷遍生，皆深紅色，如錦繡然。或云此種不入藥。時珍曰：……蘇頌所謂深紅色者，即山石榴，名紅躑躅者，無毒，與此別類。……按唐李紳文集言，駱谷多山枇杷，毒能殺人，其花明艷，與杜鵑花相似，樵者識之。其説似羊躑躅，未知是否，要亦其類耳。」

〔杜鵑啼時花撲撲〕撲撲，盛貌。字又作璞璞、摸摸、漠漠。《敦煌變文集・下女夫詞》：「璞璞一頸（頭）花，蒙蒙兩鬢遮。」元稹《三月二十四日宿曾峰館夜對桐花寄樂天》：「微月照桐花，月微花漠漠。」敦煌寫本P. 3906《字寶》（《碎金》）：「花穙穙，莫卜反。」穙穙即撲撲，讀音同漠漠，俗字形近而訛。參黄征《唐代俗語詞輯釋》（《唐研究》第四卷）。

〔千房萬葉一時新，嫩紫殷紅鮮麴塵〕麴塵，麴上所生菌，色淡黄，因以指淡黄色。《周禮・天官・内司服》「鞠衣」鄭玄注：「黄桑服也。色如鞠塵，象桑葉始生。」賈公彦疏：「云色如鞠塵者，鞠塵不爲麴字者，古通用。」

〔淚痕裛損燕支臉，翦刀裁破紅綃巾〕裛損，見本卷《和錢員外答盧員外早春獨遊曲江見寄長句》（0582）注。燕支，見卷四《紅線毯》（0151）注。徐陵《玉臺新詠序》：「南都石黛，最發雙蛾；北地燕支，偏開兩靨。」

〔謫仙初墮愁在世，姹女新嫁嬌泥春〕謫仙，見卷六《酬吳七見寄》（0264）注。姹女，少女。《後漢書・五行志》載桓帝時童謡：「車班班，入河間，河間姹女工數錢。」何遜《贈劉郎詩》：「姹女褰帷去，躞蹀初下床。」泥，貪戀，糾纏。白居易《感櫻桃花因招飲客》（本書卷十八1117）：「誰能聞此來相勸，共泥春風醉一場。」元稹《遣悲懷》：「顧我無衣搜藎篋，泥他沽酒拔金釵。」楊慎《升庵詩話》卷六：「俗謂柔言索物曰泥，乃計切。諺所謂軟纏也。杜子美詩：『忽忽窮秋泥殺人。』元微之《憶內》詩：『顧我無衣搜畫匣，泥他沽酒拔金釵。』《非煙傳》詩曰：『郎心應似琴心怨，脉脉春情更泥誰。』楊乘詩：『晝泥琴聲夜泥書。』元鄧文原《贈妓》詩：『銀燈影裏泥人嬌。』柳耆卿詞：『泥歡邀寵最難禁。』字又作詎。《花間集》：『黄鶯嬌囀詎芳妍。』又：『記得詎人微斂黛。』字又作妮。王通叟詩：『十三妮子綠窗中。』今山東目婢曰小妮子，其語亦古矣。」楊謂泥字又作妮，不確。泥讀去聲，今寫作膩。《紅樓夢》第十四回：「寶玉道：『他怎好膩我們，不相干，只管跟我來。』」作詎字亦見白集。

〔花中此物似西施，芙蓉芍藥皆嫫母〕西施、嫫母，見卷一《杏園中棗樹》（0056）注。

〔奇芳絶豔別者誰，通州遷客元拾遺〕元稹元和五年三月貶江陵士曹參軍，見卷一《登樂遊園望》（0026）注。

〔商山秦嶺愁殺君，山石榴花紅夾路〕秦嶺，望秦嶺，見卷八《自望秦赴五松驛馬上偶睡睡覺成吟》（0337）注。

〔題詩報我何所云，苦云色似石榴裙〕參見本書卷十五《武關南見元九題山石榴花見寄》（0862）。

畫竹歌　并引①

協律郎蕭悦善畫竹②，舉時無倫③。蕭亦甚自秘重，有終歲求其一竿一枝而不得者。知予天與好事④，忽寫一十五竿，惠然見投。予厚其意，高其藝，無以答貺，作歌以報之⑤，凡一百八十六字云。⑥

植物之中竹難寫，古今雖畫無似者。蕭郎下筆獨逼真⑦，丹青以來唯一人⑧。人畫竹身肥擁腫，蕭畫莖瘦節節竦⑨。人畫竹梢死羸垂，蕭畫枝活葉葉動⑩。不根而生從意生，不筍而成由筆成。野塘水邊碕岸側，森森兩叢十五莖。嬋娟不失筠粉態，蕭颯盡得風煙情。舉頭忽看不似畫⑪，低耳靜聽疑有聲⑫。西叢七莖勁而健，省向天竺寺前石上見⑬。東叢八莖疏且寒，憶曾湘妃廟裏雨中看⑭。幽姿遠思少人別⑮，與君相顧空長歎。蕭郎蕭郎老可惜，手戰眼昏頭雪色⑯。自言便是絶筆時，從今此竹尤難得。（0591）

【校】

①〔題〕「并引」《文苑英華》、《唐文粹》、金澤本、馬本、《唐音統籤》作「并序」。

②〔協律郎蕭〕金澤本作「協律蕭郎」。

③〔舉時〕《唐文粹》作「舉世」。

④〔天與〕《唐文粹》、金澤本無二字。

⑤〔報之〕《文苑英華》作「答之」。

⑥〔字云〕《文苑英華》、《唐文粹》作「言歌曰」，金澤本作「字云爾」。

⑦〔下筆〕《文苑英華》作「手下」，校：「集作下筆，一作下手。」

⑧〔以來〕《文苑英華》、《唐文粹》作「已來」。

⑨〔莖瘦節節竦〕那波本作「竹莖瘦節竦」。
⑩〔枝活葉葉動〕那波本作「竹枝活葉動」。
⑪〔忽看〕《唐文粹》作「忽見」。
⑫〔低耳〕《唐文粹》作「低眉」。
⑬〔寺前〕「前」《文苑英華》校：「一作邊。」
⑭〔憶曾〕馬本、《唐音統籤》作「曾憶」。
⑮〔遠思〕《唐音統籤》作「遠志」。
⑯〔手戰〕馬本、《唐音統籤》、汪本作「手顫」。

【注】

朱《箋》：約作於長慶二年（八二二）至長慶三年（八二三），杭州。

〔蕭悅〕朱《箋》：「蘭陵人，唐代名畫家。居易爲杭州刺史時之僚屬。」《歷代名畫記》卷十：「蕭悅，協律郎，工竹，一色有雅趣。」《江鄰幾雜志》：「薛俅比部待闕蒲中，出協律郎蕭悅畫竹兩幅，乃樂天作詩者。薛畜畫頗多，此兩畫尤佳也。」《宣和畫譜》卷十五：「蕭悅，不知何許人也。時官爲協律郎，人皆以官稱其名，謂之蕭協律。唯喜畫竹，深得竹之生意，名擅當世。白居易詩名擅當世，一經題品者，價增數倍，題悅畫竹詩云：『舉頭忽見不似畫，低耳靜聽疑有聲。』其被推稱如此，悅之畫可想見矣。今御府所藏五。」

〔西叢七莖勁而健，省向天竺寺前石上見〕朱《箋》：「天竺寺在杭州。」《咸淳臨安志》卷八十：「下天竺靈山教寺，在錢唐縣西一十七里。隋開皇十五年僧真觀法師與道安禪師建，號南天竺。唐永泰中賜今額。」

〔東叢八莖疏且寒，憶曾湘妃廟裏雨中看〕湘妃廟，即黄陵廟。《水經注》湘水：「湘水又逕黄陵亭西，右合黄陵水口，其水上承大湖，湖水西流，逕二妃廟南，世謂之黄陵廟也。言大舜之陟方也，二妃從征，溺于湘江。神遊洞庭之淵，出入瀟湘之浦。瀟者，水清深也。《湘中記》曰：湘川清照五六丈，下見底石，如樗蒲矢，五色鮮明，白沙如霜雪，赤岸若朝霞，是納瀟湘之名矣。故民爲立祠于水側焉。荆州牧劉表刊石立碑，樹之于廟，以旌不朽之傳矣。」韓愈《黄陵廟碑》：「湘旁有廟曰黄陵，自前古以祠堯之二女，舜二妃者。庭有石碑，斷裂分散在地，其文剝缺，考《圖記》言：漢荆州牧劉表景升之立。題曰湘夫人碑。今驗其文，乃晉太康九年，又其額曰虞帝二妃之碑，非景升立者。」

真娘墓　墓在虎丘寺①。

真娘墓，虎丘道。不識真娘鏡中面，唯見真娘墓頭草。霜摧桃李風折蓮，真娘死時猶少年。脂膚荑手不牢固，世間尤物難留連②。難留連③，易銷歇。塞北花，江南雪。（0592）

【校】

①〔題〕題下注《文苑英華》作「其墓前乃虎丘寺也」。

②〔尤物〕紹興本、那波本、馬本、《唐音統籤》作「有物」，據金澤本、汪本等改。

③〔難留連〕要文抄本、馬本三字不重。

【注】

朱《箋》：約作於寶曆元年（八二五）至寶曆二年（八二六），蘇州。按，《白氏文集》前集所收作品止於長慶四年（八二四），此詩或爲長慶中途經蘇州時所作。

〔真娘〕李紳《真娘墓詩序》：「吳之妓人，歌舞有名者，死葬於吳武丘寺前，吳中少年從其志也。」《雲溪友議》卷中：「真娘者，吳國之佳人也，時人比於蘇小小，死葬吳宮之側。行客感其華麗，競爲詩題于墓樹，櫛比鱗臻。有舉子譚銖者，吳門秀逸之士也，因書絶句以貽後之來者。睹其題處，經遊之者稍息筆矣。詩曰：『武丘山下冢纍纍，松柏蕭條盡可悲。何事世人偏重色，真娘墓上獨題詩。』」

〔虎丘寺〕《吳郡志》卷三二：「雲巖寺即虎丘寺，晉司徒王珣及弟司空王珉之別業也。咸和二年捨以爲寺。即劍池而分東西，今合爲一。寺之勝聞天下，四方遊客過吳者，未有不訪焉。」《越絶書》卷二《外傳記吳地傳》：「闔廬冢在閶門外，名虎丘。下池廣六十步，水深丈五尺，銅槨三重，墳池六尺，玉鳧之流，扁諸之劍，三千方圓之口，三千時耗，魚腸之劍在焉。千萬人築治之，取土臨湖口，築三日而白虎居上，故號虎丘。」《元和郡縣志》卷二六蘇州吳縣：「虎丘山在縣西北八里，《吳越春秋》云：闔閭葬於此。」

長恨歌傳①

前進士陳鴻撰

開元中，泰階平，四海無事。玄宗在位歲久②，倦于旰食宵衣，政無小大③，始委于右丞相。深居遊宴④，以聲色自娱。先是，元獻皇后、武淑妃皆有寵，相次即世。宮中雖良家子千數⑤，無可悦目者。上心忽忽不樂。時每歲十月，駕幸華清宮，內外命婦，熠燿景從⑥，浴日餘波，賜以湯沐，春風靈液，澹蕩其間。上心油然，若有顧遇⑦，左右前後，粉色如土。詔高力士潛搜外宮，得弘農楊玄琰女于壽邸。既笄矣，鬒髮膩理，纖穠中度，舉止閑冶，如漢武帝李夫人。別疏湯泉，詔賜澡瑩⑧。既出水，體弱力微，若不任羅綺。光彩煥發，轉動照人。上甚悦。進見之日，奏《霓裳羽衣曲》以導之⑨。定情之夕，授金釵鈿合以固之。又命戴步摇，垂金璫。明年，册爲貴妃，半后服用。由是冶其容，敏其詞，婉孌萬態，以中上意，上益嬖焉。時省風九州，泥金五岳，驪山雪夜，上陽春朝，與上行同輦，止同室⑩，宴專席，寢專房。雖有三夫人、九嬪、二十七世婦、八十一御妻，暨後宮才人、樂府妓女，使天子無顧眄意。自是六宮無復進幸者。非徒殊豔尤態獨能致是⑪，蓋才智明慧，善巧便佞，先意希旨，有不可形容者。叔父昆弟，皆列在清貫⑫，爵爲通侯。姊妹封國夫人，富埒王室，車服邸第，與大長公主侔，而恩澤勢力，則又過之，出入禁門不問⑬，京師長吏爲之側目⑭。故當時謡詠有云：「生女勿悲酸，生兒勿喜歡⑮。」又曰：「男不封侯女作妃，看女却爲門上楣⑯。」其人心羨慕如此⑰。天寶末⑱，兄國忠盜丞相位，愚弄國柄。及安禄山引兵嚮闕，以討楊氏爲辭。潼關不守，翠華南幸，出咸陽，道次馬嵬亭，六軍徘徊，持戟不進，從官郎吏，伏上馬前，請誅錯以謝天下⑲。國忠奉氂纓盤水，死於道周。左右之意未快。上問之，當時敢言者，請以貴妃塞天下怒⑳。上知不免，而不忍見其死，反袂掩面，使牽之而去，蒼黄展轉，竟就絶於尺組之下㉑。既而玄宗狩成都，肅宗受禪靈武。明年，大兇歸元㉒，大駕還都，尊玄宗爲太上皇，就養南宫，遷于西内㉓。時移事去，樂盡悲來。每至春之日，冬之夜，池蓮夏開，宫槐秋落，梨園弟子玉琯發音㉔，聞《霓裳羽衣》一聲，則天顔不怡，左右歔欷。三載一意，其念不衰。求之夢魂，杳不能得。適有道士自蜀來，知上皇心念楊妃如是㉕，自言有李少君之術。玄宗大喜，命致其神。方士乃竭其術以索之，不至。又能遊神馭氣，出天界、没地府以求之，又不見㉖。又旁求四虚上下，東極天海㉗，跨蓬壺，見最高仙山㉘，上多樓闕㉙，西廂下有洞户東嚮，闔其門㉚，署曰玉妃太真院。方士抽簪叩扉，有雙鬟童女出應門㉛。方士造次未及言，而雙鬟復入。俄有碧衣侍女又至，詰其所從來㉜。方士因稱唐天子使者，且致其命。碧衣云：「玉妃方寢，請少待之。」于時，雲海沈沈，洞天日晚㉝，瓊户重闔，悄然無聲。方士屏息斂足，拱手門下。久之，而碧衣延入㉞，且曰：「玉妃出。」見一人㉟，冠金蓮，披紫綃㊱，珮紅玉，曳鳳舄，左右侍者七八人。揖方士，問皇帝安否。次問天寶十四年已還事㊲。言訖，憫默㊳。指碧衣取金釵鈿合㊴，各析其半㊵，授使者曰：「爲謝太上皇㊶，謹獻是物，尋舊好也。」方士受辭與信，將行，色有不足。玉妃固徵其意㊷。復前跪致詞：「請當時一事㊸，不爲他人聞者㊹，驗於太上皇。不然，恐鈿合金釵，負新垣平之詐也㊺。」玉妃茫然退立，若有所思。徐而言之曰㊻：「昔天寶十載，侍輦避暑驪山宮㊼。秋七月，牽牛織女相見之夕。秦人風俗，是夜張錦繡，陳飲食，樹瓜華㊽，焚香于庭㊾，號爲乞巧。宮掖間尤尚之㊿。夜殆半(51)，休侍衛於東西廂，獨侍上。上凭肩而立(52)，因仰天感牛女事，密相誓心：願世世爲夫婦。言畢，執手各嗚咽。此獨君王知之耳。」因自悲曰：「由此一念，又不得居此，復墮下界(53)，且結後緣。或爲天，或爲人(54)，決再相見，好合如舊。」因言太上皇亦不久人間(55)，幸惟自安，無自苦耳。使者還奏太上皇，皇心震悼(56)，日日不豫(57)。其年夏四月，南宮晏駕。元和元年冬十二月(58)，太原白樂天自校書郎尉于盩厔。鴻與琅邪王質夫家于是邑。暇日相攜遊仙遊寺，話及此事(59)，相與感歎。質夫舉酒於樂天前曰：「夫希代之事，非遇出世之才潤色之，則與時消没，不聞于世。樂天深於詩，多於情者也，試爲歌之，如何？」樂天因爲《長恨歌》。意者，不但感其事，亦欲懲尤物，窒亂階，垂於將來也(60)。歌既成，使鴻傳焉。世所不聞者，予非開元遺民，不得知。世所知者，有《玄宗本紀》在。今但傳《長恨歌》云爾。

【校】

①〔題〕金澤本無「傳」字。馬本《長恨歌傳》附詩後。

②〔玄宗〕《全唐詩》作「明皇」，下同。避清諱。

③〔小大〕《文苑英華》、《太平廣記》作「大小」。

④〔深居〕金澤本、管見抄本、《文苑英華》、《太平廣記》作「稍深居」。

⑤〔千數〕金澤本、管見抄本、《太平廣記》作「千萬數」。

⑥〔熠燿〕金澤本、管見抄本、《太平廣記》作「焜燿」。

⑦〔若有顧遇〕金澤本、管見抄本、《太平廣記》作「怳若有遇顧」，「顧」屬下讀。

⑧〔澡瑩〕紹興本、那波本作「藻瑩」，據金澤本、馬本等改。

⑨〔羽衣曲〕金澤本、管見抄本、《太平廣記》無「曲」字。

⑩〔行同輦止同室〕紹興本、那波本等脱「輦止同」三字，據金澤本、管見抄本、《太平廣記》補，《文苑英華》「止」作「居」。

⑪〔獨能〕紹興本等二字脱，據金澤本、管見抄本、《太平廣記》補。

⑫〔清貫〕那波本、馬本、《文苑英華》明刊本等誤「清貴」。

⑬〔不問〕金澤本、管見抄本下有「名姓」二字。

⑭〔爲之側目〕紹興本等脱「之」字，據那波本、金澤本、《文苑英華》等補。

⑮〔生兒〕金澤本、馬本等作「生男」。

⑯〔看女却爲門上楣〕金澤本、管見抄本、《太平廣記》作「君看女却爲門楣」。
⑰〔其人心〕金澤本、管見抄本作「其天下人心」。
⑱〔天寶末〕紹興本「末」誤「來」。
⑲〔誅錯〕《文苑英華》作「誅晁錯」。
⑳〔天下怒〕金澤本、管見抄本、《太平廣記》作「天下之怒」。
㉑〔就絶〕《文苑英華》作「就死」。
㉒〔大兇歸元〕《文苑英華》明刊本作「大赦改元」。平岡校：「或有所諱而改。」
㉓〔遷于〕金澤本、管見抄本、《文苑英華》、《太平廣記》上有「自南宫」三字。〔西内〕金澤本作「西宫内」。
㉔〔玉琯〕《太平廣記》作「玉管」。
㉕〔上皇心念〕金澤本、管見抄本無「上」字，馬本、《唐音統籤》「皇」作「意」。
㉖〔又不見〕紹興本等無「又」字，據金澤本、管見抄本、《太平廣記》補。
㉗〔天海〕馬本、《唐音統籤》作「大海」，金澤本、管見抄本作「絶天海」，《太平廣記》作「絶天涯」。
㉘〔仙山〕汪本作「山山」，下「山」字屬下讀。
㉙〔樓闕〕《太平廣記》作「樓閣」。
㉚〔闔〕《太平廣記》作「闕」。
㉛〔雙鬟童女〕紹興本等脱「鬟」字，據金澤本、管見抄本、《文苑英華》、《太平廣記》補。
㉜〔所從來〕紹興本等脱「來」字，據金澤本、管見抄本、《太平廣記》補。
㉝〔日晚〕金澤本作「日暮」，《文苑英華》、馬本、《唐音統籤》作「日曉」。

㉞〔延入〕那波本作「迎入」。

㉟〔見一人〕《太平廣記》作「俄見一人」。

㊱〔披紫綃〕金澤本、管見抄本、《文苑英華》、《太平廣記》作「被紫綃」。

㊲〔十四年〕金澤本、管見抄本、《文苑英華》、《太平廣記》作「十四載」。

㊳〔憫默〕管見抄本、馬本、《唐音統籤》、《太平廣記》作「憫然」。

㊴〔指碧衣〕金澤本、管見抄本、《太平廣記》作「指碧衣女」。

㊵〔析其半〕「析」紹興本、那波本作「枍」，按即「析」之異體。《文苑英華》作「折」，《太平廣記》、汪本作「拆」。

㊶〔爲謝〕金澤本、管見抄本、《文苑英華》作「爲我謝」。

㊷〔固徵〕《太平廣記》作「因徵」。

㊸〔請當時〕《太平廣記》「乞當時」。

㊹〔不爲他人聞者〕金澤本、管見抄本、《太平廣記》作「不聞于他人者」。

㊺〔負〕《太平廣記》作「罹」。

㊻〔言之曰〕金澤本、管見抄本、《文苑英華》、《太平廣記》作「言曰」。

㊼〔避暑〕《文苑英華》作「避暑於」。

㊽〔樹瓜華〕馬本、《唐音統籤》、汪本誤「樹瓜果」。平岡校：「樹瓜華，語出《禮記・郊特牲》篇。」《太平廣記》作「樹花」。

㊾〔焚香〕《太平廣記》作「燔香」。

㊿〔尤尚之〕馬本、汪本作「猶尚之」。

㉛〔夜殆半〕馬本、《唐音統籤》、汪本作「夜始半」，金澤本、管見抄本、《文苑英華》作「時夜殆半」，《太平廣記》作「時夜始半」。

㉜〔凭肩〕金澤本、管見抄本、《太平廣記》作「憑肩」。

㉝〔墮下界〕《太平廣記》作「於下界」。

㉞〔或爲天或爲人〕《太平廣記》作「或在天或在人」。

㉟〔亦不〕那波本作「不亦」。〔人間〕馬本、《唐音統籤》作「人世」。

㊱〔皇心震悼〕《太平廣記》作「上心嗟悼久之」，以下删節。

㊲〔日日〕金澤本、管見抄本作「日」。

㊳〔十二月〕金澤本作「十二月日」。

㊴〔話及〕金澤本、管見抄本作「語及」。

㊵〔將來〕《文苑英華》作「將來者」。

【注】

〔陳鴻〕見卷九《早朝賀雪寄陳山人》(0417)注。

〔右丞相〕指李林甫。《舊唐書·李林甫傳》：「林甫既秉樞衡，兼領隴右、河西節度，又加吏部尚書。天寶改易官名，爲右相，停知節度事，加光禄大夫，遷尚書左僕射。六載，加開府儀同三司，賜實封三百户，而恩渥彌深。……上在位多載，倦於萬機，恒以大臣接對拘檢，難徇私欲，自得林甫，一以委成。故杜絶逆耳之言，恣行宴樂，衽席無别，不以爲耻，由林甫之贊成也。」

〔元獻皇后〕《舊唐書·后妃傳》：「玄宗元憲皇后楊氏，弘農華陰人。曾祖士達，隋納言，天授中，以則天母族，追封士達爲鄭王，贈太尉。父知慶，左千牛將軍，贈太尉、鄭國公。后景雲元年八月，選入太子宮。……既而太平誅，后果生肅宗。太子妃王氏無子，后班在下，后不敢母肅宗。王妃撫鞠，慈甚所生。開元中，肅宗爲忠王，后爲妃，又生寧親公主。……開元十七年后薨，葬細柳原。」至德二載追册爲元獻太后。

〔武淑妃〕即武惠妃。《舊唐書·后妃傳》：「玄宗貞順皇后武氏，則天從父兄子恒安王攸止女也。攸止卒后，后尚幼，隨例入宮。上即位，漸承恩寵。及王庶人廢後，特賜號爲惠妃，宮中禮秩，一同皇后。……惠妃開元初産夏悼王及懷哀王、上仙公主，並襁褓不育，上特垂傷悼。及生壽王瑁，不敢養於宮中，命寧王憲於外養之。又生盛王琦、咸宜太華二公主。惠妃以開元二十五年十二月薨，年四十餘。」周紹良《唐傳奇箋證·長恨歌傳箋證》：「元獻皇后有寵事，它籍未見記載，……從玄宗即位後，專寵的只有武惠妃一人，元獻皇后在早期也還不及趙麗妃、皇甫德儀、劉才人等輩，傳云『元獻皇后、武淑妃皆有寵』之語，當不足據。」按，言寵及元獻皇后者，蓋因其爲肅宗母，作者從人情之願也。

〔時每歲十月，駕幸華清宮〕《舊唐書·玄宗紀》：「（天寶六載）冬十月戊申，幸温泉宮，改爲華清宮。」《元和郡縣志》卷一：「華清宮在驪山上。開元十一年，初置温泉宮。天寶六年，改爲華清宮。又造長生殿，名爲集靈臺，以祀神也。」温泉宮改爲華清宮，在册封楊貴妃後二年。此籠統言之。

〔得弘農楊玄琰女于壽邸〕《舊唐書·后妃傳》：「玄宗楊貴妃，高祖令本，金州刺史。父玄琰，蜀州司户。妃早孤，養於叔父河南府士曹玄璬。開元初，武惠妃特承寵遇，故王皇后廢黜。二十四年（按，此誤。當爲二十五年）惠妃薨，帝悼惜久之，後庭數千，無可意者。或奏玄琰女姿色冠代，宜蒙召見。時妃衣道士服，號曰太真。既進見，玄宗大悦。不期歲，禮遇如惠妃。」《新唐書·后妃傳》：「玄宗貴妃楊氏，隋梁郡通守汪四世孫。徙籍蒲州，遂爲永樂人。幼孤，養叔父家。始爲壽王妃。開元二十四年，武惠妃薨，後廷無當帝意者。或言妃姿質天挺，宜充掖廷，遂召内禁中。異之，即爲自出妃意者，丐籍女官，號太真。更爲壽王聘韋詔訓女，而太真得幸。」

〔霓裳羽衣曲〕見卷三《法曲歌》(0124)及卷二一《霓裳羽衣歌》(1406)注。

〔叔父昆弟，皆列在清貫，爵爲通侯，姊妹封國夫人〕《舊唐書·后妃傳》玄宗楊貴妃：「有姊三人，皆有才貌，玄宗並封國夫人之號。長曰大姨，封韓國；三姨，封虢國；八姨，封秦國。並承恩澤，出入宫掖，勢傾天下。天寶初，進册貴妃。妃父玄琰，累贈太尉、齊國公。母封凉國夫人。叔玄珪，光禄卿。再從兄銛，鴻臚卿。錡，侍御史，尚武惠妃女太華公主，以母愛，禮遇過於諸公主。賜甲第，連於宫禁。韓、虢、秦三夫人與銛、錡等五家，每有請託，府縣承迎，峻如詔敕，四方賂遺，其門如市。……韓、虢、秦三夫人遂給錢千貫，爲脂粉之資。銛授三品、上柱國，私第立戟。姊妹昆仲五家，甲第洞開，僭擬宫掖，車馬僕御，照耀京邑，遞相夸尚。每搆一堂，費踰千萬計，見制度宏壯於己者，即徹而復造。土木之工，不捨晝夜。玄宗頒賜及四方獻遺，五家如一，中使不絶。開元已來，豪貴雄盛，無如楊氏之比也。」

〔兄國忠盜丞相位，愚弄國柄〕《舊唐書·楊國忠傳》：「楊國忠本名釗，蒲州永樂人也。父珣，以國忠貴，贈兵部尚書。則天朝幸臣張易之，即國忠之舅也。國忠無學術拘檢，能飲酒，蒱博無行，爲宗黨所鄙。乃發憤從軍，事蜀帥。……太真妃，即國忠從祖妹也。天寶初，太真有寵，劍南節度使章仇兼瓊引國忠爲賓佐，既而擢授監察御史。……林甫方深阻保位，國忠凡所奏劾，涉疑似於太子者，林甫雖不明言以指導之，皆林甫所始，國忠乘而爲邪，得以肆意。……驟遷檢校度支員外郎，兼侍御史，兼水陸運及司農、出納錢物、内中市買、召募劍南健兒等使。以稱職遷度支郎中，不期年，兼領十五餘使，轉給事中、兼御史中丞，專判度支事。……初，楊慎矜希林甫旨，引王鉷爲御史中丞，同構大獄，以傾東宫。既帝意不迴，慎矜稍避事防患，因與鉷有隙。鉷乃附國忠，奏誣慎矜，誅其昆仲，由是權傾内外，公卿惕息。吉温爲國忠陳移奪執政之策，國忠用其謀，尋兼兵部侍郎。京兆尹蕭炅、御史中丞宋渾皆林甫所親善，國忠皆誣奏遣逐，林甫不能救。王鉷爲御史大夫，兼京兆尹，恩寵侔於國忠，而位望居其右。國忠忌其與己分權，會邢縡事泄，乃陷鉷兄弟誅之，因代鉷爲御史大夫，權京兆尹，賜名國忠。乃窮竟邢縡獄，令引林甫交私鉷、銲與阿布思事狀，而陳希烈、哥舒翰附會國忠，證成其狀，上由是疏薄林甫。……會林甫卒，遂代爲右相。」

〔道次馬嵬亭〕《元和郡縣志》卷二關内道京兆府興平縣：「馬嵬故城，在縣西北二十三里。馬嵬於此築城以避難，未詳何代人也。」

〔請誅錯以謝天下〕《舊唐書·玄宗紀》：「（天寶十五載六月）辛卯，哥舒翰至潼關，爲其帳下火拔歸仁以左右數十騎執之降賊，關門不守，京師大駭。……甲午，將謀幸蜀，乃下詔親征，仗下後，士庶恐駭，奔走于路。乙未，凌晨，自延秋門出，微雨霑濕，扈從惟宰相楊國忠、韋見素，内侍高力士，及太子、親王，妃主、皇孫已下多從之不及。……丙辰，次馬嵬驛，諸衛頓軍不進。龍武大將軍陳玄禮奏曰：『逆胡指闕，以誅國忠爲名，然中外羣情，不無嫌怨。今國步艱阻，乘輿震蕩，陛下宜徇羣情，爲社稷大計，國忠之徒，可置之于法。』會吐蕃使二十一人遮國忠告訴於驛門，衆呼曰：『楊國忠連蕃人謀逆！』兵士圍驛四合，及誅楊國忠、魏方進一族，兵猶未解。上令高力士詰之，迴奏曰：『諸將既誅國忠，以貴妃在宫，人情恐懼。』上即命力士賜貴妃自盡。」又見新舊《唐書》《后妃傳》、《楊國忠傳》、《韋見素傳》及《資治通鑑》。

〔適有道士自蜀來〕《太平廣記》卷二十《楊通幽》（出《仙傳拾遺》）：「楊通幽，本名什伍，廣漢什邡人。幼遇道士，教以檄召之術。……玄宗幸蜀，自馬嵬之後，屬念貴妃，往往輟食忘寐。近侍之臣，密令求訪方士，冀少安聖慮。或云楊什伍有考召之法，徵至行朝。上問其事，對曰：『雖天上地下，冥寞之中，鬼神之内，皆可歷而求之。』上大悦，於内置場，以行其術。……三日夜，又奏曰：『於人寰之中，山川岳瀆祠廟之内，十洲三島江海之間，亦遍求訪，不知其所。後於東海之上，蓬萊之頂，南宮西廡，有群仙所居，上元女仙太真者，即貴妃也。謂什伍曰：我太上侍女，隸上元宮。聖上太陽朱宮真人，偶以宿緣世念，其願頗重，聖上降居於世，我謫於人間，以爲侍衛耳。此後一紀，自當相見。願善保聖體，無復憶念也。乃取開元中所賜金釵鈿合各半，玉龜子一，寄以爲信。曰：聖上見此，自當醒憶矣。言訖流涕而別。』什伍以此物進之，上潸然良久，乃曰：『師昇天入地，通幽達冥，真得道神仙之士也。』手筆賜名通幽。」此與陳傳、白詩互有異同，蓋同一傳説之流變。

〔昔天寶十載，侍輦避暑驪山宮〕何焯云：「驪山非避暑之所。《明皇紀》：天寶十載十月辛亥幸華清，明年正月辛亥還京。書生不見國史故爾。」然此類傳説，屢見於唐人。《太平廣記》卷二〇四許雲封（出《甘澤謡》）：「天寶十四載六月日，時驪山駐蹕。是貴妃誕辰，上命小部音聲，樂長生殿，仍奏新曲，未有名，會南海進荔枝，因以曲名荔枝香。」《開元天寶遺事》卷下：「帝與貴妃，每至七月七日夜在華清宮遊宴。時宮女輩陳瓜花酒饌，列於庭中，求恩於牽牛、織女星也。」《遯齋閑覽》論杜牧《過華清宮絶句》：「（明皇）未嘗六月在驪山也，荔枝盛暑方熟，失事實。」程大昌《考古編》辨之云：「説者謂明皇帝以十月幸華清，涉春即回，是荔枝熟時，未嘗在驪山。然咸通中有袁郊作《甘澤謡》，載許雲封所得《荔枝香》曲曰……。《開天遺事》：帝與妃每至七月七日夜在華清遊宴。而白香山《長恨歌》亦言……。則知牧之乃當時傳信語也。世人但見《唐史》所載，遽以傳聞而疑傳信，大不可也。」清馮集梧《樊川詩集注》引程氏此説，同意其説。《元白詩箋證稿》：「今詳檢兩唐書玄宗紀無一次於夏日炎暑時幸驪山，而其駐蹕温泉，常在冬季春初，可以證明者也。夫君舉必書，唐代史實，武宗以前大抵完具。若玄宗果有夏季臨幸驪山之事，斷不致漏而不書。然則絶無如長恨歌傳所云，天寶十載七月七日玄宗與楊妃在華清宮之理，可以無疑矣。……杜牧、袁郊之説，皆承譌因俗而來，何可信從？而樂天長恨歌『七月七日長生殿』之句，更不可據爲典要。歐陽永叔博學通識，乃於《新唐書》貳貳《禮樂志一》……亦采《甘澤謡》之繆説，殊爲可惜。」朱《箋》謂陳氏此説：「未免失之過泥，蓋玄宗暑間微行間出，《唐書》不必盡書也。」周紹良《長恨歌傳箋證》又引嚴維《憶長安》：「憶長安，五月時，君王避暑華池。進膳甘瓜朱李，續命芳蘭彩絲。竟處高明臺榭，槐蔭柳色通逵。」及《舊唐書·玄宗紀》天寶八載夏四月：「幸華清宫觀風樓。」謂：「在玄宗時代，只有在春、冬季幸驪山温泉之説，並不是絶對的，既然諸書都不載夏、秋幸驪山，很難説不是遺漏未載。」按，微行間出之説不足據。《甘澤謡》、《開元天寶遺事》爲晚唐五代之書，采擇傳説，略與陳傳、白詩同而晚出。嚴維詩之作，則去天寶不遠。《舊唐書·玄宗紀》天寶八載記事，可證「駐蹕温泉，常在冬季春初」亦非絶對。然陳傳、白詩洵非信史，此密誓情節爲來自民間傳説無疑。

〔秋七月，牽牛織女相見之夕〕牽牛、織女，見卷三《太行路》（0132）注。《初學記》卷四引周處《風土紀》：「七月七日，其夜灑掃於庭，露施几筵，設酒脯時果，散香粉於河鼓、織女，言此二星神當會，守夜者咸懷私願，或云見天漢中有奕奕正白氣，有耀五色，以此爲徵應，見者便拜，而願乞富乞壽，無子乞子。唯得乞一，不得兼求，三年乃得言之，頗有受其祚者。」《荆楚歲時記》：「七月七日爲牽牛織女聚會之夜。是夕，人家婦女結彩縷，穿七孔針，或以金銀鍮石爲針，陳瓜果於庭中以乞巧。有喜子網於瓜上，則以爲符應。」《開元天寶遺事》卷下：「宫中以錦結成樓殿，高百尺，上可以勝數十人，陳以瓜果酒炙，設坐具，以祀牛、女二星。嬪妃各以九孔針、五色線，向月穿之，過者爲得巧之候。動清商之曲，宴樂達旦。士民之家皆效之。」

〔王質夫〕見卷五《招王質夫》（0179）注。

〔仙遊寺〕見卷五《仙遊寺獨宿》（0183）注。

長恨歌①

漢皇重色思傾國②，御宇多年求不得。楊家有女初長成，養在深閨人未識③。天生麗質難自棄，一朝選在君王側。迴眸一笑百媚生④，六宫粉黛無顏色。春寒賜浴華清池，温泉水滑洗凝脂。侍兒扶起嬌無力，始是新承恩澤時。雲鬢花顏金步摇⑤，芙蓉帳暖度春宵⑥。春宵苦短日高起，從此君王不早朝。承歡侍宴無閑暇⑦，春從春遊夜專夜。後宫佳麗三千人⑧，三千寵愛在一身。金屋妝成嬌侍夜⑨，玉樓宴罷醉和春。姊妹弟兄皆列土⑩，可憐光彩生門户。遂令天下父母心，不重生男重生女。驪宫高處入青雲，仙樂風飄處處聞。緩歌慢舞凝絲竹，盡日君王看不足⑪。漁陽鞞鼓動地來，驚破霓裳羽衣曲。九重城闕烟塵生，千乘萬騎西南行。翠華摇摇行復止，西出都門百餘里。六軍不發無奈何⑫，宛轉娥眉馬前死。花鈿委地無人收，翠翹金雀玉搔頭。君王掩面救不得⑬，迴看血淚相和流⑭。黄埃散漫風蕭索，雲棧縈紆登劍閣⑮。峨嵋山下少人行⑯，旌旗無光日色薄。蜀江水碧蜀山青，聖主朝朝暮暮情。行宫見月傷心色，夜雨聞鈴腸斷聲⑰。天旋日轉迴龍馭⑱，到此躊躇不能去。馬嵬坡下泥土中⑲，不見玉顏空死處。君臣相顧盡霑衣，東望都門信馬歸。歸來池苑皆依舊，太液芙蓉未央柳。芙蓉如面柳如眉⑳，對此如何不淚垂？春風桃李花開夜㉑，秋雨梧桐葉落時。西宮南苑多秋草㉒，宮葉滿階紅不掃㉓。梨園弟子白髮新，椒房阿監青娥老。夕殿螢飛思悄然，孤燈挑盡未成眠㉔。遲遲鐘鼓初長夜㉕，耿耿星河欲曙天。鴛鴦瓦冷霜華重，翡翠衾寒誰與共㉖？悠悠生死別經年，魂魄不曾來入夢。臨邛道士鴻都客㉗，能以精誠致魂魄。爲感君王輾轉思㉘，遂教方士殷勤覓。排空馭氣奔如電㉙，昇天入地求之遍。上窮碧落下黄泉，兩處茫茫皆不見。忽聞海上有仙山，山在虚無縹緲間。樓閣玲瓏五雲起㉚，其中綽約多仙子㉛。中有一人字太真㉜，雪膚花貌參差是。金闕西廂叩玉扃㉝，轉教小玉報雙成。聞道漢家天子使，九華帳裏夢魂驚㉞。攬衣推枕起徘徊，珠箔銀屏邐迤開㉟。雲鬢半偏新睡覺㊱，花冠不整下堂來。風吹仙袂飄颻舉㊲，猶似霓裳羽衣舞。玉容寂寞淚闌干，梨花一枝春帶雨。含情凝睇謝君王㊳，一別音容兩眇茫。昭陽殿裏恩愛絶㊴，蓬萊宫中日月長。迴頭下望人寰處㊵，不見長安見塵霧。唯將舊物表深情㊶，鈿合金釵寄將去。釵留一股合一扇㊷，釵擘黄金合分鈿。但令心似金鈿堅㊸，天上人間會相見。臨別殷勤重寄詞，詞中有誓兩心知。七月七日長生殿，夜半無人私語時。在天願作比翼鳥㊹，在地願爲連理枝。天長地久有時盡，此恨緜緜無絶期㊺。（0593）

【校】

①〔題〕各本詩前無題，連前傳文。金澤本詩前又有「長恨歌」題。顧校、朱《箋》詩前補題，從之。

②〔漢皇〕《文苑英華》明刊本、馬本、《唐音統籤》作「漢王」。

③〔深閨〕金澤本、管見抄本作「深窻」。〔未識〕《太平廣記》作「不識」。

④〔迴眸〕《文苑英華》明刊本、馬本、《唐音統籤》作「迴頭」。

⑤〔花顔〕《文苑英華》作「花冠」。

⑥〔暖度〕《文苑英華》作「裏暖」。

⑦〔侍宴〕金澤本、管見抄本、《文苑英華》作「侍寢」。〔閑暇〕管見抄本、《文苑英華》作「容暇」。

⑧〔後宫〕「後」金澤本、管見抄本、《文苑英華》抄本作「漢」。

⑨〔侍夜〕管見抄本作「待夜」。

⑩〔姊妹弟兄〕《文苑英華》抄本作「姐妹兄弟」。

⑪〔看不足〕《文苑英華》作「聽不足」。

⑫〔無奈何〕《文苑英華》作「知奈何」。

⑬〔掩面〕金澤本、管見抄本作「掩眼」。

⑭〔迴看〕馬本、《唐音統籤》作「迴首」。〔血淚〕金澤本、管見抄本作「淚血」。

⑮〔縈紆〕金澤本、管見抄本、《文苑英華》、《太平廣記》作「縈迴」。

⑯〔山下〕管見抄本、《文苑英華》作「山上」。〔少人行〕金澤本、管見抄本、《文苑英華》作「少行人」。

⑰〔聞鈴〕金澤本、管見抄本作「聞猿」。

⑱〔日轉〕馬本、《唐音統籤》、《文苑英華》明刊本作「地轉」。

⑲〔泥土〕《文苑英華》作「塵土」。

⑳〔芙蓉如面〕二句，金澤本、管見抄本互倒。

㉑〔花開夜〕金澤本、管見抄本、《文苑英華》作「花開日」。

㉒〔南苑〕金澤本、管見抄本、《文苑英華》、汪本作「南内」。

㉓〔宫葉〕金澤本、管見抄本、《文苑英華》、汪本作「落葉」。

㉔〔孤燈〕金澤本、管見抄本、《文苑英華》作「秋燈」。〔成眠〕金澤本、管見抄本作「能眠」。

㉕〔鐘鼓〕金澤本、管見抄本、《文苑英華》、《太平廣記》作「鐘漏」。

㉖〔翡翠衾寒〕金澤本、管見抄本、《文苑英華》作「舊枕故衾」。

㉗〔臨邛道士〕金澤本、管見抄本、《文苑英華》作「臨邛方士」。

㉘〔輾轉思〕《文苑英華》作「展轉恩」。

㉙〔排空〕汪本作「排雲」。

㉚〔樓閣〕金澤本、管見抄本、《文苑英華》作「樓殿」。

㉛〔其中〕金澤本、管見抄本作「其上」，《文苑英華》作「其間」。

㉜〔字太真〕那波本作「字玉真」，金澤本、管見抄本、《文苑英華》作「名玉妃」。

㉝〔西廂〕《文苑英華》作「兩廂」。

㉞〔帳裏〕金澤本、管見抄本、《文苑英華》作「帳下」。〔夢魂〕那波本、金澤本、《文苑英華》作「夢中」。

㉟〔銀屏〕《文苑英華》、汪本作「銀鉤」。〔邐迤〕《文苑英華》、汪本作「迤邐」。

㊱〔雲鬟〕金澤本、管見抄本作「雲鬟」，《文苑英華》、汪本作「雲髻」。〔半偏〕那波本作「半垂」。

㊲〔飄飖〕《文苑英華》、馬本、《唐音統籤》作「飄飄」。

㊳〔凝睇〕馬本、《唐音統籤》、汪本作「凝涕」。

㊴〔恩愛絶〕金澤本、管見抄本作「恩愛歇」。

㊵〔下望〕金澤本、管見抄本作「下視」，《文苑英華》作「下問」。

㊶〔唯將〕金澤本、管見抄本、《文苑英華》作「空持」。

㊷〔一股〕金澤本、管見抄本作「一鈷」。

㊸〔但令〕金澤本、管見抄本、《文苑英華》、汪本作「但教」。

㊹〔在天願作〕《文苑英華》作「在天願爲」。

㊺〔無絶期〕那波本、《文苑英華》、汪本作「無盡期」。

【注】

陳《譜》、汪《譜》、朱《箋》：作於元和元年（八〇六），盩厔。

〔漢皇重色思傾國，御宇多年求不得〕《漢書·外戚傳》：「孝武李夫人，本以倡進。初，夫人兄延年性知音，善歌舞，武帝愛之。每爲新聲變曲，聞者莫不感動。延年侍上起舞，歌曰：『北方有佳人，絶世而獨立。一顧傾人城，再顧傾人國。寧不知傾城與傾國，佳人難再得。』上嘆息曰：『善。世豈有此人乎？』平陽主因言延年有女弟，上乃召見之，實妙麗善舞。由是得幸。」

〔楊家有女初長成，養在深閨人未識〕馬永卿《懶真子》卷二：「詩人之言，爲用固寡，然大有益於世者，若《長恨歌》是也。明皇、太真之事，本有新臺之惡，而《歌》云：『楊家有女初長成，養在深閨人未識。』故世人罕知其爲壽王瑁之妃也。《春秋》爲尊者諱，此歌真得之。」按，白詩未必有意回護，然可見傳、詩叙事互異處。

〔迴眸一笑百媚生，六宫粉黛無顔色〕《能改齋漫録》卷八：「白樂天《長恨歌》云：『迴眸一笑百媚生，六宫粉黛無顔色。』蓋用李太白應制《清平樂》詞云：『女伴莫話孤眠，六宫羅綺三千。一笑皆生百媚，宸遊教在誰邊。』」王楙《野客叢書》卷十七語益精明：「僕謂李白之語又有所自，觀江總：『迴身轉佩百媚生，插花照鏡千嬌出。』意又出此。」周紹良《長恨歌傳箋證》：「實則此句乃本漢崔駰《七依》。」《藝文類聚》卷五七引《七依》：「迴顧百萬，一笑千金。」《太平御覽》卷三八一引作「迴眸百萬，一笑千金」，然前後頗多删節，未必爲原文。迴眸，又參見卷一《雜興三首》之一（0018）注。

〔雲鬢花顔金步摇，芙蓉帳暖度春宵〕《後漢書·輿服志》：「步摇，以黄金爲山題，貫白珠爲桂枝香繆，一爵九華。」《釋名》：「步摇上有垂珠，步則摇也。」《安禄山事迹》卷下：「天寶初，貴遊士庶，好衣胡服，爲豹皮帽。婦人則簪步摇，衩衣之制度，衿袖窄小。」蕭綱《戲作謝惠連體十三韻》：「珠繩翡翠帷，綺幕芙蓉帳。」

〔後宫佳麗三千人，三千寵愛在一身〕《後漢書·皇后紀》：「自武元之後，世增淫費，乃至掖庭三千。」《舊唐書·宦官傳》：「開元、天寶中，長安大内、大明、興慶三宫，皇子十宅院，皇孫百孫院，東都大内、上陽兩宫，大率宫女四萬人。」洪邁《容齋五筆》卷三開元宫嬪：「自漢以來，帝王妃妾之多，唯漢靈帝、吴歸命侯、晉武帝、宋蒼梧王、齊東昏、陳後主。唐世明皇爲盛。白樂天《長恨歌》云：『後宫佳麗三千人。』杜子美《劍器行》云：『先帝侍女八千人。』蓋言其多也。《新唐史》所叙，謂開元、天寶中，宫嬪大率至四萬，嘻其甚矣。」

〔金屋妝成嬌侍夜，玉樓宴罷醉和春〕金屋，見卷二《續古詩十首》「窈窕雙鬟女」首（0069）注。

〔遂令天下父母心，不重生男重生女〕《史記·外戚世家》褚先生補：「諺曰：生男無喜，生女無怒，獨不見衛子夫霸天下。」《資治通鑑》玄宗天寶五載：「楊貴妃方有寵，……民間歌之曰：生男勿喜女勿悲，君今看女作門楣。」蓋據陳傳。

〔漁陽鞞鼓動地來，驚破霓裳羽衣曲〕《舊唐書·玄宗紀》：「（天寶十四載十一月）丙寅，范陽節度使安祿山率蕃漢之兵十餘萬，自幽州南向詣闕，以誅楊國忠爲名，先殺太原尹楊光翽於博陵郡。壬申，聞於行在所。」《舊唐書·地理志二》河北道幽州大都督府：「（開元）十八年，割漁陽、玉田、三河置薊州。天寶元年，改范陽郡，屬范陽、上谷、嬀川、密雲、歸德、漁陽、順義、歸化八郡。」《資治通鑑》肅宗至德元載胡三省注：「漁陽，謂范陽也。范陽郡幽州，其後又分置薊州漁陽郡，二郡始各有分界。然范陽節度盡統幽、易、平、澶、嬀、燕等州，賊之根本實在范陽也。唐人於此時多以范陽、漁陽通言之，白居易詩所謂『漁陽鼙鼓動地來』，是以范陽通爲漁陽也。」鞞鼓，同鼙鼓，見卷三《縛戎人》（0142）注。

〔翠華摇摇行復止，西出都門百餘里〕翠華，見卷四《驪宫高》（0143）注。

〔六軍不發無奈何，宛轉娥眉馬前死〕岑建功《舊唐書校勘記》卷三二《玄宗楊貴妃傳》「既而四軍不散」條：「《御覽》一四一作六軍。按張氏宗泰云：以《新書兵志》考之，大抵以左右龍武、左右羽林軍合成四軍。及至德二載，始置左右神武軍。是至德以前有四軍無六軍明矣。《傳》曰『六軍徘徊』，《歌》曰『六軍不發無奈何』，蓋詩人沿天子六軍舊説，未考盛唐之制耳。此作四軍，是。」周紹良《長恨歌傳箋證》辨玄宗出奔所帶只龍武軍，所謂「四軍」亦不過就唐代兵制而言，亦是。《周禮·夏官·司馬》：「凡制軍，萬有二千五百人爲軍，王六軍，大國三軍，次國二軍，小國一軍。」《舊唐書·后妃傳》玄宗楊貴妃：「帝不獲已，與妃訣，遂縊死於佛室。」然劉禹錫《馬嵬行》：「貴人飲金屑，倏忽蕣英暮。」或據以認爲貴妃乃吞金而死。清沈濤《瑟榭叢談》卷下：「楊貴妃縊死馬嵬，傳記無異説。劉夢得詩『貴人服金屑』，迺用《晉書賈后傳》『趙王倫矯遺尚書劉宏等齎金屑酒賜后死』故事，以喻當日貴妃賜死情事耳。或遂疑貴妃實服金屑，誤矣。」

〔花鈿委地無人收，翠翹金雀玉搔頭〕《舊唐書·輿服志》：「内外命婦服花釵。施兩博鬢，寶鈿飾也。」《西京雜記》卷二：「武帝過李夫人，就取玉簪搔頭。自此後宮人搔頭皆用玉。」

〔黄埃散漫風蕭索，雲棧縈紆登劍閣〕《舊唐書·地理志四》劍南道劍州：「劍門，聖曆二年，分普安、永歸、陰平三縣地，於方期驛城置劍門，縣界大劍山，即梁山也。其北三十里所，有小劍山。大劍山有劍閣道，三十里至劍處，張載刻銘之所。劍山東西二百三十一里。」《元和郡縣志》卷三三：「大劍山亦曰梁山，在（普安）縣西北四十九里。姜維保劍門以拒鍾會即此也。大劍鎮在縣東四十八里。劍閣道自利州益昌縣西南十里至大劍鎮合。今驛道，諸葛亮相蜀，鑿石駕空，爲飛梁閣道以通行路。」

〔峨嵋山下少人行，旌旗無光日色薄〕沈括《夢溪筆談》卷二三：「白樂天《長恨歌》云：『峨嵋山下少人行，旌旗無光日色薄。』峨嵋山在嘉州，與幸蜀路並無交涉。」范温《潛溪詩眼》：「白樂天《長恨歌》，工矣，而用事猶誤。峨眉山下少人行，明皇幸蜀，不行峨眉山也。當改云劍門山。」然元稹《使東川詩好時節》：「身騎驄馬峨嵋下，面帶霜威卓氏前。虛度東川好時節，酒樓元被蜀兒眠。」《元白詩箋證稿》：「微之固無緣騎馬經過峨嵋山下也。夫微之親到東川，尚復如此，何况樂天之泛用典故乎？故此亦不足爲樂天深病。」

〔行宫見月傷心色，夜雨聞鈴腸斷聲〕《樂府雜録》：「《雨淋鈴》者，因唐明皇駕迴至駱谷，聞雨淋鑾鈴，因令張野狐撰爲曲名。」《明皇雜録》補遺、《楊太真外傳》謂明皇幸蜀初入斜谷作此曲，與白詩所叙合。王灼《碧雞漫志》卷五：「《雨淋鈴》，《明皇雜録》、《楊妃外傳》云：帝幸蜀，初入斜谷，霖雨彌旬，棧道中聞鈴聲，帝方悼念貴妃，采其聲爲《雨霖鈴》曲以寄恨，時梨園弟子惟張野狐一人善篳篥，因吹之，遂傳於世。予考史及諸家説，明皇自陳倉入散關，出河池，初不由斜谷路。今劍州梓桐縣地名上亭，有古今詩刻，記明皇聞鈴之地，庶幾是也。羅隱詩云：『細雨霏微宿上亭，雨中因感雨淋鈴。貴爲天子猶魂斷，窮著荷衣好涕零。劍水多端何處去，巴猿無賴不堪聽。少年辛苦今飄蕩，空愧先生教聚螢。』世傳明皇宿上亭，雨中聞牛鐸聲，悵然而起，問黄幡綽：『鈴作何語？』曰：『謂陛下特郎當。』特郎當，俗稱不整治也。明皇一笑，遂作此曲。《楊妃外傳》又載：上皇還京後，復幸華清，從宫嬪御，多非舊人，於望京樓下，命張野狐奏《雨淋鈴》曲，上四顧凄然，自是聖懷耿耿，但吟：『刻木牽絲作老翁，雞皮鶴髮與真同。須臾罷弄寂無事，還似人生一世中。』杜牧之詩云：『零葉翻紅萬樹霜，玉蓮開蕊暖泉香。行雲不下朝元閣，一曲淋鈴淚數行。』張祜詩云：『雨淋鈴夜却歸秦，猶是張徽一曲新。長説上皇和淚教，月明南内更無人。』張徽即張野狐也。或謂祜詩言上皇出蜀時曲，與《明皇雜録》、《楊妃外傳》不同。祜意明皇入蜀時作此曲，至雨淋鈴夜却又歸秦，猶是張野狐向來新曲，非異説也。元微之《琵琶歌》云：『淚垂捍撥珠絃濕，冰泉嗚咽流鶯色。因兹彈作雨淋鈴，風雨蕭條鬼神泣。』今《雙調雨淋鈴慢》，頗極哀怨，真本曲遺聲。」張祜詩亦謂出蜀時作此曲，王灼蓋彌縫其説。《元白詩箋證稿》：「玄宗由蜀返長安，其行程全部在冬季，與製曲本事之氣候情狀不相符應。故樂天取此事屬之赴蜀途中者，實較合史實。」

〔天旋日轉迴龍馭，到此躊躇不能去〕《舊唐書·后妃傳》：「上皇自蜀還，令中使祭奠，詔令改葬。禮部侍郎李揆曰：『龍武將士誅國忠，以其負國兆亂。今改葬故妃，恐將士疑懼，葬禮未可行。』乃止。上皇密令改葬於他所。初瘞時，以紫褥裹之，肌膚已壞，而香囊仍在，内官以獻，上皇視之凄惋，乃令圖其形於别殿，朝夕視焉。」

〔歸來池苑皆依舊，太液芙蓉未央柳〕太液，漢太液池，唐亦沿其稱。《三輔黄圖》卷四：「太液池在長安故城西，建章宫北。」《長安志》卷六：「（大明宫）有太液池，池内有太液亭子。」《唐兩京城坊考》卷一大明宫：「紫宸之後曰蓬萊殿，西清暉閣，其北太液池，池有亭。」未央宫，漢宫。《史記·高祖本紀》：「八年，蕭丞相營作未央宮，立東闕、北闕。」《長安志》卷六：「未央宮，……漢之舊宮也。去宮城二十一里，唐置都邑之後，因其舊址復增修之，宮側有未央池。」

〔西宮南苑多秋草，宮葉滿階紅不掃〕西宮，西内，長安宮城，即太極宮。《唐兩京城坊考》卷一宮城：「宮城亦曰西内，其正牙曰太極殿。唐龍朔後，天子常居大明宮。大明宮在宮城東北，故謂大内爲西内。景雲元年，改曰太極宮。」南苑，即南内，興慶宮。《唐兩京城坊考》卷一：「興慶宮在皇城之東，外郭城之興慶坊，是曰南内。」《資治通鑑》肅宗上元元年：「上皇愛興慶宮，自蜀歸即居之。……李輔國素微賤，雖暴貴用事，上皇左右皆輕之。輔國意恨，且欲立奇功以固其寵，乃言於上曰：『上皇居興慶宮，日與外人交通，陳玄禮、高力士謀不利於陛下。』……會上不豫，秋七月丁未，輔國矯稱上語，迎上皇遊西内，至睿武門，輔國將射生五百騎，露刃遮道奏曰：『皇帝以興慶宮湫隘，迎上皇遷居大内。』上皇驚，幾墜。……力士又叱輔國與己共執上皇馬鞚，侍衛如西内，居甘露殿。輔國帥衆而退，所留侍衛兵才尪老數十人，陳玄禮、高力士及舊宮人皆不得留左右。」

〔梨園弟子白髮新，椒房阿監青娥老〕梨園弟子，見卷三《華原磬》(0128)注。《漢書·車千秋傳》：「江充先治甘泉宮人，轉至未央椒房。」注：「椒房，皇后所居也。」《後漢書·蔡茂傳》載茂上書：「然頃者貴戚椒房之家，數固恩勢，干犯吏禁。」《新唐書·百官志二》内官宮正：「有女史四人。阿監、副監，視七品。」王建《宮詞》：「未明東上閤門開，排仗聲從後殿來。阿監兩邊相對立，遥聞索馬一時迴。」

〔夕殿螢飛思悄然，孤燈挑盡未成眠〕《邵氏聞見後録》卷十九：「寧有興慶宮中，夜不燒蠟油，明皇自挑燈者乎？書生之見可笑耳。」王楙《野客叢書》卷五二公言宮殿：「詩人諷詠，自有主意，觀者不可泥其區區之詞。《聞見録》曰：『……豈有興慶宮中夜不點燭，明皇自挑燈之理？』《步里客談》曰：『陳無己《古墨行》謂：睿思殿裏春將半，燈火闌殘歌舞散。自書小字答邊臣，萬國烽煙入長算。燈火闌殘乃村鎮夜深景致，睿思殿不應如是。』二説甚相類。僕謂二詞正所以狀宮中向夜蕭索之意，非以形容盛麗之爲。固雖天上非人間比，使言高燒畫燭，貴則貴矣，豈復有長恨等意邪？觀者味其情旨斯可矣。」《元白詩箋證稿》引居易《禁中夜作書與元九》（本書卷十四0719）：「五聲宮漏初明後，一點窗燈欲滅時。」謂：「此詩實作於元和五年樂天適任翰林學士之時，而禁中乃點油燈，殆文學侍從之臣止宿之室，亦稍從樸儉耶？至上皇夜起，獨自挑燈，則玄宗雖幽禁極淒涼之景境，諒或不至於是，文人描寫，每易過情，斯固無足怪也。」周紹良《長恨歌傳箋證》引《新唐書·百官志》：「司燈、典燈、掌燈各二人，掌門閣燈燭。晝漏盡一刻，典燈以下分察。」謂：「既然分燈和燭，可見唐宮中是有燈的。」

〔鴛鴦瓦冷霜華重，翡翠衾寒誰與共〕《三國志·魏書·方技傳》：「文帝問（周）宣曰：『吾夢殿屋兩瓦墮地，化爲雙鴛鴦，此何謂也？』」吳均《答蕭新浦詩》：「肘懸辟邪印，屋曜鴛鴦瓦。」杜甫《秋日荆南送石首薛明府辭滿告別》：「殿瓦鴛鴦拆，宮簾翡翠虛。」《楚辭·招魂》：「翡翠珠被，爛齊光些。」沈約《傷美人賦》：「虛翡翠之珠被，空合歡之芳褥。」

〔臨邛道士鴻都客，能以精誠致魂魄〕《元和郡縣志》卷三三：「劍南道邛州臨邛縣，本漢縣也。」陳《傳》稱「道士自蜀來」，出《仙傳拾遺》之《楊通幽》稱其爲「廣漢什邡人」，所記微異。鴻都，朱《箋》謂指鴻都門，引《後漢書·靈帝紀》：「光和元年二月，始置鴻都門學士。」王汝弼《白居易選集》：「然此處似與上都、大都爲同義語，暗指長安。」周紹良謂「鴻」與「洪」通，「鴻都」即「洪都」：「所謂『洪都』，即指江西而言。龍虎山爲歷來道教勝地，境屬江西，以江西影射龍虎山而言，也是詩家一種運用典故的手法。」又謂唐時四川青城山有道觀名「鴻都」，引杜光庭《題鴻都觀》詩。按，周説過迂。「鴻」雖或與「洪」通，然未有以「鴻都客」代稱道士者。唐人例以「鴻都」指長安。張説《送薛植入京》：「青組言從史，鴻都忽見求。」王昌齡《灞上閑居》：「鴻都有歸客，偃卧滋陽村。」王說可從。

〔上窮碧落下黃泉，兩處茫茫皆不見〕碧落，道書所云天界。《度人經》：「昔于始青天中碧落高歌。」注：「始青天乃東方第一天，有碧霞遍滿，是云碧落。」武三思《仙鶴篇》：「經隨羽客步丹丘，曾逐仙人遊碧落。」《莊子·田子方》：「夫至人者，上窺青天，下潛黃泉，揮斥八極，神氣不變。」

〔忽聞海上有仙山，山在虛無縹緲間〕海上三仙山，見卷一《題海圖屏風》（0007）注。

〔中有一人字太真，雪膚花貌參差是〕太真爲楊貴妃入道時之道號，見新舊《唐書·后妃傳》。參差，幾乎，大概。《朝野僉載》卷五：「此處猶可，若對至尊前，公作如此事，參差斫却你頭。」張謂《春園家宴》：「山簡醉來歌一曲，參差笑殺郢中兒。」

〔金闕西廂叩玉扃，轉教小玉報雙成〕《太平御覽》卷六六〇道部真人上引《大洞玉經》：「上清宮門中有兩闕，左金闕，右玉闕。」《爾雅·釋宮》：「室有東西廂曰廟。」西廂在右，玉扃即玉闕之變文。《太平御覽》卷五七三引《搜神記》：「吳王夫差小女名玉。」白居易《霓裳羽衣歌》（本書卷二一1406）「吳妖小玉飛作煙」句自注：「夫差女小玉死後，形見於王，其母抱之，霏微若煙霧散空。」是「小玉」者，即小女玉也。傳本《搜神記》引此傳說作「名曰紫玉」。《漢武帝内傳》：「王母乃命侍女王子登彈八琅之璈，又命侍女董雙成吹雲鉌之笙。」

〔聞道漢家天子使，九華帳裏夢魂驚〕九華帳，見卷四《李夫人》（0158）注。

〔玉容寂寞淚闌干，梨花一枝春帶雨〕《文選》左思《吳都賦》李善注：「闌干，猶縱橫也。」杜甫《彭衙行》：「從此出妻孥，相視涕闌干。」

〔昭陽殿裏恩愛絕，蓬萊宮中日月長〕昭陽殿，見卷四《繚綾》（0153）注。蓬萊宮，朱《箋》：「指蓬萊神山之宮闕，非長安之蓬萊宮。」

〔七月七日長生殿，夜半無人私語時〕《舊唐書・玄宗紀》：「（天寶元年十月辛丑）新成長生殿，名曰集靈臺，以祀天神。」《唐會要》卷三十華清宮：「天寶元年十月，造長生殿，名爲集靈臺，以祀神。」鄭嵎《津陽門詩》注：「有長生殿，乃齋殿也。有事於朝元閣，即御長生殿以沐浴也。」又謂：「飛霜殿即寢殿，而白傅《長恨歌》以長生殿爲寢殿，殊誤矣。」《資治通鑑》則天皇后長安四年胡三省注：「長生院即長生殿。明年五王誅二張，進至太后所寢長生殿，同此處也。蓋唐寢殿皆謂之長生殿。此武后寢疾之長生殿，洛陽宮寢殿也。肅宗大漸，越王係授甲長生殿，長安大明宮之寢殿也。白居易所謂『七月七日長生殿，夜半無人私語時』，華清宮之長生殿也。」《元白詩箋證稿》：「唐代宮中長生殿雖爲寢殿，獨華清宮之長生殿爲祀神之齋宮。神道清嚴，不可闌入兒女猥瑣。樂天未入翰林，猶不諳國家典故，習於世俗，未及詳察，遂至失言。胡氏史學專家，亦混雜徵引，轉以爲證，疏矣。」周一良《宋高僧傳善無畏傳中的幾個問題》三《内道場與長生殿》（《周一良集》第三卷）：「胡（三省）説非是，長生殿非寢殿，乃祀神之所也。武后寢疾與肅宗大漸之處皆無明證可以證其爲燕寢之地。試檢唐書，知諸帝可寢息或薨逝於宮中任何殿。長生殿可用爲寢殿，然不能據此斷定長生殿主要用途爲作燕寢也。武后與肅宗所以寢疾於此者，蓋有宗教意義。因長生殿爲祭神之地，又爲内道場即禁中佛寺之所在。病中移寢於是，蓋以祈福。」周紹良《長恨歌傳箋證》説略同。黄永年《長恨歌新解》（收入所著《文史探微》）比勘《唐書》、《唐會要》、《長安志》等記載，謂：「《舊唐書・二張傳》説『則天卧疾長生院』，《李湛傳》説『率所部兵直至則天所寢長生殿』，但同書《桓彦範傳》却説彦範、李湛等率兵斬關而入時『則天在迎仙宮之集仙殿』，此集仙殿應即《李湛傳》的長生殿，則又是一建築物而有二名」；「長生殿的名稱僅見於（《長安志》之）『東内大明宮章』後的『別見』部分，而所謂『別見』者，是不見於唐人所傳宮省舊圖爲宋敏求旁收其他文獻所得，故方位悉不明瞭，其中的長生殿疑即抄自《舊唐書・李湛傳》等，別無其他依據。……（因此）所謂長生殿者，並非某所建築物的專稱，而係唐人對皇帝寢殿的通稱。既是通稱，自然不能記入宮省圖。……（《舊唐書・玄宗紀》）『新成長生殿，名曰集靈臺』者，『新成寢殿，名曰集靈臺』之謂，並非一建築物而二名。」按，周説否認胡三省長生殿爲寢殿之説，黄説則發揮胡三省之説，謂凡寢殿皆可稱長生殿，而非某建築之專稱。然據《舊唐書・陳夷行傳》：「兼充皇太子侍讀，詔五日一度入長生院侍太子講經。」此長生院爲太子日常起居之所，顯非祀神或祈福之地。又據《舊唐書・禮儀志四》記華清宮「新作長生殿，改爲集靈臺」，是《玄宗紀》「名曰集靈臺」者，改名集靈臺之謂也，不可謂長生殿亦非華清宮某殿之專稱。要之，此李、楊盟誓情節洵非信史，而出自傳説。二人對天盟誓，在祈靈求神之所，於人情推想完全合於情理，不必譏其神道清嚴與兒女猥瑣之不協。顧況《宿昭應》：「武帝祈靈太乙壇，新豐樹色繞千官。那知今夜長生殿，獨閉山門月影寒。」詩意亦謂長生殿即玄宗祈靈之「太乙壇」所在，而此「祈靈」之情節或即《長恨歌》之盟誓歟？顧況此詩可證有關長生殿之種種傳説，實出於陳傳、白詩之前。

〔在天願作比翼鳥，在地願爲連理枝〕《博物志》卷三：「比翼鳥，一青一赤，在參嵎山。」曹植《送應氏詩二首》：「願爲比翼鳥，施翮起高翔。」連理枝，見本卷《長相思》(0586)注。

魏泰《臨漢隱居詩話》：「唐人詠馬嵬之事者多矣。……白居易曰：『六軍不發爭奈何，宛轉蛾眉馬前死。』此乃歌詠祿山能使官軍皆叛，逼迫明皇，明皇不得已而誅楊妃也。噫，豈特不曉文章體裁，而造語蠢拙，抑已失臣下事君之禮矣。老杜則不然。」

張戒《歲寒堂詩話》卷上：「元微之云：道得人心中事。此故白樂天長處，然情意失於太詳，景物失於太露，遂成淺近，略無餘藴，此其所短處。如《長恨歌》，雖播於樂府，人人稱誦，然其實乃樂天少作，雖欲悔而不可追者也。其叙楊妃進見專寵行樂事，皆穢褻之語。」

汪立名云：「此論（指魏泰《臨漢隱居詩話》）爲推尊少陵則可，若以此貶樂天，則不可。論詩須相題，《長恨歌》本與陳鴻、王質夫話楊妃始終而作，猶慮詩有未詳，陳鴻又作《長恨歌傳》，所謂不特感其事，亦欲懲尤物、窒亂階，垂於將來也，自與《北征》詩不同。若諱馬嵬事實，則長恨二字便無着落矣。讀書全不理會作詩本末，而執片詞肆議古人，已屬太過。至謂歌詠禄山能使官軍云云，則尤近乎鍛煉矣。宋人多文字吹求之禍，皆醸於此等議論。若唐人作詩，本無所謂忌諱，忠厚之風，自可慕也。然陳《傳》中叙貴妃進於壽邸，而白詩諱之，但云『楊家有女初長成，養在深閨人未識。天生麗質難自棄，一朝選在君王側』，安得謂樂天不知文章大體耶？」

翁方綱《石洲詩話》卷二：「白公之爲《長恨歌》、《霓裳羽衣曲》諸篇，自是不得不然，不但不蹈杜公、韓公之轍也。是乃瀏離頓挫，獨出冠時，所以爲豪傑耳。始悟後之欲復古者，是强作解事。」

王國維《人間詞話》：「以《長恨歌》之壯采，而所隸之事，只『小玉雙成』四字，才有餘也。梅村歌行，則非隸事不辦。白、吳優劣，即此可見。不獨作詩爲然，填詞家亦不可不知也。」

婦人苦

蟬鬢加意梳，蛾眉用心掃。幾度曉妝成，君看不言好。妾身重同穴，君意輕偕老。惆悵去年來，心知未能道。今朝一開口，語少意何深。願引他時事，移君此日心。人言夫婦親，義合如一身。及至死生際，何曾苦樂均？婦人一喪夫，終身守孤孑。有如林中竹，忽被風吹折。一折不重生，枯死猶抱節。男兒若喪婦，能不暫傷情？應似門前柳，逢春

易發榮。風吹一枝折，還有一枝生。爲君委曲言，願君再三聽。須知婦人苦，從此莫相輕。（0594）

【注】

〔蟬鬢加意梳，蛾眉用心掃〕蕭繹《登顔園故閣詩》：「妝成理蟬鬢，笑罷斂蛾眉。」左思《嬌女詩》：「明朝弄梳臺，黛眉類掃迹。」

〔妾身重同穴，君意輕偕老〕同穴，見卷一《贈内》（0032）注。《詩·衛風·氓》：「及爾偕老，老使我怨。」

〔人言夫婦親，義合如一身〕《淮南子·齊俗訓》：「義者，所以合君臣、父子、夫妻、朋友之際也。」《穀梁傳》桓公八年集解引鄭玄説：「天子雖尊，其于后猶夫婦。夫婦牉合，理同一體。」

長安道

花枝缺處青樓開，豔歌一曲酒一杯。美人勸我急行樂，自古朱顔不再來。君不見，外州客①，長安道，一迴來②，一迴老。（0595）

【校】

①〔外州客〕馬本、《唐音統籤》、汪本作「外州官客」。

②〔一迴來〕馬本、《唐音統籤》、汪本作「一迴來時」。

【注】

〔花枝缺處青樓開，豔歌一曲酒一杯〕曹植《美女篇》：「借問女安居，乃在城南端。青樓臨大路，高門結重關。」《樂府詩集》卷三九引《古今樂録》：「《艷歌行》非一。有直云艷歌，即《艷歌行》是也。若《羅敷》、《何嘗》、《雙鴻》、《福鍾》等行，亦皆艷歌。」徐陵《玉臺新詠序》：「弄筆晨書，撰録艷歌。」

潛別離

不得哭，潛別離。不得語，暗相思。兩心之外無人知。深籠夜鎖獨棲鳥，利劍春斷連理枝。河水雖濁有清日①，烏頭雖黑有白時②。唯有潛離與暗別，彼此甘心無後期。

（0596）

【校】

①〔雖濁有清日〕金澤本作「雖濁清有日」。《文苑英華》作「雖清濁有日」，誤。

②〔有白時〕金澤本、《文苑英華》作「白有時」。

【注】

〔河水雖濁有清日，烏頭雖黑有白時〕《左傳》襄公八年：「《周詩》有之曰：俟河之清，人壽幾何？」《拾遺記》卷一：「黄河千年一清，至聖之君，以爲大瑞。」烏頭白，見卷十《答元郎中楊員外喜烏見寄》（0521）注。

隔浦蓮

隔浦愛紅蓮①，昨日看猶在。夜來風吹落，只得一迴採。花開雖有明年期②，復愁明年還暫時。（0597）

【校】

①〔紅蓮〕金澤本作「紅荷」。

②〔雖有〕金澤本作「唯有」。

寒食野望吟

丘墟郭門外，寒食誰家哭？風吹曠野紙錢飛，古墓纍纍春草緑。棠梨花映白楊樹，盡是死生離別處。冥寞重泉哭不聞①，蕭蕭暮雨人歸去②。（0598）

【校】

①〔重泉〕金澤本作「黄泉」。

②〔蕭蕭〕馬本作「瀟瀟」。

琵琶引 并序

元和十年①，予左遷九江郡司馬。明年秋，送客湓浦口②，聞舟船中夜彈琵琶者③。聽其音，錚錚然有京都聲。問其人，本長安倡女④，嘗學琵琶於穆、曹二善才。年長色衰，委身爲賈人婦。遂命酒，使快彈數曲。曲罷憫默⑤，自叙少小時歡樂事，今漂淪憔悴，轉徙於江湖間。予出官二年，恬然自安。感斯人言，是夕始覺有遷謫意。因爲長句歌以贈之。凡六百一十六言⑥，命曰《琵琶行》⑦。

潯陽江頭夜送客，楓葉荻花秋索索⑧。主人下馬客在船，舉酒欲飲無管絃。醉不成歡慘將別，別時茫茫江浸月。忽聞水上琵琶聲，主人忘歸客不發。尋聲闇問彈者誰，琵琶聲停欲語遲。移船相近邀相見，添酒迴燈重開宴。千呼萬喚始出來，猶把琵琶半遮面⑨。轉軸撥絃三兩聲⑩，未成曲調先有情。絃絃掩抑聲聲思，似訴平生不得意⑪。低眉信手續續彈，説盡心中無限事。輕攏慢撚抹復挑，初爲霓裳後綠腰⑫。大絃嘈嘈如急雨，小絃切切如私語⑬。嘈嘈切切錯雜彈⑭，大珠小珠落玉盤。間關鶯語花底滑，幽咽泉流冰下難⑮。冰泉冷澀絃凝絶⑯，凝絶不通聲暫歇⑰。別有幽愁暗恨生⑱，此時無聲勝有聲。銀瓶乍破水漿迸，鐵騎突出刀槍鳴。曲終收撥當心畫，四絃一聲如裂帛。東舟西舫悄無言⑲，唯見江心秋月白⑳。沈吟放撥插絃中，整頓衣裳起斂容。自言本是京城女，家在蝦蟇陵下住㉑。十三學得琵琶成，名屬教坊第一部。曲罷曾教善才伏㉒，妝成每被秋娘妒。五陵年少爭纏頭，一曲紅綃不知數。鈿頭雲篦擊節碎㉓，血色羅裙翻酒汙。今年歡笑復明年，秋月春風等閑度。弟走從軍阿姨死，暮去朝來顏色故。門前冷落鞍馬稀，老大嫁作商人婦。商人重利輕別離㉔，前月浮梁買茶去㉕。去來江口守空船，遶船月明江水寒㉖。夜深忽夢少年事，夢啼妝淚紅闌干㉗。我聞琵琶已歎息，又聞此語重唧唧。同是天涯淪落人，相逢何必曾相識㉘。我從去年辭帝京㉙，謫居卧病潯陽城㉚。潯陽小處無音樂㉛，終歲不聞絲竹聲。住近湓江地低濕，黄蘆苦竹繞宅生。其間旦暮聞何物，杜鵑啼哭猿哀鳴㉜。春江花朝秋月夜，往往取酒還獨傾㉝。豈無山歌與村笛，嘔啞嘲哳難爲聽㉞。今夜聞君琵琶語，如聽仙樂耳暫明。莫辭更坐彈一曲，爲君飜作琵琶行。感我此言良久立，却坐促絃絃轉急。淒淒不似向前聲，滿座重聞皆掩泣。就中泣下誰最多㉟，江州司馬青衫濕。（0599）

【校】

①〔元和十年〕金澤本、管見抄本作「元和十五年」，平岡校：「雖事不合，亦當有所由。」

②〔送客〕金澤本、管見抄本作「送客至」。

③〔舟船中〕《文苑英華》、金澤本、馬本、《唐音統籤》、汪本作「舟中」。

④〔本長安倡女〕金澤本、管見抄本作「本是長安倡家女」，《文苑英華》作「本是長安倡女」。

⑤〔憫默〕《文苑英華》、馬本、《唐音統籤》作「憫然」。

⑥〔六百一十六言〕各本作「六百一十二言」，據《文苑英華》改。

⑦〔命曰琵琶行〕金澤本、管見抄本、《文苑英華》作「命曰琵琶引」。

⑧〔索索〕馬本、《唐音統籤》、汪本作「瑟瑟」。

⑨〔猶把〕《文苑英華》同，其餘各本作「猶抱」。

⑩〔三兩聲〕《文苑英華》作「三五聲」。

⑪〔不得意〕馬本、《唐音統籤》、汪本作「不得志」。

⑫〔綠腰〕馬本、《唐音統籤》、汪本作「六幺」。《文苑英華》校：「集作六幺，從俗。」

⑬〔切切〕金澤本、管見抄本作「竊竊」，下句同。

⑭〔錯雜〕金澤本、管見抄本作「雜錯」。

⑮〔冰下難〕「冰」紹興本等作「水」，據那波本、金澤本、管見抄本改。「難」《文苑英華》、馬本、《唐音統籤》、汪本作「灘」，誤。段玉裁《經韻樓集》卷八《與阮芸臺書》：「『泉流水下灘』不成語，且何以與上句屬對？昔年曾謂當

作『泉流冰下難』，故下文接以『冰泉冷澀』。『難』與『滑』對，難者滑之反也。鶯語花底，泉流冰下，形容澀滑二境，可謂工絶。」

⑯〔凝絶〕紹興本、汪本作「疑絶」，據金澤本、《文苑英華》等改。

⑰〔暫歇〕《唐音統籤》作「漸歇」。

⑱〔幽愁〕《文苑英華》、汪本作「幽情」。

⑲〔東舟〕那波本等各本作「東船」。

⑳〔唯見〕《文苑英華》作「唯有」。

㉑〔家在〕金澤本、管見抄本、《文苑英華》作「家近」。

㉒〔曾教〕馬本、《唐音統籤》作「長教」。〔善才伏〕馬本、《唐音統籤》作「善才服」。

㉓〔雲篦〕馬本、《唐音統籤》作「銀篦」。

㉔〔輕別離〕金澤本、管見抄本、《文苑英華》作「輕離別」。

㉕〔前月〕汪本作「前年」。

㉖〔月明〕馬本、《唐音統籤》作「明月」。

㉗〔夢啼妝淚〕《文苑英華》作「啼妝淚落」。

㉘〔相逢〕「逢」金澤本、管見抄本作「悲」。《文苑英華》校：「集作悲。」

㉙〔辭帝京〕《文苑英華》作「離帝京」。

㉚〔卧病〕金澤本、管見抄本作「病卧」。

㉛〔小處〕馬本、《唐音統籤》、汪本作「地僻」。

㉜〔啼哭〕那波本、馬本、《唐音統籤》、汪本作「啼血」。

㉝〔獨傾〕「獨」，《文苑英華》校：「集作自。」

㉞〔歐啞〕《文苑英華》、馬本、《唐音統籤》、汪本作「嘔啞」。

㉟〔就中〕馬本、《唐音統籤》、汪本作「座中」。〔泣下〕「下」，《文苑英華》校：「一作淚。」

【注】

陳《譜》、汪《譜》、朱《箋》：作於元和十一年（八一六），江州。

〔九江郡〕即江州。《舊唐書·地理志三》：「江州，隋九江郡。」

〔湓浦〕見卷一《潯陽三題·廬山桂》（0061）注。

〔穆、曹二善才〕元稹《琵琶歌》：「繼之無乃在鐵山，鐵山已近曹穆間。」原注：「二善才姓。」李紳《悲善才》序：「頃在内庭日，别承恩顧，賜宴曲江，敕善才等二十人備樂。自余經播遷，善才已没。因追感前事，爲悲善才。」詩云：「東頭弟子曹善才，琵琶請進新翻曲。」《樂府雜録》卷上琵琶：「貞元中有王芬、曹保保，其子善才、其孫曹綱，皆襲所藝。」

〔潯陽江頭夜送客，楓葉荻花秋索索〕潯陽江，即長江流經九江段。《明一統志》九江府：「潯陽江在府城北，源自岷山，至此下流四十里，會彭蠡湖水東流入海。」索索，見卷一《諭友》（0052）注。楊慎《升庵詩話》卷十一：「白樂天《琵琶行》『楓葉荻花秋瑟瑟』，今詳者，多以爲蕭瑟，非也。瑟瑟本是寶名，其色碧。此句言楓葉赤，荻花白，秋色碧也。或者咸怪今説之異，余曰：曷不以樂天他詩證之。……唐詩惟白公用瑟瑟字多。」按，楊氏據明本作「秋瑟瑟」者爲説，實不足據。此句「索」爲鐸韻，與陌韻「客」通押。瑟爲質（櫛）韻，作「秋瑟瑟」者出韻。

〔絃絃掩抑聲聲思，似訴平生不得意〕掩抑，見卷三《五絃彈》(0139)注。

〔輕攏慢撚抹復挑，初爲霓裳後緑腰〕《樂府雜録》琵琶：「次有裴興奴，與綱同時。曹綱善運撥，若風雨，而不事扣絃。興奴長於攏撚，指撥稍軟。時人謂曹綱有右手，興奴有左手。」張祜《王家琵琶》：「金屑檀槽玉腕明，子絃輕撚爲多情。只愁拍盡凉州調，劃出風雷是撥聲。」丘瓊蓀《燕樂探微·琵琶》：「張詩既説『撚』，又説『撥』，可知『撚』不是指手彈法」；「『抹』與『挑』，無疑用撥」；「『攏』與『撚』，乃左手按絃的指法，不是右手的搊彈法。」霓裳，指《霓裳羽衣曲》，見卷三《法曲歌》(0124)注。緑腰，唐大曲名，即《樂世》，又作「六幺」、「録要」。白居易《聽歌六絶句·樂世》(本書卷三五2648)注：「一名六幺。」《碧雞漫志》卷三：「六幺，一名緑腰，一名樂世，一名録要。元微之《琵琶歌》云：『緑腰散序多攏撚。』又云：『管兒還爲彈緑腰，緑腰依舊聲迢迢。』又云：『逡巡彈得六腰徹，霜刀破竹無殘節。』沈亞之《歌者葉記》云：『合韻奏緑腰。』又《志盧金蘭墓》云：『爲緑腰、玉樹之舞。』《唐史吐蕃傳》云：『奏凉州、胡渭、録要雜曲。』段安節《琵琶録》云：『緑腰，本録要也。樂工進曲，上令録其要者。』白樂天《楊柳枝詞》云：『六幺水調家家唱，白雪梅花處處吹。』又《聽歌六絶句》内《樂世》一篇云：『管急絃繁拍漸稠，緑腰宛轉曲終頭。誠知樂世聲聲樂，老病人聽未免愁。』注云：『樂世一名六幺。』王建《宫詞》云：『琵琶先抹六幺頭。』故知唐人以腰作幺者，惟樂天與王建耳。或云此曲拍無過六字者，故曰六幺。至樂天又謂之樂世，他書不見也。」按，張説有《樂世》，非起於居易。詳任二北《教坊記箋訂》。

〔大絃嘈嘈如急雨，小絃切切如私語〕王延壽《魯靈光殿賦》：「耳嘈嘈以失聽，目矎矎以喪精。」《文選》李善注：「《埤蒼》曰：嘈嘈，聲衆也。」《説苑·修文》：「閔子騫三年之喪畢，見於孔子，孔子與之琴，使之絃，援琴而絃，切切而悲作。」顧况《李供奉彈箜篌歌》：「大絃似秋雁，聯聯度隴關。小絃似春燕，喃喃向人語。手頭疾，腕頭軟，來來去去如風卷。聲清泠泠鳴索索，垂珠碎玉空中落。美女爭窺玳瑁簾，聖人卷上真珠箔。大絃長，小絃短，小絃緊快大絃緩。」劉禹錫《曹剛》：「大絃嘈囋小絃清，噴雪含風意思生。」

〔間關鶯語花底滑，幽咽泉流冰下難〕間關，象鳥鳴聲。張駿《東門行》：「鳩鵲與鶯黄，間關相和鳴。」李孝貞《聽百舌鳥詩》：「好鳥從西苑，流響入南宫。間關既多緒，變轉復無窮。」《梁鼓角横吹曲·隴頭歌詞》：「隴頭流水，鳴聲幽咽。」隋煬帝《隋秦孝王誄》：「風飀飀而吟樹，泉幽咽而悲湍。」

〔自言本是京城女，家在蝦蟇陵下住〕《唐國史補》卷下：「舊説董仲舒墓門，人過皆下馬，故謂之下馬陵。後語訛爲蝦蟆陵。」《長安志》卷十一萬年縣：「蝦蟆陵在縣南六里。韋述《兩京記》：本董仲舒墓。」

〔十三學得琵琶成，名屬教坊第一部〕《新唐書·百官志三》太樂署：「武德後，置内教坊于禁中。武后如意元年，改曰雲韶府，以中官爲使。開元二年，又置内教坊于蓬萊宫側，有音聲博士、第一曹博士、第二曹博士。京都置左右教坊，掌俳優雜技。自是不隸太常，以中官爲教坊使。」崔令欽《教坊記》：「西京右教坊在光宅坊，左教坊在延政坊。右多善歌，左多工舞，蓋相因成習。」任二北《教坊記箋訂》考外教坊在宫禁之外，即崔書所言左右教坊。《太平廣記》卷一五六《崔潔》（出《逸史》）：「崔公大驚曰：『何處得人斫鱠？』陳君曰：『但假刀砧之類，當有第一部樂人來。』俄頃，紫衣三四人至亭子遊看。……詰之，乃梨園第一部樂徒也。……忽有使人呼曰：『駕幸龍首池，唤第一部音聲。』」又卷二百四《李謩》（出《逸史》）：「謩，開元中吹笛爲第一部，近代無比。自教坊請假至越州。」朱《箋》：「『第一部』係『坐部』之代稱，亦隱含『第一流』、『第一等』之意。」按，「坐部」、「立部」隸太常，與所謂「教坊第一部」者無關。「教坊第一部」蓋即「第一部音聲」，亦即《新唐書》所云「第一曹」。

〔曲罷曾教善才伏，妝成每被秋娘妬〕元稹《贈吕三校書》：「共占花園爭趙辟，競添錢貫定秋娘。」白居易《和元九與吕二同宿話舊感贈》（本書卷十四0768）：「聞道秋娘猶且在，至今時復問微之。」又《才調集》卷一載白居易

《江南喜逢蕭九徹因話長安舊遊戲贈五十韻》：「多情推阿軟，巧語許秋娘。」《元白詩箋證稿》引以上諸詩謂：「即此《琵琶引》中之秋娘，蓋當時長安負盛名之倡女也。樂天天涯淪落，感念昔遊，遂取以入詩耳。而坊本釋此詩，乃以杜秋娘當之，妄謬極矣。」高步瀛《唐宋詩舉要》説同。

〔五陵年少爭纏頭，一曲紅綃不知數〕《漢書·原涉傳》：「郡國諸豪及長安、五陵諸爲氣節者皆歸慕之。」顔師古注：「五陵，爲長陵、安陵、陽陵、茂陵、平陵也。」李白《少年行》：「五陵年少金市東，銀鞍白馬度春風。」纏頭，錦纏頭，以送樂舞者。杜甫《春日戲題惱郝使君兄》：「舞處重看花滿面，尊前還有錦纏頭。」又《即事》：「笑時花近眼，舞罷錦纏頭。」白居易《楊柳枝二十韻》（本書卷三二2336）：「纏頭無別物，一首斷腸詩。」《玉壺清話》卷二：「奏數曲罷，例以纏頭縑鑼隨衆伶給之。」

〔商人重利輕别離，前月浮梁買茶去〕《元和郡縣志》卷二八饒州浮梁縣：「每歲出茶七百萬馱，税十五餘萬貫。」《唐國史補》卷下：「風俗貴茶，茶之名品益衆。……而浮梁之商貨不在焉。」《元白詩箋證稿》：「蓋浮梁之茶，雖非名品，而其産量極豐也。」

〔去來江口守空船，遶船月明江水寒〕去來，去後。來，表以來、以後。李白《長干行》：「八月西風起，想君發揚子。去來悲如何，見少别離多。」張汯《怨詩》：「征客去來音信斷，不知何處寄寒衣。」張籍《寄遠曲》：「美人去來春江暖，江頭無人湘水滿。」白居易《嚴十八郎中在郡日改制東南樓因名清輝》（卷八0365）：「去來三四年，塵土登者稀。」諸詩「去來」均爲去後之意。

〔夜深忽夢少年事，夢啼妝淚紅闌干〕啼妝，朱《箋》：「啼眉妝也。」引白居易《代書詩一百韻寄微之》（本書卷十三0604）：「風流誇墜髻，時世鬥啼眉。」自注：「貞元末，城中復爲墜馬髻、啼眉妝也。」按，《時世妝》（卷四0157）亦云：「妝成盡似含悲啼。」然如《文苑英華》作「啼妝淚落」，辭意較順。

〔豈無山歌與村笛，歐啞嘲哳難爲聽〕歐啞，同嘔啞，象聲詞。陸龜蒙《北渡》：「江客柴門枕浪花，鳴機寒櫓任嘔啞。」嘲哳，同啁哳。《楚辭・九辯》：「雁廱廱而南遊兮，鵾雞啁哳而悲鳴。」《文選》潘岳《藉田賦》李善注引作「嘲哳」。

〔就中泣下誰最多，江州司馬青衫濕〕王楙《野客叢書》卷二七唐階官之品：「唐制服色不視職事官，而視階官之品。至朝散大夫方換五品服色，衣銀緋，封贈蔭子。未至朝散，雖職事官高，未許易服色。」《元白詩箋證稿》：「唐制服色既視階官之品，考《白氏長慶集》貳叁《祭匡山文》云：『維元和十二年歲次丁酉二月辛酉朔二十一日，將仕郎守江州司馬白居易。』……是將仕郎爲最低級之文散官。……樂天此時止爲州佐，固唯應依將仕郎之階品著青衫也。」按，本書卷十五《微之到通州日授館未安見塵壁間有數行字讀之即僕舊詩》(0849)：「昔教紅袖佳人唱，今遣青衫司馬愁。」此謂元稹。白氏筆下司馬例著青衫。韓愈《會合連句》：「朝紳鬱青緑，馬飾曜珪珙。」方世舉注：「公時爲國子博士，正五品，而猶服青緑，不可解。意者上可兼下，下不可兼上也。」《册府元龜》卷六一《帝王部・立制度》高宗咸亨五年五月敕：「自今以後，衣服上下各依品秩，上得通下，下不得僭上。仍令所司嚴加禁斷。」

洪邁《容齋三筆》卷六：「白樂天《琵琶行》，蓋在潯陽江上爲商人婦所作。而商乃買茶於浮梁，婦對客奏曲，樂天移船，夜登其舟與飲，了無所忌。豈非以其長安故倡女，不以爲嫌邪？集中又有一篇，題云《夜聞歌者》，時自京城謫潯陽，宿於鄂州，又在《琵琶》之前。其詞云……。陳鴻《長恨傳序》云：『樂天深於詩，多於情者也。』故所遇必寄之吟詠，非有意於漁色。然鄂州所見，亦一女子獨處，夫不在焉。瓜田李下之疑，唐人不譏也。」又《容齋五筆》卷七：「白樂天

《琵琶行》一篇，讀者但羡其風致，敬其詞章，致形於樂府，詠歌之不足，遂以謂真爲長安故倡所作。予竊疑之。唐世法網雖於此爲寬，然樂天嘗居禁密，且謫官未久，必不肯乘夜入獨處婦人船中，相從飲酒，至於極彈絲之樂，中夕方去。豈不虞商人者它日議其後乎？樂天之意，直欲攄寫天涯淪落之恨爾。」《夜聞歌者》見本書卷十0495。《類苑》卷七十引《倦遊雜録》：「史沆以進士第，爲著作佐郎。……常過江州琵琶亭，作詩榜於楝，其略曰：『坐上騷人雖有詠，江邊寡婦不難欺。若使王涯聞此曲，織羅應過賞花詩。』」已開容齋議論之先。又趙翼《甌北詩話》卷四説略同。

陳寅恪《元白詩箋證稿》：「蓋江州司馬移其客之船，以就浮梁茶商外婦之船，而邀此長安故倡從其所乘之船出來，進入江州司馬所送客之船中，故能添酒重宴。否則江口茶商外婦之空船中，恐無如此預設之盛筵也。……夫此詩所叙情事，既不如洪氏之詮解，則洪氏抵觸法禁之疑問可以消釋，及本無其事之假設，亦爲贅賸矣。然容齋所論禮法問題，實涉及吾國社會風俗古今不同之大限，故不能不置一言。考吾國社會風習，如關於男女禮法等問題，唐宋兩代實有不同。……惟其關於樂天此詩者有二事可以注意：一即此茶商之娶此長安故倡，特不過一尋常之外婦。其關係本在可離可合之間，……二即唐代自高宗武則天以後，由文詞科舉進身之新興階級，大抵放蕩而不拘守禮法，與山東舊日士卒甚異。……樂天亦此新興階級之一人，其所爲如此，固不足怪也。」

簡簡吟

蘇家小女名簡簡，芙蓉花腮柳葉眼。十一把鏡學點妝，十二抽針能繡裳。十三行坐事調品，不肯迷頭白地藏。玲瓏雲髻生菜樣①，飄飖風袖薔薇香。殊姿異態不可狀，忽忽轉動如有光。二月繁霜殺桃李，明年欲嫁今年死。丈人阿母勿悲啼②，此女不是凡夫妻。

恐是天仙謫人世，只合人間十三歲。大都好物不堅牢，彩雲易散琉璃脆。（0600）

【校】

①〔生菜〕馬本、《唐音統籤》、《全唐詩》作「生花」。平岡校：「馬本、《全唐詩》本誤花。生菜又兩見杜甫詩。」

②〔丈人〕金澤本、管見抄本作「大人」。

【注】

〔簡簡〕矢《箋》：「疑爲蘇弘之女。」參見卷八《贈蘇少府》（0377）注。

〔蘇家小女名簡簡，芙蓉花腮柳葉眼〕蕭繹《樹名詩》：「柳葉生眉上，珠璫摇鬢垂。」駱賓王《王昭君》：「妝鏡菱花暗，愁眉柳葉嚬。」白居易《楊柳枝詞八首》之八（本書卷三一 2291）：「人言柳葉似愁眉，更有愁腸似柳絲。」此稱「柳葉眼」，蓋變言之。

〔十一把鏡學點妝，十二抽針能繡裳〕點妝，猶言畫妝。白居易《題郡中荔枝詩十八韻兼寄萬州楊八使君》（本書卷十八 1123）：「夕訝條懸火，朝驚樹點妝。」

〔十三行坐事調品，不肯迷頭白地藏〕調品，調音。《舊五代史·許寂傳》：「召對於内殿，會昭宗方與伶人調品篳篥。」迷頭，將頭遮掩。白地，空地。《三國志·魏書·高堂隆傳》：「今吴蜀二賊，非徒白地小虜，據邑之寇。」按，此指兒童遊戲。

〔玲瓏雲髻生菜樣，飄飖風袖薔薇香〕生菜，蔬菜。《南史·邱傑傳》：「汝噉生菜，遇蝦蟆毒。」《齊民要術》卷九作菹藏生菜法：「菹色仍青，以水洗去鹹汁，煮爲茹，與生菜不殊。」《朝野僉載》卷二：「袁守一性行淺促，……

乃於中書令宗楚客門餉生菜，除監察。」《政和證類本草》卷二八冬葵：「生菜中又有胡葵、芸香、白苣、邪蒿，並不可多食。」

花非花

花非花，霧非霧。夜半來，天明去。來如春夢幾多時①，去似朝雲無覓處。（0601）

【校】

①〔來如〕馬本作「來時」。

醉後狂言酬贈蕭殷二協律①

餘杭邑客多羈貧，其間甚者蕭與殷。天寒身上猶衣葛，日高甑中未拂塵。江城山寺十一月，北風吹砂雪紛紛。賓客不見綈袍惠，黎庶未霑襦袴恩。此時太守自慚愧，重衣複衾有餘温。因命染人與針女，先製兩裘贈二君。吴縣細軟桂布密，柔如狐腋白似雲。勞將詩書投贈我②，如此小惠何足論。我有大裘君未見，寬廣和煖如陽春。此裘非繒亦非纊，裁以法度絮以仁。刀尺鈍拙製未畢③，畢亦不獨裹一身④。若令在郡得五考，與君展

覆杭州人。（0602）

【校】

①〔題〕金澤本題下注：「時爲杭州刺史。」他本無。

②〔投贈〕金澤本作「投謝」。

③〔未畢〕紹興本、那波本作「未出」，據金澤本、馬本等改。

④〔畢亦〕詩本、《唐音統籤》、汪本作「出亦」。

【注】

朱《箋》：作於長慶二年（八二二），杭州。

〔蕭殷二協律〕朱《箋》：「蕭悅及殷堯藩。」蕭悅見本卷《畫竹歌》（0591）注。殷堯藩見卷九《别楊穎士盧克柔殷堯藩》（0430）注。

〔天寒身上猶衣葛，日高甑中未拂塵〕鮑照《代東門行》：「食梅常苦酸，衣葛常苦寒。」《後漢書・獨行傳・范冉》：「所止單陋，有時糧粒盡，窮居自若，言貌無改，閭里歌之曰：甑中生塵范史雲，釜中生魚范萊蕪。」

〔賓客不見綈袍惠，黎庶未霑襦袴恩〕《史記・范雎蔡澤列傳》：「須賈意哀之，留與坐飲食，曰：『范叔一寒如此哉！』乃取其一綈袍以賜之。」《後漢書・廉范傳》：「成都民物豐盛，邑宇逼側，舊制禁民夜作，以防火災，而更相隱蔽，燒者日屬。范乃毀削先令，但嚴使儲水而已。百姓爲便，乃歌曰：廉叔度，來何暮。不禁火，民安作。平生無襦今五絝。」

〔吴縣細軟桂布密，柔如狐腋白似雲〕吴縣、桂布，見卷一《新製布裘》（0055）注。

醉歌　示妓人商玲瓏①。

罷胡琴，掩秦瑟，玲瓏再拜歌初畢。誰道使君不解歌，聽唱黄雞與白日。黄雞催曉丑時鳴，白日催年酉前没②。腰間紅綬繫未穩，鏡裏朱顔看已失。玲瓏玲瓏奈老何，使君歌了汝更歌。（0603）

【校】

①〔妓人〕金澤本作「伎人」。

②〔酉前〕馬本、《唐音統籤》、汪本作「酉時」。

【注】

汪《譜》、朱《箋》：作於長慶三年（八二三），杭州。

〔商玲瓏〕白居易《霓裳羽衣歌》（本書卷二一1406）：「玲瓏箜篌謝好箏」自注：「玲瓏以下，皆杭之妓名。」《唐語林》卷二文學：「白居易長慶二年以中書舍人爲杭州刺史，替嚴員外休復。休復有時名，居易喜爲之代。時吴興守錢徽、吴郡守李穰皆文學士，悉生平舊友，日以詩酒寄興。官妓高玲瓏、謝好好巧於應對，善歌舞。後元稹鎮會稽，參其酬唱，每以筒竹盛詩來往。」元稹《重贈》原注：「樂人高（影宋鈔本《元氏長慶集》作「高」，馬元調本作「商」）玲瓏能歌，歌予數十詩。」阮元《詩話總龜》卷四十：「高玲瓏，餘杭之歌者。白公守郡，白與歌曰：『罷胡琴，掩秦瑟……』時元微之在越州，聞之，厚幣來邀，樂天即時遣去，到越州，住月餘，使盡歌所唱之曲，即賞之。後遺之歸，作詩送行，兼寄樂天。」《苕溪漁隱叢話》後集卷十三、《詩人玉屑》卷十六引作「商玲瓏」。朱《箋》：「當以作『商玲瓏』爲正。」

〔罷胡琴，掩秦瑟〕唐人所言「胡琴」，蓋指琵琶。《樂府雜録》琵琶：「文宗朝，有内人鄭中丞善胡琴，内庫二琵琶號大、小忽雷，鄭嘗彈小忽雷。」李賀《感春》：「胡琴今日恨，急語向檀槽。」曹植《贈丁翼》：「秦箏發西氣，齊瑟揚東謳。」又《野田黄雀行》：「秦箏何慷慨，齊瑟和且柔。」此言「秦瑟」，蓋變言之。

〔黄雞催曉丑時鳴，白日催年酉前没〕敦煌曲《十二時》：「日入酉，金罇多瀉蒲桃酒。勸君莫棄失途人，結交承仕須朋友」；「雞鳴丑，莫惜黄金結朋友。蓬蒿豈得久榮華，飄飄萬里隨風走。」入矢義高《白居易作品中的口語表達》（中譯文載《傳統文化與現代化》一九九六年第四期）：「白氏這一作品，確是運用了『十二時歌』的形式。……『黄雞催曉丑時鳴』就是擴展了的『雞鳴丑』；『白日催年酉前没』就是擴展了的『日入酉』。」